汉译世界文学名著丛书

卡门
梅里美中短篇小说选

〔法〕梅里美 著

郑永慧 译

Prosper Mérimée
CONTES ET NOUVELLES CHOISIS DE MÉRIMÉE

汉译世界文学名著丛书
出 版 说 明

1902 年，我馆筹组编译所之初，即广邀名家，如梁启超、林纾等，翻译出版外国文学名著，风靡一时；其后策划多种文学翻译系列丛书，如"说部丛书""林译小说丛书""世界文学名著""英汉对照名家小说选"等，接踵刊行，影响甚巨。从此，文学翻译成为我馆不可或缺的出版方向，百余年来，未尝间断。2021 年，正值"汉译世界学术名著丛书"出版 40 周年之际，我馆规划出版"汉译世界文学名著丛书"，赓续传统，立足当下，面向未来，为读者系统提供世界文学佳作。

本丛书的出版主旨，大凡有三：一是不论作品所出的民族、区域、国家、语言，不论体裁所属之诗歌、小说、戏剧、散文、传记，只要是历史上确有定评的经典，皆在本丛书收录之列，力求名作无遗，诸体皆备；二是不论译者的背景、资历、出身、年龄，只要其翻译质量合乎我馆要求，皆在本丛书收录之列，力求译笔精当，抉发文心；三是不论需要何种付出，我馆必以一贯之定力与努力，长期经营，积以时日，力求成就一套完整呈现世界文学经典全貌的汉译精品丛书。我们衷心期待各界朋友推荐佳作，携稿来归，批评指教，共襄盛举。

商务印书馆编辑部
2021 年 8 月

译　　序

　　此人肯定具有某种独特的才能和动人的魅力，他既不是以《红与黑》那样深刻的作品，也不是以《悲惨世界》那样广阔的画幅，更不是以《人间喜剧》那样宏伟的巨著，而仅仅是，或主要是靠不到二十篇中短篇小说，就在深受后代读者赞赏的十九世纪法兰西文学中占有了一席光荣的地位，进入了司汤达、雨果、巴尔扎克所属的不朽行列。他和他的作品，构成了令人深思的文学现象，给后人提供了颇有意义的启发。

　　这个集子所介绍的，就是他中短篇小说的精华，如果再加上少数未选入的几篇，那就是他中短篇小说的总和了。从这个意义上来说，这本书就是"梅里美魅力"之展示，请看：

　　《马铁奥·法尔哥尼》，以那么短的篇幅鲜明地描绘了十九世纪文学中一个独特的个性，使人读后久久不能忘怀；《塔芒戈》，以那样冷静的笔法，达到那样惊心动魄的效果，足以引起人们极大的愤慨；《费德里哥》是一篇讽刺小品，它的构思是那么巧妙，闪烁着作者机智的才华；《夺堡记》只是一幅小小的素描，但它把战场的情景、气氛和人物的精神状态描写得那么真切，显示出作者高度的写实技巧；《伊勒的维纳斯像》的叙述是那么娓娓动人，其中的寓意又是那么若隐若现，具有某种空灵的情致；《阿尔赛娜·吉约》的故事是那么委婉凄切，感人肺腑，但通篇的笔法却又那么冷静含蓄，作者把自己的同情和憎恶藏在深远之处，用那需要仔细体会琢磨的描述，构成一种深沉的格调……

小说的魅力，当然不外来自作者的思想力量和艺术才能。梅里美并不是一个单纯的文体家、形式主义者，他的作品具备一种美好的、"因内而符外"的艺术风格，而这，又是他的时代社会条件、出身经历、教育素养、性格才能综合作用的结果。

在梅里美的身上，结合着两个不同的时代，即资产阶级与封建阶级为争夺统治权而进行严重较量的时代，以及资产阶级完全战胜封建阶级后在法国建立了稳固统治的时代。前者以一八三〇年七月革命的胜利而告终；后者到一八七一年巴黎公社革命高潮时告一段落。梅里美生于一八〇三年，他的童年和少年正是在作为法国大革命最后阶段的拿破仑帝国时期度过的，当能听见拿破仑与欧洲封建君主国鏖战的鼓号声，而且，他出身在一个典型的资产阶级知识分子的家庭，父亲是拿破仑的热烈崇拜者，母亲是十八世纪启蒙思想家的信徒，这一切使他得以继承了资产阶级革命时期英雄主义的余绪，既决定了他在两个阶段两种制度的斗争发生历史性曲折、封建阶级卷土重来时期里的战斗热情和锐气，也决定了他在资产阶级统治秩序已经完全建立、英雄主义已经消逝的时期里的苦闷和不满。他的中短篇小说，总的来说，就是他在这两个历史阶段里两种不同精神状态的产物。

梅里美走上文学创作的道路，是在波旁王朝已经复辟的二十年代，那时，正是政治思想领域里资产阶级自由主义思潮高涨，文学领域里以浪漫主义为旗帜向伪古典主义展开斗争、争取文学自由的时期。梅里美一开始就是浪漫派文艺沙龙里的常客，属于复辟王朝的反对派的营垒。他以充沛的反封建的热情，作为浪漫主义文学运动的同路人，出现在二十年代后期的文学舞台上，连续在一八二八年、一八二九年发表了两部战斗性的作品：剧本《雅克团》与长篇小说《查理第九时代轶事》。前者通过法国中世纪一次农民大起义的故事，揭露了封建压迫和封建剥削的残酷；后者通过法国历史上著名的宗教大屠杀的事件，控诉了封建统治阶级和反动教会的凶残。这两部作品以极为尖锐的批判，从根本上否定了封建阶级在十九世纪法兰西政治生活中继续存在的理由，直接壮大了当时反复辟的思想斗争的声势。

与此同时，梅里美写作了他的第一批中短篇小说。可以理解，他在剧本和长篇小说中所表现的那种反封建的热情，也必然会贯穿在他的中短篇小说里。他最早的一篇小说《查理十一的幻觉》，以鬼怪小说的手法把封建时代的宫廷生活、专制王权下的政治阴谋描写得十分阴森可怕，令人毛骨悚然。作者强烈的反封建意识，正是通过那充满幽灵和鲜血的封建时代的画面表露出来的。《费德里哥》表现了梅里美反宗教反教会的精神。他通过一个赌徒进天堂的故事，把宗教的教义以及天堂地狱的观念恣意加以揶揄和嘲弄，抹去它们面上神圣的油彩，将它们表现得再滑稽可笑不过。这种大胆的讽刺显然是针对复辟时期封建阶级所掀起的那股反动的教权主义思潮和当时极为猖獗的教会势力的。短篇《夺堡记》描述了拿破仑的部下攻克俄军固守的一个堡垒的经过，表现出帝国时期法国士兵的英勇善战和乐观精神，流露了作者在丧权辱国的复辟王朝的统治下对拿破仑帝国的怀念。在《一场赌博》中，梅里美又以欣赏的态度写出拿破仑时期一个青年军官的形象，他是一个颇有豪士之风的人物，有真诚的爱国心和道德感。梅里美所描写的这些正面人物所属的时代和社会阵营以及他们身上的特点，正表现了梅里美对当时复辟王朝统治下的社会现实的批判倾向，而且，也反映了复辟时期流行的拿破仑崇拜这一社会思潮，这一思潮是明显地带着与复辟王朝相敌对的性质的。

除了反封建的主题外，梅里美前期中短篇小说中还有对资本主义关系的批判。《塔芒戈》就是这方面的一篇杰作，这篇小说集中揭露黑奴贩子的惨无人道，在不长的篇幅里，以巨大的艺术力量提出了十九世纪的一个重大的社会问题：殖民主义的罪恶活动和非洲黑人的悲惨处境，其批判的矛头直指整个资产阶级的文明，同时，锋芒也扫到了默许这种罪恶活动的复辟王朝政府当局身上。他那出色的名篇《马铁奥·法尔哥尼》则塑造了一个豪迈侠义的人物形象，在人欲横流的社会现实面前，散发出淳朴的气息，梅里美怀着明显的赞赏之情来描写这个人物，特别肯定了他那种以不法者之间的"义"来对抗法律和国家机器的精神和他为忠于这种"义"而不惜牺牲自己儿子的非凡的人格，体现了梅里美自己与统治阶级、上流社会大不相同的价值标准。这种具有某种"英雄主义"因素的人物与资本主义关系对立的主题，在他后期的中短篇小说里又有所发展。

一八三〇年七月革命以后，开始了梅里美的第二个时期，也是他创作的第二个阶段。这个时期，一七八九年以来资产阶级对封建阶级轰轰烈烈的大规模斗争已告结束，银行家的稳固的统治，使得"整个资产阶级社会完全埋头于财富的创造与和平竞争，竟忘记了古罗马的幽灵曾经守护过它的摇篮"①，物质生产的确有了相当长足的发展，但英雄主义已经完全成为过去，资产阶级在精神上进入了一个"萧索时期"。反封建任务从历史的前台消失后，资本主义的矛盾就突出地显现出来了，和十八世纪启蒙思想家所预告的"理性的王国"比起来，新的资本主义社会只是"一幅令人极度失望的讽刺画"。在这样一个"萧索时期"，像梅里美这样一个"由狮子的骨和血喂养大的"，也就是说从启蒙思想家那里、从大革命时期的历史里吸取了精神营养的人，自然会感到苦闷和不满，尽管他在七月王朝时期是一个生活富裕的政府官员。于是，这苦闷和不满就成为他后期中短篇小说的灵魂，一个被他用了不少伪装来加以隐藏，以至使人很不容易察觉的灵魂。

这种不满表现在后期作品中，首先是对资产阶级社会人情风俗的否定性的描写。较早的《古花瓶》就是一幅资产阶级上流社会享乐放纵、伤风败俗的风俗画，这里的男男女女生活空虚、极端无聊，在糜烂的污泥中自得其乐，而感情比较认真的人物倒是中伤、诬蔑、嬉笑取乐的对象，在这样恶浊的社会环境里，真正的爱情似乎像古董一样不时髦了，它必然遭到悲惨的结局。如果说在《古花瓶》中还有例外的感情真挚的情侣的话，那么在《双重误会》里，那个美丽、端庄而渴望爱情的女主人公，就根本遇不到有丝毫纯洁感情的对象了，你竟然想在你那个阶级的婚姻

---

① 马克思：《路易·波拿巴的雾月十八日》。

中、你那个阶级的上流社会里遇到真正的爱情,岂非天真?双重误会,这是一个对自己的鄙俗卑污的环境缺乏现实感的悲剧,女主人公先是被粗暴的夫权所玷污,后又遭到轻薄子弟的追逐,最后成了资产阶级社交场合中时髦人物逢场作戏的牺牲品,她那种渴求真诚的柔情,就像是一朵白色的荏弱的花,在那个鄙俗不堪、充满了狰狞情欲的环境里,一再被伤害、践踏。通过这样一个悲剧,梅里美对虚伪的资产阶级婚姻和丑恶的资产阶级上流社会进行了相当深刻的批判。《炼狱里的灵魂》写的似乎是过去时代异国的故事,而且滑稽不经,其实仍有对现实的讽喻,它是资产阶级社会中的寻欢作乐、腐败社会风气的写照,人们可以从穿着西班牙服装的唐璜那种无法无天、厚颜无耻、不择手段、纵情淫逸的行径里,看出巴黎资产阶级纨绔子弟的身影,更有意思的是,小说还巧妙地讽刺了这种新式的恶棍在饱尝了尘世的享乐生活之后,又把脸朝向天国,在自己身上洒下几滴圣水,洗涤了全身的罪恶,由魔鬼一变而成了圣徒。在这一点上,《阿尔赛娜·吉约》颇有异曲同工之妙,它对资产阶级信女的真实嘴脸做了深刻的揭露,原来在那对穷人、对不幸者的一连串感人的慈善行为之下,深藏着一副自私自利、冷酷无情甚至专横毒辣的心肠,在梅里美的笔下,和这位身份高贵、光彩夺目、虔诚笃信、乐善好施的资产阶级太太相比,那个瘦弱、残废、卑贱、沦落为妓而又缺少宗教感情的少女,倒要高尚得多,善良得多,即使是那个不务正业的资产阶级花花公子也比她稍有几分人性。这篇作品也反映了下层人民悲惨不幸的生活,其中蕴含着梅里美对卑贱者、不幸者的深切同情。

应该承认,在对资本主义社会的揭露批判上,梅里美远不及巴尔扎克那样全面深刻，触及了现代社会生活中各个重大的方面，也不像雨果那样充满民主主义的激情，表现了强烈的对社会不平的愤慨。不过，他对资本主义现实的不合理有自己独特的感受，他的选材也有其别出心裁的角度，他在十九世纪文学中开辟了自己独创的领域：把对资本主义关系的不满表现于对某种淳朴、粗犷、强烈、勇敢的个性的追求，通过赞赏那些多少带有原始气息的人物，曲折地表现了自己对鄙俗、灰暗的资本主义现实的否定。在早期的短篇《马铁奥·法尔哥尼》中，他已经表现了这种特点，七月革命后，这种倾向在他的创作中就更为明显。在一八三〇年所写的三篇关于西班牙的报道中，他力图从这个国家的风土人情中发掘某些较少被资本主义文明玷污的东西，如豪爽热情的性格、粗犷勇敢的风尚、注重信义的观念、不计功利的习气等等，把它们当作正常的符合人情的东西，以欣赏的态度来加以描写。在一八四〇年的《高龙巴》中，他又描写了一个没有完全开化、带有几分野性的村姑，表现出她那种只按自然的本性和强烈的感情行事、不在乎上流社会的"体统"和是非标准、目无统治阶级的法纪权威的精神力量，让她高出那些深受资产阶级文明熏陶的人物，她生气勃勃，果敢大胆，在生活中导演了一出惊心动魄的戏剧。而在著名的小说《卡门》中，梅里美更达到他这方面的最高成就，塑造出一个举世闻名的人物形象。卡门是一个社会和法律的"化外之民"，身上具有某些邪恶的特点，但梅里美把她表现为一朵"恶之花"，赋与她某些闪闪发光的东西：自觉地站在社会的对立面，对统治阶级的规范和法纪表示公开的轻蔑，并以触犯它为乐事。她是一个社会的叛逆者，以"恶"的方式来反抗社会；

她又是一个独立不羁性格的典型，不愿忍受社会的任何束缚，她最珍视的是个性的自由，即使是在死亡的威胁面前，她也不肯放弃，于是，以整个生命为代价来忠于自己，就成为这个人物最突出的、也是最吸引人的特点。梅里美把这个自由的粗犷的吉卜赛人的典型和虚伪、苍白的文明社会对照起来，把她的非法活动、骇世惊俗的生活态度与统治阶级的道德法律对立起来，让她以勇敢的忠于自己的死超越于文明社会之上，让这个"恶"的精灵在那个社会的凡夫俗子面前闪闪发光，正表现了他自己对资产阶级文明的否定。

从马铁奥·法尔哥尼到高龙巴以至卡门，这是梅里美全部艺术形象的中心系列。他们体现了梅里美对现实的不满和他那资产阶级世界观中的个性自由的原则。这个类型的人物形象系列，在十九世纪文学中，完全是梅里美所创造、梅里美所特有的，是梅里美的独创性的标志，也是他的作品在思想内容上具有吸引力的重要原因。

在艺术上，梅里美以其精致和娴熟的技巧见长。是什么因素使他成了十九世纪文学中一位最精细、最具有雅趣的艺术家呢？梅里美"得天独厚"，生活一开始就是由艺术陪伴着：他出生于艺术家的家庭，父亲是一个颇有才能的画家，母亲是十八世纪童话作家波蒙夫人的孙女，也擅长绘画，在这充满艺术气氛的家庭环境里，他从小就培养了艺术的才能和鉴赏力。青年时期，他在成为一个作家之前，已经成为一个精通多种外语、具有广博的历史文化知识的学者；一八三〇年以后，他又长期担任历史文物事务方面的政府官员，有机会广泛地接触丰富的古代文化。这一切使他成为十九世纪法国作家中最具备精湛的文化艺术修养的一人。他在文学创作中表现了他那种基于高度文化水平的纯正而雅致的趣味，他刻意求工，其作品就像是精巧的水晶石雕刻品，既避免了巴尔扎克作品中未能杜绝的艺术上的粗疏，也没有雨果那种枝叶蔓延和繁复的缺点。在艺术的精致程度上，他无疑超过了他同时代的这两位巨人，虽然他在一些更主要的方面远不如他们伟大，但如果不是在某一方面，哪怕是较次要的方面赢得胜利的一分，那么他又怎能置身于他们的行列？

梅里美的艺术魅力，在更大的程度上是来自他那独特的艺术风格，而不仅仅是他精细的写作技巧。他对他所描写的人物和现实生活是有爱有憎的，但他总是有意地保持一定的距离，甚至某种超脱，既不倾泻热情的赞美，也不表露强烈的憎恶，对正面人物的描写略带揶揄，对不合理事物的揭露又含着讽刺的微笑，叙述某一惊心动魄的事件或惨绝人寰的悲剧时，又总是用一种平静的态度，这就使得他的作品具有一种幽默调侃的基调，它毫不强加于人，而是静静地诉诸读者的感情，收到平易近人的效果。梅里美对现实生活的描绘力求精确，细节达到高度真实，画面给人以客观现实生活本身的印象，这是梅里美的写实精神的体现；同时，梅里美作为现实主义者，却又喜爱强悍的不平凡的性格和震撼人心的事件，虽然这些都是通过对事件过程和生活场景的现实主义的描写表现出来的，但不可避免地透露着鲜明的浪漫主义的色泽。梅里美的作品具有高度精练的优点，在不长的篇幅中浓缩着丰富的生活内容和复杂的矛盾。他善于抓住事件的关键和主要方面，紧凑地展开，简繁得当，结构严谨。他也善于抓住人物的最有代表性的言行来突出其性格。他是一个高明的故事讲述者，明快流畅是他叙述的特点。他还是一个善于设置多艺术层次的作者，不满足于让读者一眼就看透自己的主题和意图，而是用一些描述来挑起读者的兴趣和思考，随着情节的进展和深化，最后才揭示作品的真谛，在构思上显得很聪明，在情趣上也很耐人寻味。

文学家不是哲学家、理论家，他的力量不在于对现实有某种全面系统的理论认识，而在于能绘制出为自己所特有的、意义深刻的现实生活的图景。一个杰出的作家固然应该有先进的思想体系、广阔的社会视野，但在某种意义上，也许更为重要的是，必须要有自己对生活独到的体会，要善于从某种独特的角度去观察生活，得出别人所没有获得的深刻感受，同时把这种感受贯注在自己所选取的某一特定的生活片段中，用有特色的艺术风格来加以表现。只要他具有一定的进步思想，他在独特的创作个性方面达到的成就，将大大弥补他在社会视野上、反映现实上、思想高度上的不足。梅里美就是这样的一个作家，他正是以独特的艺术风格而得到后代读者长久的纪念。这，也许是梅里美所提供给我们的启发。

的确，梅里美的世界观有资产阶级的局限性，他的社会视野不广，思想境界也不够高，对资本主义的批判比较温和，因而在十九世纪文学中称不上伟大。特别是一八五一年路易·波拿巴发动政变当上皇帝以后，梅里美由于皇后在少女时代曾是他的学生而成为宫廷的座上客，在喜庆游乐、仪典盛会中浪费了他的才华，最后"江郎才尽"。如果梅里美的思想境界更高一些，作为作家的责任感更明确、更强烈一些，以他的艺术才能，他本来是可以取得更大的文学成就的。这，也许是梅里美所提供给我们的一个教训。

柳鸣九
一九八〇年二月一日

目　录

马铁奥·法尔哥尼 …………………………………… 1
费德里哥 …………………………………………… 17
塔芒戈 ……………………………………………… 30
夺堡记 ……………………………………………… 54
一场赌博 …………………………………………… 61
古花瓶 ……………………………………………… 81
双重误会 …………………………………………… 111
炼狱里的灵魂 ……………………………………… 188
伊勒的维纳斯像 …………………………………… 259
阿尔赛娜·吉约 …………………………………… 296
卡门 ………………………………………………… 353
罗基斯 ……………………………………………… 427

马铁奥·法尔哥尼

出了波尔托-维基奥①的市区，朝着西北方向，往这个岛②的腹地走去，就会发现地势相当迅速地升高；沿着蜿蜒曲折、经常被巨大的岩石堵塞、有时被溪谷切断的小径走上三个钟头，就到达一片面积十分宽广的杂木丛林的边沿。杂木丛林是科西嘉的牧人和一切犯法者的乐园。科西嘉的农民为了省去在地里施肥的麻烦，他们放火焚烧一定面积的树林，哪怕火势蔓延得过远一点也不在乎，不管怎样，在这片用原地生长的树木烧灰施肥的土地上播种，获得一个好收成是有把握的。由于收割麦秆费劲，农民只割掉麦穗，把麦秆留下；埋在地下没有烧死的树根，到了来年春天，又会长出十分浓密的幼树丛；用不上几年，这些幼树丛就长到二三公尺高。这样长成的茂密的萌芽林，称为杂木丛林。杂木丛林有各种各样的大树和小树，它们杂乱无章地纠缠和混杂在一起。人们手里得拿着斧子才能在丛林里开出一条道路，有些杂木

---

① 波尔托-维基奥，法国科西嘉岛南部的一个海港。［本书脚注未特别注明的均为中译者所作。］
② 指科西嘉岛。

丛林枝节繁茂,密密层层,连野羊也走不进去。

如果你杀过人,那么只要躲在波尔托-维基奥的杂木丛林里,备一支好枪,加上火药和子弹,就能够安全地在那里生活,不要忘记还要带一件有风帽的褐色斗篷,用来做被褥。牧人们供给你牛奶、奶酪和栗子,除了你不得不进城调换弹药的时候,其余时刻,你不必害怕司法当局和死者的亲属。

一八××年我在科西嘉时,马铁奥·法尔哥尼的住房离这片杂木丛林二公里远。他是当地一个相当富有的人,就是说,他什么也不干,光靠着畜牧的产品就可以过得很阔绰。牲口由类似游牧民族的牧人赶到漫山遍野去替他放牧。我看见他的时候,正是我要讲的这件事发生以后两年,那时他最多不过五十岁。身材矮小而壮健,头发卷曲,发色像黑玉那么黑,钩鼻子,薄嘴唇,眼睛大而奕奕有神,面色像皮靴的里子那种颜色。他的枪法很好,即使在他神枪手云集的家乡也特别有名。举例来说,马铁奥猎野羊从来不用猎兽散弹,在一百二十步远的地方,他可以一枪打倒一只野羊,随他高兴打在头部或者肩部。他在夜间使用武器跟白天一样熟练自如,有人把他的这种神技告诉过我,没有到过科西嘉的人也许会认为不可信。把一根点着的蜡烛放在八十步外,前面放着像盆子那么大小的一张透明影印纸,他举枪瞄准,然后把蜡烛熄灭,周围一片漆黑,一分钟以后他开枪射击,十有八九总能打穿那张透明影印纸。

凭着这样卓越的本领,马铁奥·法尔哥尼获得了很大的名声。人们说他既是和善的朋友也是危险的敌人。他对人乐于相助,也肯做好事,因此和波尔托-维基奥地区的人都能和睦相处。不过人们传说他在科尔特①——他娶亲的地方——曾经十分勇猛地扫除过一个情敌，这个情敌无论在战场上或是在情场上都令人害怕。那天当他的情敌正对着挂在窗口的一面小镜子刮胡子，突然一颗子弹飞来把他打死，大家都说这颗子弹是马铁奥打的。事情平息以后，马铁奥结了婚。他的妻子朱瑟芭最初给他生了三个女儿（他气得发疯），后来生了一个儿子，取名为福尔图纳托，是他家庭的希望，姓氏的继承人。几个女儿都嫁得很好，她们的父亲在必要时可以靠女婿们用匕首和喇叭枪来帮忙。儿子只有十岁，已经显得很有出息。

秋季的某一天，马铁奥大清早就和他的妻子出门，到杂木丛林的一个林中空地去查点一下他的牲口。小福尔图纳托想跟去，可是那个林中空地太远，而且家里也须留人看房子，因此父亲没让他去，后来父亲为此会不会后悔，我们看下文就知道。

他们走了几个钟头，小福尔图纳托一声不响地躺在太阳底下，望着蓝色的山峰，想着下星期天他要进城到他的班长②叔父家里吃饭，突然一声枪响惊破了他的默想。他站起来，转向枪声传来的那片平原。接着枪声又连续响了几下，间隔的时间各不相等，可是越来越近；终于，从平原通到马铁奥住房的那条小路上出现了一个汉子，头上戴着山地居民的那种尖顶无边帽，满脸胡子，衣

---

① 科尔特是科西嘉中部的一个城市。

② 班长在科西嘉原来是村民反抗封建领主起义时的领袖，现在用以称呼有财产，有亲戚和信徒，在村镇有一定影响，并实际行使长官职权的人。科西嘉人按照古时习惯分为五等：贵族（其中一部分是显贵，一部分是地主），班长，市民，平民和外国人。——原注

服破烂,一瘸一拐地拽着一支长枪走过来。他的大腿上刚中了一枪。

这个汉子是一个强盗①,他趁夜间到城里补充火药,在回来的路上遇到了科西嘉巡逻队②的伏击。经过一番猛烈的抵抗,他终于逃脱,巡逻队在后面紧紧追赶,他不得不躲在每一块岩石后面还击。可是他和追兵之间的距离并不很远,他身上负了伤,不可能在追兵到达以前躲进杂木丛林。

他走到福尔图纳托身边对他说:

"你是马铁奥·法尔哥尼的儿子吗?"

"是的。"

"我是齐亚尼托·桑比埃洛。黄领子③追着我。把我藏起来,因为我再也走不远了。"

"我没问过父亲就把你藏起来,他会怎么说呢?"

"他会说你做得很对。"

"谁知道呢?"

"快点把我藏起来,他们来了。"

"等我父亲回来再说。"

"叫我等?该死的东西!他们再过五分钟就到了。赶快把我藏起来,不然我就杀掉你。"

福尔图纳托十分冷静地回答他:

---

① 强盗在这里同被追捕的人是同义词。——原注
② 这支部队是近几年政府募集的,同宪兵部队共同维持治安。——原注
③ 巡逻队的制服是褐色上衣黄领子。——原注

"你的枪里已经没有子弹,皮腰带①里也没有弹药。"

"我还有匕首。"

"可是你能跑得和我一样快吗?"

他一跳,就跳到强盗够不着的地方。

"你不是马铁奥·法尔哥尼的儿子!你让我在你家门口被抓走吗?"

孩子似乎心动了。

"如果我把你藏起来,你给我什么?"他一边说一边走近来。

强盗向挂在腰带上的皮袋里摸了一阵,摸出一枚五法郎的硬币,显然是他留下买弹药的。福尔图纳托一见银币就笑逐颜开;他一把攥住银币,对齐亚尼托说:

"你只管放心。"

他马上在屋旁一堆干草里挖了一个大洞,叫齐亚尼托蹲在里面。孩子用草把他盖起来,既留下一点空气让他呼吸,又不会使人(从外表上看来)疑心草堆里有人。他还想出一个相当巧妙而狡猾的办法,他去抱了一只雌猫和几只小猫,把它们放在干草堆上,使人相信事前没有人动过这堆干草。然后,又注意到在房屋附近的小径上有血迹,他小心翼翼,用尘土把血迹盖没。等这一切安排定当以后,他才若无其事地重新躺在太阳底下。

过了几分钟,六个穿黄领子褐色制服的兵士,由一个准尉率领着,来到了马铁奥家的门口。这个准尉和法尔哥尼有点亲戚关系(我们知道亲属的范围在科西嘉比在别的地方广泛得多)。他的

---

① 这种皮腰带可作弹药袋和公事袋使用。——原注

名字叫作蒂奥多罗·甘巴,执行任务很卖力气,强盗们十分怕他,他已经抓到过好几个强盗。

"你好,小表侄,"他走近来对福尔图纳托说,"你长得这么大了!你刚才看见一个汉子走过吗?"

"噢!我还没有长得像你那么大呢,表叔。"孩子傻里傻气地回答。

"你会长大的。告诉我,你看见一个汉子走过吗?"

"我看见一个汉子走过吗?"

"是的,一个汉子,戴着黑丝绒的尖顶无边帽,穿着绣红黄两色花纹的短衣。"

"戴着尖顶无边帽,穿着绣红黄两色花纹短衣的一个汉子?"

"是的,快点回答我,不要重复我的问话。"

"今天早上,本堂神甫骑着他的马彼埃洛经过我们家的门口。他问我爸爸身体好吗,我回答他……"

"啊!小鬼,你要滑头!赶快告诉我齐亚尼托往哪儿走了,因为我们找的是他;而且我肯定他是打这条小路过的。"

"谁知道?"

"谁知道?我知道你看见过他。"

"难道一个人睡着了还能看见有人经过吗?"

"你没有睡着,小无赖;枪声把你惊醒了。"

"表叔,你以为你们的枪声那么响吗?我父亲的喇叭枪比它响多了。"

"见鬼去吧,坏蛋!你一定看见过齐亚尼托。也许你把他藏起来了吧。来呀,弟兄们,到屋里看看我们要找的人在不在里面。

他只剩下一条腿走路,那个坏蛋相当有头脑,不会那么糊涂,会瘸着腿走回杂木丛林里去的。而且,血迹也在这里消失了。"

"爸爸会怎么说呢?"福尔图纳托冷笑着问,"如果他知道有人在他出门的时候走进他的房子,他会怎么说呢?"

"小无赖!"准尉甘巴拧着孩子的耳朵说,"只要我一句话你就笑不成了。你知道吗?也许我用指挥刀背打你二十下,你就会说出来。"

福尔图纳托始终冷笑着。

"我的父亲是马铁奥·法尔哥尼!"他夸口说。

"你可知道,小鬼,我能把你带到科尔特或者巴斯蒂亚①,把你关在土牢里,睡在草堆上,脚上锁着铁镣;如果你不说出齐亚尼托·桑比埃洛在哪里,我就把你送上断头台。"

孩子用哈哈大笑来回答这个可笑的恫吓。他一遍又一遍重复着说:

"我的父亲是马铁奥·法尔哥尼。"

"准尉,"一个兵士低声说,"咱们不要得罪马铁奥吧。"

甘巴显得十分尴尬,轻声和他的兵士们商量,兵士们花不了很长时间已把整个屋子搜过一遍,因为一个科西嘉人的小屋只不过是一块四方形的房间。家具只有一张桌子,几张长凳,几口柜子以及猎具或日常用具。这时候小福尔图纳托在抚弄着那只雌猫,而且仿佛在刁滑地欣赏巡逻兵和他表叔的窘相。

一个兵士走近那堆干草。他看见了那只雌猫,接着顺手在草

---

① 巴斯蒂亚,科西嘉的商业和旅游城市。

堆里捅了一刺刀，他耸了耸肩膀，仿佛觉得这样谨慎也很可笑。草堆一动也不动；孩子脸上声色不动。

准尉和他的兵士们无可奈何，只好对着平原那边眺望，仿佛准备向他们来的方向折回去，这时，他们的领队深信恫吓对法尔哥尼的儿子不起任何作用，想做最后一次努力，试试甜言蜜语和礼物的魔力。

"小表侄，"他说，"我看你是一个聪明的小伙子！你很有前途。可是你现在在骗我；如果我不怕得罪我的表兄马铁奥的话，真见鬼，我就要把你带走。"

"哼！"

"等我表兄回来，我一定把事情告诉他；为了处罚你说谎，他会用鞭子把你抽出血来。"

"真的吗？"

"你等着瞧吧……不过，噢……你只要做个乖孩子，我就给你一点东西。"

"我的表叔，我倒要给你一个忠告：假如你再耽搁下去，齐亚尼托就到达了杂木丛林，那时候就需要不止一两个像你这样勇猛的人去搜捕他了。"

准尉从衣袋里掏出一只价值在十个埃居以上的银质挂表，他只见小福尔图纳托的眼睛一见到表就发出亮光。他拿着那只悬在钢表链上的表对他说：

"小骗子！你一定很想有这样一只表挂在胸前吧，那时你就能够像孔雀那么大模大样地在波尔托-维基奥的大街上行走；人们要问你：'现在几点钟？'你就能回答他们：'请看我的表。'"

"我长大以后,我的班长叔父会送给我的。"

"对,可是你叔父的儿子已经有了一只……说实在的,不像这一只那么漂亮……不过他还没你大呀。"

孩子叹了一口气。

"怎样?你想要这只表吗,小表侄?"

福尔图纳托斜着眼偷偷望着那只表,那模样儿活像一只看着人家给它一整只子鸡的猫。它以为别人在开它玩笑,不敢扑上去,它不时把眼光移开,唯恐抵抗不住诱惑,可是又不停地舔自己的嘴唇,好像对它的主人说:"你这样开玩笑多么残酷呀!"

可是甘巴准尉却像是真心诚意地要把表送给他。

福尔图纳托没有伸出手来,他只是苦笑着向准尉说:

"你为什么要跟我开玩笑?"

"我的天!我不跟你开玩笑。你只要告诉我齐亚尼托在哪儿,这只表就是你的了。"

福尔图纳托笑了笑,表示不相信,一双黑眼珠盯着准尉的眼睛,拼命想从准尉的眼光里看出他说话的可信程度。

"假如我不照这个条件把表给你,"准尉嚷起来,"我就丢掉我的官职!弟兄们都是证人,我不能说话不算数。"

他一边说,一边继续把表挪近来,挪得越来越近,几乎碰到了孩子苍白的脸颊。孩子内心的贪欲和对收容的客人保持信义的一场斗争,很明显地流露在他的脸上。他的裸露的胸膛猛烈起伏,看来快要窒息。而那只表却在晃动着,旋转着,有时碰到他的鼻尖。最后,他的右手终于慢慢地举起来伸向那只表,手指尖碰到了表,接着整只表已经躺在他的掌心里。可是准尉没有放松表链……表面是淡青色的……表壳新近才擦过,亮晶晶的……在阳光底下,整只表就像一团火……这个诱惑实在是太强烈了。"

福尔图纳托同时举起左手,用拇指从肩上向他背靠着的那堆干草一指。准尉一目了然,他松开了表链。福尔图纳托觉得已经成为表的主人,他像只鹿那么敏捷地立起来,走出那堆干草十步以外,兵士们马上就翻动干草。

没有多久,干草堆就动起来;一个浑身是血的汉子,手里拿着匕首,从草堆里出现;可是当他想站起来的时候,他的冷却的伤口并不容许他这样做。他跌倒了。准尉扑到他身上,夺去了他的匕首。不管他怎样反抗,他马上就被紧紧地绑住了。

齐亚尼托躺在地上,被绑得像一捆柴一样,他向走近来的福尔图纳托回过头来。

"婊子养的!"他冲着孩子骂了一句,鄙视的成分超过愤怒。

孩子把从他手里得来的那块银币掷还给他,因为觉得自己已经不配享有这块银币了;可是那个亡命者没有觉察到孩子的这个举动。他十分冷静地对准尉说:

"我亲爱的甘巴,我不能走路了;你得把我抬到城里。"

"你刚才跑得比鹿还快呢,"冷酷无情的胜利者回答,"可是你放心,逮住了你我已很高兴,即使要我背着你跑四五里路我也不会感觉疲倦。何况,我的朋友,我们可以拿树枝和你的斗篷为你做一副担架;到了克列西波里农庄,我们就能找到马匹了。"

"好,"囚犯说,"希望你在这个担架上铺上一些干草,让我躺得更舒服一点。"

兵士们忙忙碌碌,有的在用栗树枝做担架,有的为齐亚尼托包扎伤口。正在这时候，马铁奥·法尔哥尼和他的妻子突然在通到杂木丛林的一条小径的转弯角上出现了。妻子的背上沉重地压着一大口袋栗子，她弯着腰吃力地向前走着，她的丈夫却很优游自在，手里只拿着一支长枪，身上用皮带挂着另一支；因为一个男子汉除了自己的武器以外，是不屑担负别的物品的。

一看见那些兵士，马铁奥首先想到他们是来逮捕他的。为什么会有这样想法呢？马铁奥和司法当局有些什么纠葛吗？不，没有。他享有很好的名声。他，就像人们所说的，是"一个声名卓著的人物"。可是他是科西嘉人又是山地居民，凡是科西嘉的山地居民只要仔细回忆一下过去，总能找出一些轻微的过失的，诸如动过枪、动过刀和打过架之类。马铁奥的良心比任何人都清白，因为他有十年以上没有拿枪对准过任何人；然而他还是谨慎从事，立刻采取了措施，以便在必要时可以很好地保卫自己。

"老伴，"他对朱瑟芭说，"放下袋子，做好准备。"

她马上听从。他把挂在皮带上的那支枪交给她，生怕它会妨碍他行动。他把手上的那支枪上了弹药，然后挨着路边的大树，慢慢地向自己的房子走去；他已经做好准备，只要发现有任何敌对的举动，他立刻就能躲在最粗大的树干后面，隐蔽着向对方开火。他的妻子紧跟着他，手里拿着替换的枪和子弹袋。在战斗的时候，对一个能干的家庭主妇来说，她的职务就是为丈夫上子弹。

在另一边，准尉看见马铁奥枪口向前，手指紧扣扳机，一步一步地走过来，心里很担忧。"假如，"他想，"凑巧马铁奥是齐亚尼托的亲戚，或者朋友，而他又想保卫齐亚尼托，那么，他两支枪的子弹就要打到我们当中的两个人身上，像把信投进邮筒那么轻而易举,假如他不顾亲戚情分,向我瞄准呢!……"

他在左右为难,不知所措中,决定采取一个非常大胆的行动,那就是独自一个人像个老朋友一样走到马铁奥跟前,把事情经过告诉他。可是他觉得他和马铁奥相隔的那一段短短的路程长得可怕。

"喂!喂!老朋友,"他叫喊着,"你好吗,我的老友,是我,我是甘巴,你的表弟。"

马铁奥一言不发,停下脚步;随着准尉边走边说,马铁奥把枪口慢慢向上抬起,等到准尉走到他跟前时,他的枪口已经朝向天空。

"你好,兄弟①,"准尉一边说一边向马铁奥伸出手来。"我好久没有看见你了。"

"你好,兄弟。"

"我是顺便到这儿来向你和朱瑟芭表姐问好的。我们今天赶了好长一段路程,可是我们累死也值得,因为我们捉到了一头大野兽,我们刚逮住了齐亚尼托·桑比埃洛。"

"感谢天主!"朱瑟芭叫起来。"上星期他还偷了我们一只奶羊呢。"

这两句话使甘巴高兴起来。

"可怜的家伙!"马铁奥说,"他饿呀。"

"这家伙像头狮子那样反抗,"显得有点沮丧的准尉继续说,"他打死了我的一个兵士,还不满足,又打断了查尔东班长的一只

---

① 这是科西嘉人通常的敬礼方式。——原注

胳膊；不过关系不大，班长只不过是一个法国人而已……后来他就躲起来，躲得就连魔鬼也甭想找得着。如果不是我的小表侄福尔图纳托告诉我，我永远也不会找到他。"

"福尔图纳托！"马铁奥惊叫。

"福尔图纳托！"朱瑟芭也跟着叫了一声。

"是的，齐亚尼托躲在那边的一堆干草里面，可是我的小表侄给我戳穿了他的诡计。因此我要把这件事告诉他的班长叔父，好让班长送一件漂亮礼物来酬谢他。我要把他和你的名字都写在我呈给检察长先生的报告里。"

"该死的！"马铁奥低声说。

他们和部队会合。齐亚尼托已经躺在担架上，马上就要动身。他一看见马铁奥由甘巴陪伴着走过来，脸上就露出一种古怪的笑容；然后他把脑袋转过来对着马铁奥家的大门，朝门槛上啐了一口唾沫说：

"奸贼的家！"

只有一个决心要死的人，才敢对法尔哥尼说出"奸贼"这个词儿。一匕首扎去，本可以回答这个侮辱，而且绝不需要第二下。可是马铁奥却一手按着脑门，像一个心情沉重的人那样，并没有别的举动。

福尔图纳托看见他的父亲回来就走进屋里，端了一大碗奶出来，他两眼低垂把奶送给齐亚尼托。

"滚开！"亡命者声似雷鸣向他大叫。

然后，犯人转过来向一个兵士说：

"朋友，给我水喝。"他说。

兵士把水壶递到他手上，强盗就喝刚才和他枪战过的这个人给他的水。然后他请求他们改变绑法，把他的两手绑在胸前，不要绑在背后。

"我喜欢躺得舒服一点。"他说。

兵士们赶紧满足他的要求，然后准尉下了动身的命令，向马铁奥道了别——马铁奥没有回答他——就加速步伐向平原方向走了。

约莫过了十分钟，马铁奥还是一言不发。孩子神色不安，时而望望母亲，时而望望父亲，他的父亲挂着长枪，怀着满腔怒火逼视着他。

"你开头开得很好！"马铁奥终于开了口，声调很平静，可是了解他的人就知道这声调的可怕。

"爸爸！"孩子叫道，眼睛里噙着眼泪走过来，仿佛要跪到他的膝下。

可是马铁奥喝住了他：

"别走近我！"

孩子停了下来，呜咽着，一动也不动地停在离他父亲几步远的地方。

朱瑟芭走过来。她瞥见了福尔图纳托衬衣上露出的半截表链。

"谁给你的这只表？"她用严厉的声调问。

"准尉表叔。"

法尔哥尼一手抢过那只表，用力把它向一块石头上掷去，把那表砸得粉碎。

"老伴，"他说，"这孩子是我的吗？"

朱瑟芭褐色的双颊变成了红砖头的颜色：

"你说什么？马铁奥，你知道你在对谁说话吗？"

"既然这样，这孩子就是他家族中第一个有背信弃义行为的人……"

福尔图纳托越发哭得哽咽起来了，法尔哥尼的眼光犹如两把尖刀始终盯在他的身上。最后，法尔哥尼用枪柄猛击了一下地面，然后把枪托上肩膀，重新走上那条通到杂木丛林去的道路，而且喝令福尔图纳托跟着他走。孩子服从了。

朱瑟芭追上马铁奥，抓住他的胳臂。

"他是你的儿子。"她用颤抖的声音对他说，一双黑眼珠盯着她丈夫的眼睛，仿佛要看出他灵魂深处的动静。

"放开我，"马铁奥回答，"我是他的父亲。"

朱瑟芭拥抱了她的儿子，一边哭一边走进屋子。她跪倒在一幅圣母圣像前面，虔诚地做祈祷。这时候法尔哥尼沿着小径走了大约两百步，一直走到一块小洼地前面才停止。他走下洼地，用长枪的枪柄敲了敲地面，发觉泥土松软，容易挖掘。他觉得这块地还适宜于执行他的计划。

"福尔图纳托，到那块大石旁边去。"

孩子依照吩咐做了，然后跪了下来。

"念经吧。"

"爸爸，爸爸，不要杀我。"

"念经吧！"马铁奥用可怕的声调再说一遍。

孩子呜咽着结结巴巴地念起《天主经》和《信经》来。做父亲的在每段经文的末尾用响亮的声音回答："阿门！"

"这就是你背得出的全部经文吗？"

"爸爸，我还会背《圣母经》和婶母教我的祷文。"

"这祷文很长，管它呢，背吧。"

孩子用极度轻微的声音念完了祷文。

"完了吗？"

"唉！爸爸，开恩吧！宽恕我！我再也不敢了！我一定要尽量请求班长叔叔饶恕齐亚尼托！"

他还在说着，马铁奥已经上了子弹，托起枪，对准孩子说：

"愿天主饶恕你！"

孩子绝望地挣扎着想站起来拥抱他父亲的膝头，可是已经来不及了。马铁奥开了枪，福尔图纳托当场倒地身死。

马铁奥望也不望死尸一眼，立刻往回家的路上走去，想找一把铲子来埋葬他的儿子。他走了没有几步，就遇着被枪声惊吓而奔跑过来的朱瑟芭。

"你干了什么？"她喊道。

"伸张正义。"

"他在哪儿？"

"在洼地里。我马上就来埋葬他。他是祈祷以后才死的，我要献一台弥撒给他。通知我的女婿蒂奥多罗·贝昂基，叫他来和我们一起住。"

费 德 里 哥

从前，有一个年轻的绅士，名叫费德里哥，长得英俊潇洒，一表人才，为人彬彬有礼，优柔和顺，可是道德败坏不堪，因为他过分喜爱赌博、饮酒和女人，尤其是赌博。他生平从不进教堂忏悔，纵使踏进教堂，也不过是为了在那里找寻作孽的机会罢了。却说这个费德里哥曾经在赌博中使十二个良家子弟输得破产（这十二个人后来当上了强盗，有一次他们和国王的雇佣兵进行一场激烈的战斗，没有忏悔就被打死了①），接着他自己也赌输了，转瞬之间就把全部赢来的钱输得一干二净，还赔上了他的全部财产，只剩下一所普通的庄园，坐落在加瓦②附近的小山背后，他就到那里去隐藏他的贫困。

他过着孤寂的生活，白天打猎，晚上和佃农打纸牌，这样过了三年。有一天，打猎归来，猎获物之多是他从来未曾有过的，刚回到屋里，耶稣基督带着他的使徒们来敲门，请求他接待。费

---

① 天主教认为人在一生中不断"犯罪"，临死时必须忏悔才能升天堂，未经忏悔而死，灵魂就要入炼狱或地狱，因此没有忏悔就死是一件极端严重的事。

② 加瓦，那不勒斯东南约四十公里的一个城镇。

德里哥天性慷慨，看见这许多客人恰好在他有丰盛的东西来款待他们的日子里光临，感到很高兴。于是他请旅客们进入他的小屋，无比亲切地邀请他们在这里吃饭和住宿，请求他们原谅他仓促间也许不能按照他们的身份用丰富的食物招待他们。我主基督知道他们这一次来访正碰上好日子，鉴于费德里哥殷勤招待，就原谅了他这一虚伪的小客套。

"我们只要你现有的东西就行了。"我主基督对他说，"不过请你尽快准备晚饭，因为天色已晚，而这一位又饿极了。"他指着圣彼得使徒加上一句。

费德里哥不让人再次催促，他想在猎得的野味以外再给客人们吃些别的东西，就命令佃农宰掉他的最后一只小山羊，这只小山羊马上就被插到炙肉叉上去。

等到晚饭准备就绪，客人们都入席以后，费德里哥只有一点感到美中不足，那就是他的酒还不够好。

"我主，"他对耶稣基督说，

"我主，我希望我的酒能够更好一点；
现在我只能拿现成的酒热诚地献在你尊前。"

听了这些话，我主基督尝了尝那酒：

"你还抱怨什么呀？"他对费德里哥说，"你的酒挺好，我叫这个人判断一下。"（他指了指圣彼得使徒）

圣彼得把酒尝了尝，声称这酒好极了（真正不可思议），并且邀请主人和他一起干杯。

费德里哥虽然认为这一切都是客套，可是仍然按照使徒的要求做了；他多么惊异地发觉这酒比他在最富有的时期所喝过的任何酒味道更美！他认为这个奇迹应该归功于救世主的莅临，就马上站了起来，表示自己不配和这些神圣的客人一起吃饭。可是我主基督叫他重新坐下，他也就不客气坐下了。佃农和他的老婆服侍他们吃饭。饭后，耶稣基督和使徒们走进为他们准备的房间里，剩下费德里哥和佃农两人。他们像往常一样玩纸牌，并且喝着剩下的神奇酒。

第二天，这些神圣的旅客和屋主人在楼下大厅里会了面，耶稣基督对费德里哥说：

"我们很满意你对我们的接待，想报答你一下。你可以随便向我要求三个恩典，我都答应你，因为天上、地下和地狱里的权力全都归我。"

于是费德里哥从衣袋里把经常带在身边的纸牌拿了出来：

"主人，"他说，"使我每当拿这副牌赌博时一定赢钱吧。"

"但愿如此！"耶稣基督说。（答应你的请求。）

站在费德里哥身边的圣彼得低声对费德里哥说：

"可怜的罪人，你想到哪里去了？你应该请求我主拯救你的灵魂呀。"

"我才不在乎拯救我的灵魂哩。"费德里哥回答。

"你还可以得到两个恩典。"耶稣基督说。

"主人，"费德里哥继续说，"既然你这么仁慈，请你答应我任何人爬上荫蔽着我的大门的那棵橙树，没有我的同意就爬不下来。"

"但愿如此!"耶稣基督说。

听见这些话,圣彼得使徒用手肘使劲碰了碰身边的费德里哥:

"可怜的罪人,"他对费德里哥说,"你不怕你的罪孽深重会入地狱吗?向我主请求让你在他的神圣乐园里占一席位吧,现在还来得及。"

"不忙,不忙。"费德里哥一面回答,一面从使徒身边走开。

我主基督又说:

"你要的第三个恩典是什么?"

"我希望,"他回答,"有谁如果坐在壁炉旁边的那张凳子上,没有我的同意就不能离开。"

我主基督像对前面两个恩典一样,也赏赐了这个恩典,然后带着他的弟子们走了。

费德里哥不等最后一个使徒走出门口,就想试一试他那副牌的魔力。他叫佃农过来,两人开始赌博,自己连看也不看手中的牌。他轻而易举地赢了第一局,接着又赢了第二局和第三局。他认为有了确实的把握,就动身回到城里,在一家最好的旅馆,租了一套最华贵的房间。他回来的消息马上传播开来,过去和他在一起厮混的那班酒肉朋友成群结队地来访问他。

"我们以为你永远失踪了呢,"唐朱锡普说,"听说你当了隐士了。"

"他们说得不错。"费德里哥回答。

"这三年来我们看不见你,你的日子怎样过的?"其余的人齐声问道。

"亲爱的兄弟们,我整天在祈祷,"费德里哥用虔诚的声调回答，"而这儿就是我的'祈祷书'。"他一边说一边从衣袋里摸出那副他像宝贝一样收藏着的纸牌来。

听了这个回答，大家都笑了，每个人都相信费德里哥在外地又发了财，赢了一些不如他们这班人那么高明的赌徒；他们这班人正热切地希望再一次使他破产，其中几个迫不及待地想拉他到牌桌上去。可是费德里哥请他们把赌局推迟到晚上。他已经吩咐在另一间房里摆下精美的酒席，他邀请全体客人到那里入席，酒席受到客人们的欢迎。

这场晚宴比使徒们的晚餐愉快得多；虽然他们喝的不过是希腊酒和维苏威酒，可是在同席人中间，除了费德里哥一个人，谁也没有喝过比这更好的酒了。

在客人们到来以前，费德里哥准备了另一副牌，和他原有的那副一模一样，以便必要时用这一副来代替那一副，在赢了三四局以后输掉一局，以避免引起对手们的任何怀疑。他把一副牌放在右边，另一副放在左边。

晚餐完毕以后，这群高贵的伙伴围着一张赌桌坐了下来。费德里哥先把那副世俗的纸牌放在桌上，把当晚赌博的赌注规定了一个适当的数目。为了提高自己的赌兴和考验一下自己的本领，他尽量争取在头两局赌赢，却偏偏一局接着一局地失败了，不由得心里暗暗感到不快。接着他叫人送上酒来，趁赢钱的赌徒们喝酒庆祝他们已到手的和未来的胜利的时候，他一只手把那副世俗的纸牌拿回去，另一只手把那副祝福过的纸牌拿了出来。

第三局开始以后，费德里哥再也不注意手中的牌，他有了充分的闲暇来观察他的对手们打牌，他发现他们牌中有鬼。这个发现使他感到很高兴。从此他就可以心安理得地把对手们钱袋里的钱赢个精光。他以前的破产是他们欺骗的结果，而不是因为他们赌技高明或者运气好，因此他对自己的赌技有了比较高度的估价，从他以前的胜利看来，这个估价是正确的。

自尊心的恢复（因为有什么东西不能使自尊心恢复呢？）、报复和赢钱的确有把握，是人类心目中三种甜蜜的感觉，费德里哥现在一下子都尝到了；可是，一旦想到他过去的赌运，他就想起那十二个良家子弟。他是靠他们发了财的，他确信只有他们是他所遇到过的诚实的赌徒；于是他第一次对他赢了他们的钱感到后悔。一朵愁云出现在他那张洋溢着欢乐光辉的脸上，在赢了第三局以后，他深深地叹了一口气。

接着又赌了好几局，费德里哥在这几局中设法赢了最大的数目。第一个晚上他就赢了足够的钱，可以支付当晚的酒宴和一个月的房租。这一天，他只想赢这一些。他的赌伴们十分失望，临别时答应第二天再来。

第二天和以后的几天，费德里哥对输赢很懂得分寸，以至他在很短时间内就发了大财，却没有人怀疑他赢钱的真正原因。于是他离开旅馆，搬进一家大公馆，不时在里面举行豪华的宴会。最漂亮的妇女争相博取他的青睐，最美味的酒天天摆在他的餐桌上，费德里哥的公馆成了玩乐中心。

经过这样审慎地赌过一年以后，他决定来一个彻底报复，想把当地主要财主的钱都赢得精光。为了实现这个计划，他把他的大部分金子都转换为珠宝，提早八天邀请财主们参加一个不同寻常的盛会，他为这个盛会征集了最优秀的乐师，跳舞师，等等；

盛会将以一场最盛大的赌博而结束。那些手头上现钱短缺的人纷纷到犹太人那里去借钱；另一些人则把他们所有的金钱都带来，可是都输得一干二净。当晚费德里哥就带着他的金子和钻石走了。

从此以后，他给自己定下一条规则：只和那些存心不良的赌徒进行确有把握的赌博，对于其他赌徒，他认为自己有足够的本事可以应付。因此他周游世界所有的城市，到处赌博，永远赢钱，每到一地都品尝当地最好的土产。

可是十二个受害者不断地回到他的记忆里，不免大杀其风景。有一天，他终于决定要把他们拯救出来，否则就和他们一起完蛋。

下定决心以后，他拄了一根拐棍，背了一只口袋，只带着他那条心爱的母猎狗马尔基舍拉，动身往地狱走去。到了西西里岛，他登上几培尔山①，然后从火山口落下去，从山脚到地狱的深度，正如这座山高出比亚蒙特②的高度。从那里到普鲁东③的家里，必须越过锡培尔④看守着的院子。费德里哥趁锡培尔和那条母狗纠缠的机会，轻而易举地越过了院子，去叩普鲁东的门。

他被引进谒见普鲁东：

"你是谁？"地狱之王问他。

---

① 几培尔山，意大利西西里岛的火山。
② 比亚蒙特，意大利西北部地区，处于阿尔卑斯山脚。
③ 普鲁东，罗马神话中的地狱之神。
④ 锡培尔，希腊神话中有三个头的怪狗，看守着地狱之门，这是一条公狗，费德里哥带去的是一条母狗。梅里美把神话和基督教传说混杂在一起，也是对于庄严教义的一种嘲弄。

"我是赌徒费德里哥。"

"你到这儿来有什么鬼事情？"

"普鲁东，"费德里哥回答，"如果你认为值得和人世间的第一号赌徒来一场的话，我向你提出如下建议：你说赌多少局咱们就赌多少局，只要我输了一局，我的灵魂就算是你的合法财产，和充斥你王国的那些灵魂一样；可是如果我赢了，那么每赢一局我就可以在你所有的灵魂中选择一个带走。"

"好的。"普鲁东回答。

他叫人拿一盒纸牌来。

"这儿有一副。"费德里哥说，马上从衣袋里拿出那副神奇的纸牌。

他们开始赌了。

费德里哥赢了第一局，他向普鲁东要了斯提法诺·伯加尼的灵魂，这是他想拯救的十二个人中的一个。普鲁东立刻给了他，他把灵魂放进袋子。他又赢了第二局，然后又赢了第三局，一直赢到第十二局，每一局都要了一个他想拯救的灵魂，并且把它放进袋子。等到他赢够十二局以后，他建议普鲁东继续往下赌。

"很好，"普鲁东说（其实他已经输得不耐烦了），"不过请你出去一会儿，这儿不知道冒出了一种什么臭味。"

他找出一个借口来摆脱费德里哥；等费德里哥带着袋子和灵魂刚出门口，普鲁东立刻大声叫人把门关上。

费德里哥重新越过地狱的院子，锡培尔被他的母狗迷住了，没有注意到他。他费了很大的劲重新爬到几培尔山山顶，喊了一声马尔基舍拉,母狗应声回到他身边,于是他就下山回墨西拿[①]。他对这一次赢得灵魂的胜利比他在人世间获得的哪一次胜利都更感愉快。到了墨西拿,他乘船回到陆地上,到他的老庄园去度过他的晚年。

* * *

(几个月以后,马尔基舍拉生下了一窝小怪物,其中几个甚至有三个头。人们把这些怪物全都抛进水里。)

* * *

三十年以后(费德里哥那时已经有七十岁),死神走进他的屋子,通知他清理一下他的灵魂[②],因为他的死期已到。

"我已经准备好了,"临死的费德里哥说,"可是把我带走以前,死神啊,我请求你,请爬上荫蔽着我那扇大门的那棵橙树,摘一只果子给我。只要再有这一点小小的享受,我死也瞑目了。"

"如果你的要求光是这一点点,"死神说,"我很愿意使你满足。"

于是死神爬上那棵橙树,摘了一只橙子。可是她想下来时,却不能下来,因为费德里哥不同意。

"啊!费德里哥,我受你骗了,"死神喊道,"我现在受你的控制,请你给我自由,我答应给你再活十年。"

---

① 墨西拿,意大利西西里岛上的一座主要城市。
② 清理灵魂里的罪恶,意即忏悔。

"十年！真了不起！"费德里哥说，"如果你想下来，朋友，你应该更慷慨一点。"

"给你二十年。"

"你开玩笑！"

"给你三十年。"

"你还没有说到三分之一哩。"

"你难道想再活一个世纪吗？"

"正是这样，亲爱的。"

"费德里哥，你太不讲理了。"

"有什么办法！我想活下去。"

"好吧，就给你一百年，"死神说，"只好答应你。"

她马上就能下来了。

她一走，费德里哥马上站起来，他身强力壮，开始了一种新生活，既具有青年人的精力，又有老年人的经验。关于他的新生活，我们所知道的只是这一点：他继续惊人地满足他的一切欲望，尤其是他的肉体享受，遇有机会也做一点好事，可是他从来没有想到过灵魂的得救，正如在他的第一次生命的时候一样。

一百年过去了，死神再度来叩他的门，发现他躺在床上。

"你准备好了吗？"死神问他。

"我已经派人去找我的忏悔神父了，"费德里哥说，"请你在壁炉旁边坐一坐，等着他来。我只等忏悔以后就和你一起飞到阴间去。"

死神心地善良，就走过去坐在凳子上，等了整整一个钟头，还不见神父到来。她终于感到不耐烦，就对屋主人说：

"老头子,现在是第二次了,我们分手了一世纪,你还没有足够的时间来清理你的灵魂吗?"

"说真的,我有许多别的事情要做,还顾不上这些哩。"老头儿带着嘲讽的微笑说。

"那么,"死神对他的蔑视宗教感到愤怒,"你一分钟也不能再活了。"

"算了吧!"费德里哥说,那时候死神正在白费气力地想站起来,"我凭经验知道你是很好说话的,你不会不给我再活几年。"

"再活几年!卑贱的家伙!"(她徒劳地挣扎着想离开壁炉。)

"是的,一点不错;不过,这一次,我的要求不高,因为我不再喜欢老年了,对我的第三次生命,你只要给我四十年我就满足了。"

死神发觉她被一种超凡的魔力牢牢地钉在凳子上,正如过去她被钉牢在橙树上一样;可是她火冒三丈,什么也不肯答应。

"我有一个办法使你通情达理。"费德里哥说。

他把三捆柴禾扔进壁炉。霎时间满炉子火焰熊熊,死神等于在受刑罚。

"开恩!开恩!"她觉得她的一把老骨头被烤焦了,就大喊起来,"我答应再给你四十年的健康。"

听见这句话,费德里哥解了咒,被烤得半焦的死神赶快逃之夭夭。

第二次期满的时候,死神又来找她的人。费德里哥背着一只口袋,毫无畏惧地站着等她。

"这一下,你的死期到了,"她突然走进来对他说,"你再也躲不了啦；不过你带着这只口袋干什么？"

"里面装着我十二个赌友的灵魂，这些灵魂是我从前在地狱里拯救出来的。"

"让他们和你一起回到地狱里去吧！"死神说。

她一把抓住费德里哥的头发，箭似的冲上天空，朝南方飞去，一直飞进几培尔山的深渊里。到了地狱的门口，她叩了三次门。

"谁呀？"普鲁东问。

"赌徒费德里哥。"死神回答。

"不要开门，"普鲁东大喊，因为他马上想起他以前输过的十二局赌博，"这个流氓会减少我帝国的人口。"

普鲁东既然拒绝开门，死神只好带着她的囚徒飞到炼狱[①]门口；可是守卫的天使发觉费德里哥身有大罪[②]，拒绝让他进去。在这种情形下，死神虽然非常憎恨费德里哥，也只好无可奈何而且十分惋惜地把他带上天堂。

"你是谁？"死神把费德里哥放在天堂的门口时，圣彼得问费德里哥。

"我是过去招待过你的人，"他回答，"就是从前用猎得的野味款待过你的人。"

"像你这样身负大罪的人，怎么居然敢到这儿来？"圣彼得叫喊。"你不知道天堂的门对你这类人是关闭的吗？怎么！你连炼狱

---

① 炼狱，据天主教说，有小罪而死去的人，不能上天堂，要在炼狱里清洗罪恶以后才能上天堂。

② 天主教认为有大罪的人要落地狱，不能进炼狱，更谈不到上天堂。

也不配进去,竟想在天堂里占一席位!"

"圣彼得,"费德里哥说,"大约一百八十年前,你和你的圣主到我家来请求我接待你们的时候,我是这样接待你们的吗?"

"你说的固然是事实,"圣彼得回答,口气稍稍软了一点,可是仍然带着谴责,"不过我负不起让你进来的责任。我去告诉耶稣基督说你来了,我们看他怎样说吧。"

我主基督闻悉以后,走到天堂门口,费德里哥跪在门槛上,身边带着他的十二个灵魂,两边各放着六个。这时候我主基督的同情心受到了感动。

"对你可以马马虎虎,"他对费德里哥说,"可是这十二个灵魂是地狱要它们回去的,我凭良心不能让它们进来。"

"怎么!我主,"费德里哥说,"当初我荣幸地迎接你进入我的屋子时,你不是也有十二个旅客①陪伴着你,而我不是也尽我所能像接待你一样地接待他们吗?"

"对这个人真是没有办法,"耶稣基督说,"进来吧,既然你们已经来了;可是你们不要赞扬我给你们的恩典,因为这是不足为训的。"

---

① 指耶稣的十二个门徒。

塔 芒 戈

勒杜船长是一个好海员。他起初只是一个普通水手，后来成为副舵手。在特拉法尔加海战①中，他的左手被一块木头碎片打断；断臂被切除了，他也被辞退，只拿到了证明他服务良好的证书。在家休息对他毫不合适，重新登船的机会也来到了，他就在一艘私掠船上当了一名大副。他捕掠了几次，有了一笔钱，他拿来购买书籍研究航海理论，对航海的实践他已经有了充分的知识。时间久了，他成了一艘沿海岸航行的私掠船的船长。这艘船有三尊大炮，六十个水手，直到如今泽西岛②上沿海岸航行的船员们还记得起他的战绩。和平③使他苦恼万分，他在战争期间积聚了一小笔财产，他希望牺牲英国人来增加这笔财产，现在他不得不给那些和平的商人服务。由于他出名的果断和经验丰富，人家很容易就把一条船托付给他。黑奴贸易被禁止以后，要从事这种贸易，

---

① 西班牙特拉法尔加海战发生于一八〇五年十月二十一日，由英国奈尔逊率领的英国舰队，在这次海战中打败了法国同西班牙的联合舰队。

② 泽西岛是英吉利海峡中最大的一个岛，属英国。

③ 和平，指一八一五年英普联军入侵法国，迫使拿破仑第二次退位，签订第二次巴黎和约，永远结束了拿破仑帝国。

不仅要逃过法国海关的注意,而且要躲开英国的巡洋舰;逃过法国海关的注意并不太难,要躲开英国的巡洋舰却要冒很大危险,因此,勒杜在做黑檀木生意的人①眼中,成了一个最难得的人物。

大多数长期处在低级职位的海员往往无精打采,消沉万分,到他们升上高级职位时也经常会带上墨守成规的精神。他虽然也曾经长期处在低级职位,却跟他们截然不同,他对革新并不感到十分厌恶。恰恰相反,勒杜船长却是第一个要求船主用铁箱子来贮藏食用水的人。在他的船上,像所有贩卖黑奴的船上一样,都准备着手铐和脚镣,然而他船上的手铐和脚镣却是按照新法制造,并且还精心地上了漆以免生锈。使他在贩卖黑奴的商人中获得最大的声誉的,是他亲自监制的一条贩奴船的构造。这是一艘快船,又狭又长像战舰一样,可是能够装载数量很多的黑人。他把它命名为"希望号"。他设计制造的那狭窄而凹入的中甲板,只有一公尺二寸高,他认为这样的高度可以让中等身材的黑奴舒舒服服地坐着;而且,他们何必要站立呢?

"到了殖民地,"勒杜说,"会叫他们站够的!"

黑人背靠着船舷,面对面地排成两行,当中脚下还留出空隙,这空隙在别的贩奴船上是用来作交通孔道的。勒杜还想在这片空隙里安置另外一些黑人,同第一排黑人构成直角躺着。这样一来,他的船便会比别的同吨位的船只多装十来个黑人。严格说来,还可以装得多一些,可是必须讲点人道呀,在比一个半月更长的航程里,必须让一个黑人至少有一公尺六寸长、七公寸宽的地方自

---

① 这是那些贩卖黑奴的人自己给自己取的名字。——原注

由活动呀！"因为归根结蒂，"勒杜向船主人说明采取这样宽大措施的理由时说，"黑人也同白人一样，是人呀。"

希望号是在一个星期五从南特①启程的，迷信的人后来就注意到这是一个不祥的日子。验关员仔细地检查那条船，却没有发现船上有六个大箱子，里面装满了脚镣、手铐和不知什么缘故被人称为正义之棒的铁器。验关员对希望号要运载大量的食用水也丝毫不觉得惊奇，然而按照船上的证明文件，这条船只到塞内加尔去做木头和象牙生意。航程并不长，一点不错，可是多预备点食用水并没有什么害处。如果出乎意料遇到一个平静无风的日子呢？那时没有水可怎么得了？

于是希望号在一个星期五启程了，船具和人员都配备齐全。勒杜也许很想有更结实一点的船桅，可是，他在指挥这条船期间，他倒并没抱怨什么。这条船平安而又迅速地驶达非洲海岸。等那些英国巡洋舰不在这一带海岸游弋时，它在若阿勒河口下了锚。当地的贩奴掮客立刻来到船上。机会再好也没有，塔芒戈，这位著名的武士和人贩子，刚刚把一大群黑奴带到海边，准备将他们贱价脱手；因为他自命为有能力有办法，只要他的商品在市场上短缺，他就能够给予补充。

勒杜船长登上河岸，去拜访塔芒戈。他在一个草棚里找到他，这个草棚是人家匆匆忙忙为塔芒戈搭起来的；陪伴着塔芒戈的有他的两个老婆，几个转卖商人和几个押送奴隶的工头。塔芒戈打扮起来去欢迎白人船长。他穿着一件旧的蓝军服，上面还绣有排

---

① 南特是法国西部的一个海港。

长的袖章；可是在每边肩头上，却用一粒纽子扣着两条金肩章，一条在前，一条向后，在那里晃晃荡荡。由于他没有穿衬衫，那件军服对于像他那样身材的人又太短了些，在军服的白色夹里和他的几内亚土布短裤之间，露出了一大段黑色皮肤，像一条宽皮带。一把骑兵用的大军刀用绳子系在他的腰间，他的手里拿着一支英国制的漂亮的双管步枪。这样打扮以后，这位非洲武士就以为自己比巴黎或者伦敦的花花公子更加时髦了。

勒杜船长一声不响，把他打量了一番。塔芒戈像个掷弹兵接受外国将军检阅一样站得笔直，自以为给了白人一个好印象而自鸣得意。勒杜以行家的眼光仔细打量他以后，回过头来对他的大副说：

"这样一条大汉如果能把他安全无事地运到马提尼克岛①，我至少可以卖他三千法郎。"

大家坐下，一个水手懂得点约洛夫②语，他当了翻译。大家交换了几句初见面时的客套话以后，一个见习水手拿来一篮瓶装烧酒；大家喝起酒来，船长为了讨好塔芒戈，送给他一个漂亮的黄铜火药筒，上面有拿破仑的浮雕像，对方客客气气地收下了。大家走出草棚，坐在树荫底下，面前摆着许多瓶烧酒；塔芒戈一扬手，叫人把他要出卖的奴隶带过来。

奴隶们排成长行走来了，他们的身体由于疲劳和害怕而伛偻着，每个人的脖子都套在一根长两公尺的叉子里，叉子的两个尖

---

① 马提尼克岛，西印度群岛的一个大岛。
② 约洛夫，塞内加尔的一个大部族。

端用一根木棒在后颈处连接着。开始行走的时候，其中一个领头人把第一个奴隶的叉子的柄搭在自己的肩上，第一个奴隶把紧跟在自己后面的奴隶的叉子扛着，第二个奴隶又把第三个奴隶的叉子扛着，其余的奴隶也都一样。如果要停下来，带头人把叉子柄的尖端插进地里，整个队伍便停了下来。可见逃走是不可能的，因为脖子上套着一根二公尺长的粗木棍。

男奴隶，女奴隶，一个个从船长前面走过的时候，船长总是耸耸肩膀。他觉得男的太瘦小，女的太老或者太年轻，他抱怨黑种人现在退化了。

"全都退化了，"他说，"从前真是大不相同。女的身高一米八，四个男的赤手空拳就能把一艘巡洋舰的绞盘转动，把主锚拉上来。"

虽然这样，他一边挑剔，一边还是在那些身体壮健、长相不错的黑人中做了初步选择。这些人，他肯付通常的价钱；不过，其余的，他则要求大大地减价。而塔芒戈却在这方面维护自己的利益，拚命赞扬自己的商品，谈了找奴隶的困难和贩卖奴隶的危险。结果他对白人船长准备装上船的奴隶要了一个价格，我也不知道是怎样的价格。

翻译一旦把塔芒戈的要价译成法语以后，勒杜听了又惊又气，差点儿翻倒在地；接着，他嘀嘀咕咕，恶狠狠地咒骂了一阵，站起来，仿佛要同一个这么不讲道理的人断绝一切交易似的。塔芒戈忙把他留住，好不容易才使他重新坐下。又开了一瓶酒，谈判又重新开始。这回轮到黑人认为白人的还价是荒唐的和毫无道理的了。大家大声嚷嚷，争论了许久，拚命灌烧酒；可是烧酒对订约双方产生的效果很不相同。法国人酒喝得越多，价钱还得越低；非洲人酒喝得越多，价钱让得越大。这样，等到一篮烧酒喝完后才达成了协议。一些劣质棉布，加上一些火药，打火石，三大桶烧酒，五十支没有修好的步枪，交换了一百六十名奴隶。船长为了表示交易成功，拍了拍已有七八分醉意的黑人的手掌。黑奴马上交到法国水手手里，水手急忙卸下黑奴头上的木叉子，换上铁制的头枷和手铐。这倒真是足以显示欧洲文明的优越性。

还剩下三十个奴隶，都是些孩子、老头儿和病弱的妇女。船已经装满了。

塔芒戈对这堆废物不知怎样处理才好，他向船长建议以每人一瓶烧酒的代价让给他。这个建议很有吸引力。勒杜想起了在南特演出《西西里的晚祷》时[①]，他看见过一大群又胖又大的人，走进已经客满了的池座，由于人体富有弹性，终于坐下去了。他就在三十个奴隶中接受了身材比较苗条的二十个。

这时候，塔芒戈对于剩下的十个人只要求每人一杯烧酒的代价就行。勒杜想，在公共车辆上儿童只付半票和只占半个位子，因此他要了三个孩子，并宣称再也不肯多装一个黑人了。塔芒戈看看自己手里还剩下七个奴隶，便拿起长枪，瞄准一个站在最前面的妇女，这妇女是那三个孩子的母亲。

"买了吧，"他对白人说，"要不我就打死她；给我一小杯烧酒，否则我就开枪了。"

[①] 《西西里的晚祷》是法国作家德拉维涅（1793—1843）所写的一个五幕悲剧，演出深受当时观众的欢迎。

"我要了下来有什么鬼用?"勒杜回答。

塔芒戈开枪了,那个女奴跌倒在地上,死了。

"好呀,再来一个!"塔芒戈瞄准一个十分衰老的老头儿。"一杯烧酒,要不……"

他的一个老婆把他的臂膀拉了一下,子弹便横飞了出去。因为她发现她丈夫要杀死的那个老头儿是一个魔法师,这个魔法师曾经预言她将来要当王后。

塔芒戈这时已被烧酒灌得发狂,看见有人胆敢违反他的意志,便再也不能克制自己。他用枪托残暴地殴打他的老婆,然后回过头来对勒杜说:

"喂,我把这个女人送给你。"

她长得很俊。勒杜微笑着望着她,然后拉住她的手。

"我会找个地方安置她的。"他说。

翻译是一个讲人道的人。他给了塔芒戈一只硬纸鼻烟盒,问他要了剩下的六个奴隶。他卸下奴隶们的叉子,叫他们爱到哪儿就到哪儿。他们马上就逃走了,有的往这边跑,有的往那边跑,谁都不知道怎样才能回到离海岸有八百公里的家乡。

这时候船长向塔芒戈告别,急忙叫人把他的货物尽快搬上船。船在河上停留过久不够安全,巡洋舰可能再度出现,他准备第二天就出航。而塔芒戈,则躺在树荫下的草地上,睡着觉等他的酒醒过来。

塔芒戈醒过来时,那条船已经扯起帆,向下游驶去。塔芒戈由于隔天饮酒过度,脑袋还是昏沉沉的,他叫唤他的老婆爱谢。有人告诉他,说她不幸得罪了他,他已经把她当作礼物送给白人船长,船长已把她带上船去了。塔芒戈听见这个消息十分惊愕,不断捶打自己的脑袋,接着他拿起步枪,由于那条河要转几个弯才能入海,他抄着最近的路向一个小港奔去,那小港离河口约一公里半路程。他希望在那里可以找到一只舢板,他跳上舢板可以追上那条大船。由于河道弯弯曲曲,大船一定会缓缓行驶。他没有猜错:事实上,他果然还来得及找到一只舢板,追上了那条贩奴船。

勒杜看见他吃了一惊,听见他要索还他的老婆更加吃惊。

"送给人家的财物是不能要回去的。"他回答。

他说完就转过身去背对着他。黑人苦苦哀求,提议情愿交还他用奴隶换来的一部分东西。船长哈哈大笑,说爱谢是一个很不错的女人,他想把她留下。可怜的塔芒戈泪如雨下,发出痛苦的尖叫声,就像一个不幸的患者在经受外科手术一样。他忽而在甲板上打滚,嘴里喊着他的亲爱的爱谢;忽而又把脑袋撞在木板上,仿佛要自杀。船长始终无动于衷,对着他指指河岸,向他表示现在是他离开这条船的时候了;可是塔芒戈坚持不肯。他甚至于愿意献出他的金肩章,他的步枪和他的军刀。但一切全都没有用。

在争执不休的时候,希望号的大副对船长说:

"昨天晚上船上死了三个奴隶;我们有空地方。我们为什么不逮住这个强壮的浑蛋呢?他一个人抵得上三个死去的奴隶。"

勒杜心里盘算:塔芒戈可以卖到三千法郎;这次赚大钱的航行大概是他最后一次旅行了;只要他发了财,他对奴隶买卖就洗手不干,那么,他在几内亚海岸留下一个好的或坏的名声对他又有什么关系呢?何况,河岸上荒无一人,这个非洲武士完全是他的掌中之物。唯一重要的就是夺下他手里的武器,因为他手里拿着武器的时候对他下手是很危险的。勒杜于是问他要了他的步枪,仿佛要仔细察看一下以便确定它值不值换取美丽的爱谢。他扳弄枪机,故意倒掉了导火线的火药。大副这方面也拿起那把军刀玩弄。于是塔芒戈便被解除了武装;两个身体健壮的水手向他扑将过去,把他翻倒在地,着手把他捆绑。黑人的反抗十分英勇。他从初惊中清醒过来以后,尽管地处不利,仍然和那两个水手厮打了很久。凭着他的超人气力,他终于能够立起身来。他一拳就把那个抓住他领口的人打倒在地;另一个水手抓住他的衣服,他挣脱出来,留下一片衣服在水手手中,自己像个疯人似的向大副冲过去,想夺回大副手中的军刀。大副把刀朝他的脑袋一劈,脑袋顿时出现一道很大的伤口,可是不很深。塔芒戈又倒了下去。大家马上把他的手和脚绑得紧紧的。他一边反抗,一边发出愤怒的喊声,像只落网的野猪那样拚命挣扎;可是,等到他发觉一切抵抗都已徒然时,他便闭上眼睛,一动也不动了。只有猛烈而急促的呼吸声证明他还活着。

"好呀!"勒杜船长叫喊,"被他卖掉的黑人看见他也成了奴隶,就会开心地大笑一场了。就凭这一件事,他们会认为冥冥中的确有神灵存在的。"

可怜的塔芒戈血都流光了。昨天曾经救过六个奴隶性命的翻译,心地慈悲,走到塔芒戈身边,替他包扎了伤口,对他说了几句安慰的话。他对他能说什么呢?我不知道。黑人一动也不动,像具死尸一样。不得不叫两个水手把他当作包裹一样抬到中甲板上,放在给他准备的位子上。他有两天既不吃也不喝,甚至很少睁开眼睛。和他一同被囚的伙伴们，原来是他的囚徒，见了他在他们当中出现，不由得惊呆了。他们怕他怕得厉害，以致虽然是他造成了他们的苦难，他们也不敢对他的处境加以嘲骂。

趁着大陆上吹来的顺风，那条船很快就离开了非洲海岸。船长对英国巡洋舰队已经不再担心，现在一心只想着他驶到殖民地时，等待着他的巨额利润。他的黑檀木在海运中丝毫没有受到折损。没有发生传染病。只有十二个黑人，并且是那些身体最弱的，由于中暑死去，这不过是一件区区小事。为了使他的活人货物尽可能少受航行劳累的痛苦，他留意每天让奴隶们上一次甲板。这些可怜虫每天分三批轮流在一个钟头内贮备他们一整天所需要的新鲜空气。水手中的一部分人全副武装监督他们，以防他们叛变；同时，也留意到决不全部除去他们的镣铐。有时一个会拉小提琴的水手还开个音乐会来给他们嬉乐一下。这时候便会发生一种很奇怪的景象：这些黑色的面孔都转过来对着音乐家，脸上那种呆滞的绝望表情逐渐消失，哈哈大笑，还在铁链许可的范围内拍着手掌。体育锻炼对健康是必要的，因此勒杜船长最有益的健身术之一，就是经常叫他的奴隶们跳舞，就像人们要使上船即将远航的马儿踏脚一样。

"来吧，孩子们，跳舞吧，娱乐吧。"船长用雷鸣般的声音说，同时把一根赶驿车用的粗马鞭子抽得噼啪作响。

可怜的黑人们马上跳跃起来和跳起舞来。

塔芒戈因为伤口未愈，在升降口下面留了一段时间。后来他终于在甲板上出现了；起初，他在一群胆小害怕的奴隶中间高傲地昂着头，向船四周无边无际的海面悲哀而默默地望了一眼；然后，他躺下来，或者不如说，他随身倒在船桥的木板上，甚至都顾不上把铁镣整理一下，免得让铁镣硌得不舒服。勒杜坐在后甲板主桅的后面，安闲地抽着烟斗。爱谢在他身边，没有上镣铐，穿着一件时髦的蓝布连衫裙，脚上穿着一双美丽的羊皮拖鞋，手中捧着一个盛满各种酒的盆子，准备给他斟酒。很明显，她在船长身边担任着高级职务。一个憎恶塔芒戈的黑人，向他打手势叫他朝那边张望。塔芒戈回过头来，看见了爱谢，嘴里一声喊叫，像旋风一般站了起来，向主桅后面的后甲板奔去。看守他的水手们竟来不及阻止这种严重破坏航海纪律的违法行为。

"爱谢！"他用雷鸣般的声音叫喊，爱谢发出一声恐惧的喊声，"你以为在白人的国度里，就没有'马马·任博'了吗？"

水手们已经举着木棍赶过来，可是塔芒戈抱着胳膊，好像什么事都没有发生的样子，回到了他原来的位子上，而爱谢却眼泪直流，仿佛被这几句神秘的话吓呆了。

翻译解释了什么是"马马·任博"，为什么光说出这个名字就能把人吓成这样。

"这是黑人用来吓唬人的吃人的妖怪，"翻译说，"一个丈夫如果害怕妻子不守妇道，做出在法国，或者在非洲，一般妻子所常做的事情，他就用'马马·任博'来吓唬她。我，现在同你们谈话的我，曾亲眼见过'马马·任博'，我懂得其中奥妙；可是那些黑人……他们头脑简单，什么都不懂。——你们可以设想，在一个夜晚，女人们兴高采烈地在跳舞，用他们的土语来说，在娱乐①的

---

① 原文是葡萄牙语。

时候,突然间从一个茂密的阴暗的小树林里传来一种奇怪的音乐,却看不出谁在演奏,所有的乐师都躲在树林里。乐器有芦笛,木鼓,打击乐器和一些用半个葫芦做成的吉他。乐声显得非常凄惨、悲哀。那些妻子听到这种乐声就哆嗦起来,她们想逃走,因为她们知道马上就要发生的是什么讨厌的事情,可是丈夫们把她们留住。突然间从树林里出现了一个白色的庞然大物,足有我们的第二节桅杆那么高,脑袋像斗那么肥大,眼睛像船上的锚孔那么大,嘴巴活像魔鬼的嘴巴,里面有一团火。这个怪物慢慢地、慢慢地走着,决不走出树林九十五公尺以外。妻子们叫喊:

"'马马·任博'来了!"

"她们像叫卖牡蛎的女人一样拚命叫喊。这时候丈夫们对她们说:

"'来吧,臭娘们,告诉我们你们是不是品行很端正;如果你们撒谎,"马马·任博",就在这儿会把你们活活吞掉。'有些妻子头脑相当简单,她们老实说出来,便遭到丈夫们痛打一顿。"

"那么那个白色的庞然大物,所谓'马马·任博'到底是什么?"船长问。

"那是一个小丑,披着一大块白布,拿着一个挖空了的南瓜当作脑袋,里面放一根木棒,顶端点着一支蜡烛。这种戏法并没有什么了不起,不过要骗黑人,并不需要十分聪明。可是归根结蒂,'马马·任博'倒是一种很好的发明,我真希望我的老婆也相信它。"

"至于我的老婆,"勒杜说,"如果她不怕'马马·任博',她倒是怕大棒的;她也知道如果她骗了我,我会怎样对付她。我们勒杜家的人是不能容忍人家欺侮的,虽然我只有一只手,我却很会运用打人的鞭子。至于那边的那个浑蛋,他提起什么'马马·任博',你去告诉他放老实一点,不要吓着我身边的小娘们,否则我叫人鞭打他的背脊,打得他黑皮肤变得同生牛肉一样红为止。"

说完这几句话,船长就回到自己的房间,把爱谢叫来努力安慰她。可是爱抚也好,打骂也好(因为爱抚到后来,终于失去了耐心),都不能使那个美丽的黑女人顺从,她的眼泪像泉水般往外涌。船长又登上甲板,大发脾气,同值日的驾驶员口角,骂他当时驾驶不当。

当晚,船员们都已熟睡,守卫的人起初听见从中甲板上传来一阵低沉、庄严、凄惨的歌声,接着又听见一个女人一声尖锐的喊叫。紧接着,是勒杜的粗嗓音在咒骂和威胁,他那可怕的鞭子声响彻了全船。片刻以后,一切复归寂静。第二天,塔芒戈满脸伤痕出现在后甲板上,神气还像以前那样高傲,那样倔强。

爱谢原来坐在后甲板船长身边,她一见塔芒戈,马上飞奔过去,跪在他的面前,用极度绝望的声调对他说:

"请宽恕我,塔芒戈,宽恕我!"

塔芒戈目不转睛地对她凝视了一分钟,然后,他发觉翻译不在身边:

"一把锉刀!"他说。

接着他就把背对着爱谢躺在船桥上。船长狠狠地责骂爱谢,甚至打了她几下耳光,禁止她同以前的丈夫说话;可是他丝毫没有怀疑他们交换短短几句话的含义,对这件事他没有提出任何质问。

这期间，同别的奴隶关在一起的塔芒戈，日夜不停地说服他们做一次勇敢的尝试来恢复他们的自由。他对他们说，白人人数很少，而且叫他们注意守卫们越来越放松警惕；然后，又含糊其辞地说他能够把他们带回他们的家乡，并夸口说他精通神秘法术，这种法术是黑人最为着迷的；然后又威胁那些不肯帮助他闹事的人，说魔鬼要来找他们报复。他在进行说教时，只使用伯尔族①方言，这种方言大部分奴隶都听得懂，翻译却不懂得。他本人的声望以及黑奴们一向对他害怕和服从的习惯，巧妙地加强了他演讲的说服力；黑奴们催他赶快决定解放他们的日期，虽然他自己还不认为已经有能力举事。他含糊地回答那些谋叛者说，举事的时间还没有到，向他托梦的魔鬼还没有把日期通知他，不过他们应该随时做好准备，一得到他的信号就起义。同时他也不放过任何能考验守卫人警惕性的机会。有一次，一个水手把步枪靠着船舷放着，兴致勃勃地在观看一群追随着船只的飞鱼；塔芒戈拿了那支枪，滑稽可笑地学起水手们在操练时的种种怪样子。过了一会儿水手才把那支枪从他手上取回，可是他已经知道他可以拿到一件武器而不会立刻引起怀疑；等到使用武器的时候一到，谁要是敢从他的手里夺回武器，那真叫非常大胆呢。

有一天，爱谢扔给他一块饼，给他使了一个只有他一个人才懂得的眼色。饼里有一把锉刀，他的起事成功与否就靠这个工具。起初，塔芒戈注意不让他的同伴们知道他有锉刀；可是等到夜晚降临以后，他就开始喃喃地说一些难以听懂的话，同时还做一些

---

① 伯尔族，北非洲种族，过去定居塞内加尔，目前分散在马里及几内亚。

奇形怪状的手势。渐渐地,他高兴起来,还大声叫喊几句。听着他说话声音的变化多端,会以为他在同一个隐身人热烈地谈话。奴隶们都战栗起来,毫不怀疑魔鬼正在他们中间。塔芒戈最后快乐地喊了一声,结束了这个场面。

"伙伴们,"他喊道,"我祈求的神灵终于把他答应给我的东西给我了,我手里拿着的就是我们求解放的工具。现在你们只要有一点勇气,就可以获得自由了。"

他让身边的几个人摸了摸那把锉刀,而狡计尽管十分拙劣,还是赢得了比它更为拙劣的人们的信任。

经过长时期的等待以后,报仇和自由的伟大日子终于来到了。庄严的誓言把起义的人们团结在一起,在一次讨论以后,定下了他们的计划。其中最坚决的人们,以塔芒戈为首,当轮到他们上甲板时,负责夺取守卫人的武器;另外几个人负责到船长室去夺取长枪。那些成功地锉断了他们身上刑具的人,应该首先发动攻击。可是尽管几个晚上一直不断地在锉镣铐,大部分奴隶仍然不能弄断镣铐参加这一行动。因此,决定由三个壮健的黑人负责杀死衣袋里带着镣铐钥匙的人,然后马上去解救那些被锁着的同伴。

那一天,勒杜船长的心情特别好;他一反往常,宽恕了一个该受鞭笞的见习水手。他称赞值日驾驶海员驾驶得好,他向全体船员宣布他心满意足,并且告诉他们,再过不长时间便可到达马提尼克岛,到了岛上他给每个船员一笔奖金。全体水手听了这番甜滋滋的话,脑子里早已想着怎样使用这笔奖金。他们想到了马提尼克岛的烧酒和有色女人。正在这时候塔芒戈和另几个起义者被带上了甲板。

这些黑人在锉断他们的刑具时曾十分留神，锉得镣铐表面上看来好像没有断一样，可是只要一使劲就可以弄断。而且他们故意使刑具叮当作响，叫人听起来还以为他们身上套着双重刑具。他们呼吸过一会新鲜空气以后，便手牵着手跳起舞来；这时候塔芒戈便唱起他的家族的战歌①，这是他以前每次出征时必然要唱的。跳了一段时间以后，塔芒戈似乎跳累了，他伸长身子躺倒在一个无精打采靠着船舷站着的水手脚边。所有的起义者马上都学着塔芒戈的做法。这样一来，每一个水手都由几个黑人包围着。

塔芒戈轻轻地弄断了镣铐，猛地发出一声大喊，这就是信号；接着他狠拉身边那个水手的腿，把他掀翻在地，用脚踏着他的肚子，夺走他的长枪，顺手一枪把值日驾驶员打死了。与此同时，每个负责守卫的水手都遭到了袭击，被解除了武装后立刻被杀死。四面八方杀声震天。身上带着镣铐钥匙的水手长，同第一批人一起被杀害。随后，黑人成群涌上甲板。那些找不到武器的人便抓住绞盘的木杠，或者救生艇上的桨。从这时开始，欧洲船员陷入绝境。只有几个水手还在主桅后面的甲板上进行抵抗，可是他们缺少武器和决断。勒杜还活着，丝毫没有丧失勇气。他发觉塔芒戈是起义的头头，他想假如能把塔芒戈杀掉，其余同党便不足为虑了。因此他手里拿着军刀，直奔塔芒戈，嘴里还大声喊着他的名字。塔芒戈立刻向他扑过来，手里抓着一根枪的枪柄，把它当作棍棒使用。两个首领在连接前后甲板的一条狭窄的过道上相遇了。塔芒戈最先下手。白人将身子轻轻一闪，就躲过了那

---

① 每个黑人酋长都有他自己的战歌。——原注

下打击。枪柄猛击在木板上，折断了，反弹力十分猛烈，长枪从塔芒戈手中失手掉下了。他没有了防御工具，勒杜露出狰狞的笑容，举起军刀，准备一下子把他砍倒。可是塔芒戈像他家乡的豹子一样敏捷。他冲进对方的怀里，抓住对方拿刀的手。这一个竭力设法保住自己的武器，另一个拼命抢夺武器。在激烈的斗争中，两个人都跌倒了，不过是非洲人被压在下面。塔芒戈毫不泄气，紧紧地抱住他的敌人，咬住他的脖子，用力之猛，竟使血如喷泉，像从狮子的齿缝里喷出来一样。船长逐渐衰竭，刀从他的手里落下。塔芒戈抓起刀，满嘴血淋淋地站起来。他发出一声胜利的喊声，对着已经半死的敌手猛砍了几刀。

胜利已经毫无疑问。剩下的几个水手想哀求起义者怜悯；可是全体白人，包括从来没有对他们做过坏事的翻译在内，都遭到无情的杀害。大副死得很光荣。他退到后面，靠近那些里边装着霰弹可以旋转的小炮。他用左手攀动小炮，右手拿着一把军刀，自卫得那么好，引来了一大群黑人的包围。于是他把开炮的机关一按，立刻在密集的群众中，开出了一条布满尸体和垂死者的宽大的道路来。片刻以后，他被砍成碎片。

最后一个白人的尸首被剁成一块块扔进海里以后，黑人的报仇愿望得到了满足；他们抬起眼睛望着船帆，船帆始终被强劲的风鼓得满满的，似乎还在听从他们的压迫者的命令，不顾黑人的胜利，仍然把胜利者送到奴隶的土地上去。

"什么也没有改变，"他们悲哀地想，"这个高大的白人神物看见我们杀害了它的主人，还愿意把我们带回到我们的家乡吗？"

有几个人说塔芒戈会使它服从。大家马上大声叫喊塔芒戈。

塔芒戈并不急于露面。大家发现他在船尾的舱房里站着，一只手按着船长那把染满鲜血的军刀；另一只手，他心不在焉地伸给他的老婆爱谢，爱谢跪在他的面前吻他的手。胜利的喜悦没有减轻完全流露在他外表上的深沉的忧虑。他不像别的黑人那么粗鲁，更感觉到自己处境的困难。

最后他出现在甲板上了，装出一副若无其事的镇静样子。几百张嘴乱嘈嘈地叫喊他，催促他去控制船的前进；他慢慢地一步步走近船舵，仿佛要拖延一下那个对他自己和对别人都是决定他本领大小的时刻。

整条船上，任何一个黑人，哪怕多么愚蠢，都不会不注意到一个轮盘和放在它对面的盒子对船只行动所起的作用；可是这个机械装置对他们说来始终是十分神秘的东西。塔芒戈把罗盘针注视了好久，嘴唇不停地动着，仿佛在念着描在上面的文字一般；然后他以手按额，似乎在那里思索。所有黑人都围着他，张着嘴巴，眼睛睁得老大，不安地注意着他的每一个细微动作。最后，由于无知而产生的恐惧和自信的混合心情，使他把舵轮猛力地转动了一下。

漂亮的帆船希望号在这种闻所未闻的驾驶方法下，在波浪上直跳起来，宛如一匹骏马在一个冒失的骑士用刺马距刺激下用后足耸立起来一样。简直可以说帆船激怒了，想同它无知的舵手一起沉入海底。船帆的方向和船舵的方向之间的必要关系遭到突然破坏，船身猛烈地倾斜，使人以为它马上就要沉没。它那长长的帆架一直浸入水中。好几个人跌倒了，有些人跌入海中。过了一会儿，帆船又高傲地抬起身来同波浪对抗，仿佛要同毁灭进行最后一次斗争。风越吹越猛,突然间哗啦啦一声可怕的巨响,两条船桅倒了下来,折断在离甲板几尺远的地方,碎片布满了船桥,就像堆了一个沉重的索网。

黑人们惊恐万状,纷纷朝升降口逃走,嘴里发出恐怖的喊声;可是由于风再也找不到攻击的对象,那条船又重新昂起头来,在波浪中轻轻晃动。这时候比较大胆的黑人重新登上船桥,扫清堵塞着船桥的碎片。塔芒戈一动也不动,手肘靠在罗盘针盒上,弯着臂膀遮盖住面孔。爱谢在他身边,不敢对他说话。慢慢地,黑人都走拢来;起先只响起了一阵低语声,不久这低语声便变成了一场责备和辱骂的暴风雨。

"不诚实的家伙!骗人的东西!"他们叫喊,"是你造成了我们这一切灾难!是你把我们卖给白人,是你强迫我们起义反抗白人。你向我们夸耀你的知识,你答应我们把我们带回家乡。我们相信你的话,我们真是傻瓜!现在你得罪了白人的神物,我们几乎全都死掉了。"

塔芒戈高傲地抬起头来,包围着他的黑人胆怯地向后退缩。他捡起两支长枪,做个手势叫他的老婆跟着他。他向群众走去,群众向两旁分开让他走过。他一直向船头走去。到了船头,他用空桶和木板筑成一个碉堡,然后坐在这个像战壕似的东西中间,把两支长枪的刺刀带有威胁性地从里面伸出。黑人们让他安静地待在那里。在起义的人中间,有些哭泣;有些举手向天祈求他们的神物和白人的神物;另外一些跪在罗盘针前面,对它的永不间断的运动感到钦佩,恳求它把他们带回家乡;还有一些躺在船桥上,意气消沉和满脸阴郁。在这些绝望的人中,可以想象,妇女和儿童在惊恐地号叫，约有二十个受伤的人在哀求救助，谁也没有心思去救助他们。

一个黑人突然出现在船桥上；他红光满面，告诉大家他找到白人藏烧酒的地方了，他的高兴劲头和他的样子足以证明他已经尝过这烧酒。这个消息使得那些不幸的人们暂时停止了叫喊。他们奔到粮食库，拚命灌烧酒。一小时以后，可以看见他们在甲板上跳呀，笑呀，做出烂醉后的一切粗野的举动。他们的舞蹈和歌声夹杂着受伤的人的呻吟和呜咽。这一天的其余时间和整个晚上就是这样度过的。

第二天清晨醒过来以后，又重新陷入绝望中。昨天夜里大部分受伤的人都死掉了。船的周围都是死尸，船在中间漂浮着。大海波涛汹涌，天空有雾。大家商议了一番。有几个学过魔法的人，在塔芒戈面前不敢谈起他们的学识，现在轮流出来尝试他们的本领。一连试了好几种法力强大的魔法。每失败一次，失望便增加几分。最后大家又提起塔芒戈，他还不曾走出他的碉堡。无论如何，他是他们中间最有学识的人，他使他们陷进可怕的境地，只有他能够把他们拯救出来。一个老头子走近他，这位建议和平的使者请求他出来提出他的意见；可是塔芒戈简直好像科里奥朗①那样冷酷无情，对他的请求充耳不闻。昨天晚上，趁着一片混乱，他已经贮藏了足够的饼干和咸肉，似乎决心单独生活在他隐居的地方。

烧酒还剩下不少，它至少可以使人忘掉大海，忘掉奴隶的身

---

① 科里奥朗，公元前五世纪时的罗马将军，有功于国，反被流放，因而反过来攻打罗马。罗马屡次派遣使者求和都被他冷酷地拒绝。

份和即将到来的死亡。人们睡着了，人们梦见非洲，人们看到了橡皮树林，看到了茅草小屋和包巴布树①，这种树的阴影可以荫蔽整个村庄。醒来以后又开始像昨天那样大吃大喝。这样过了几天。先是叫喊，哭泣，抓自己的头发，然后是喝醉酒和睡觉，这就是他们的生活。有好几个人由于酗酒而死亡，另外一些人投海身死或者用刀自杀了。

一天早上，塔芒戈从碉堡里走出来，一直走到断掉的主桅附近。

"奴隶们，"他说，"神灵托梦给我，告诉我使你们脱离目前境遇，带你们回到家乡的方法。你们忘恩负义，应当受到我的抛弃；可是我可怜那些大哭小喊的妇女和儿童。我饶恕了你们，你们听我说。"

黑人们恭恭敬敬地低下了头，挤得紧紧地把他围住。

"只有白人，"塔芒戈继续说，"才懂得那些有强大法力的话，这些话可以使这些大木房子移动；可是我们却可以随意驾驶这些轻便的小船，这些小船同我们家乡的小船相似。"

他指给他们看那只大型救生艇和船上的舢板。

"我们把小船装满食物，登上船，顺着风划船，我的主人同你们的主人会使风吹向我们的家乡。"

大家相信了这番话。从来没有比这计划更为愚蠢的了。既不懂得使用罗盘，又不知道天文，除了漫无目的地漂泊，不会有别的结果。按照他的想法，他以为只要一直朝前面划去，最后总会找到一片有黑人居住的土地；因为土地只属黑人所有，白人仅仅

---

① 包巴布树，非洲巨树，树干直径有大至十米左右的。

居住在他们的船上而已。这些话是他听他母亲说的。

过了一刻工夫，登船的一切都准备好了；可是只有大救生艇和另外一只舢板完整可用。要装载还活着的大约八十个黑人，根本就不够。必须将所有伤者和病者抛弃。其中大部分要求人们在抛弃他们以前，把他们杀死。

两只小船费了好大劲总算降到了海上，船上超载得十分严重，离开大船时浪涛翻滚，大海随时都有把它们吞没的危险。舢板首先驶了出去。塔芒戈同爱谢一起坐着那只大艇。大艇比较笨重，又因为装载过多，远远落在后面。这时还听得见大船上有几个被抛弃的可怜虫的惨叫声，突然一个相当大的浪头从侧面向大艇打来，艇内顿时充满了水。不到一分钟，大艇就沉没了。舢板眼看大艇遭难，划手便加倍使劲地划，唯恐要救起几个遭难的人。差不多所有登上大艇的人都淹死了。只有十二个人回到了大船上，其中也有塔芒戈和爱谢。等到太阳落下去以后，他们看见舢板消失在水平线后面，不知道它的命运怎样。

我为什么要描写这种令人憎恶的受饥饿的苦刑景象来使读者厌烦呢？大约有二十个人挤在一块狭窄的地方，有时随着汹涌的海水晃动，有时被灼热的日光烤焦，他们每天争夺剩下为数不多的干粮。每一块饼干都要经过一番战斗，弱者在战斗中死去，倒不是由于强者杀了他们，而是因为强者让他们自行死亡。几天以后，在希望号船上还活着的，便只有塔芒戈和爱谢两人了。

*　　*　　*

一天晚上，海浪很大，风猛烈地刮着，四周一片漆黑，从船尾竟不能看见船头。爱谢躺在船长室的一张床垫上，塔芒戈坐在她的脚跟旁。两个人已经沉默了很久。

"塔芒戈，"爱谢终于喊了出来，"你所受的一切痛苦，都是为了我的缘故……"

"我没有痛苦。"他粗暴地回答。跟着他把剩下的半块饼干扔在床垫上，在他的老婆身边。

"留给你自己吃吧，"她一边说一边轻轻地推开那块饼干，"我再也不饿了。何况，为什么还要吃呢？我的死期不是到了吗？"

塔芒戈站起来，没有回答。他跟跟跄跄地登上船桥，坐在一根断掉的船桅脚下。他低垂着脑袋，嘴里吹着他的家族的歌曲。突然间一下猛烈的喊声盖过了风和海的声音，出现了一道亮光。他还听见了别的喊声，接着是一艘黑色的大船飞快地擦过他的船，离得那么近，对方的帆架竟然从他的头上飞过。他只看见两个人脸，被吊在船桅上的一盏灯照亮着。这些人又发出一声叫喊，马上那条船就被风吹走，消失在黑暗中了。毫无疑问，那条船上守望的海员看见了这艘遭难的船，可是风势猛烈，使它无法掉头。再过一分钟，塔芒戈看见了大炮的火光，听见了爆炸的声音；接着他又看见了另一座大炮的火光，可是他听不到任何声音；然后他再也见不到什么。第二天，没有一片帆影在天际出现。塔芒戈重新倒在床垫上，闭上了眼睛。他的老婆爱谢当晚就死了。

* * *

我也不知道经过多少时候，一艘英国巡洋舰女战神号瞥见了一条断了船桅的船，外表上看起来像是被船员抛弃了的船。战舰派了一条大艇驶近那条船,在船上发现了一个死掉的黑女人和一个消瘦得皮包骨的黑人。他干瘪得那么厉害,简直像个木乃伊。他已经失却知觉,可是还有一丝气息。外科医生收容了他,为他治疗,等到女战神号停靠在金斯敦①的时候,塔芒戈已经完全恢复了健康。人家问他过去的事情。他把他知道的都说出来。岛上的种植园主想把他当作反叛的黑奴吊死;可是总督是讲究人道的人,对塔芒戈感到兴趣,认为他的情况是可以原谅的,因为归根结蒂,他只不过行使正当防卫权而已,何况他杀死的只是些法国人。人们就用对待被充公的贩奴船上发现的黑人的方法来对待他,给他自由,换句话说,就是叫他为政府做工,不过他每天除了得到膳食以外还可以赚到六个苏。他是一个非常英俊的汉子。第七十五团队的上校看见了他,叫他在团队军乐队里当了一个铙钹手。他学会了一点英语,可是他很少说话。另一方面,他喝罗姆酒和塔非亚酒却喝得很厉害。——他后来因为肺炎,死在医院里。

---

① 金斯敦是牙买加的首府。

夺 堡 记

前几年，我的一个当军人的朋友，在希腊①患热病死去。他活着的时候，有一天曾把他参与的第一场战争告诉我。他的叙述使我极为感动，以至只要有空我就立刻凭记忆记下他说的内容。下面就是：

我在九月四日傍晚赶上了联队。我在露营营地见到了上校。他起初相当粗暴地接待我，可是念了布……将军的介绍信以后，他改变了态度，对我说了几句亲切的话。

他把我介绍给刚刚侦察回来的上尉队长。这位上尉，我还没有足够的时间来熟悉，是一个身材高大的栗色头发汉子，相貌严厉，令人讨厌。他从小兵当起，在战场上出生入死，挣得了今天的官职和勋章。他的嗓音沙哑而微弱，同他巨人似的身材构成奇异的对照。人家告诉我说，他的嗓音变成这样，是由于他在伊埃

---

① 梅里美这里指的是一八二一至一八二九年法国参与希腊反对土耳其的民族独立战争。

那战役①被一颗子弹把喉咙打个对穿所致。

他听说我是从枫丹白露学校②毕业的,就做了一个鬼脸,说:"我的中尉是昨天打死的……"

我知道他是想说:"你该顶他的缺,可是你没有这份能力。"一句刻薄的讽刺话已经到了我的嘴边,可是我忍住了。

月亮从舍弗里诺角面堡③后面升起,这个要塞离我们的露营地只有两门大炮的射程。月亮又大又红,就像通常初升的月亮一样。可是今天晚上我觉得它大得异乎寻常。在一刹那间,角面堡的黑色形体在月亮光辉灿烂的圆盘上显现,像一个即将爆发的火山尖锋。

我身边的一个老兵注意到月亮的颜色。

"月亮很红,"他说,"这标志着要花很大代价才能夺取这个该死的要塞!"

我一向是迷信的,这个预兆,尤其是在这种时候,使我极为震动。我躺下睡觉,但是我不能入睡。我爬起来,走了一阵,一边注视着舍弗里诺村子那边高地上一片没有边际的火线。

等到我认为清新而又寒冷的夜风已经使我的血液十分凉爽时,我回到篝火旁边,把外套严严地裹住身体,闭上眼睛,希望

---

① 伊埃那是德国小城,一八〇六年拿破仑大败普鲁士军队于此。

② 枫丹白露学校是一八〇三年拿破仑创办的军官学校,于一八〇八年迁至圣西尔,改为圣西尔军官学校。

③ 舍弗里诺是俄国的一个小村,改成要塞。角面堡是一种独立的防御工事,四周筑成方形,并无凹角,守军驻守在堡中。一八一二年拿破仑军队夺取了舍弗里诺角面堡。

在天亮以前不要睁开眼睛。可是睡眠同我有仇，总不来找我；我的思想在不知不觉间染上了一层不祥的色彩。我心想在占领这片平原的十万人中，我没有一个朋友；如果我受了伤，就要住进医院，接受一些缺乏知识的外科医师们粗心大意的治疗。我想起了曾经听说过的一些关于外科手术的话。我的心猛烈地跳动，我下意识地把手帕和皮包当作铠甲放在胸口。我倦疲到了极点，时时刻刻都在昏昏欲睡，可是不祥的思想却时时刻刻都在更猛烈地涌现出来，使我经常惊醒。

倦疲终于战胜了，等到打起床鼓的时候，我已经完全入睡。我们排列成战斗队形，点了名，然后又把枪交叉排列，一切都显示我们今天要度过一个安静的日子。

将近三点钟，一个副官带着一道命令来了。我们奉命拿起武器，我们的狙击兵散布在平原上，我们跟在他们后面慢慢地前进；二十分钟以后，我们看见所有俄国的前哨都退回去，走进角面堡。

一队炮队过来安置在我们右边，另一队在我们左边，两个炮队都远在我们前面。它们向敌人开始猛烈轰击，敌人也有力地还击；过了不久，舍弗里诺要塞便消失在浓密的烟雾中。

我们联队有一个坡地做掩蔽，几乎受不到俄国人的炮火。他们的炮弹从我们的头上飞过，很少落到我们的阵地上（因为他们宁愿向我们的炮兵开炮），或者最多给我们送来一些泥土和小石块而已。

我们一接到前进的命令，上尉就很注意地盯着我，我不得不用手去摸了两三次我刚长的胡髭，尽量显得从容不迫。况且，我并不害怕，我唯一害怕的，是人家想象我害怕。这些打不着我们的炮弹也帮助我保持英勇的镇静。我的自尊心告诉我，我正在冒着真正的危险，因为我毕竟是在炮队的轰击下面。我非常高兴我自己能够这样镇静自如，我已经想到我在普罗旺斯街布……夫人家的客厅里叙述夺取舍弗里诺角面堡的乐趣。

上校从我们的连队经过；他对我说："唔，这样开始你的生涯，你会感到大大的失望的。"

我一边英武地微笑着，一边拂拭我的衣袖，因为离我三十步远的地方落下来一颗炮弹，送了一点灰土在我的衣袖上。

俄国人似乎看出了他们的炮弹没有打中目标，因为他们改用一些开花弹来代替炮弹，这样就比较容易打中我们藏身的凹地。一下相当猛烈的爆炸掀掉了我的军帽，把我身边的一个人炸死了。

"我祝贺你，"我把军帽捡起来时上尉对我说，"你今天可以平安无事了。"

我知道这是军队里的一种迷信，他们认为一罪无二罚的原则在法庭上适用，在战场上也适用。我很得意地戴上我的军帽。

"这真是毫无礼貌地叫人行敬礼。"我尽量愉快地说。

这种拙劣的笑话，按照当时情景看来，倒也算说得十分得体。

"我祝贺你，"上尉又说，"你不会再有什么事了，今晚你就要指挥一个连队，因为我觉得这一次该轮到我了。每一次我受伤，在我身边的军官总会受到一颗流弹的打击，而且，"他用很低的几乎带点惭愧的声调加上一句，"而且他们的姓总是由一个P字母开头。"

我装出不相信的样子。许多人都会跟我一样做，许多人都会像我一样被这些预言所震动。像我这样的新兵，我总觉得我不能把自己的感受告诉任何人，我总觉得我应该经常显得沉着和无畏。

半小时以后，俄国人的炮火明显地减弱了；于是我们从掩体中走出来，向角面堡前进。

我们的团队由三个营组成。第二营负责绕过角面堡，去包围堡的入口；其余两个营担任正面攻击。我是在第三营里。

从掩护我们的掩体里走出来时，我们多次受到排枪的袭击，但在我们的队伍里造成的损失并不大。子弹的呼呼声使我惊异，我经常回过头去，因此受到我某些伙伴们的嘲笑，他们对于这种声音早已习惯了。

"总的说来，"我自己想，"打仗并不是那么可怕的事。"

我们由狙击兵前导，跑步前进。突然间俄国兵一连喊了三声"乌拉"，三声清晰的"乌拉"，然后一切复归寂静，并且不再射击。

"我不喜欢这种寂静，"我的上尉说，"这对于我们一定不是好兆头。"

我觉得我们的人太吵闹了，我不禁暗中拿他们的喧哗嘈杂声同敌人的庄严寂静对比。

我们很快就到了角面堡底下；栅栏已经毁坏，泥土被我们的炮弹翻开。兵士们一边喊着"皇帝万岁！"一边向这些新的废墟冲进去，他们的喊声那么震天动地，使人很难相信是由已经叫喊过这么长久的人发出的。

我举目瞭望，我永远忘不了我所看见的景象。大部分硝烟向上升起，像天盖一样停留在半空中，离角面堡顶上约六七公尺。

穿过一层淡蓝色的烟雾,可以看见俄国的掷弹兵,在半坍的城墙后面,高举着武器,像雕像似的动也不动。我现在还仿佛看见他们每个人左眼瞄准我们,右眼被高举的枪遮住。在离我们几尺远的一个炮眼里,有一个兵士拿着一根火绳竿站在一座大炮旁边。

我浑身哆嗦,相信自己的最后时刻已经到来。

"跳舞马上开始了,"上尉喊道,"晚安!"

这是我听到他说的最后一句话。

角面堡里响起了战鼓声。我看见所有枪支都放平下来。我闭上眼睛,只听见一阵可怕的爆破声,接着就是一片叫喊和呻吟声。我张开眼睛,很惊讶自己还活在世界上。角面堡又重新被烟雾包围。我的周围全是伤兵和死尸。上尉躺在我的脚下。他的脑袋被一颗炮弹打开了花,我浑身上下溅满了他的脑浆和血。整个连队,只剩下六个人同我自己。

这场大屠杀之后,接着是大家惊愕了片刻。上校把帽子脱下来放在指挥刀的尖端上,第一个爬上城墙,嘴里叫喊:"皇帝万岁!"所有还活着的人马上跟着他爬上去。后来的事我几乎已记不清楚。我们走进了角面堡,我也不知道是怎样走进去的。大家在浓雾迷漫中肉搏,连人形都难以分辨。我相信我砍了人,因为我的军刀上沾满血迹。最后我听见有人喊:"胜利了!"浓烟逐渐减少,我看见角面堡的泥地上布满死尸和鲜血。尤其是那些大炮,简直埋葬在死尸堆下面。大约还有两百个人幸存,都是穿着法国军服的人。他们乱嘈嘈地聚在一起,有些在枪上装子弹,有些在揩拭刺刀。十一个俄国俘虏同他们在一起。

上校在角面堡入口处附近,浑身是血,倒在一辆破碎的辎重车上。有几个兵士在他身边忙碌着。我走过去。

"资历最老的上尉在哪儿?"上校问一个班长。

班长表情十足地耸了耸肩。

"资历最老的中尉呢?"

"这位先生是昨天到达的。"班长用非常平静的声调回答。

上校露出一丝苦笑。

"来吧,先生,"他对我说,"你负责总指挥;赶快用这些车子加强角面堡的大门工事,因为敌人还有足够的实力,可是舍……将军会来支援你们的。"

"上校,"我问他,"你伤得很重吗?"

"完了……亲爱的朋友,可是角面堡已经夺过来了!"

一 场 赌 博①

　　紧贴着桅杆张着的船帆一动也不动；海面一平如镜，热得令人窒息，没有一丝风的天气使人无法忍受。

　　在一次海上旅行中，船上的东道主能够提供的取乐方法不久就完竭了。唉！在一所二百公尺长的木房子里一同度过四个月，大家混得太熟了。你只要看见上尉走过来，就知道他一开口就要同你谈里约热内卢，他是从那里来的，然后谈到那座著名的埃斯令②桥，他曾经亲眼看见海军近卫队建造这座桥，当时他也在这个队里。过了半个月，你甚至连他爱用的词句，说话的间歇，声音的抑扬，都已熟悉。他在讲述中第一次提到"皇上"③的时候，总不免要黯然神伤地停顿一下，然后千篇一律地加上一句："假使在当时你看见了他啊！！！"（三个感叹号）他还要谈到军号手的那匹马的小故事，还有那颗回跳的炮弹，打掉了一只弹药盒，里面有价

---

　　① 原文是特里特拉赌局，这是一种用掷骰子来记分数以决定输赢的赌博：骰子放在皮制的长筒里掷出来，根据掷出的点数在一块棋盘上记分数以定输赢。
　　② 埃斯令是奥地利的一个村庄。
　　③ 指拿破仑。

值七千五百法郎的黄金和珠宝，等等，等等。——中尉是一个大政治家，他每天评论他从布勒斯特①带来的最近一期《宪政报》；要不，假使他离开了崇高的政治而下降到文学上来的话，他就会分析他最近看过的一出歌舞喜剧来使你饱饱耳福。我的天！……事务长却有一个很有趣的故事。他第一次把他从加狄斯的囚船上逃走的故事②告诉我们的时候，我们有多么着迷呀！可是听了二十遍以后，说实在的，谁也听不下去了……还有那些海军少尉和海军准尉！……只要想起了他们的谈话，我就会毛骨悚然。至于舰长，一般说来，他是舰上比较最不讨厌的人物。由于他是一个大权独揽的指挥官，他和所有幕僚暗中都处于对立地位；他找人麻烦，有时还欺压人，可是人们能把他作为泄愤的对象却感到相当愉快。即使他对下属有什么讨厌的荒唐习气，人们却以自己的上级是一个可笑的人物而感到高兴，这样可以使人得到一点安慰。

在我乘的那艘军舰上，军官们都是世界上最出色的人，一个个都是好小子，像兄弟般相亲相爱，可是却一个比一个更加感到无聊。舰长是其中最温和的人，不是一个无事生非、与人为难的人（这是少见的）。他总是带着抱歉的心情来行使他独裁者的权力。即使这样，我还是觉得旅程很长！尤其是在只有几天就能看见陆地的时候，又突然遇上了这个无风的天气！……

有一天，晚饭以后——由于无事可做我们已经竭尽一切可能

---

① 布勒斯特，法国西北部的一个军港。

② 一八〇八年部分法国水兵被囚禁在西班牙的加狄斯港，他们被关在用船造成的监狱里，少数勇敢的法国水兵集体越狱，逃回法国。

把一顿晚饭的时间拖延得要多久有多久——我们聚集在甲板上，等待着那种单调而永远壮观的海上落日的景象。有些人在吸烟，另一些人正在反复阅读我们那贫乏的图书馆里的三十本书；人人把呵欠打到流出眼泪。在我身边的一个少尉，以一种全神贯注的严肃态度，玩弄着一把海军军官们在穿便服时通常佩带的匕首；他把匕首的尖端朝下落在甲板上。这是一种和别的玩意儿相似的玩意儿，需要有一点技巧才能使匕首的尖端垂直地插在木板上。——我也想和少尉一样玩一玩，可是我自己没有匕首，我想借舰长的匕首，遭到他的拒绝。他对这个武器特别珍视，甚至会看见我拿它来作这样无聊的玩意儿而生气。这把匕首以前是一个勇敢的军官的，这个军官不幸在上次战争中牺牲了……我猜想接下来一定有一段故事，我果然没有猜错。舰长不等人家请求就开始讲起来；至于我们周围的军官们，因为他们人人都能把罗热大尉的不幸遭遇背得滚瓜烂熟，所以他们立刻悄悄地都走开了。下面大致就是舰长所说的故事：

我认识罗热的时候，他比我大三岁；他当时是上尉，我是少尉。我向你担保他是我们队里优秀的军官之一，而且他有一颗非常善良的心，有才智，有教养，有能力，总之，是一个可爱的小伙子。可惜他有一点傲慢和容易生气，我想这是因为他是私生子的缘故，他总害怕他的出身会让人看不起；可是，老实说，他的最大的缺点是无论在什么地方，他总想出人头地，他的这个欲望是强烈的而且是持续不断的。他的那位从来没有见过的父亲给了他一笔津贴，如果罗热不是那么轻财好义的话，这笔津贴足够满足他的需要而有余。可是罗热所有的一切也都是他的朋友的。每当他领到季度津贴时，谁都争着装出一副愁眉苦脸的样子去见他。

"喂，朋友，你有什么心事？"他问，"我看你好像钱袋里空空如也的样子；不要紧，这儿是我的钱袋，你要多少就拿多少，而且来跟我一起吃晚饭。"

布勒斯特来了一个十分漂亮的年轻女演员，名叫嘉贝莉埃勒，她很快就使不少海军军人和驻屯部队的陆军军官着了迷。她的美并不很匀称，可是她有苗条的身材，美丽的眼睛，纤细的脚，相当大胆的风度；这一切很能讨那些处在二十到二十五岁之间的小伙子们的欢喜。此外，据说她是女性中最任性的人，她的演戏方法使人觉得这个名声对她并无不当。有时她演得妙极了，简直像一个第一流的喜剧女演员；第二天，同一出戏里，她却变得冷酷无情；她背诵台词就像小孩背诵天主教教理问答一样。尤其使我们的年轻小伙子们感兴趣的，是人们传说的关于她的下面一件事。据说，她在巴黎曾被一个上议院议员非常阔绰地供养着，这位上议员还在她身上花过一笔大钱。有一天，上议员在她家里，没有脱下帽子；她请求他把帽子脱下，还怪他对她不讲礼貌。上议员听后笑了笑，耸了耸肩膀，扬扬得意地坐在安乐椅上说："在我花钱的姑娘家里，我爱怎样就可以怎样。"一记粗暴有力的耳光，从嘉贝莉埃勒的白皙的手掌飞出去，立刻惩罚了他的这个回答，并且把他的帽子打得飞到了房间的另一端。从此，他们俩就彻底决裂了。有许多银行家和将军，对这个女人提出过很可观的供养办法，但是她全都拒绝了，去当上了一名女演员，据她说，为的是过独立的生活。

罗热看见了她和得知她的历史以后，就断定这个女人跟他志同道合；人家责备我们水兵的直爽带点粗野，他就本着这种粗野的直爽，用下面的方法向她表示她的美貌使他多么倾倒：他买了在布勒斯特所能找到的最美丽和最罕见的花儿，用一根漂亮的粉红绸带扎成一个花束，在绸带的结子里巧妙地放进一包金币，总数是二十五个拿破仑①，这是他当时手头上的全部财产。我还记得在幕间休息时陪他到了后台。他三言两语，恭维了嘉贝莉埃勒穿上戏装后的优美风度，向她献了花束并请她允许他到她家里拜访。前后总共三句话就说完了。

嘉贝莉埃勒看见花束和给她送花的那个俊俏青年时，她对他微微一笑，而且还伴以一个最娇媚的屈膝礼；可是等到她接过花束，手里碰到沉甸甸的金币后，她的脸色立刻起了变化，比热带地方风暴吹动的海面还变得快，来势猛。她使劲将花束和金币朝我那可怜的朋友头上掷去，他的脸上因此就挂了彩，一个多星期还没有痊愈。舞台监督的铃声响了。嘉贝莉埃勒走上舞台，把戏演得一团糟。

罗热十分狼狈地捡起花束和那包金币，去咖啡馆把花束（不连金币）送给坐柜台的姑娘。他喝着五味酒，想忘掉那个狠心的女人。然而他却办不到；即使被打肿了眼睛不能出门而心中怨恨，他还是对那个容易发怒的嘉贝莉埃勒爱得发疯。他每天写给她二十封信，而且都是些什么样的信啊！顺从，温柔，恭敬，只有写给公主才会这样写。头一批信件没有拆开就被退回来了，另一

---

① 上面有拿破仑像的金币，每个值二十个法郎。

批得不到回音。在我们还不曾发现嘉贝莉埃勒用心恶毒地把他的情书送给戏院卖橙子女人用来包橙子的时候，罗热还抱着相当的希望。这件事对我们朋友的自尊心是一下可怕的打击。虽然这样，他的热情仍没有减退。他说他要向这个女演员求婚；有人对他说海军部长不会同意他们的婚姻，他叫嚷说那他就要拿手枪自杀。

在这期间，驻屯在布勒斯特的一个陆军步兵联队的军官们要求嘉贝莉埃勒把一出歌舞喜剧的叠句歌词再唱一遍，嘉贝莉埃勒不过因为任性而加以拒绝了。双方争执不下，结果军官们大喝倒彩，舞台只好下幕，女演员当场昏倒。在有军队驻屯的城市，剧院的池座是什么样的情况，你肯定可想而知。军官们约好第二天和以后的几天要毫不客气地对这个得罪他们的女演员喝倒彩，使她什么角色都演不成，直到她带着赎罪所必要的屈辱给他们赔罪为止。罗热那天没有去看戏；可是他当晚就知道了这件大闹戏院的丑事，也知道了第二天准备去报复的计划。他马上就打定了主意。

第二天，嘉贝莉埃勒一出场，军官们的座位上马上发出一片震耳欲聋的嘘声和倒彩声。故意坐在那些捣蛋鬼身边的罗热站了起来，用十分侮辱人的语言责问那些闹得最凶的人，使他们的全部怒气立刻转移到他身上。于是他十分冷静地从衣袋里摸出一本记事簿，记下那些从四面八方冲他叫骂的人的名字；如果不是一大群海军军官本着同队相助的精神突然赶到，并向他的大部分对手进行挑战的话，他也许会和整个陆军联队约期决斗。那场吵架真是骇人听闻。

整个驻屯部队被禁止外出好几天；可是等到我们恢复自由以

后，就有一笔可怕的账要清算。我们到场的人大概有六十多个。罗热一个人连续和三个军官决斗；他打死了一个，把其余两个打得受了重伤，自己却毫无损伤。我却不像他那么幸运；一个当过剑术教师的该死的陆军中尉，当胸给了我狠狠的一剑，差点把我刺死。我向你担保，这场决斗——还是说这场战争更好些——真是场面壮观。海军方面大获全胜，陆军联队不得不离开布勒斯特。

可想而知我们的上级不会忘记这场争吵的制造者。他被禁闭了半个月。

等到禁闭解除以后，我也出了医院。我去看他。我多么惊异啊！走进他的屋子，我就看见他和嘉贝莉埃勒亲密地坐在一起吃早餐，神气好像是多时以来的老相好。彼此已经使用亲昵的称呼，而且用同一只酒杯喝酒。罗热向他的情妇介绍我是他最好的朋友，并告诉她说，我在那场小小的战争里受了伤，而她则是这场战争的起因。这番话使我得到了美人的一吻。这个姑娘是喜爱军人的。

他们十分幸福地在一起度过了三个月，一分钟也不分离。嘉贝莉埃勒好像爱他爱得发狂，而罗热则承认在结识嘉贝莉埃勒以前，他还不知道什么是爱情。

一艘荷兰的中等战舰进了港口。舰上的军官们请我们吃晚饭。我们大喝特喝各种各样的酒；散席以后，由于这些先生们的法国话说得很坏，大家无事好做，就开始赌博。那些荷兰人好像很有钱；尤其是他们的上尉，赌那么大的赌注，以致我们当中没有一个人愿意上场。罗热平时是不赌博的，却认为在这种时候必须保持祖国的荣誉。于是他上了场，并且任那个荷兰上尉要赌多少就多少。开头他赢了，接着又输了。经过几次输赢以后，他们彼此都不吃亏地分了手。我们回请荷兰军官吃晚饭。大家又赌起来。罗热和那个上尉再度对局。总之，有好几天，他们互相约好，或者在咖啡馆里，或者在军舰上，尝试各种各样的赌博，赌得尤其多的是掷骰子，而且不断加大赌注，到了后来竟至每局赌二十五个拿破仑金币。对于像我们这样穷苦的军官，这是一笔巨大的数目，比两个月的军饷还多！一个星期以后，罗热输掉了他所有的钱，还加上东拉西借的三四千法郎。

你可以料想得到罗热和嘉贝莉埃勒这时已经同居，而且钱财共有了吧；换句话说，由于捕获私船而刚分得一大笔奖金的罗热，拿出比女演员多十倍或者二十倍的钱来组成两人的共有钱财。可是他始终认为这笔钱主要是属于他的情妇的，他自己只留下大约五十个拿破仑金币做零用。现在他不得不动用这笔储备金以便继续赌博。嘉贝莉埃勒没有对他提出丝毫责备。

夫妻俩的共有钱财跟着他自己的零用钱走上了同一条道路。不久罗热落到了只剩下二十五个拿破仑赌本的地步。他集中骇人的精力，投入赌博，因而这一场赌博时间拖得很长，难分输赢。最后出现了这样的时刻：轮到罗热拿起皮制的掷骰筒，这是最后一次赢钱的机会了。我记得他要的是六点和四点。黑夜已深。一个在旁边观战很久的军官已经在交椅上睡着。那个荷兰人神情疲倦，昏昏欲睡；加之，他又喝了很多五味酒。只有罗热一人，他精神十足，一种猛烈的绝望情绪折磨着他。他哆嗦着拿起骰子，猛力地向棋盘上掷去，以致一根蜡烛被震落在地。荷兰人的新裤子上洒满了蜡烛油，他先回过头去看了看那根蜡烛，然后回过头来看骰子。——骰子是六点和四点。罗热脸色煞白像个死人，接过了二十五个拿破仑。他们继续往下赌。现在赌运转向我那可怜的朋友方面，可是他不断地漏记自己赢得的分数，而且好像自己愿意输钱似的在棋盘的方格中放上两个王后。荷兰上尉一个劲地把赌注两倍、十倍地加大，却始终输掉。我还记得他的样子：他是一个金头发的高大汉子，性格冷静而感情不外露，脸像蜡做的一般。他终于站起身来。他输掉了四万法郎，他付了钱，脸上不动半点声色。

罗热对他说：

"我们今晚这场赌博不能算数，你差不多睡着了；我不愿意收你的钱。"

"你开玩笑吗？"冷静而感情不外露的荷兰人说，"我赌得很好，可惜骰子跟我作对。我肯定我能永远赢你四个洞①。明儿见！"

他和他分手走了。

第二天，我们获悉荷兰人因为赌输而绝望，在房间里喝了一大碗五味酒后，用手枪自杀了。

罗热赢来的四万法郎摊在桌子上，嘉贝莉埃勒带着满意的微笑欣赏这些钱。

"我们现在发财了，"她说，"我们怎样来花这么多钱呢？"

罗热没有作声；自从荷兰人死后，他好像变得呆头呆脑了。

"我们得把钱乱花一阵，"嘉贝莉埃勒继续说，"得来容易的钱，花得也要容易。我们要买一辆敞篷四轮马车，气气海军要塞

---

① 赌特里特拉的术语，先赢十二分的一方可填一个洞，首先赢满十二个洞的一方就赢了这一局。

司令官和他的老婆。我还想买些钻石和开司米料子。你请一次假，我们一起到巴黎去，在这儿我们一辈子也花不了这许多钱！"

她住了口，观察罗热的反应；罗热两眼呆望着地板，一只手撑着头，根本没有听见她说什么，他的脑子里似乎有一些极度可怕的想法在翻腾。

"你有什么鬼心事，罗热？"她用手按着他的肩膀大声说。"我相信，你一定在生我的气，我逗不出你一句话来。"

"我非常难过。"他终于开口了，同时轻轻地叹了一口气。

"难过！我的天，你难道后悔赢了这位大少爷的钱吗？"

他抬起头，用凶狠的眼光望着她。

"有什么关系？"她继续说，"尽管他把事情看得那么严重，而且崩掉了自己的脑袋，又有什么关系？我不可怜那些输了钱的赌鬼；他的钱在他的手中总不如在我们手中好；他可能把钱花在喝酒和抽烟上，不像我们，我们要大手大脚地把钱花掉，一次比一次花得漂亮。"

罗热在房间里来回踱步，脑袋垂在胸前，两眼半闭着，噙满泪水。假如你看见了他，你也会觉得他可怜。

"你知道吗？"嘉贝莉埃勒对他说，"你这样多情善感，不知道的人，还会以为你在与他赌钱的时候作了弊呢。"

"假如我真的作了弊呢？"他走到她面前停下来，声音低沉地叫道。

"得了吧！"她微笑着回答，"你还没有这么聪明，会在赌博上作弊。"

"真的，我作了弊，嘉贝莉埃勒！我这个下流坯子，居然在赌博上作弊。"

她从他的激动中看出他说的不会不是真话；她坐到一张长躺椅上，半晌没有作声。

"我宁愿，"她终于用十分激动的声音说，"我宁愿你杀死十个人，也不愿意你在赌博上作弊。"

死一般的寂静延续了半个钟头。他们俩坐在同一张沙发上，可是彼此没有望过对方一眼。罗热头一个站起来，用相当平静的声音向她道了晚安。

"晚安！"她用冷淡的声调回答。

罗热后来告诉我，如果他不是害怕伙伴们猜出他自杀的原因，他在那一天就自杀了。可是他不愿意死后留下可耻的名声。

第二天，嘉贝莉埃勒像往常一样快活，看来好像她已经忘记了昨天罗热向她吐露的心事。至于罗热，他变得忧郁，变化无常而且易怒；他几乎不出房间，躲着他的朋友，常常一整天也不和他的情妇说一句话。我把他的忧郁看作是由于他有一种对荣誉的敏感，不过太过分了些。我好几次想劝他想开些，可是他装出对他那位不幸的赌博对手毫不关心的样子，把我推得远远的。有一天，他甚至激烈地攻击荷兰民族，而且想向我证明荷兰没有一个诚实的人。可是他却秘密地打听那个荷兰上尉的家，然而没有人能够告诉他任何消息。

这场不幸的赌博发生以后过了六个星期，罗热在嘉贝莉埃勒的家里发现了一张由一个准尉写来的便条，准尉似乎向她道谢她对他的好意。嘉贝莉埃勒向来放纵成性，这张成问题的便条是她放在壁炉上的。我不知道她是否不贞，可是罗热相信她是的，他愤怒到了极点。他的爱情和剩下的一点自尊心，是使他继续活下去的两种仅有的感情，而其中最强烈的一种就这样突然要遭到毁灭了！他痛骂那个傲慢的喜剧女演员，当时他愤怒至极，我不知道他怎么会没有动手打她。

他对她说："这个小流氓肯定给了你很多的钱吧？钱是你唯一心爱的东西，哪怕是最肮脏的水兵，只要付得出钱，你也会和他相好的。"

"为什么不呢？"女演员冷酷地回答，"是的，我可以把身子卖给一个水兵，可是……我不偷他的钱。"

罗热发出一声怒吼。他哆嗦着拔出匕首，用游移的眼光盯着嘉贝莉埃勒望了一会儿，然后贯注全身气力，把武器扔到脚下，逃出了屋子，生怕抵抗不住纠缠着他的那种杀人的诱惑。

当天晚上，我很晚从他的住所经过，看见他的屋子里还有灯光，我就走进去向他借一本书。我看到他正在忙着写些什么。他没有停下自己的工作，仿佛没有察觉我在他的房间里。我坐在他的写字台旁边，观察他的面容；他的样子变得那么厉害，除了我也许别人就很难认出他。忽然间，我看见桌子上有一封写给我的已经封好的信。我立刻把它拆开。罗热在信里告诉我他要结束自己的生命，托我办几桩事情。我看信的时候，他一直在写着，一点也没有注意到我；他正在写一封和嘉贝莉埃勒诀别的信……你可以想象我当时有多么惊异，对他下的决心感到多么惊骇，以致我当时应对他说些什么。

"怎么，你这么幸福，居然还想自杀？"

"我的朋友，"他一边封信一边对我说，"你什么也不知道。你还不了解我。我是一个骗子。我下贱到这样的地步，连一个婊子也侮辱我，我也很清楚地感到自己品行卑劣，所以也没有勇气打她。"

于是他把那场赌博的经过和你已经知道的别的一切，统统告诉了我。听他说着，我至少和他同样地激动，不知道对他说什么才好。我握着他的两只手，眼里噙着泪水，可是我说不出话来。末了，我想出了一个主意，我向他解说，他无须责怪自己曾故意使那个荷兰人破产，归根结蒂，他使用……作弊手法……只不过使他输掉了二十五个拿破仑而已。

"因此！"他带着痛苦的嘲讽叫起来，"我只是一个小偷，而不是一个大盗。我曾有过如此大的雄心！其实不过是一个小骗子而已！"

于是他哈哈大笑起来。我的眼泪却夺眶而出。

突然间房门开了，一个女人走进来扑倒在他的怀里，这是嘉贝莉埃勒。

"饶恕我，"她一面用力拥抱他，一面嚷着说，"饶恕我。我现在真正地觉得，我只爱你一个人。我现在更爱你，比你没有做过那件你正在责备自己的事以前更爱你。只要你愿意，我可以偷……我已经偷过了……是的，我偷过的……我偷过一只金表……一个人还能做比这更坏的事吗？"

罗热带着不信的神气摇了摇头，可是他的前额已经显得开朗了。

"不，我可怜的朋友，"他温和地推开她说，"我非自杀不可。我太痛苦了。我受不了我内心感到的痛苦。"

"好吧，如果你要死，罗热，我和你一起死。没有你，我活着还有什么意思！我有勇气，我开过枪，我能像别人一样自杀。旁的不说，我演过悲剧，这样做我是习惯了的。"

开始的时候她的眼里含着泪水，最后一句话却使她笑了；罗热自己也忍不住微笑起来。

"你笑了，我的军官，"她拍着手嚷起来，一把把他抱住，"你不会自杀了！"

她始终拥抱着他，一会儿哭，一会儿笑，一会儿像个水兵那样骂粗话，因为她不是那种一句粗话就能吓倒的女人。

这时，我拿掉了罗热的手枪和匕首，对他说：

"我亲爱的罗热，你有一个情妇和一个朋友都爱着你。相信我，你在世间还能享受到一点幸福呢。"

我拥抱过他以后就出来了，让他单独和嘉贝莉埃勒在一起。

我相信假如他没有收到海军部长给他的出发命令的话，我们就只能拖延一下他的自杀计划；那道命令派他在一个中等战舰上当上尉，这艘战舰要突破封锁海口的英国舰队，到印度洋去巡航。这个任务相当危险。我劝告他：与其默默无闻对祖国毫无贡献地自杀，不如壮烈牺牲在英国的炮弹底下。他答应我不寻短见。他从四万法郎中拿出半数，分给了残废的水兵或者水兵的孤儿和寡妇，剩下的给了嘉贝莉埃勒。她起初发誓把这笔款子只用来做好事。她的确很想履行自己的诺言，这个可怜的姑娘；可是热情在她身上不能持久，后来我知道她给了穷人几千法郎，剩下的她拿来买了些衣服。

我和罗热一起登上一艘漂亮的中等战舰拉·格拉提号；舰上

的士兵个个勇敢而且训练有素，纪律严明；可是指挥官是一个不学无术的家伙，却自比为让·巴尔[①]，因为他比一个陆军上尉更会骂人，因为他的法语说得很坏，因为他从来没有钻研过有关他的职业的理论；至于实践经验，他的知识也相当贫乏。可是开始时他的运气不错。幸亏一阵风把封锁舰队逼往大洋，我们幸运地驶出了海湾，在葡萄牙海岸击毁了一艘英国三桅舰和东印度公司的一艘商船，开始了我们的巡航。

由于遇上逆风，加上舰长又指挥错误，我们缓慢地向印度洋驶去。舰长的笨拙增加了巡航的危险。我们有时被实力超过我们的舰队追逐，有时我们追逐一些商船，没有一天我们不遇到一些新的情况。可是我们的冒险生活也好，罗热尽于职责忙于管理舰上的事务而产生的疲劳也好，都不能使他打消那些忧郁的思想，这些思想一刻不停地纠缠着他。以前谁都知道他是我们港口最活跃和最引人注目的军官，现在他仅仅限于完成自己的任务。任务一完，就把自己关在房间里，既不看书，也不写字，一连几个钟头躺在他的吊床上；而这个可怜人又睡不着觉。

有一天，我见他这样灰心丧气，就大着胆子对他说：

"好啦，亲爱的，你为着一点小事苦恼。你骗了一个荷兰阔少的二十五个拿破仑，如此而已！——可是你的悔恨却超过了骗一百万的了。你说吧，你过去和……港口司令的老婆谈情说爱的时候，你后悔过吗？而她就不止值二十五个拿破仑。"

他在卧垫上翻了一个身，没有答理我。

[①] 让·巴尔（1650—1702），法国著名海军将官，勇敢善战。

我继续说：

"毕竟，你的罪恶——既然你认为是罪恶——是有可敬的动机的，并且来自一颗高尚的心灵。"

他转过头来用愤怒的眼光望着我。

"一点不错，因为，归根结蒂，如果你输了，嘉贝莉埃勒会怎么样呢？可怜的姑娘，会为你卖掉她的最后一件衬衫。假如你输了，她就要身陷困境……你是为了她，为了你对她的爱情你才作弊的。有些人出于爱情而杀人……而自杀……你，亲爱的罗热，你比他们更进一步。像我们这一类人，坦白说一句，去……偷，比自杀需要更多的勇气。"

"也许今天你会觉得可笑吧，"舰长中断他的故事对我说，"请你相信，我对罗热的友谊在那时给了我一种今天再也难得的口才，天知道！我当时对他说这番话时，我是多么真心诚意，我相信我所说的话。啊！那时我还年轻呢！"

罗热沉默了一会没有回答，然后他把手伸给我：

"我的朋友，"他似乎尽力控制住他自己，"我不比你所想象中的那么好。我其实是一个无耻之徒。当我欺骗那个荷兰人的时候，我只想到赢二十五个拿破仑，如此而已。我没有想到嘉贝莉埃勒，这就是我看不起我自己的原因……我，竟把我的荣誉看得比二十五个拿破仑的价值更低！……多么卑鄙！……是的，如果我能够对自己说：'我是为了把嘉贝莉埃勒从贫困中拯救出来才骗钱的，'也许我就会感到高兴……可惜不是这样！……不是这样!我没有想到她……我那时候并不想着爱情……我当时是一个赌徒……我是一个贼……我偷钱是为了我自己……这个行为使我变得那么鲁钝,那么卑劣,因而我今天再也没有勇气,也没有爱情……我活着,可是我再也不想嘉贝莉埃勒……我是一个已经完蛋的人了。"

他的样子那么可怜,假使当时他向我借手枪自杀的话,我相信我会借给他的。

一个星期五,不祥的日子,我们发现一艘巨大的英国战舰阿尔塞斯特号向我们追来。它有五十八门大炮,我们只有三十八门。我们张起所有的帆来逃避它,可是它的速度超过我们,每一分钟它都接近我们一步;很明显,在天黑以前,我们不得不进行一场力量悬殊的战斗。我们的舰长把罗热叫到房间,商量了好一阵。罗热又上了甲板,抓住我的臂膀,把我拉到一边。

"再过两个钟头,"他对我说,"事情就开始了;在后甲板上急得要命的那个老好人已经晕头转向。现在有两个办法可以采取:第一个是最光荣的办法,就是让敌人追上我们,然后尽力靠近敌舰,叫百来个果敢而身手敏捷的汉子冲到他们舰上去;另一个办法并不算坏,可是不够体面,就是把我们的一部分大炮扔到海里,以减轻我们的重量。这样我们就能紧靠非洲海岸行驶,我们的左舷那边就是非洲海岸。英国人怕搁浅,不会不让我们逃走。可是我们的老实舰长既非懦夫,也非英雄,他却想让敌人的大炮在远处把自己击溃,再经过几小时的战斗后,就光荣地投降。你们可要倒霉啦,朴次茅斯①的囚船在等待着你们。至于我,我可不愿看到那些囚船。"

"也许,"我对他说,"我们开的头几下炮,就能给敌人造成相当严重的损失,迫使他们停止追逐我们呢?"

"你听我说,我不愿意当俘虏,我愿意让他们打死;这是我结束生命的时候了。如果不幸我只受了伤,请你答应我一定把我扔进海里。像我这样一个出色的海军,大海正是我应该躺在上面死去的床。"

"你疯了!"我叫道,"你委托我做的是什么样的事啊!"

"你要完成一个好朋友的责任。你知道我非死不可。我以前答应不自杀,只是因为我抱着被杀的希望,你应该记得这一点。好吧,答应我吧;如果你拒绝我,我就去请求副水手长帮忙,他不会拒绝我的。"

我考虑了半晌,对他说:

"我答应照你的话去做,只要你是受了重伤,没有治好的希望。在这种情形下,我答应减少你的痛苦。"

"我会受到致命伤的,要不我就会战死。"

他向我伸出手来,我紧紧地握着它。从那时起,他便比较平静,脸上甚至闪耀着一种战斗的愉快。

下午三点左右,敌人的追击炮开始轰击我们的船具。于是我们卷起一部分船帆,掉过头来从侧面对着阿尔塞斯特号,连续不断地开炮,英国人猛烈地回击。大约经过一小时的战斗以后,极

---

① 朴次茅斯,英国南部军港。

不称职的舰长，想把战舰冲上去试试。可是我们已经有了许多死伤，剩下的船员士气已经丧失；而且我们的船具损失很大，船桅已遭到严重损坏。正当我们扬帆迫近英国人的一刹那间，我们那根毫无支撑的主桅发出一声可怕的响声倒了下来。阿尔塞斯特号趁这件意外事件给我们造成的混乱，掠过我们的船尾，在手枪的半射程距离内，把全部舷侧炮一齐向我们发射；炮弹从船头到船尾射穿了我们这艘不幸的战舰，而我们只有两门小炮可以对他们还击。这时候，我在罗热身边，他正忙着砍断还系在倒下的主桅上的船桅索。我觉得他紧紧抓着我的臂膀；我回过头来，看见他倒在甲板上，浑身是血。一颗霰弹刚打中他的肚子。

舰长跑到他身边。

"怎么办，上尉？"舰长叫道。

"应该把我们的旗子钉在半截桅杆上，然后把船沉掉。"

舰长感到这个意见很不对自己的胃口，立刻就离开了他。

"好吧，"罗热对我说，"记住你答应过我的话。"

"你的伤不要紧，"我对他说，"你会好的。"

"把我扔到海里，"他大声说，一边狠狠地咒骂，一边抓住我衣服的下摆，"你知道得很清楚我这一次逃不脱了；把我扔到海里，我不愿意看见我们的兵舰投降。"

两个水兵走到他身边，想把他抬到舱底去。

"回到你们的大炮那边去，混账东西，"他使劲叫喊，"放霰弹炮，瞄准甲板。至于你，如果你不照你答应我的话去做，我就诅咒你，我把你看作是人类中最怯懦和最卑鄙的人！"

他的伤的确是致命的。我看见舰长叫来一个准尉，命令他降旗投降。

"跟我握一握手吧。"我对罗热说。

就在我们的兵舰投降的那一瞬间……

…………

"舰长,左舷有一条鲸鱼!"一个少尉奔过来打断了我们。

"一条鲸鱼!"舰长叫起来高兴得发狂,故事说到那里就中断了,"快,救生艇下海!舢板也放下去!所有的救生艇都放下去!"

"拿鱼叉来,拿绳子来!"等等,等等。

我没有能够知道可怜的罗热上尉是怎样死的。

古 花 瓶

奥古斯特·圣克莱尔在所谓社交界里落落寡合，主要原因是他只讨他欢喜的人们欢喜。他追求一些人，逃避另一些人。此外，他又漫不经心和非常懒散。——一天晚上，他从意大利剧院出来，阿……侯爵夫人问他松塔①小姐唱得怎样。"是的，夫人。"圣克莱尔回答，表面上愉快地微笑，心里想的是别的事情。这个可笑的回答也不能归罪于他的懦怯，因为他同达官贵人或者时髦妇女谈话，向来能够像和他同身份的人谈话时一样落落大方。——于是侯爵夫人断定圣克莱尔是一个蛮横无礼和自我陶醉的怪人。

某一个星期一，布……夫人请他吃晚饭。她常常找他谈话；于是，走出她的家门时，他宣称他从来没有遇到过比她更可爱的女人。布……夫人花了一个月工夫从别人那里搜罗来的机智，一夜之间就在自己家里使用掉了。同一个星期的星期四，圣克莱尔又见到她，这一次，他觉得有点厌烦。再一次对她的拜访，就使他决定再也不踏进她的客厅了。因此布……夫人宣布圣克莱尔是

---

① 松塔（1805—1854），德国歌女，经常在巴黎演唱。

一个没有礼貌和人品下流的青年。

他生来就有一颗温柔和爱人的心；可是当一个人已到了容易接受终生难忘印象的年龄时，他那过分外露的喜怒就给他招来同伴们的嘲笑。他高傲而野心勃勃，他像孩子般重视别人的意见。从那时起，凡是他认为是有损名誉的一切表现，他都尽量收敛。他达到了目的，可是做到这点却付出了极大的代价。他能把他过分温柔的心灵所产生的各种感情对别人隐藏起来，可是把这些感情埋葬在自己内心，却使他百倍难受。在社交界他获得了冷漠无情和漫不经心的可悲的名声，而私底下他那无休止的幻想给他带来了痛苦，他越是不愿意告诉任何人，越是痛苦得厉害。

的确是很难找到一个朋友！

很难！不如说是不可能吧。难道有过两个彼此间毫无秘密的人吗？圣克莱尔丝毫不相信友谊，人人都看得出来。人家觉得他对待交际场中的年轻人又冷漠又有隔膜。他从来不打听他们的秘密，而他的一切思想和他的大部分行动对他们说来，也都是秘密。法国人喜欢谈论自己，因此，不管圣克莱尔愿意不愿意，他也听见了不少心腹话。他的朋友——这里所谓朋友是指那些一星期见到两次的人们——都抱怨他不信任他们；实际上，那些不等人家询问就主动把他们的秘密告诉我们的人，也想得知我们的秘密，得不到就十分愤慨。人们总是认为倾吐心曲是相互的。

"他总是封锁得严严密密，"有一天那位漂亮的骑兵队长阿尔丰斯·德·太米纳说，"我从来得不到这个恶鬼圣克莱尔的丝毫信任。"

"我认为他有点像耶稣会会士，"朱尔·朗贝尔接下去说，"有人向我发誓,说他两次碰见圣克莱尔从圣絮尔皮斯教堂①出来。谁都不知道他在想什么。对我来说,我同他在一块儿便觉得不舒服。"

他们说完就分手了。阿尔丰斯在意大利大街碰到了圣克莱尔,他低着头走着,什么人都没有看见。阿尔丰斯截住他,抓住他的臂膀,他们还没有走到和平街,阿尔丰斯已经把自己同某夫人偷情的故事,全部讲给他听,某夫人的丈夫是一个既爱吃醋而又粗暴的汉子。

同天晚上,朱尔·朗贝尔打纸牌输了钱,他跑去跳舞。在跳舞时,他碰撞了一个输光了钱正没好气的汉子,双方争执了几句,约好日期决斗。朱尔请圣克莱尔做他的助手,同时趁机向他借钱,借过以后从来是忘记还的。

总而言之,圣克莱尔是一个容易相处的人。他的缺点只对他自己有害。他为人亲切,往往使人感到可爱,很少使人感觉厌倦。他走过许多地方,读过许多书,可是除非别人一再恳求,他轻易不谈自己旅行过的地方和读过的书。此外,他身材高大,体格匀称,模样儿长得又高贵又聪明,不过总是显得太严肃,但是他微笑起来满面春风,十分优雅。

我还忘记了重要的一点:圣克莱尔在所有女人面前都小心翼翼,找她们谈话比找男子谈话殷勤得多。他恋爱吗?很难说。只不过如果这个冷酷的人真的爱上了谁,大家知道那一定是漂亮的马蒂尔德·德·库尔锡伯爵夫人。她是一个年轻的寡妇,人们发

---

① 圣絮尔皮斯教堂在今巴黎第六区。

现他经常到她家里去。为了断定他们关系的亲密,人们有下述依据:首先,圣克莱尔对伯爵夫人很有礼貌,总是毕恭毕敬,反过来伯爵夫人对他也是一样;其次,他装出从来不在交际场中提到她的名字,或者不得已要谈起她时,也从来没有一句赞美之词;再其次,圣克莱尔在认识伯爵夫人以前,狂热地爱好音乐,伯爵夫人则狂热地爱好绘画,他们认识以后,他们的嗜好竟掉换过来了;最后,去年伯爵夫人到温泉去沐浴,动身之后一星期圣克莱尔也去了。

* * *

我的作家的职责使我不得不告诉读者:七月的一个夜晚,太阳升起之前不久,一座乡下别墅的花园门打开了,一个男子从门里出来,小心谨慎得像一个害怕被人发现的小偷。这座乡间别墅属德·库尔锡夫人所有,这个男子就是圣克莱尔。一个裹着一件披风的女人一直把他送到门口,还把头伸出来,久久地望着他,他沿着花园围墙边的那条小径逐渐走远。圣克莱尔停下来,向周围仔细地瞧了瞧,然后做手势叫这个女人回去。夏夜的亮光使他能够看清楚她那张苍白的脸,她动也不动地站在原处。他又走回来,到她的身边,很温柔地把她抱在怀里。他想叫她进去,可是他还有无数的话要跟她说。他们又谈了十分钟,便听见一个农夫出门到地里干活的声音。他吻了她,她也回吻了他,然后园门关起来了,圣克莱尔两步三步便走到小径尽头。

他沿着一条他似乎十分熟悉的路走着。——有时他高兴得几乎要跳起来,边奔跑边用手杖抽打灌木丛;有时他停下来,或者慢慢地走着，仰望天空，这时，东方逐渐染上了红色。总之，看他那副模样，可以打个比方，比方是一个疯子由于打破了囚笼而高兴非凡。走了半小时后，他到了一间孤零零的小房子前面，这所房子是他租来过夏用的。他有钥匙，他走了进去，随即投身在一张长沙发上；他在那里两眼凝神，嘴角带着一个甜蜜的微笑，他思索着，他在做白日梦。他的想象力只给他带来幸福的思想。他每一分钟都对自己说着："我多么幸福！我终于找到了一颗理解我的心！……是的，我找到的正是我的理想爱人……我同时获得了一个朋友和一个情人……多美的性格！……多么热情的灵魂！……不，她在认识我以前从来没有恋爱过，她永远只爱我一个人……"过了一会儿，由于虚荣心总是要混进这世界的一切事务里："她是巴黎最美的女人。"他这样想，他的想象力同时把她的全部迷人之处都呈现在他的眼前。——"她在许多人中选中了我。她的崇拜者都是社会上的上流人物。像那个轻骑兵上校，长得那么漂亮，那么勇敢，——而且不甚俗气；——那个年轻的作家，他画得一手好水彩画，演成语小喜剧又演得那么好；——还有那个俄国登徒子①，他曾到过巴尔干半岛，并且曾经在迪埃比什②手下服过役；——尤其是卡米耶·特……，他肯定是一个聪明人，为人彬彬有礼，额角上有一条漂亮的刀痕……她把他们全都拒绝了。而我呢！……"这时候他像唱歌词的叠句那样一再重复："我多么幸

---

① 登徒子是英国小说家理查逊（1689—1761）的小说《克拉瑞萨》中的人物，是一个专门引诱妇女的无耻之徒。

② 迪埃比什（1785—1831），俄国将军，曾战胜土耳其。

福！我多么幸福！"他站起来，打开窗户，因为他已快乐得不能呼吸；然后他来回踱步，随后又滚倒在那张长沙发上。

一个幸福的情郎几乎同一个不幸的情郎一样讨厌。我有一个朋友，他经常轮流处在这两种情况当中，他想找一个人来听他倾吐心曲，除了请我吃一顿精美的午餐外，没有其他办法；在吃饭当中，他自由自在地谈论他的爱情。可是等到咖啡喝过以后，无论如何，话题总得改变了。

我既不能够请我所有的读者吃饭，我也就免了他们继续倾听圣克莱尔的爱情独白了。何况一个人也不能老是呆在云端里，总要回到现实生活里来。圣克莱尔已经疲乏，他打呵欠，伸懒腰，发现天已大亮，该是想到睡觉的时候了。他醒过来时，看见表上指的时刻，他差点来不及穿好衣服奔到巴黎赴约；原来他有几个熟悉的年轻人请他吃一顿一直延长到晚饭的午餐。

*　　*　　*

又开了一瓶香槟酒，到底是第几瓶，我让读者自己去判断吧。读者只要知道已经到了这种时候：大家都想同时说话，脑子清醒的人开始为那些捣蛋鬼担心；这种时候在青年人的宴会中，是很快就会出现的。

"我很希望，"阿尔丰斯·德·太米纳说，他是从来不失掉机会来谈论英国的，"我很希望巴黎也像伦敦那样，流行一种风尚，就是每个人都为他的情妇祝酒。只有这样，我们才能确切地知道圣克莱尔究竟是在为哪一个女人叹气。"他一边说，一边把自己的酒杯和邻座的酒杯都斟满了。

圣克莱尔有点窘，正准备回答，朱尔·朗贝尔抢在他的前面：

"我很赞成这种风尚，"他说，"我马上采用，"他举起了酒杯，"为巴黎所有的时装女店主干杯！但是年龄已超过三十岁，独眼的和瘸脚的，等等，不在此限。"

"乌拉！乌拉！"一班年轻的英国迷齐声喊起来。

圣克莱尔站起来，手里举着酒杯：

"先生们，"他说，"我不像我的朋友朱尔有那么广泛的爱情，可是我的爱情比较持久。我的持久的爱情由于我很久以来已经同我想念的女人分开，因而更加值得歌颂。只要你们不是我的情敌，我相信你们一定会赞成我的选择。——为朱迪特·帕丝塔①干杯！先生们！希望我们不久再见到欧洲的第一流悲剧演员！"

太米纳想反对这次祝酒，可是大家的欢呼声把他打断了。圣克莱尔躲过了这次袭击，以为当天可以没事了。

大家起初谈论起戏剧方面，后来谈到戏剧审查就转到了政治方面。从威灵顿爵士谈到英国的马，又从英国马谈到女人，这种观念上的联系是很容易理解的：因为，对于一个年轻人说来，首先是一匹好马，然后是一个漂亮的情妇，这是两个最可羡慕的目标。

于是大家讨论用什么方法才能获得这两个最可羡慕的目标。马可以购买，女人一样也可以购买；可是没有人提起收买女人这件事。圣克莱尔首先谦逊地说他对这个微妙的问题很少经验，然后下结论说取悦于一个女人的首要条件是显得奇特，表现得与众

---

① 朱迪特·帕丝塔（1798—1865），意大利名演员，曾在巴黎演出。

不同。可是有没有关于奇特的一般公式呢？他认为没有。

"这样，照你的意见，"朱尔说，"一个瘸腿或者一个驼背，比一个身体笔直、长得和大家一样的人，更能讨女人欢喜了？"

"你太走极端了，"圣克莱尔回答，"不过如果必要，我准备接受关于我的意见的一切后果。举例来说，如果我是驼背，我不会自杀，我却想去取得一些女人的欢心。首先，我只讨两种女人的欢心，一种是真正多愁善感的女人；另一种数目极多，是自居为有特殊性格的女人，照英国人的说法，是行为异常的女人。对于第一种人，我叙述我的处境之苦和大自然对我的残酷。我尽量使她们怜悯我的命运，让她们知道我能够产生热烈的爱情。我会在决斗中杀死我的一个情敌，我会服食少量的鸦片自杀。几个月以后，她们就再也不注意我的驼背了，我只要等候她们的第一次感情冲动就行了。——至于那些自称为行为古怪的妇女，要征服她们则很容易。你只要说服她们：这是一条合情合理建立起来的常规，一个驼背是不能有好的命运的。她们马上就会设法来否定这条常规。"

"好一个唐璜①！"朱尔喊道。

"先生们，让我们来打断我们自己的腿吧，"博热上校说，"既然我们不幸生下来就不是驼子。"

"我完全同意圣克莱尔的意见，"埃克托尔·罗康坦说，他的身高只有一米一六左右；"我们每天都可以看到最漂亮最时髦的妇女，献身给你们这班漂亮后生所想象不到的人们……"

---

① 唐璜是传说中专门博取女人欢心的风流人物。

"埃克托尔，我请你站起来，打铃叫人给我们拿酒来。"太米纳一本正经地说。

矮子站了起来，每个人看见他的样子都想起了割尾巴的狐狸的寓言①，大家微笑起来。

"依我看，"太米纳把谈话继续下去，"我越活下去，便越觉得一个相当过得去的脸蛋，"——他一边说一边向对面的镜子自鸣得意地望了一眼——"一个相当过得去的脸蛋和对于装饰的鉴别能力，是最不同凡响的特点，对女人具有最残酷的诱惑力。"于是他把指甲一弹，将粘在他的衣服里子上的一小点面包屑弹了开去。

"呸！"矮子喊道，"有一张漂亮的脸蛋和一套斯托布②缝制的衣服，当然可以骗到女人，但是这些女人只能相处八天，到下次约会时便叫你感到厌倦。要使女人爱你，还要有别的东西，所谓爱者……必须……"

"好吧，"太米纳打断了他的话，"你们要一个有说服力的例子吗？你们大家都认识玛西尼，你们知道他是怎样一个人。他的风度像一个英国侍童，说起话来像他自己的马……可是他长得像阿多尼斯③那么漂亮，领带打得像勃律梅④一样好。总的说来他是我认识的人中最讨厌的人。"

---

① 拉封丹寓言《被割去尾巴的狐狸》说一只老狐狸落到陷阱里，被割去尾巴；逃出来以后它想说服其他狐狸也割去尾巴，以便大家一律，其他狐狸叫它先把尾巴显示出来再说。
② 斯托布，当时最时髦的裁缝。
③ 阿多尼斯，希腊神话中的美少年，爱神的情人。
④ 勃律梅（1778—1840），英国的花花公子，绰号"时髦之王"。

"他差点把我烦死,"博热上校说,"你们想想看,我曾经被迫同他一起走过八百公里路呢。"

"你们知道吗?"圣克莱尔说,"他是使可怜的里夏尔·托通丧命的原因,你们大家都认识托通的。"

"可是,"朱尔回答,"你们难道不知道他是在丰迪①附近被强盗杀死的吗?"

"同意你的说法,可是你们马上就可以了解玛西尼自己也参与了这件罪行。有好几个旅客,其中也有托通,商量好大家一起到那不勒斯去,为的是怕遇见强盗。玛西尼想参加这个商队。托通知道以后,立刻提前走了,我猜想是怕同玛西尼要待在一起过几天。他单独动身,以后的事情你们都知道了。"

"托通做得对,"太米纳说,"两种死法,他选择了比较称心的一种。谁处在他的地位都会这样做。"

然后他停顿了一会儿。"那么,"他继续说下去,"你们同意我的意见,玛西尼是世界上最讨厌的人了。"

"同意!"大家齐声叫喊。

"我们不要使每个人都绝望,"朱尔说,"对于某某先生我们应该给他一个例外,尤其是当他发挥他的政治计划的时候。"

"现在你们该会同意我的意见,"太米纳接下去说,"如果世界上有聪明的妇人的话,德·库尔锡夫人就是一个。"

大家沉默了一会儿。圣克莱尔低下了头,以为所有的眼睛都注视着自己。

---

① 丰迪,那不勒斯附近的小城。

"谁会怀疑呢？"他终于开口了，可是眼睛始终低垂，注视着他面前的盆子，似乎很好奇地在研究瓷器上画的花儿。

"我坚决主张，"朱尔提高声音说，"我坚决主张她是巴黎三个最可爱的女人中的一个。"

"我认识她的丈夫，"上校说，"他经常把他女人叫人看得入迷的信件给我看。"

"奥古斯特，"埃克托尔·罗康坦插进来说，"介绍我认识伯爵夫人吧。人家说你在她家里说话很有力量。"

"等到秋末吧……"圣克莱尔喃喃地说，"……等她回到巴黎以后……我……我想她在乡下是不接见宾客的。"

"你们愿意听我说吗？"太米纳大声说。

大家沉寂下来。圣克莱尔在椅子上坐立不安，仿佛被告坐在重罪裁判所里一样。

"三年前，你还没有见到伯爵夫人。你那时在德国，圣克莱尔，"阿尔丰斯·德·太米纳以一种叫人难堪的冷静态度接着说。"你根本想象不出她是怎样的一个人——漂亮，鲜艳得像朵玫瑰花，尤其活泼，像蝴蝶一样快活。好吧！你们知道在她的无数崇拜者中，谁能得到她的宠爱吗？——玛西尼！世界上最愚蠢、最呆笨的一个男子，竟使世界上最聪明的女子昏了头。你们以为一个驼背能够办得到吗？算了吧，请相信我，你们得有一张漂亮的脸蛋，一个手艺高明的裁缝，然后大胆前进吧。"

圣克莱尔的处境非常难堪。他很想对太米纳来一个正式辟谣，可是又怕牵连到伯爵夫人，便忍住了。他很想说几句对她有利的话，可是他的舌头僵住了。他的嘴唇愤怒得发抖，他拼命从脑子里搜索别的办法同他进行一场口角,可是他想不出办法。

"什么!"朱尔惊异地叫喊,"德·库尔锡夫人竟然委身给玛西尼!'脆弱啊,你的名字就是女人!'①"

"一个女人的名声实在算不了什么,"圣克莱尔用冷淡和轻蔑的声调说,"完全可以践踏一个女人的名声来表现自己的小聪明,而且……"

他一边说,一边反感地想起他曾多次见到伯爵夫人在巴黎的邸宅的壁炉上有一只埃特吕里②古花瓶。他知道这只花瓶是玛西尼从意大利回来时送给她的;还有,更叫人不痛快的是——这只古瓶又从巴黎搬到乡下来了。——每天晚上,马蒂尔德接受他的花束时,便把花插在古花瓶里。

他说不下去了;他的眼前只出现一件东西,他只想着一件东西:那只古花瓶!

一个批评家会说,这算什么证据!竟为着这点小东西怀疑他的情妇!

"可是批评家先生,你曾经恋爱过吗?"

太米纳这时心境极好,对圣克莱尔用那样的语气同他说话毫不在意。

他用轻松愉快以及和和气气的神气回答:

"我只不过重复别人在社交场合说过的话罢了。当你在德国的时候,大家都相信这事是真的。何况我对德·库尔锡夫人不够熟

---

① 这句话原文是英文,出自莎士比亚所著《哈姆莱特》第一幕第二场。
② 埃特吕里,古代意大利地区,相当于目前的托斯卡纳。

悉，足有十八个月我没有到过她家。很可能人们弄错了，或者是玛西尼对我说谎。——回到我们谈论的主题上吧。我举的例子纵使不对，我还是有理由的。你们都知道法国最聪明的女人，她的作品①……"

门打开了，泰奥多尔·内维尔走了进来。他是从埃及回来的。

"泰奥多尔！这么快就回来了！"——问题像雨点似的落到他身上。

"你带回了一套真正的土耳其服装吗？"太米纳问，"你有一匹阿拉伯马和一个埃及侍童吗？"

"总督②是怎样一个人？"朱尔问，"他什么时候宣告独立？你看见过一刀砍下一个头颅吗？"

"还有埃及舞女呢？"罗康坦问，"开罗的女人漂亮吗？"

"你看见了尔……将军吗？"博热上校问，"他怎样整编总督的军队？舍……上校托你带一把军刀给我吗？"

"还有金字塔呢？尼罗河的瀑布呢？芒农的雕像③呢？伊布拉咸④总督呢？"等等，等等。大家争先恐后地发言，圣克莱尔一门心思只想着那只古花瓶。

泰奥多尔盘膝坐着，他在埃及养成了这个习惯，回到法国还没有改过来；他等提问的人都问累了，才开口说了下面一番话，

---

① 指法国女作家斯塔埃尔夫人（1766—1817）。

② 指土耳其驻埃及总督穆罕默德·阿里（1769—1849）。

③ 芒农是传说中人物，黎明之子；芒农的雕像坐落在泰伯城附近，清晨阳光照射雕像时，雕像会发出和谐的声音，似乎是在迎接它的母亲出现。

④ 伊布拉咸（1789—1848），穆罕默德·阿里之子，埃及总督。

他说得相当快，免得被人打断。

"金字塔！老实说，是真正骗人的东西①，根本没有我们想象得那么高。施特拉斯堡的大教堂②不过比它矮四公尺。古物已经使我看厌了，不要再对我提起古物了吧。只要看见象形文字，便能使我晕倒。却还有这么多旅行家关心这些东西！——我呢，我的目的只是研究这些奇异居民的特征和风俗，他们挤在亚历山大港和开罗的街道上，同土耳其人、贝东安人③、科普特人④、费拉人⑤、莫格雷班人⑥混在一起。我在检疫所里已经匆匆忙忙地写了一些笔记。——这个检疫所该有多么恶劣啊！我希望你们这些人不要相信传染病！我嘛，我在三百名鼠疫患者当中不声不响地抽我的烟斗。——啊！上校，你在那边可以看到漂亮的骑兵，骑着最好的马。我要让你们看看我带回来的上等兵器。——我有一支矛，它曾经属于著名的莫拉长官⑦。——上校，我要送给你一把土耳其弯刀，送给奥古斯特一把双锋短剑。你们会看到我的斗篷，我的白色带风帽的呢斗篷，我的遮阳巾。——你们知道吗，只要我愿意，我可以带些女人回来？伊布拉咸总督从希腊送来那么多女人，弄得

---

① 这句话原文是英文。
② 施特拉斯堡，现为法国大东部大区首府和下莱茵省省会，市内大教堂高一百四十二米。
③ 贝东安人，北非及近东的阿拉伯游牧民族。
④ 科普特人，埃及信仰基督教的人。
⑤ 费拉人，定居于埃及、叙利亚等地的农民。
⑥ 莫格雷班人，指北非居民。
⑦ 莫拉长官（1750—1801），土耳其及埃及民兵的领袖；一七九八年被拿破仑击败。

她们一文都不值……可是由于我母亲的缘故……我曾经同总督做过多次谈话,他是一个聪明人,真的,毫没偏见!你们简直想不到他怎样通晓我们的国情。老实说,我们内阁里的极小秘密,他都知道。——我从他的谈话里,对于法国政党的情况,获得一些很有价值的情报……他目前很关心统计,订阅了我们所有的报纸。你们知道吗,他是一个狂热的拿破仑拥护者!他的嘴里只谈拿破仑。——他常对我说,布那巴多是多么伟大的人物!他们管波拿巴特叫布那巴多。"

"'约尔底纳就是茹尔丹'①。"太米纳低声地说。

"起初,"泰奥多尔继续说,"穆罕默德·阿里对我很不放心,要知道土耳其人是十分多疑的。他把我当作间谍,真见鬼!或者把我当作一个耶稣会会士——他最讨厌耶稣会会士。可是,我拜访了他几次以后,他看出我是一个没有偏见的旅行家,相当好奇地想深入认识东方的风俗、习惯和政治,于是他就畅所欲言,同我开诚布公地谈话。我最后一次谒见他——这是他第三度准许我谒见——的时候,我大着胆子对他说:'我不明白殿下为什么不脱离土耳其政府而宣告独立?'——'我的天!'他对我说,'我很想这样做,可是我怕我一旦宣布埃及独立,在你们国内统治一切的自由党报纸会不支持我。'——他是一个相貌堂堂的老头子,长着一把非常好看的白胡子,——他从来不笑。——他请我吃味道

---

① 这是莫里哀的喜剧《醉心贵族的小市民》中第五幕第一场主角茹尔丹的台词。

极好的蜜饯;——我送给他的所有东西中,他最中意的是夏莱①收集的皇家近卫军制服。"

"这位总督是个浪漫派人物吗?"太米纳问。

"他对文学不大关心,可是你们都知道阿拉伯文学完全是浪漫主义的。他们有一位诗人,名叫默勒克·阿亚塔内富-埃本-埃斯拉夫,他最近出版了一本《默想集》,拉马丁的《默想集》同他的比较,便像古典散文了。——我一到开罗,就聘请了一位阿拉伯语教师,请他教我念《古兰经》。虽然我只上了很少几课,却也能体会到这位先知②的文体优美绝伦,而我们的所有译本却都拙劣异常。——我说,你们要不要看一看阿拉伯字?这个烫金的字就念'阿拉',就是真主的意思。"

他一边说一边从一只有香味的丝钱袋里抽出一封很脏的信给大家看。

"你在埃及逗留了多少时间?"太米纳问。

"六星期。"

于是旅行家继续详述一切,从最小的东西到最大的东西都谈到了。圣克莱尔差不多在旅行家到来时就走了出去,回到他乡间的房子。他的马猛烈奔驰,使他不能集中思想。可是他模糊地觉得他在这世界上的幸福已经永远丧失,而且他只能责怪一个死人和一只古花瓶。

到家以后,他投到长沙发里,昨天他还在这个沙发上长久地、

---

① 夏莱(1792—1845),法国画家,擅长画军事场景。
② 指伊斯兰教创始人穆罕默德。

甜蜜地细细回味他的幸福。那时他一往情深地想着的，是他的情妇与众不同，她没有爱过旁人，只能爱他一个人。现在这个美好的梦想在悲惨而残酷的现实前面已经彻底破灭了。"我拥有一个漂亮的女人，如此而已。她很聪明，因此她就更加有罪，她居然爱上了玛西尼！……她现在爱我，这是事实……而且全心全意地爱我……尽可能地爱我。我不过像以前玛西尼一样被她爱着！……她接受我的体贴温存，我的阿谀奉承，我的固执偏见。——可是我上当了。——在我们的两颗心之间没有感情上的共鸣。——玛西尼或者我，在她看来没有什么差别。他长得很英俊，她为了他的美貌而爱他。——我有时也能讨夫人的欢心。——'好吧，爱圣克莱尔吧，'她这样对自己说，'既然另一个已经死了，只能爱这一个！如果圣克莱尔也死了，或者使我厌倦了，那时再说吧。'"

我相信一个不幸的人这样自讨苦吃的时候，一定有一个无形的魔鬼在旁边偷听。这情景在人类的敌人看来，是相当有趣的；当受难的人觉得身上的伤口已经愈合的时候，魔鬼又在那里把伤口重新揭开。

圣克莱尔好像听见一个声音在耳边喃喃地说：

"充当后继者的

奇怪的荣誉……"①

他立刻坐起来，向四周恶狠狠地望了一眼。假使他发现有人

---

① 这是引用莫里哀的剧本《安菲特律翁》里面的诗句。

在他的房间里,他该有多么高兴!毫无疑问,他会把他撕成碎片。

挂钟敲响八点。八点半,伯爵夫人等着他。——假如他失约不去呢?——"说真的,干吗要去见玛西尼的情妇呢?"他又在长沙发上躺下来,而且闭上了眼睛。"我想睡觉。"他说。他动也不动地过了半点钟,然后赤脚跳到地上,奔到挂钟那边去看看时间过了多久。——"我多么希望现在是八点半钟啊!"他想。"那么,时间太晚,我就不必去了。"在他内心深处,他觉得没有勇气留在家里;他希望能找到一个借口。他情愿自己病得很重。他在房间里来回踱步,然后又坐下来,拿起一本书,可是看不进半个字。他坐在钢琴前面,可是没有气力把钢琴打开。他吹口哨,凝视着天上的云,想数一数窗外白杨树的数目。最后他又回过头来望望那个挂钟,他发觉他还没有度过三分钟。——"我不能够不爱她,"他咬牙顿足地叫喊,"她控制了我,我是她的奴隶,就像在我以前的玛西尼一样!好吧!可怜的人,服从吧,谁叫你没有足够的勇气来打破你所憎恨的枷锁!"他拿起帽子,匆匆忙忙地走了出去。

我们受情欲支配的时候,就会从自尊心的高处俯视我们的弱点,因而感到一点自我安慰。——"不错,我是软弱的,"我们会对自己说,"不过只要我愿意的话……"

他慢慢地一步一步沿着通花园门的小径走着,远远地他看见一个白色的形体,在深色的树木中显现。她用手摇晃着一块手帕,仿佛在向他招呼。他的心猛烈地跳动,他的膝盖哆嗦着;他再也没有力气说话,他变得那么胆怯,以致他害怕伯爵夫人会从他的脸色看出他的心境不佳。

他握着她递给他的手,吻了吻她的额角,因为她已投进他的怀里。他跟着她一直走进她的房间,一声不响,竭力压制住那些仿佛要使他的胸膛爆破的叹息。

只有一根蜡烛照亮着伯爵夫人的闺房。他们俩坐了下来。圣克莱尔注意到他情妇的头发里单单插着一朵玫瑰花。昨天,他送给她一幅美丽的英国版画,是莱斯利①画的波特兰公爵夫人像(她的头发就是这样打扮的),而且圣克莱尔当时说过这样一句话:"我爱这朵简单的玫瑰花,不爱你打扮得过分复杂的头发。"——他不喜欢首饰,他的想法同那位英国爵士一样,这位爵士粗暴地说:"戴满首饰的女人,装满马具的马,就连魔鬼也认不出来。"昨天晚上他一边拿着伯爵夫人的珍珠项链玩弄(因为他凡是说话时,手里总要有点东西拿着),一边说:"首饰只能够用来隐藏缺点。马蒂尔德,你太漂亮了,不必戴这些东西。"——今天晚上,伯爵夫人记住他的毫无关系的话,把戒指、项链、耳环、手镯都脱了下来。——在女人的打扮上,他首先注意到的是脚上穿的东西,他同别的许多男人一样,在这件事上有他特殊的癖好。当天日落以前落过一场大雨,草地都湿透了;可是伯爵夫人却穿着丝袜和黑缎鞋子在草地上走着……如果她因此而生了病呢?

"她爱我。"圣克莱尔心想。于是他为自己而叹息,为自己的疯狂想法而叹息,他禁不住微笑着注视马蒂尔德,这时他的心情处于恶劣和喜悦两种状态,因为他看见了一个漂亮女人千方百计从许多细微事情上讨他欢喜。这些事情虽小,在情人眼中却极有价值。

---

① 莱斯利(1794—1859),英国历史画家。

在伯爵夫人方面,她的容光照人的脸上含情脉脉,调皮娇媚,使她更显得可爱。她从一个日本漆盒里取出一件东西,捏在手里,再伸出她握紧的小手。

"那天晚上,"她说,"我打碎了你的表。现在已经修好了。"

她把表交给他,用温柔和顽皮的样子望着他,咬紧下嘴唇,仿佛忍住了笑。上帝啊!她的牙齿多美!她的牙齿在她的火红的嘴唇衬托下白得多么光彩夺目啊!(一个男子冷淡地接受一个漂亮女人的献媚时,是显得一脸蠢相的。)

圣克莱尔向她道谢,接受了那只表以后就把它放在衣袋里。

"你瞧瞧呀,"她接下去说,"把表打开,看看它是不是修好了。你是这么有学问的人,又是多艺理工学院毕业的,你应该看得出好坏。"

"哦!我是不很在行的。"圣克莱尔说。

他心不在焉地把表打开。他有多么惊奇啊!德·库尔锡夫人的缩小的肖像,已经画在表壳的底层了。还用找赌气的方式吗?他容光焕发,再也不想玛西尼了;他只记得他是在一个可爱的女人身边,而这个女人是爱他的。

* * *

"云雀,黎明的使者"①开始歌唱了,一条条苍白色的光带透过东方的云层。这是罗密欧向朱丽叶道别的时刻,这是所有恋人应该分手的传统时刻。

---

① 出自莎士比亚的《罗密欧与朱丽叶》第三幕第五场。

圣克莱尔站在壁炉前面，手里拿着花园的钥匙，目不转睛地盯着我们前面提到过的那只古花瓶。他从内心深处对这花瓶怀着仇恨。可是此刻他心情很好，一个简单的想法在他心头出现，就是太米纳可能说谎。伯爵夫人想送他到花园门口，正在用披肩裹脑袋，他拿钥匙轻轻地敲打那只丑恶的花瓶，越敲越重，再敲下去，就会把它敲成碎片纷飞。

"啊！上帝！小心点！"马蒂尔德嚷起来，"你要把我这只美丽的古瓶敲破了！"

她从他手里抢走那把钥匙。

圣克莱尔非常不高兴，可是他也无可奈何。他转过身去躲过那只壁炉，以免受不住诱惑，要把那只花瓶打碎。他打开表壳，仔细端详他刚收到的那张肖像。

"画家是谁？"他问。

"是尔……先生。对了，是玛西尼介绍我认识的。玛西尼从罗马旅行回来以后，发觉自己对美术有高雅的爱好，他就自居为年轻艺术家们的梅塞纳[①]。说真的，我觉得他画得很像我，只是太漂亮了点。"

圣克莱尔真想把表对着墙壁扔去，这样，表就很难修得好。可是他忍住了，把表仍然放回衣袋里；他看见天已大亮，就走出屋子，恳求马蒂尔德不要送他，他大踏步穿越花园，过了一分钟他就独自一个人在田野里了。

---

① 梅塞纳（公元前69—前8年），罗马骑士，专门鼓励文学艺术，是文学家和艺术家的保护者。

"玛西尼！玛西尼！"他带着一肚子的怒火叫喊，"我难道到处都要遇见你！……毫无疑问，画家画了这幅肖像以后，一定另外画一幅给玛西尼！……我真傻！我居然有时会相信她爱我像我爱她一样……为什么我会这样想？只不过因为她在头发里插上一朵玫瑰花，只不过因为她不戴首饰！她有满满一抽屉的首饰……玛西尼是最喜欢看女人打扮得花枝招展的，他多么喜欢首饰！……是的，必须承认，她有善良的性格，她知道迎合情人的爱好。

"他妈的！我甘心情愿她是一个妓女，为钱而卖身。那个时候至少我可以相信她爱我，因为她既然当了我的情妇，而我又不必付钱给她。"

不久另一个更加痛心的想法又涌上他的心头。再过几个星期伯爵夫人就要除掉丧服。圣克莱尔答应等她戴孝一年期满以后就娶她为妻。他答应过了。——他答应过？没有的事。——他从来没有谈过这件事。可是他有这个打算，伯爵夫人也知道他有这个打算。对他说来，这就等于是一种誓言。昨天，他还宁愿牺牲一个王位来促使他公开承认他的爱情的日子早日到来；今天，他一想到要把自己的命运同玛西尼的旧情妇联系起来就浑身战栗。

"可是我应当这样做！"他心里想，"这件事一定会实现。可怜的伯爵夫人，她一定以为我知道她过去的奸情。他们说这件事是公开的。何况她并不真正认识我……她不能了解我。她以为我爱她就跟玛西尼爱她一样。"

于是他又带点自豪地想：

"足有三个月，她使我成为最幸福的人。——这个幸福值得牺牲我整整一生。"

他并没有躺下睡觉,一个早上都在森林里骑马漫游。在韦里埃①森林的一条小径上,他看见一个人骑着一匹骏美的英国马,这个人从很远处就喊他的名字,并且立刻策马走近来。原来是阿尔丰斯·德·太米纳。在圣克莱尔当时的心情下,孤寂的环境是特别愉快的;因此遇见太米纳使他的坏脾气变成了难以忍受的愤怒。太米纳并没有发觉,或许他是故意想把他激怒。他又说,又笑,拼命开玩笑,却没有注意到对方不理睬他。圣克莱尔看见了一条狭窄的小径,马上策马走进这条小径,一心只希望那个讨厌的家伙不会跟进来;可是他错了,一个讨厌的人是不轻易放过他的捕获物的。太米纳转过马来,加紧上前几步,想同圣克莱尔并排走,这样谈起话来更方便些。

我已经说过这条小径是很狭窄的,因此,两匹马很难并排走着,尽管太米纳是一个骑马的能手,他从圣克莱尔旁边经过时,碰到圣克莱尔的脚,也是不足为奇的事。可是圣克莱尔的愤怒已经达到了顶点,再也不能抑制了。他站立在他的马镫上,用手里的马鞭拼命抽打太米纳的马鼻子。

"你见了鬼吗?奥古斯特!"太米纳嚷起来,"你为什么打我的马?"

"你为什么跟着我?"圣克莱尔用骇人的声音回答。

"你丧失理智了吗,圣克莱尔?你忘记了是对我说话吗?"

"我知道我是在跟一个自命不凡的傻瓜说话。"

---

① 韦里埃,巴黎附近的一个村庄,有森林。

"圣克莱尔!……你疯了,我想,你疯了……听我说!明天你得向我道歉,或者你向我解释你为什么这样无礼。"

"明天见,先生。"

太米纳停下马,圣克莱尔催马前进,不一会儿他就在树林里消失了。

这时候,他觉得比较冷静了。他的弱点是相信预感。他认为明天他一定会被打死,这样一来倒是他目前处境的最好解决办法。还有一天要活,明天就再也没有烦恼,没有痛苦了。他回到自己家里,支使他仆人送一张便条给博热上校,写了几封信,然后十分开胃地吃了晚饭,到八点半钟他准时到达花园的小门口。

*　　*　　*

"你今天怎么了,奥古斯特?"伯爵夫人问,"你快活得很特别,可是你说的那些笑话都不能够逗我发笑。昨天,你有点儿忧郁,我却很高兴!今天,我们换了角色了。——我头痛得要命。"

"漂亮的姑娘,我承认;是的,我昨天非常叫人讨厌。可是今天我已经散过步,做过体育锻炼,我全身感到舒坦极了。"

"至于我,我很晚才起来,今天早上我睡了个懒觉,而且做了一些恶梦。"

"啊!做梦?你相信梦吗?"

"你疯了吗?"

"我倒是相信梦的。我打赌你一定做过一个梦,梦见发生一件悲惨的事。"

"我的天,我从来记不住我做的梦。可是,我想起来了……我在梦中见到了玛西尼,因此,你瞧,这并不是什么有趣的梦。"

"玛西尼!恰恰相反,我还以为你会很高兴能再见到他呢。"

"可怜的玛西尼!"

"可怜的玛西尼?"

"奥古斯特,我求求你,告诉我你今晚到底有什么心事。在你的微笑里面就有鬼。你仿佛没有正经地说过一句真话似的。"

"啊!你现在待我非常坏,就跟你的朋友,那些老寡妇①待我一样。"

"是的,奥古斯特,你今天的样子就像你同你所不喜欢的人在一起一样。"

"坏女人!算了,把你的手给我。"

他带着一种嘲弄的殷勤吻了她的手,他们互相注视了一分钟。圣克莱尔头一个低下眼睛,他叫道:

"活在这世界上要不被人家当作坏人可真不容易!除非你只谈天气、狩猎,或者只同你的老太太们议论她们慈善机构的预算才行。"

他从桌子上拿起一张纸:

"瞧,这是替你洗贵重衣服的洗衣妇的账单。让我们谈谈账单吧,这样一来,我的天使,你就不能说我坏哩。"

"真的,奥古斯特,你使我觉得奇怪……"

"这笔迹使我想起了我今天早上找到的一封信。我得告诉你我整理过我的文件了,因为我隔一段时间总得要整理一下。——在整

---

① 指贵族妇女,丈夫已死,靠年金过活,大部分是老妇人。

理时我找到一封情书,是我十六岁时爱上的一个女裁缝写给我的。她有她的特别写字法,每个字都要写得更复杂一点。她的作风也同她的字体一样。那么,由于我那时候有一点儿自命不凡,我认为一个写起信来不像塞维涅夫人①那样的情妇配不上我,我就猛然间离开了她。今天,重读这封信,我得承认这个女裁缝对我是有真正的爱情的。"

"好呀!这是你供养的一个女人吗?……"

"把她当作神仙似的供养,每月五十个法郎。可是我的监护人不给我数目很大的生活费,因为他说一个年轻人有了钱不仅会断送自己,还会断送别人。"

"那么这个女人呢,后来她怎样了?"

"我怎么知道?……大概她在医院死掉了。"

"奥古斯特……如果这事是真的,你就不应该这样漫不经心。"

"要说真话,那么她是嫁给一个正直的人了,等到我成年以后,我给了她一小笔嫁妆。"

"你真是一个好人!……可是为什么你要装出坏人的样子?"

"啊!我是一个很好的人……我越想越相信这个女人真的爱我……可是我那时候不懂得分辨藏在可笑的外形下的真正感情。"

"你应该把那封信拿给我看。我不会吃醋的……我们女人比你们男人更敏感,我们马上可以根据写信的文体看出写信的人是真心诚意的,还是假装出本来没有的热情。"

"可是你们女人又有多少次被一些傻瓜或者笨蛋看破把戏啊!"

---

① 塞维涅夫人(1626—1696),法国女作家,以写书信出名。

他一边说一边凝视着那只古花瓶，在他的眼光里和声音里都有一种不祥的表示，马蒂尔德并没有发觉。

"算了吧！你们这些男人，谁都以为自己就是唐璜。你们自以为你们欺骗了别人，而不知道你们遇见的，往往是比你们生活更加放荡的女唐璜。"

"我十分理解，太太们，以你们高超的智慧，你们可以在四里路外嗅出一个傻瓜来。因此，我毫不怀疑我们的朋友玛西尼，又蠢又自负，一定是抱着童身和作为殉道者而死去……"

"玛西尼？他并不太蠢，何况还有更蠢的女人。我得告诉你关于玛西尼的事……我是不是已经告诉过你？你说。"

"从来没有。"圣克莱尔声音颤抖地回答。

"玛西尼从意大利回来以后，爱上了我。我的丈夫认识他，把他当作一个聪明而趣味高尚的人介绍给我。他们俩真是天生一对。玛西尼开始时来得很勤；他送给我一些从什罗特①那里买来的水彩画，冒称是他自己画的，而且用一种逗人发笑的煞有介事的声调对我谈论音乐和绘画。有一天，他给我送来一封叫人难以相信的信。信里除了别的事情以外，他说我是巴黎最老实的女人，所以他想做我的情夫。我把信交给我的堂妹朱莉看了。那时我们俩都疯疯癫癫的，决定捉弄他一下。一天晚上，我家来了几个客人，其中也有玛西尼。我的堂妹对我说：'我把我今天早上收到的一封情书念给你听。'她就拿起那封信，在哄堂大笑声中把信念了……可怜的玛西尼！……"

---

① 巴黎一家专门买卖艺术作品的店。

圣克莱尔扑通一声跪了下来，嘴里发出快乐的喊声。他抓住伯爵夫人的手，在上面亲了又亲，洒满了眼泪。马蒂尔德惊奇万分，起初还以为他病了。圣克莱尔只能够不断地说："原谅我！原谅我！"最后，他站了起来，满脸放光。这时刻，他比那天第一次听见马蒂尔德对他说"我爱你"更加幸福。

"我是人类中最愚蠢、最有罪的人，"他大声说，"两天以来，我怀疑你……而我竟然没有要你解释清楚……"

"你怀疑我！……怀疑我什么？"

"啊！我是一个卑鄙的人！……有人对我说你爱过玛西尼，而且……"

"玛西尼！"她哈哈大笑起来，可是立即又严肃起来，"奥古斯特，"她说，"你居然这样愚蠢会这样疑心我；而且虚伪到不对我直说？"

眼泪涌上她的双眼。

"我求求你，原谅我吧。"

"亲爱的，我怎么会不原谅你呢？……可是，首先让我向你发誓……"

"啊！我相信你，我相信你，别说了。"

"可是，我的天啊，凭什么你会产生怀疑呢？这是一桩难以叫人相信的事呀！"

"没有什么，没有什么，是我这个该死的脑袋……还有……你瞧这只古花瓶，我知道它是玛西尼送给你的……"

伯爵夫人合拢双手，大为惊异；她一边哈哈大笑，一边大声叫喊：

"我的古花瓶！我的古花瓶！"

圣克莱尔自己也禁不住好笑，大滴眼泪沿着他的双颊流下来。他把马蒂尔德搂在怀里，对她说：

"我决不放松你，除非你原谅了我。"

"当然，我原谅你，你真傻。"她一边说一边温柔地抱吻他。"你今天使我非常快乐，这是头一次我看见你哭，我还以为你是不会哭的。"

然后她从他的怀里挣脱出来，抓起那只古花瓶，朝地板上掷得粉碎。（这是一只罕见的、完全新型的花瓶，上面用三种颜色画着一个拉皮特人①同一个半人半马②战斗。）

圣克莱尔在这几小时内成了一个最惭愧又最幸福的人。

* * *

"喂！"罗康坦晚上在托尔托尼咖啡馆③遇见了博热上校时问他，"这消息是新的吗？"

"太真了，我的亲爱的。"上校带着哀愁回答。

"告诉我事情的经过吧。"

"啊！很好。圣克莱尔开头对我说，他错了，可是他想先吃太米纳一枪，然后向他道歉。我只好赞成他的想法。太米纳想抽签

---

① 神话里的民族，善于御马。
② 传说中的野蛮民族，形体半是人半是马。他们在拉皮特国王的婚礼中进行捣乱，同拉皮特人进行一场战斗，结果被拉皮特人消灭。
③ 十九世纪时巴黎意大利街的一家时髦咖啡馆，托尔托尼是店主的名字。

决定谁先开枪，圣克莱尔却坚持要太米纳先开。太米纳就开了枪，我看见圣克莱尔自己打了一个旋转，就倒下地死了。我以前也注意到许多兵士中枪以后也是这样打了一个旋转才死的。"

"这是十分奇怪的，"罗康坦说，"还有太米纳呢，他当时怎么办？"

"啊！他就按照当时环境需要的办。他带着悔恨的心情把手枪扔到地上，扔得那么重，把枪上的扳机都扔断了。他用的是一支英国门顿地方制的手枪，我不知道他能不能够在巴黎找到一个手枪匠替他另制一支。"

*　　*　　*

伯爵夫人足有三年没有接见任何人；无论冬夏，她都住在乡间别墅里，很少走出房门，由一个黑白混血女仆侍候着，这个女仆是知道她同圣克莱尔的关系的，可是她每天同女仆说不到两句话。三年以后，她的堂妹朱莉经过长期旅行回来了；朱莉闯进了伯爵夫人家，发觉可怜的马蒂尔德那么消瘦，那么苍白，简直就像看见了伯爵夫人的尸体。当初她离开伯爵夫人时马蒂尔德是十分漂亮和充满青春活力的。她费尽了气力才把马蒂尔德从隐居所里拉出来，把她带到耶尔①。伯爵夫人在那里越来越憔悴，过了三四个月，害肺病死了，这是照料她的姆……大夫说的，姆……大夫说她的肺病是因家事烦恼引起的。

---

① 耶尔是法国南部面临地中海的一个海港，避寒胜地。

双重误会①

> 姑娘,你是如花美眷,
> 你有金发、碧眼、白皮肤;
> 如果你决心葬身爱情,
> 你就沉沦吧,因为你会毁掉自己②。

1

朱莉·德·夏韦尔尼结婚已有六年左右,可是五年半以来她认识到不仅不可能爱她的丈夫,甚至连对他有一点敬意都很困难。

这位丈夫人品并不坏;他既不笨,也不傻。不过也许在他身上这两者都有一点。回忆往事,也许她从前曾经认为他很可爱,可是现在他却使她觉得讨厌。她发觉在他身上的一切都令人恶心。

---

① 本篇女主角朱莉误以为男主角达尔西真心爱她,而达尔西误认为朱莉是荡妇,想收他为情夫,双方同时产生误会,以致演成悲剧,所以篇名为《双重误会》。

② 这是一首西班牙歌曲,原文是西班牙文。

他吃东西,喝咖啡,说话,种种神态都使她神经抽搐。除了在饭桌上,他们很少见面,很少谈话,可是每星期有好几次要在一起吃晚饭,就足以使朱莉对他的嫌恶有增无减。

在夏韦尔尼方面,他是一个相当英俊的汉子,以他的年龄看来稍稍过于肥胖,脸色鲜艳、红润,从性格上说,他不像那些富于想象力的人们那样,经常为一些莫名其妙的忧虑来自寻烦恼。他真诚地相信他的妻子对他有一种亲切的友情(他熟知一般人情世故,不相信他的妻子仍然像结婚第一天那么爱他),这个信心既不使他高兴,也不使他痛苦;如果情况相反,他也会很容易就适应了相反的情况。他曾经在骑兵团队里服役过好几年,后来继承了一大笔遗产,就厌倦了兵营生活,辞了职,结了婚。要解释两个思想截然不同的人为什么结了婚,似乎是相当困难的事。其实一方面,由于有祖父母和媒人,这些媒人就像福劳辛一样,有本事"让土耳其皇帝和威尼斯共和国结婚"①,祖父母和媒人对于安排于己有利的事,是甘心不辞劳苦地奔波的。另一方面,夏韦尔尼出身于上等家庭;当时他还不太胖;而且天性快活,是一个道道地地的所谓性情温和的人。朱莉看见他来到她母亲家里总是感到很高兴,因为他能用讲述团队里新闻逸事的方法来逗她发笑,他讲述的内容滑稽,可是并不经常是趣味高雅的。她认为他很可爱,那是因为他在每一个舞会上都跟她跳舞,而且永远能找出充分理由来说服朱莉的母亲让她在舞会里逗留得晚一点,或者去看戏,

---

① 福劳辛是莫里哀的喜剧《悭吝人》里的虔婆,善于花言巧语做媒人,自称:"只要我打定主意要办,我能让土耳其皇帝跟威尼斯共和国结婚。"(第二幕第五场)

或者到布洛涅森林散步。最后，朱莉还认为他是一个英雄，因为他曾经光荣地同人决斗过两三次。可是使夏韦尔尼获得胜利的最后一着，是他对一辆马车样子的描述，这辆马车要按照他亲自绘画的图样制造，如果朱莉答应嫁给他，他就要带着朱莉亲自驾驶这辆马车。

婚后几个月，夏韦尔尼的所有优良品质便丧失掉很大一部分价值。他再也不跟他的妻子跳舞，——这是理所当然的事。他那令人发笑的新闻逸事，已经都讲过两三遍了。现在他经常说舞会拖得太晚了。他在看戏时不断打呵欠，而且认为晚上穿礼服的习惯是令人受不了的限制。他的主要缺点是懒；如果他肯设法讨人欢喜，也许他是能够成功的；可是他认为受拘束是最大的痛苦，这一点他同所有肥胖的人是共同的。社交界叫他讨厌，因为一个人能否在社交界受到很好接待，就得看他花了多大力气去讨人欢喜。他认为粗俗的欢笑比一切文雅的娱乐要好得多；因为，在和他趣味相投的人群中，他要引人注意，不必费别的心思，只要大声嚷嚷得比别人更响一点就行，这样做对有他这么强健肺门的人来说，并不是一件难事。此外，他常常夸口说他能比一般人喝更多的香槟酒，而且能骑着马漂亮地跳过一公尺三寸高的栅栏。因此他势必在某一类很难形容的人中间受到尊敬。这类人通常被称为年轻人。他们在下午五点左右，就挤满了我们的林荫道。他所热烈追求的，是一齐去打猎，郊游，赛马，单身汉的晚餐，单身汉的宵夜餐。他每天足有二十次自称是世界上最幸福的男人；每当朱莉听见他说这话，总要把眼睛抬向天空，小嘴巴露出一种难以形容的轻蔑表情。

她既年轻，又漂亮，嫁给了一个她所不喜欢的男人，可以设想，她一定会经常受到别有企图的恭维奉承。可是，除了她的母亲加以保护以外，她还是一个十分谨慎小心的女人。她的傲慢虽然是她的一个缺点，却一直保卫着她，使她不致受到外界的诱惑。此外，婚后不久失望接踵而来，也使她得到了一种经验，叫她的热情不轻易爆发。她在社交界受人怜悯，被人传为容忍的典型，她认为很值得骄傲。总而言之，她差不多可以算是幸福的了，因为她不爱任何人，而她的丈夫又给她以全部的行动自由。她卖弄风情（必须承认，她是有点喜欢向她的丈夫证明他不知道自己占有着什么样的一件宝贝），她卖弄风情就像儿童撒娇一样，完全出自本能，同她的带点轻蔑而不是假正经的审慎态度配合得恰到好处。总之，她懂得对任何人都很亲切，可是对任何人都没有差别。喜欢说坏话的人也找不出任何细微的差错可以用来谴责她。

2

他们夫妻俩在朱莉的娘家——德·吕桑太太家——吃晚饭，因为朱莉的母亲要动身到尼斯①去。夏韦尔尼在他岳母家向来觉得十分无聊，这时尽管他很想到林荫道上去会见他的朋友们，他也不得不在这里度过一个黄昏。晚饭以后，他占据了一张舒适的长沙发，足有两个小时没有说过一句话。理由很简单：他睡着了；

---

① 法国旅游港口，在巴黎东南。

不过睡得很合乎礼仪,他坐着,脑袋歪向一边,似乎在很有兴趣地倾听别人谈话;他还不时醒过来插上一两句话。

然后他又不得不打一场惠斯特纸牌,他憎恨这种纸牌,因为打这种纸牌要相当集中思想。这些节目使他逗留得相当晚。十一点半钟刚刚敲过。夏韦尔尼当天晚上没有什么约会,他完全不知道应该怎么办才好。他正在发愁的当儿,仆人宣告他的马车已经等在门口。假如他要回家,他得带走他的妻子。一想到要同他的妻子单独在一起待二十分钟,他就十分惊惶;可是他的口袋里已经没有雪茄,他多么渴望打开一盒他出门到这儿吃晚饭以前刚收到的从勒阿弗尔①寄来的雪茄啊!他只好带他的妻子回家了。

他为他妻子披上披肩的时候,在镜子里看见自己在履行一个八天一次的丈夫的责任,他禁不住微笑起来。他几乎没有看过他的妻子一眼,现在才仔细端详她。这天晚上他觉得她比平时更加美丽,因此他花了相当时间为她整理肩上的披肩。朱莉同他一样,对于即将到来的夫妻相处在一起的时刻也感觉不快。她的嘴因赌气而稍为翘起,弯弯的眉毛不由自主地皱在一处,这一切反而使她的脸上出现了一种十分可爱的表情,连丈夫看了也不能不动心。在他们做着我刚才描述的动作的时候,他们的眼睛在镜子里相遇了。两个人都感到很窘。为了摆脱窘境,夏韦尔尼微笑着吻了他妻子的手,她正举起手来整理她的披肩。——"他们多么相爱!"德·吕桑太太低声说,她既没有注意到妻子冷冰冰的轻蔑表情,也没有注意到丈夫漫不经心的神气。

---

① 法国重要商港。

他们俩一起坐在马车里，几乎身体靠着身体，开头有好一阵子双方都没有说话。夏韦尔尼感觉到他应该说些什么，可是心里什么都想不起来。朱莉这方面也保持着令人绝望的沉默。他打了三四次呵欠，连他自己也不好意思起来，最后一次呵欠打过以后，他认为他应该向他的妻子道个歉。——"今晚的晚会太长了点。"他说了一句话为自己做辩解。

朱莉从话中听出是想批评他母亲的晚会，还想对她说几句不愉快的话。很久以来她已经习惯于避免同她丈夫做任何解释，因此她继续保持沉默。

夏韦尔尼那天晚上却不由自主地很想谈话，过了两分钟他又继续说：

"今天的晚餐我吃得很舒服；可是我还是很想告诉你，你母亲的香槟酒太甜了点。"

"什么？"朱莉边问边把头转向他一边，模样儿十分冷淡，装出什么也没有听见的样子。

"我是说你母亲的香槟酒太甜了点。我忘记对她说了。真奇怪，人们总是以为挑选香槟酒是最容易不过的事。其实，最困难也没有了。香槟酒有二十种质量是坏的，只有一种质量是好的。"

"是吗！"朱莉从礼貌上应了这一声以后，又回过头去向她身边的车门外张望。夏韦尔尼向后一仰，把脚抬起来放在四轮马车前头的坐垫上，自尊心受到严重损害，因为他自认为花了许多精神去逗他的妻子谈话，而他的妻子竟然这样无动于衷。

又打了两三个呵欠以后，他一边靠近朱莉一边继续说：

"朱莉，你的连衫裙穿起来非常合身。你是在哪里买的？"

"毫无疑问，他是想照式照样买一件给他的情妇。"朱莉想。——"在比尔蒂店里买的。"她微微一笑回答。

"你笑什么？"夏韦尔尼问，把脚从坐垫上放下来，更靠近朱莉一点。同时他拿起朱莉衣服的一只袖管，用带点答尔丢夫①的样子加以抚摸。

"我笑你注意到我的打扮，"朱莉说，"当心点，你弄皱了我的衣袖。"她把衣袖从夏韦尔尼的手中抽回来。

"我向你保证我十分注意你的打扮，我尤其欣赏你的鉴别能力。说真的，我有一天曾经对……一个女人谈起你……这个女人经常穿得很不入眼……虽然她花了不少钱在衣着上……她会倾家荡产的……我经常对她说……我引用了你的衣着……"朱莉对他的窘态只觉得好玩，并不打断他的话来使他住嘴。

"你的马真蹩脚。它们简直不在前进！我得跟你更换几匹马。"夏韦尔尼说，他感到很窘。

在剩下的路上，谈话仍然是阴阳怪气；双方只限于一问一答就完了。

最后两夫妻终于到达了某某街，他们互相道了晚安就分别到各自的房间去了。

朱莉开始脱衣服，她的贴身女仆不知为了什么原因走了出去；这时候卧室的门突然打开，夏韦尔尼走了进来。朱莉赶快遮住自己的肩膀。

"对不起，"他说，"我想拿司各特最近出版的小说来帮助我入

---

① 答尔丢夫是莫里哀的喜剧《伪君子》中的人物，是一个伪善的骗子。

睡……是《昆丁·达威德》，对吗？①"

"书一定是在你的房间，"朱莉回答，"这儿没有什么书。"

夏韦尔尼默默地注视着衣服凌乱的妻子，这种凌乱可以增加美感。用我所憎恶的一种说法来表达，就是：他发觉她很有刺激性。"她真是一个十分漂亮的女人！"他这样想。于是他站在她面前，动也不动，手里拿着烛台，一句话也不说。朱莉呢，也站在他对面，手里揉着自己的睡帽，似乎很不耐烦地等着他出去。

"你今天晚上真可爱，一点不假！"夏韦尔尼终于嚷起来，他往前一步把烛台放下来。"我多么爱那些头发凌乱的女人！"他一边说一边用一只手抓住朱莉披散在肩膀上的长辫子，而且几乎带点温柔地用另一只臂膀搂着她的腰肢。

"啊！天啊！你的烟臭简直使人受不了！"朱莉一边喊一边转过身去。"放下我的头发，别让我的头发沾上这种臭味，叫我永远也摆脱不了。"

"呸！你不管发生什么事情都这样说，因为你知道我有时是抽烟的。不要过分刁难吧，我亲爱的老婆。"他的双臂动作相当迅速，她来不及躲避，被他在肩膀上吻了一下。

幸亏她的贴身女仆这时走了进来；这对朱莉来说是十分幸运的事，因为对一个女人来说，最讨厌的就是这一类爱抚，你拒绝也罢，接受也罢，几乎都同样显得可笑。

"玛丽，"德·夏韦尔尼夫人说，"我那件蓝袍子的上身太长

---

① 司各特（1771—1832），英国历史小说作家和诗人；他所著小说《昆丁·达威德》描写法王路易十一的狡诈残忍。

了。我今天见到德·贝吉夫人,她的穿着总是十分考究的,她的上身比我的上身足足短了两只手指。你来,拿别针马上把上身折上去一条边,看看效果怎样。"

这时候,贴身女仆和女主人间就开始了一场关于上身尺寸的有趣谈话。朱莉知道夏韦尔尼最恨的是听人家谈论时装,她这样做一定可以把他赶走。果然,夏韦尔尼来回走了五分钟以后,看见朱莉全副心思都放在她的上身衣服上,就打了一个骇人的呵欠,拿起烛台,走了出去,这一次,再也不回来了。

3

佩兰少校坐在一张小桌子旁边,聚精会神地阅读。他的刷得干干净净的大礼服,他的军便帽,尤其是他僵直的胸腔,都说明他是一个老军人。他的房间里一切都干干净净,十分简单朴素。一瓶墨水和两支削得尖尖的羽毛笔放在桌子上,旁边放着一本信笺,至少有一年以上这本信笺没有用过一页。如果说佩兰少校不写信,相反他却念了许多书。这时候他在阅读《波斯人信札》[①],同时在抽着他的海泡石烟斗,这两件事吸引了他的全部注意力,使他一开头竟没有注意到德·夏托福尔少校走进了他的房间。夏托福尔少校是他团队里的一个年轻军官,长相英俊迷人,待人和气亲切,有点自负,在国防部长面前极为得宠,总而言之,他几乎

[①] 《波斯人信札》是法国十八世纪作家孟德斯鸠的著作。

在各个方面，都同佩兰少校相反。可是我不知道什么原因，他们俩是好朋友，每天都见面。

夏托福尔拍了拍佩兰少校的肩膀。佩兰回过头来，嘴里没有离开他的烟斗。他的第一个表情是快活，因为他看见了他的朋友；第二个表情是惋惜，这位可尊敬的人！因为他要离开他的那本书；第三个表情是表示他拿定了主意，要尽可能用他房间里最好的东西来款待客人。他在衣袋里摸索着找一个钥匙，这个钥匙可以打开一个柜，里面藏着一盒贵重的雪茄，少校自己不抽这些雪茄，却把它们一支一支地请他的朋友抽。可是，看见过他这个手势足有一百次以上的夏托福尔大声说：

"别动！佩兰老兄，留着你的雪茄，我自己带着呢！"

然后，他从一只优雅的墨西哥麦秆制的盒子里抽出一根肉桂色的雪茄，两端削得尖尖的，用火点着了，自己往一张小沙发上一躺，把头枕在一只枕头上，脚搁在对面的椅背上，这张沙发是佩兰从来不使用的。夏托福尔开始用一层烟雾包围着自己，他紧闭双目，似乎是在深刻地考虑他要说些什么。他的脸上布满快乐的光辉，看来他有一件幸福的事恨不得叫人猜出来，他费了好大的劲才能把这桩秘密隐藏在肚子里。佩兰少校把椅子挪到沙发对面，一言不发地抽了一会儿烟；然后，看见夏托福尔不急于说话，他就问他：

"乌里卡好吗？"

他问的是一匹黑母马，夏托福尔把这匹马驱使得太累了，有害上肺气肿的危险。

"非常好。"夏托福尔回答，他根本没有听那句问话。"佩兰!"他一边嚷一边把搁在沙发背上的腿拿下来伸向佩兰,"你知道你有我做朋友非常幸福吗?……"

年老的少校心里仔细思量认识夏托福尔给他带来了什么好处;他没有发现什么好处,除了夏托福尔送过他几磅上等烟草以外,就只有使他受过几天禁闭,因为他参加了一次决斗,在那次决斗中夏托福尔是主角。当然,他的朋友对他表示过无数次信任,这是事实。比如每当夏托福尔值班时,他总是叫佩兰代替他:他需要一个副手时,找的也是佩兰。

夏托福尔不等他思索很久,就递给他一封短信,那封信是用一手漂亮的蝇头小楷写在英国的油光纸上的。佩兰少校做了个鬼脸,对他来说,这鬼脸就等于是一个微笑。他对这种用蝇头小楷写在油光纸上给他的朋友的信,看见得多了。

"瞧,"他的朋友说,"念一念这封信。你得到这封信应该归功于我。"佩兰念下面这封信:

> 亲爱的先生,我们十分高兴邀请你来舍下进晚餐。德·夏韦尔尼先生本应亲自前来敦请,无奈他不得不赴一个狩猎的约会。我又不知道佩兰少校的地址,所以我不能够写信约他同你一起来。你使我十分渴望认识他,如果你能带他一起来,我对你将加倍感谢。
>
> 朱莉·德·夏韦尔尼
>
> 附言:我十分感谢你费神为我抄了那首乐谱。这首歌可爱极了,我们永远钦佩你的鉴赏能力。我们每星期四接待宾客,你怎么再也不来了?你是知道我们会十分高兴见到你的。

"漂亮的书法，可惜太纤细了些。"佩兰念完信后说，"见鬼！在她家吃晚餐真有点如坐针毡；因为规定必须穿着丝袜，晚餐以后又没有吸烟室！"

"说真的，真是太不幸了！你竟然宁愿要吸烟而不愿接近巴黎最美的美人！……我最佩服你的，是你的不识抬举。你居然不感谢我给你带来的幸福。"

"感谢你！可是我得到这顿晚餐又不是你的功劳……如果真有什么功劳的话。"

"那么是谁的功劳呢？"

"是夏韦尔尼，他曾经是我们团队里的上尉。他大概对他的老婆说：邀请佩兰吧，他是一个老实人。我刚见过一次的美人，你怎么能够要她想到去邀请一个像我这样的老丘八呢？"

夏托福尔微笑着张望那面装饰着少校房间的十分狭窄的镜子。

"你今天没有敏锐的观察力，佩兰老兄。请你再念念这封信，也许你会发现你所没有看到的东西。"

少校把信翻来覆去地看，什么也没有看出来。

"怎么，老骑兵！"夏托福尔喊起来，"你怎么没有看出来，她请你是为了讨我欢喜，仅仅是为了向我证明她看得起我的朋友……而且是为了向我证明……"

"证明什么？"佩兰打岔说。

"证明……你知道得很清楚是什么。"

"是她爱你吗？"少校带着怀疑的神气问。

夏托福尔吹着口哨没有回答。

"她爱上了你吗？"

夏托福尔继续吹口哨。

"她对你说过吗？"

"可是……我觉得，这是十分明显的事。"

"怎么？……就从这封信里看出来？"

"毫无疑问。"

这回轮到佩兰吹口哨了。他的口哨比我的叔叔托比①的著名小歌《莉里布勒罗》更含有深意。

"怎么！"夏托福尔嚷道，同时从佩兰手里抢下那封信，"你没有看见里面的……柔情……是的，里面的柔情蜜意吗？你对'亲爱的先生'这句话是什么看法？请你注意，她写给我的另一封信，只是简单地写着：'先生'。'我对你将加倍感谢'，这是非常肯定的。而且你看，这儿有一个字已经划掉，就是'千'字；她想写'千倍友情'，可是她不敢；'千祈勿却'，她觉得不够……她没有写完这封信……啊！我的老友，你竟然以为一个像德·夏韦尔尼夫人那样出身高贵的女人，会像一个轻浮小娘们那样，主动献身给鄙人吗？……我告诉你，我，她的信很迷人，如果看不出里面蕴藏着的热情，那真是瞎了眼珠……还有信末那几句责备我的话，我只不过有一个星期四不去而已，你认为怎样？"

"可怜的小女人！"佩兰嚷道，"你千万别爱上这个人，你很快就会后悔的！"

---

① 托比是英国小说家斯泰恩（1713—1768）的代表作《特利斯川·项狄》中的人物，主角项狄的叔叔，代表"爱情的智慧"，是十八世纪伤感主义的化身。书里的小歌用不同方式演唱有不同效果。

夏托福尔根本没有注意他的朋友所用的夸大口气,他用暗示的口吻低声说:

"亲爱的,你知道吗,你能够帮我一个大忙?"

"怎么讲?"

"在这桩事情里你得帮助我。我知道她的丈夫对她很不好,他是一个畜生,使她非常不幸……你是认识他的,你,佩兰;你应该对他的老婆说他是一个粗暴的人,是一个声名狼藉的人……"

"啊!……"

"一个行为放荡的人……这一点你是知道的。他在团队里的时候就有情妇,而且是个什么样的情妇!把这一切全都告诉他的老婆。"

"啊!怎么说法呢?清官难断家务事……"

"我的天!总有方法把一切都说出来的!……尤其要为我说好话。"

"这一点,倒是比较容易的。不过……"

"不那么容易,你听我说,因为,如果我随你怎样说,你就会把我捧到天上去,这样对于我的事情反而没有帮助……你只要对她说,最近一些日子以来,你注意到我有点忧郁,说我不肯说话,说我吃不下饭……"

"这个嘛,"佩兰哈哈大笑地高声说,他一笑,使得他的烟斗十分可笑地晃动起来,"我永远也不能够在德·夏韦尔尼夫人面前说这件事。还仅仅就在昨天,同事们请我们吃晚饭,吃完以后不是差不多要把你抬走吗?"

"就算是吧,可是用不着把这些事情告诉她。最好就是让她知道我爱她;因为那些写小说的人总是告诉女人说,一个人如果又吃又喝,就不会是在恋爱。"

"至于我,我不知道世界上有什么事情能够叫我不吃不喝。"

"好吧,亲爱的佩兰,"夏托福尔一边说一边戴上帽子,同时整理了一下他的发卷,"我们说定了;下星期四我来和你一起去;一定要穿皮鞋,穿丝袜,着礼服!尤其不要忘记说她丈夫的坏话,说我许多好话。"

他一边挥舞他的手杖,一边走了出去,姿态十分优美,留下佩兰少校一个人在那里为他收到的邀请发愁。他想起了要穿丝袜和穿礼服,就更加不知所措。

4

有好几个客人没有来,德·夏韦尔尼夫人家的晚餐显得有点冷冷清清。夏托福尔坐在朱莉身边,忙着伺候朱莉,显得跟平时一样殷勤和亲切。至于夏韦尔尼,早上他跑马跑了很长时间,现在胃口大开。他大吃大喝,使有病的人不胜羡慕。佩兰少校陪着他,经常倒酒给他喝,往往趁主人嘻哈大笑时,他就开怀大笑,笑声几乎震破了玻璃杯。夏韦尔尼遇到同军人做伴,立刻就恢复了好脾气,态度同在军营里一个样;不过他在开玩笑方面,从来没有做过趣味高雅的选择。他的妻子每听见他说出几句粗鲁失礼的话,便露出冷淡的轻蔑表情,转过身去,同夏托福尔开始单独谈话,为的是不让人看出她听见了一些叫她十分讨厌的说话。

下面就是这对模范夫妻相敬如宾的一个例子。晚餐快要终了时,谈话的题目落到了歌剧院上,大家对几个女舞蹈家的技能进行了比较,对其中的某某小姐大家特别赞赏。夏托福尔捧她尤其捧得厉害,极力赞扬她的优雅风度,她的外表和她端庄的神气。

几天以前夏托福尔曾经带佩兰上过一次歌剧院,佩兰只去过这一次,对于某某小姐记忆得十分清楚。

"是不是,"他说,"那个穿粉红衣服,跳起来像只小山羊的那个小姑娘?……夏托福尔,你不是拚命谈论她的大腿吗?"

"哦!你谈论她的大腿!"夏韦尔尼大声说,"可是你知道吗,如果你谈论得太过了头,你就会得罪德·日……公爵将军?你得当心点儿,我的伙伴!"

"可是我不相信这位将军吃醋会吃得这么厉害,竟然会禁止别人用望远镜望她的大腿。"

"恰恰相反,因为他对她的大腿引以为荣,仿佛是他头一个发现的。你的意见怎样,佩兰少校?"

"我只懂得马腿。"老兵谦逊地回答。

"说实话,她的大腿的确是美,"夏韦尔尼又说,"在巴黎再也没有比她更美的大腿了,只除了……"说到这里他停了下来,开始带着嘲弄的神气轻轻地摸了摸胡子,同时注视着他的妻子,德·夏韦尔尼夫人脸涨得通红,一直红到肩膀。

"除了德……小姐的大腿吗?"夏托福尔打断了他的话,提出了另一个女舞蹈家的名字。

"不,"夏韦尔尼用《哈姆莱特》的悲剧声调回答,"请看看我的夫人。"

朱莉气愤得满脸通红。她向她丈夫像闪电似的投射了一眼,眼光里充满了鄙夷和愤怒。然后,她想尽办法控制住自己,猛然间转过来对着夏托福尔。

"我们必须,"她用微微颤抖的声音说,"我们必须练习一下《穆罕默德》①里面的二重唱。它一定很适合你的嗓音。"

夏韦尔尼丝毫不感到难堪。——"夏托福尔,"他继续说,"你知道吗,我过去曾经想为我所说的那两条大腿铸造模型,可是人家说什么也不同意?"

夏托福尔听到这样厚颜无耻地把闺房的秘密暴露,不由得心里非常高兴,表面上却装着没有听见,继续同德·夏韦尔尼夫人谈论《穆罕默德》。

"我要说的那个人,"毫不留情的丈夫继续说,"在通常遇到人家赞美她这一方面时总是表现得很气愤,可是她的内心深处却并不生气。你知道她曾经叫一个袜子商人为她量尺寸吗?……我的夫人,请你别生气……我想说的是一个女商人。而且我在布鲁塞尔时,曾收到她三大页的亲笔信,详详细细地训令我怎样去买袜子。"

可是他白费口舌了,朱莉已经下定决心不听他的。她同夏托福尔谈话,装得很愉快,她那优美的笑容尽量使他相信她只听他一个人说话。夏托福尔方面,也装出完全被《穆罕默德》吸引住的样子,实际上夏韦尔尼一席无礼的话,他一字不漏地听了进去。

---

① 《穆罕默德》原名《穆罕默德二世》,是意大利名作曲家罗西尼创作的歌剧(1820年)。

晚餐以后，开始演奏音乐，德·夏韦尔尼夫人和夏托福尔用钢琴伴奏合唱了一支歌曲。夏韦尔尼一等钢琴打开就溜走了。接着又来了几个客人，可是并没阻止夏托福尔经常同朱莉低声谈话。离开夏韦尔尼家以后，夏托福尔对佩兰宣称今天晚上并没白过，并且说他的事情有了进展。

佩兰觉得丈夫谈到妻子的大腿是很平常的事，因此，当他在路上单独同夏托福尔在一起时，他用充满自信的声调对他说：

"你怎么忍心去扰乱这么好的一个家庭呢？他多么爱他的可爱的妻子啊！"

5

一个月以来，夏韦尔尼一心一意想当一个侍从官。

我们也许要觉得奇怪，为什么一个肥胖的、懒惰的、喜欢舒服的人，竟然产生了这样一种野心？他倒是有很充分的理由为自己的野心辩护。他对他的朋友说，首先，我花了很多的钱去订包厢，订了包厢给女人们享受。我如果在宫廷里有一个差使，我可以一个钱不花要有多少包厢就有多少。而你们都知道有了包厢可以得到些什么。其次，我很喜欢打猎，到王家狩猎场去打猎就有了我的一份。最后，现在我已经不能穿军人制服，我不知道该穿什么衣服去参加夫人①的舞会；我不喜欢侯爵的制服；侍从官的制

---

① 夫人不冠以姓氏，通常是指国王的长女或王储的长女。

服最合我的心意。因此，他提出了申请。他本来也希望他妻子代他申请，可是虽然她有几个十分有势力的朋友，她却固执地不肯答应。他曾经为德·赫……公爵办过一些小差使，这位公爵当时在宫廷十分得宠，他期待能仰仗公爵的势力获得这个差使。他的朋友夏托福尔也认识许多有势力的人物，他非常热心和忠实地为他奔走效劳，如果你有一个漂亮的妻子，你也许也会遇上一个像他那样的人。

有一件巧事使夏韦尔尼的事情加快了进展，可是这件巧事对他也产生了相当不幸的后果。德·夏韦尔尼夫人费了不少劲才在一个首次演出的日子里在歌剧院里弄到了一个包厢。这个包厢有六个座位。她的丈夫，出乎意料地而且经过她狠狠的责备以后，答应陪她出席。朱莉想给夏托福尔留一个席位，可是她觉得不能够单独同他一起去，所以她不得不要丈夫陪她去。

第一幕刚演完，夏韦尔尼就走出包厢，留下他的妻子同他的朋友单独在一起。起先，两个人都显得有点拘束，沉默不语；在朱莉方面，因为她最近凡是单独同夏托福尔在一起的时候，总是感到不自在；在夏托福尔方面，因为他有他的计划，他认为目前他要显得激动才合适。他偷偷地朝大厅看了一眼，很高兴地发觉有好几个熟人的望远镜都朝他的包厢望。他心满意足地想到，他有好几个朋友都会妒忌他的幸福，而且，从外表看来，他们都会认为他很伟大，虽然事实上他并不那么伟大。

朱莉一连嗅了好几次她的香炉和花束，然后说剧院里太热，又谈起那出戏和时装打扮。夏托福尔心不在焉地听着，叹气，在交椅里不安地折腾着，他望了望朱莉，又叹了一口气。朱莉开始觉得有点心神不定。突然间，他嚷起来：

"我多么恨我不能生活在骑士时代！"

"骑士时代！为什么？"朱莉问，"毫无疑问一定是中古时代的一套服装适合你的身材？"

"你以为我是爱好虚荣的人吗？"他用苦闷和悲哀的声调说，"不，我惋惜那个时代……是因为一个人在那时代只要勇敢……就有希望得到……种种东西……总而言之，只要能把一个巨人一刀砍成两半，就能得到女人的欢心……你瞧，你看见头等楼厅里的那条大汉吗？我真希望你命令我去拔掉他的胡子……使得我完成使命以后能够对你说出三个字又不至于让你生气。"

"你疯了！"朱莉说，脸涨得通红，一直红到眼白，因为她猜出了这三个字是什么。——"瞧，德·圣埃尔米娜夫人这么大年纪还穿袒胸衣服，打扮得像参加舞会的样子！"

"我只知道一件事，那就是你不愿意听我说话，我发觉这一点已经有相当日子……如果你一定要这样，我就闭嘴不说话；可是……"他一边叹气一边用很低的声音加上一句，"你已经明白了我的……"

"说真的，我一点不明白，"朱莉冷冷地说，"可是我丈夫到哪儿去了？"

刚好一个客人到来，解除了她的窘境。夏托福尔没有开口。他脸色苍白，似乎受了很大刺激。客人走出去以后，他对演出无关紧要地批评了几句。然后他们两人之间很长时间都不说话。

第二幕刚要开始的时候，包厢的门打开了，夏韦尔尼走了进来，带来了一个打扮得花枝招展的漂亮女人，头上插着华丽的粉红色羽毛，后面跟着的是德·赫……公爵。

"亲爱的，"夏韦尔尼对他的妻子说，"我在一个非常蹩脚的包厢里找到公爵和夫人，这个包厢是侧面的，看不见布景。他们很想坐我们的包厢！"

朱莉冷冷地欠了欠身子，她不喜欢德·赫……公爵。公爵同那个插粉红色羽毛的女人一起说了许多道歉的话，生怕打扰了她。大家为了谦让坐位，折腾了好一会儿才坐下来。夏托福尔趁着这纷乱的当儿凑到朱莉的耳朵边，很快地轻声对她说："为了上帝的爱，不要坐在包厢前面。"朱莉不胜惊讶，只好留在她原来的位子上。大家坐定以后，她回过身来对着夏托福尔，用严厉的眼光叫他解释这个谜。他只是坐着不动，挺直脖子，咬紧嘴唇，一副样子说明他满心不高兴。朱莉想了一想，把夏托福尔的劝告做了相当坏的解释。她以为他想在演出时继续对她低声说那些奇怪的话，如果她坐在前面，这样做就不可能。可是她回过头来再看看大厅时，发现有好几个女人的望远镜都朝着她的包厢望；不过一张新面孔出现的时候，是总会发生这种情况的。——"又是窃窃私语，又是微笑，到底有什么了不起的事？在歌剧院里真是少见多怪！"

那个陌生女人弯下身子细看朱莉的花束，然后笑容可掬地说："夫人，你这把花束多好看！我敢肯定在这种季节这束花一定很值钱，起码十个法郎。大概是人家送给你的？一定是人家送来的，对吗？妇女是从来不自己买花束的。"

朱莉惊奇得睁大了眼睛，她简直不知道她是同怎样的乡下人在一起。——"公爵，"那个女人懒洋洋地说，"你没有送过我花束。"夏韦尔尼赶忙向包厢的门走去。公爵想阻止他，那个女人也想阻止他,她已经不再想要了。——朱莉同夏托福尔交换了一下眼色。这眼色的意思是:"我感谢你刚才的忠告,可是现在已经太迟了。"——可是她仍然没有猜对。

在整个演出当中,戴羽毛的女人用手指打节奏,可惜都打错了;她谈论音乐,也谈得乱七八糟。她细细查问朱莉的袍子值多少钱,她的首饰和马匹值多少钱。朱莉从来没有见过这样的举止礼仪。她得出结论认为这个陌生女人是公爵的亲戚,最近从下布列塔尼①来的。等到夏韦尔尼回来,他拿着一把巨大的花束,远比他老婆的那把好看,于是他们又是赞美,又是感谢,又是道歉,闹个没完没了。

"德·夏韦尔尼先生,我不是一个忘恩负义的人,"那个所谓乡下女人一口气说了很长的一段话以后说,"为了向你证明,我引用波蒂埃②的一句话:'提醒我向你许诺些什么吧。'说真的,我曾答应给公爵绣一个钱袋,等我绣好给你也绣一个。"

最后,歌剧结束了,朱莉松了一口气,因为她同这位怪的女客坐在一起总觉得别扭。公爵挽着朱莉,夏韦尔尼挽着那位女客。夏托福尔脸色阴郁,满脸不高兴,在朱莉后面走着,带着尴尬的神气同他在楼梯上遇见的熟人打招呼。

有几个女的从他们身边经过,朱莉看见她们很脸熟。一个青年男子一边嘲笑一边跟她们低声说话,她们马上回过头来,十分好奇地注视着夏韦尔尼和他的老婆,其中一个女的还嚷了一句:

---

① 下布列塔尼是法国西北部边远地区。
② 波蒂埃(1775—1838),巴黎当时杂剧院的一个喜剧演员。

"这可能吗？"

公爵的马车到来了，他向德·夏韦尔尼夫人行礼，再一次热烈地感谢她的好意接待。这时候夏韦尔尼送那个陌生女人一直到公爵的马车旁边，剩下朱莉和夏托福尔单独在一起。

"这个女人是谁？"朱莉问。

"我不应该对你说……因为这件事太异乎寻常了！"

"怎么？"

"不过，所有认识你的人早晚会知道清楚的……可是夏韦尔尼！……我真不会相信。"

"这到底是怎么回事？你说，我的天！这个女人是谁？"

夏韦尔尼回来了。夏托福尔低声地回答：

"她是德·赫……公爵的情妇，梅兰妮·尔……夫人。"

"仁慈的上帝！"朱莉惊愕万分地望着夏托福尔叫起来，"这不可能！"

夏托福尔耸了耸肩膀，在送她上马车时，再补充一句："这就是我们在楼梯上碰到的女太太们所说的话。对他来说，她倒是这一类人中最合适的人。他需要照顾，需要体贴……她甚至于还有丈夫。"

"亲爱的，"夏韦尔尼用快活的口吻说，"你不需要我送你回家吧。晚安。我要到公爵家吃宵夜。"

朱莉没有回答。

"夏托福尔，"夏韦尔尼继续说，"你愿意同我一起到公爵家吗？他们刚告诉我，也邀请了你。你引人注目也讨人喜欢，好孩子！"

夏托福尔冷淡地谢绝了。他向德·夏韦尔尼夫人行礼,马车开动时,德·夏韦尔尼夫人气恼地咬她的手帕。

"好吧,亲爱的,"夏韦尔尼说,"你至少得用你的二轮马车把我送到这位公主的门口吧。"

"好的,"夏托福尔愉快地回答,"可是,顺便说一句,你知道吗,你的夫人终于已知道了坐在她旁边的是什么人了?"

"不可能。"

"完全是事实,你这样做非常不好。"

"算了!她的风度很好;再说人家还不十分认识她。公爵带着她到处都去。"

6

德·夏韦尔尼夫人度过了一个十分不安宁的夜晚。她丈夫在歌剧院的行为,使他的错误到达了顶点,她觉得似乎应该马上就要求分居。她明天要跟他谈一次话,向他表明,他用了这么狠心的方法来损害她的荣誉,她再也不能同他住在一间屋子里了。可是这样的谈话使她很害怕。她从来没有跟她的丈夫做过一次严肃的谈话。到目前为止,她只是用赌气来表达她的不满,夏韦尔尼却从来不在乎;因为他给了他的妻子以完全的自由,他就认为他的妻子不可能拒绝给他那种他不时需要的宽恕。她尤其害怕在谈话当中哭起来,她怕夏韦尔尼把这些眼泪当作是她对他的爱情受到伤害的结果。这时她十分惋惜她的母亲不在这里,她的母亲可能给她出出主意，或者负责把分居的决定去告诉他。这些思潮起伏，使她感到不知所措；她蒙眬入睡之际，决定去访问一个她从十分年轻时起就结识的女朋友，征求她的意见，依靠她的谨慎周到来决定自己对夏韦尔尼应该采取怎样的行动。

她怒气冲冲，不禁拿她的丈夫同夏托福尔做一下对比。丈夫的行为恶劣越显得后者的体贴文雅，她带着相当快乐的心情承认情人比她的丈夫更关心她的名誉，可是她又谴责自己有这种想法。这种从思想上做的比较使她不由自主地觉得夏托福尔的风度潇洒，而夏韦尔尼的举止则庸俗平凡。她仿佛又看见了她的丈夫挺着稍稍突出的肚子，笨手笨脚地在德·赫……公爵的情妇面前献殷勤，而夏托福尔则显得比平时更谦恭，仿佛一心一意想挽回她丈夫可能使她丧失的尊严。最后，由于思想不由人作主，难免会把人往远处扯，她不止一次地想到她可能变成寡妇，那时候她又年轻，又有钱，没有什么能够阻止她把爱情合法地报答给年轻的骑兵指挥官忠贞不渝的爱情了。一次失败的婚姻不能下结论反对结婚，如果夏托福尔的爱情是真的话……可是她想到这里脸红了，她排斥了这种思想，决定从今以后她同他的关系要更加谨慎小心。

她醒过来时头痛得十分厉害，昨天想做一次决定性谈话的想法，此时已被抛至九霄云外。她不愿意下楼吃早饭，怕遇见她的丈夫，她叫人把茶搬到卧室，关照家人准备马车送她到朗贝尔夫人家，她就是她想去征求意见的朋友。这时候这位夫人正在普……地方她的乡间别墅里。

她一边吃早饭一边打开报纸。映入她眼帘的第一条新闻是："达尔西先生，法国驻君士坦丁堡大使馆一秘，于前日因公返抵巴黎。到达以后该青年外交官立即谒见外交部长阁下,并与部长做长时间会谈。"

"达尔西到了巴黎!"她嚷起来,"我很高兴再见到他。他变了吗?他变得很严谨吗?——'该青年外交官'!达尔西变成了青年外交官!"她禁不住独自一人对着"青年外交官"几个字哈哈大笑起来。

这个达尔西以前十分热心参加德·吕桑太太家的晚会,那时他是外交部的随员。他在朱莉结婚前不久离开巴黎,从那以后她再也没有见到他。她只知道他到处旅行,官升得很快。

她手里还拿着报纸,她的丈夫就走了进来。他看来心情特别好。她一见他就站起来想走出去;可是,要走进梳洗间必须从他的身边经过,她继续留在原地不动,不过她那么激动,以至她放在茶桌上的手,很明显地使瓷器茶具抖动起来。

"亲爱的,"夏韦尔尼说,"我来向你告别,我要离开你几天。我到德·赫……公爵那里去打猎。我要对你说,他对你昨晚的招待十分满意。——我的事情进展得很顺利,他答应我要尽可能快地把我推荐给王上。"

朱莉听着他说,脸色一阵白,一阵红。

"德·赫……公爵为了报答你不得不这样做……"她用颤动的声音说,"对于一个为了讨好他恩人的情妇而用最无耻的方法损害自己妻子的荣誉的人,公爵只能这样做。"

然后,她使出全身气力,迈着庄严的步伐走出房间,进入她的梳洗间,用力把门带上。

夏韦尔尼低着头,满面羞惭地过了好一会儿。

"她从哪里知道这一切的?"他想,"归根结蒂这有什么要紧?做过的事情就是做过了!"由于他没有久久纠缠于一个不愉快思想的习惯,他做了一个大转身,在糖缸里拿了一颗糖,塞了一嘴巴,同时大声对刚进来的女仆叫喊:"告诉我的老婆,我要在德·赫……公爵家住四五天,我会把野味给她送来。"

他走了出去,心里只想着他要杀死的野雉和鹿子。

7

朱莉动身到普……地方去,对她的丈夫一肚子的怒火;可是这一次只是为了一件小事。他到德·赫……公爵古堡去的时候,坐了那辆新的四轮马车,给他妻子留了另外一辆,据车夫说,这辆车需要修理。

在路上,德·夏韦尔尼夫人寻思怎样把她的遭遇告诉朗贝尔夫人。尽管她很痛苦,但是对于能够有声有色地告诉别人一件事,她仍然感到愉快;她正为她的叙述寻找几句开头的话,一会儿想这样说,一会儿又想那样说。结果她从各个方面看到了她的丈夫罪大恶极,她对他的反感也随之而增大。

大家知道,从巴黎到普……地方有十六多公里远,德·夏韦尔尼夫人的控告状无论有多长,她的怀恨有多深,她总不能够在十六多公里长的路上翻来覆去只想着一件事。人类的思想有一种奇怪的能力,它往往把令人喜悦的想象和痛苦的感觉联系起来;因此,她丈夫的错误在她心里引起的仇恨还没有过去,就产生了甜蜜和忧郁的回忆。

纯洁而清新的空气,明亮的阳光,过路人无忧无虑的面容,都帮助她从仇恨的思想中解脱出来。她回忆起童年的日子,那时候她和同年龄的伙伴到乡间散步。她又想起了在修道院时[①]的同伴;她参加她们的游戏,同她们一起聚餐。她从大人们那里偷听到一些神秘的心腹话,她说出自己对这些话的想法;她一想到那时候有许多小动作很早就表达出妇女喜欢卖弄风情的天性,就情不自禁地微笑起来。

后来她又回忆起她进入社交界的情景。她仿佛眼前又出现了她离开修道院那年举行的许多极度辉煌的舞会,她在里面跳舞。至于别的舞会,她都忘记了;一个人的感觉,多么快就变得迟钝了呀!这些舞会使她想起了她的丈夫。——"我真傻!"她心想。"我为什么不能第一眼就看出我同他结婚是不幸的呢?"在婚前一个月,庸俗的夏韦尔尼非常冒失地同她谈过话,未婚夫的一切稀奇古怪和平庸乏味之处,都被一一记录并铭刻在她的记忆中。同时,她又禁不住想起了她的无数崇拜者,一个个都被她的结婚弄得绝了望,几个月后也都结了婚或者找到了别的安慰。——"我如果同另外一个人结婚,会幸福吗?"她自问,"某甲肯定是个傻瓜,可是他不害人,他的老婆阿美丽可以随意驾驭他。同一个听话的丈夫,总是能够找到共同生活的方法的。——某乙有不少情妇,他的老婆很善良,只为这件事感到伤心。不过他对她倒是温顺体贴的,而……我不会有别的要求,这样就够了。——年轻的

[①] 当时法国有钱人家总送他们年轻的女儿到修道院里读几年书,等于中学住读。

伯爵某丙经常读些政治小册子，他花了好大的劲希望将来有一天会成为一个体面的下议员，也许他会成为一个好丈夫。是呀，可是这些人全都叫人讨厌，他们相貌不佳又愚蠢可笑……"她这样把她未出嫁时所认识的青年人一一列举检阅的时候，达尔西的名字第二次出现在她心头。

达尔西以前在德·吕桑太太的社交圈子里是一个无关紧要的人物，换句话说，人家知道……那些母亲们知道，他的财产不容许他想娶她们的女儿。对女儿们来说，他身上没有什么东西可以获得她们的青睐。不过，他享有正人君子的美名。他有点愤世嫉俗，又善于说辛辣的讽刺话，十分讨人欢喜；他是一群小姐当中唯一的男子，能够嘲笑别的青年男子的怪诞和自负。当他低声同一位小姐说话的时候，母亲们并不惊吓，因为她们的女儿高声大笑，那些长着一口美丽牙齿的小姐们的母亲，甚至说达尔西为人非常可爱。

朱莉和达尔西由于趣味相投，而且互相间都害怕对方贫嘴薄舌、恶意中伤的口才，所以两人甚为接近。经过几个回合的交锋，他们签订了和约，订立了攻守同盟；他们双方互不侵犯，总是联合起来共同发挥他们的特长。

一天晚上，有人请朱莉唱一支歌。她有一副好嗓子，她自己也知道。走到钢琴旁边还没有开口唱歌的时候，她带点傲慢的神情望着面前的女人，仿佛想向她们挑战。谁知那天晚上也许由于身体不适，也许由于命运不佳，她几乎失掉一切唱歌的能力。她那张平素非常美妙的歌喉吐出第一个音符就走了音。朱莉狼狈不堪，整支歌都唱错了，好听的段落都没有唱出来；总之，失败非常明显。可怜的朱莉惊愕异常,几乎要大哭一场,她离开钢琴,回到她位子上的时候,禁不住觉察到女伴们隐藏不住的幸灾乐祸,因为她们看到了她的自尊心受到了损害。即使男人们,也似乎很勉强才能抑制住嘲讽的微笑。她满面羞惭地低下了眼睛,满腔愤怒,有好一阵子不敢抬起眼睛。等到她重新抬起头来,看见的第一张友善的脸就是达尔西的脸。他脸色苍白,眼睛里含着眼泪;他似乎比她自己对这不幸事件更激动。——"他爱我!"她想,"他真的爱我。"当晚她简直没有入睡,达尔西的悲戚的面孔经常显现在她的眼前。一连两天,她只想着他和他对她蕴藏着的爱情。事情已经有了进展,可是德·吕桑太太突然收到了达尔西告别的帖子。——"达尔西先生到哪儿去?"朱莉问一个认识达尔西的年轻人。——"他到哪里去?你不知道吗?到君士坦丁堡。今晚就乘邮船走。"

"原来他不爱我!"她想。八天过后,达尔西已不存在于她的记忆中了。而在达尔西方面,那时他还相当着重感情,足有八个月没有忘记朱莉。要解释清楚在爱情持久方面他们两人间为何有如此大的差别,并且为了原谅朱莉,我们必须想到达尔西是生活在野蛮人中间,而朱莉则是在巴黎,周围都是奉承和娱乐。

不管怎样,他们分别六七年以后,坐在马车上的朱莉,在通往普……地方的大路上奔驰,又想起了那天她唱歌唱坏了时达尔西的悲戚的表情;而且,说老实话,她还想起了他那时可能爱她,甚至他现在也许还保持着这份爱情。这一切在两公里的路程内十分强烈地占据着她的思想。然后达尔西先生又第三次被遗忘了。

8

朱莉进入普……地方的时候，看见朗贝尔夫人的院子里有一辆马车正在卸马，这说明来访的客人要有很长时间的逗留，她不免大为扫兴。因为这样一来，就不可能倾诉她对德·夏韦尔尼先生的怨气了。

朱莉走进客厅的时候，朗贝尔夫人同一个女人在一起，这个女人朱莉在社交场所遇见过，可是记不起她的姓名。朱莉不得不打起精神收起她不满的表情，她白走了一趟普……地方，心里着实不高兴。

"哈！你好！漂亮的姑娘！"朗贝尔夫人一边抱吻她一边喊道，"我多么高兴你还没有忘记我啊！你来得真是巧极了，因为我今天等待着不知多少人，他们全都发狂般地喜欢你。"

朱莉带点无可奈何的神气回答说她以为只有朗贝尔夫人单独在家。

"他们全都很高兴看到你，"朗贝尔夫人继续说，"我的女儿结婚以后，我的房子够冷清的，我非常高兴我的朋友们愿意来这儿聚会。可是，亲爱的朋友，你的一脸好血色哪儿去了？我觉得你今天脸色苍白。"

朱莉说了一个小谎话：路程太长……尘土……太阳……

"我今天恰巧请了你的一个崇拜者来吃饭，我可以给他一个愉快的意外会见了，他就是德·夏托福尔先生，大概还有他忠实的阿卡特①，佩兰少校。"

"我最近曾经请佩兰少校吃过饭。"朱莉说，脸有点红，因为她想到了夏托福尔。

"我还请了德·圣莱热先生。我要他下个月无论如何要在这儿组织一个成语小喜剧晚会，你一定要担任一个角色，我的天使；两年以前你还是我们成语小喜剧的主角呢！"

"我的天，夫人，我有好多日子没有演过成语小喜剧了，我在台上不能像以前那么镇静。我也许不得不借助于'我听见有人来了'而溜之大吉。"

"啊！朱莉，我的孩子，你再猜一猜我们还在等谁吧。可是这一个，亲爱的，要运用你的记忆力才能想得起他的姓名……"

达尔西的名字马上涌上朱莉的心头。"他事实上一直纠缠着我。"她想。——"记忆力吗，夫人？我有很好的记忆力。"

"可是我说的是六七年的记忆力……你还记得一个在你还是小女孩、头上梳着辫子的时候，对你十分关心的人吗？"

"说真的，我猜不出。"

"多么可怕！亲爱的……你竟然忘记一个英俊的男子，如果我没有记错的话，他从前使你这么喜欢，以致你的母亲都几乎害怕起来了。算了，我的美人，既然你这样忘记你的崇拜者，我不得不告诉你他的名字了。你马上要见到达尔西先生了。"

"达尔西先生？"

---

① 拉丁诗人维吉尔的史诗《伊尼特》中，主角伊尼斯有一个形影不离的忠实朋友，就是"忠实的阿卡特"。

"是的；他终于从君士坦丁堡回来了，回来只有几天。前天他来看我，我邀请了他。你这个没有情义的人，你知道他一来就向我打听你的消息吗？他对你的关心一看就十分明显。"

"达尔西先生？……"朱莉嗫嚅着说，装出漫不经心的样子，"达尔西先生？……不就是一个大高个子金头发的年轻人……在大使馆当秘书的吗？"

"啊！亲爱的，你再也认不得他了，他全变了；他的脸色变得苍白，也可以说是橄榄色的，眼睛深陷，头发脱落不少，据他说是因为天气炎热的关系。再过两三年，如果这种情形继续不变，他的前脑袋就要秃了。然而他还不到三十岁。"

说到这里，那个在旁边听着达尔西不幸遭遇的女太太插进来极力劝告使用卡列多尔①，她自己得过一场病，掉落很多头发，她发现了这种药效果很好。她一边说一边用手指搔弄她头上无数美丽的灰栗色发环。

"达尔西先生一直逗留在君士坦丁堡吗？"德·夏韦尔尼夫人问。

"不完全是，因为他走过很多地方。他到过俄国，后来又跑遍了希腊。你不知道他交了好运吧？他的伯父死了，遗留给他一大笔遗产。他也到过小亚细亚，在……他说是什么地区？……卡拉曼尼亚②地区。亲爱的，他十分迷人；他有许多动听的故事可以使你着迷。昨天他给我讲了那么动听的故事，使得我不断地说：留

---

① 卡列多尔是当时广告上大肆吹擂的一种防止脱发药。
② 卡拉曼尼亚在小亚细亚南部。

着你的故事明天说，说给女客们听，不要把它们糟蹋在像我这样的老妈妈身上。"

"他给你讲过他救了一个土耳其妇女的事吗？"杜玛努瓦太太问，她就是极力推崇卡列多尔生发油的女人。

"一个土耳其妇女？他救过一个土耳其妇女？他对我没有提到一个字。"

"怎么！这的确是令人敬佩的举动，简直是一部小说。"

"啊！告诉我们吧，我请求你。"

"不，不；你去问他自己吧。我，我只是从我的妹妹那里听来的，我的妹夫，你知道，曾经在土耳其士麦拿当过领事。可是她也是从一个英国人那里听来的，这个英国人亲眼目睹全部事情经过。真了不起。"

"把这件事告诉我们吧，夫人。你怎么能够叫我们等到吃晚饭的时候呢？听人谈起自己不知道的故事是最叫人心里难熬的。"

"那么，我就来告诉你们，不过精彩部分都不能保存了，我只是照人家告诉我的向你们复述：达尔西先生在土耳其海边不知研究什么古代遗迹，忽然看见一队十分恐怖的队伍向他走来。那是一队哑巴抬着一个布袋，这个布袋不停地动着，仿佛里面装着什么活着的东西……"

"啊！我的上帝！"朗贝尔夫人叫喊，她读过《不贞的妻子》[①]，"这是一个女人，他们准备将她扔到海里！"

[①] 英国诗人拜伦从一八一三年起陆续发表《东方叙事诗》，《不贞的妻子》是其中一首，发表于一八一三年。

"一点不错,"杜玛努瓦夫人继续说,对于她的故事中最富有戏剧性的特色被人抢先说了出来,未免有点不太高兴,"达尔西先生瞧了瞧那个口袋,听见一声低沉的呻吟,马上猜出了可怕的真相。他向哑巴们询问他们要干什么,哑巴们的回答是拔出他们的匕首。幸喜达尔西先生也是全副武装。他赶走了那些奴隶,从那只难看的口袋里拉出来一个美丽动人的女人,那女人处在半昏迷状态,达尔西先生把她带回城里,安置在一个可靠的人家中。"

"可怜的女人!"朱莉说,她开始对这故事感到兴趣了。

"你认为她已脱险了吗?完全没有。那个妒忌的丈夫——因为她有一个丈夫——鼓动居民闹事,他们拿着火把包围达尔西先生的房子,想把他活活烧死。我不十分知道事情的结局;我所知道的,就是他顶住了包围,最后终于把那女人转移到安全地点。后来好像,"说到这里,杜玛努瓦夫人突然改变了表情,而且用非常虔诚的鼻音说,"好像达尔西先生劝她改信了天主教,受了洗礼。"

"达尔西先生娶了她吧?"朱莉微笑着问。

"关于这一点,我可不能够对你说。可是那个土耳其女人……她有一个怪名字,她叫埃米尼……她热烈地爱着达尔西先生。我妹妹对我说这土耳其女人总是管达尔西先生叫'索蒂尔'……'索蒂尔'是土耳其语或者希腊语,意思是:'我的救命恩人'。厄拉莉说她是我们所能见到的最漂亮的妇女之一。"

"我们为了他的土耳其女人要向他宣战!"朗贝尔夫人大声说,"对不对呀,女士们?一定得给他一点苦头吃吃……再说,达尔西的这个行动并不使我感到惊异。他是我认识的人中最慷慨大度的人,我知道他的一些作为,我每逢讲起它们时就不由得眼泪往上涌。——他的伯父死后遗留下来一个私生女；这个私生女，他的伯父生前从来没有认领过，死后也没有遗嘱，这个私生女就完全没有继承权。达尔西是唯一的继承人，他想把遗产分给她一份，而所分的一份数目之大，连他的伯父自己也不会这样分。"

"这个私生女好看吗？"德·夏韦尔尼夫人带着恶意问，她开始觉得需要说点达尔西先生的坏话，因为她无法把他驱逐出她的思想。

"啊！亲爱的，你怎么能这样假定呢？……再说，他伯父死的时候达尔西先生还在君士坦丁堡，看来是他没有见过这女子。"

夏托福尔、佩兰少校和别的几个客人来了，打断了这场谈话。夏托福尔坐在德·夏韦尔尼夫人身边，利用大家高声谈话的时刻对德·夏韦尔尼夫人说：

"看你的模样好像很不愉快，夫人；如果我昨天对你说的话是其中原因，那我真是不幸极了。"

德·夏韦尔尼夫人没有听见他的话，或者不如说她不愿意听见他的话。夏托福尔一肚子怒火，把话又重说一遍，他得到的是一个比较冷淡的回答，使他更加生气了；朱莉在回答以后立即参加了大伙的谈话，而且换了个座位，远远地离开了她那位不幸的崇拜者。

夏托福尔毫不气馁，他徒劳地花了不少心血，只想取悦于德·夏韦尔尼夫人；她却心不在焉地听他说话，她只想着达尔西先生快要到来，同时还自问：为什么这样想着一个男人，这个男人她早该忘记掉，而且大概他也忘记她好久了。

终于，听见了一辆马车的声音；客厅的门打开了。"哎！他来了!"朗贝尔夫人嚷起来。朱莉不敢回头,可是脸色苍白得厉害。她霎时间觉得十分寒冷,不得不集中全身气力来使自己恢复正常,不让夏托福尔注意到她外表的变化。

达尔西吻了朗贝尔夫人的手,站着同她谈了好一会儿,然后坐在她的身边。这时候周围是一片寂静:朗贝尔夫人似乎在等待熟人自己相认。除了老实的佩兰少校外,夏托福尔和别的男子,都用带点吃醋的好奇心仔细打量着达尔西。他是刚从君士坦丁堡回来的,比之他们他占很大的优势,这就足以使他们采取一种拘束刻板的生硬态度,像通常对待陌生人一样。达尔西没有注意到任何人,他头一个打破沉默,谈了谈天气和旅程,这都无关重要;他的声音温和而悦耳。德·夏韦尔尼夫人大着胆子望了他一眼,她只看见了他的侧面。她觉得他消瘦了,神情也改变了……总之一句话,她对他很有好感。

"亲爱的达尔西,"朗贝尔夫人说,"请看看你的周围,你能不能在这儿找到你的一个老朋友。"达尔西回过头来,看见了朱莉。到目前为止,朱莉一直用帽子遮住面孔。他急忙站起身,嘴里发出一下惊讶的喊声,伸出手向她走过来;然后他又突然停了下来,仿佛后悔自己表现得过分亲昵似的,他向朱莉深深地鞠了一躬,用适当的言词向她表达了重新见到她非常高兴。朱莉结结巴巴地说了几句客套话,面孔涨得通红,因为她看见达尔西继续站在她面前而且目不转睛地盯着她。

不久她就镇静了下来,这时轮到她向他注视,眼光是既漫不经心又仔细观察,社交界的人士如果愿意,都会运用这种眼光。他是一个高大而脸色苍白的年轻人,表情冷静沉着,可是这种冷静沉着似乎不是来自心灵的惯常状态，而是心灵影响面部表情的结果。他的前额已经开始有了皱纹。他的眼睛深陷，嘴角向下弯，两个太阳穴的头发已经脱落。可是他还没有超过三十岁。达尔西穿着很朴素，不过颇有风度，这种风度表明他习惯于在上流社会出入，而且对许多年轻人整天考虑的问题抱着无所谓的态度。朱莉很愉快地做了这种种观察。她还注意到他的额头上有一道相当长的伤疤，他用一绺头发将它掩盖，但是并没有完全盖住，看起来是军刀砍的。

朱莉坐在朗贝尔夫人旁边。在她同夏托福尔中间有一张空椅子；可是达尔西一站起来，夏托福尔马上把一只手扶住椅背，让交椅支在一条腿上，还保持着平衡。很明显，他是想保留住这把交椅，就像园丁的狗守住那箱燕麦一样①。达尔西只得始终在德·夏韦尔尼夫人面前站着。朗贝尔夫人可怜他，在她坐着的长沙发里让出一个位子，请达尔西坐下，这样达尔西就靠近朱莉了。他赶忙利用了这个有利的位置，和朱莉开始一场连续不断的谈话。

可是他还不得不受到朗贝尔夫人和其他几位女客对他的旅行所做的例行询问，他三言两语对付了过去，然后抓紧一切机会继续同德·夏韦尔尼夫人密谈。——"请你挽住德·夏韦尔尼夫人进饭厅。"别墅的钟声宣告晚餐的时候，朗贝尔夫人对达尔西说。夏托福尔咬紧嘴唇，他设法在就席时坐得相当靠近朱莉，以便对她仔细观察。

---

① 来自谚语。园丁的狗看守燕麦，自己不吃，也不让别的动物（牛、马之类）吃。

9

晚餐完毕以后，夜空晴朗，天气炎热，大家围聚在花园里的一张朴素桌子上喝咖啡。

夏托福尔越来越生气地注意到达尔西对德·夏韦尔尼夫人的关心。他越是发觉她对新客人的谈话感兴趣，他就越显得不那么亲切，他所感觉的醋意除了使他丧失掉一切讨人欢喜的态度以外，没有别的效果。他在大家坐着的阳台上走来走去，一刻也不能安静，就像内心焦躁不安的人惯做的那样。他常常眼望天空，地平线上团聚了大块的乌云宣告暴风雨快要到来；他更经常注视着的是他的情敌，这位情敌正在同朱莉低声谈着话。一忽儿他看见她微笑，一忽儿她又严肃起来，再过一会儿她又羞怯地低垂眼睛；总之，他看出来达尔西每讲一句话都能在她身上产生明显的效果；最使他感觉伤心的，就是朱莉脸上的不同表情，仿佛就是达尔西变化不定的脸部表情的反映。最后，他再也不能忍受这种苦刑，就走到她身边，趁达尔西跟别人描述土耳其皇帝穆罕默德的胡子的机会，俯身到她的椅背上。——"夫人，"他用酸溜溜的声调说，"达尔西先生似乎是一个很可爱的人！"

"一点不错！"德·夏韦尔尼夫人带着掩饰不住的热烈表情回答。

"当然是啰，"夏托福尔继续说，"因为他使你忘记了你的老朋友。"

"我的老朋友!"朱莉用稍带严厉的口气说,"我不知道你这话是什么意思。"说完她就转过身去,背对着他。接着,她拿起朗贝尔夫人拿在手里的一条手帕的一只角:——"这条手帕的刺绣真雅致,"她说,"手工真好。"

"是吗,亲爱的?那是达尔西先生送给我的,他从君士坦丁堡不知给我带回来多少刺绣的手帕。——顺便问一句,达尔西,是你的那个土耳其女人给你绣了这么多手帕的吗?"

"我的土耳其女人!什么土耳其女人?"

"是呀,就是你救了她性命的那位漂亮的公主,她管你叫……啊!我们全知道了……她管你叫什么来着……总之,她的……救命恩人就是了。你应该知道土耳其话是怎么说的。"

达尔西笑着拍了拍额头。"这可能吗?"他嚷起来,"我的不幸遭遇居然把名声传到了巴黎!"

"可是这里面并没有不幸遭遇呀,也许只有码码慕齐①失掉他的宠姬吧。"

"唉!"达尔西回答,"我看你们就连这件事的一半也不知道,因为这个遭遇对我来说,其不幸的程度正如风车之对于堂吉诃德一样。难道我只为了当过一回游侠骑士——这件事我是无罪的——不仅要被法兰克人②传为笑柄,而且回到巴黎还要受到嘲

---

① 这是莫里哀的喜剧《醉心贵族的小市民》中葛维耶勒捏造的土耳其话,据他说是"骑士"的意思。

② 十字军东征以后,土耳其一带的人把欧洲人通称为法兰克人,所以这里是指在土耳其的欧洲侨民。

笑吗?"

"怎么!可是我们一点也不知道。把真相告诉我们吧!"所有的女客一齐喊道。

"我本该,"达尔西说,"让你们保留你们已经知道的那段故事,而后面的续编我就不说下去了,因为这件事的回忆对我是丝毫不愉快的;可是我的一个朋友——顺便说一句,朗贝尔夫人,我请你允许我把他介绍给你认识……我的一个朋友约翰·蒂勒尔爵士,他在这场悲喜剧里也是主角之一,不久就要来到巴黎;他在叙述这件事时,可能恶作剧地把我描写成为比我实际担任的角色更可笑的角色。因此我把事实告诉你们:

"这个可怜的妇人,在法国领事馆安顿下来以后……"

"啊!从头开始!从头开始!"朗贝尔夫人喊道。

"可是你们已经知道开头了呀!"

"我们一点儿也不知道,我们要你把事情从头到尾叙述一遍。"

"好吧!女士们,你们知道我一八××年在拉纳卡①。有一天我出城去写生,陪我同去的是一个年轻的英国人,为人十分可爱,他和蔼可亲,天性快活,名叫约翰·蒂勒尔爵士,他是一位最可宝贵的旅行伴侣,因为他会想到晚餐,不会忘记带干粮,而且永远不发脾气。此外,他的旅行又是没有目的的,他既不懂地质学,也不懂植物学,这两门科学对一个旅行伴侣来说,是非常讨厌的。

"我坐在一间破房子的屋檐下,离海大约有两百步远,这一带海边全都是陡峭的岩石。我正在用心画一座古代的石棺状坟墓,

---

① 拉纳卡在塞浦路斯。

"约翰爵士躺在草地上，吸着上等的拉塔基亚烟草①，嘲笑我不幸爱上了艺术。我们雇用的一个土耳其翻译，正在我们身边为我们煮咖啡。他是我所认识的土耳其人中最胆小而煮咖啡煮得最好的人。

"突然间约翰爵士快活地叫起来：'那边有人带着雪下山来了，我们去向他们买一些来做冰冻橙汁吧。'

"我抬头看见一头驴子向我们走来，身上横驮着一个大包裹，一边一个奴隶扶着它；前头是一个驴夫牵引着驴子，压队的是一个白胡子的土耳其老头，骑着一匹相当优质的好马，走在队伍的末尾。这一队人走得很慢，样子相当庄严。

"我们的土耳其翻译，吹着火，向那头驴子驮着的东西望了一眼，脸上露出一个古怪的微笑对我们说：'那里面不是雪。'接着又恢复他惯常的沉默不语，继续为我们煮咖啡。——'里面是什么？'蒂勒尔问。'是可以吃的东西吗？'

"'可以喂鱼的东西。'土耳其人回答。

"这时候，那个骑马的人飞奔着直往海边驰去，经过我们身边时没有忘记向我们轻蔑地望了一眼，伊斯兰教徒对基督教徒经常这样。他把马一直骑到我对你们说过的悬崖峭壁上，在最陡的地方突然停下。他注视着大海，仿佛在找寻一处最合适的投海地点。

"我们更加仔细地察看驴子驮着的包裹，包裹的形状古怪使我们很惊异。我们马上就想起了那些吃醋的丈夫把妻子溺死的故事。我们互相交流了我们的想法。

"'问问这些浑蛋们！'约翰爵士对我们的土耳其翻译说，'他

---

① 拉塔基亚在叙利亚，所产烟草极有名。

们驮着的是不是一个女人。'

"土耳其人惊愕地睁大了眼睛,可是没有张开嘴巴。很明显,他觉得我们提的问题太不合适了。

"这时候,包裹离我们很近,我们明显地看出布袋里有东西在乱动,还听见了布袋里发出一种呻吟声和咕噜声。

"蒂勒尔虽然贪吃,可是很有侠义精神。他怒气冲冲,站起来直奔到驴夫面前,用英语问他——因为他已经气糊涂了——问他把布袋带到哪儿去,准备拿布袋做什么。驴夫当然不回答;可是那个布袋拚命在乱摇乱动,还可以听见女人的喊叫声。两个奴隶听见喊声就拿手里抽驴子用的皮鞭向布袋猛抽。蒂勒尔愤怒到了极点。他运用非常科学化和非常有力的一下拳击,把驴夫打倒在地,又抓住一个奴隶的脖子;这样一来,由于斗争激烈,碰到了那布袋,布袋沉重地跌落在草地上。

"我奔过去。另一个奴隶着手捡石头,驴夫爬了起来。尽管我非常不愿意管别人的闲事,当时也不得不来帮助我的伙伴。我抓住我绘画时用来支撑遮阳伞的一根木桩,摆出我最威武的姿势把木桩挥舞起来吓唬那两个奴隶和驴夫。事情进行得很顺手,想不到那个骑马的土耳其鬼,观察了大海以后,听见我们吵闹的声音回过头来,不等我们有半点考虑的余地就像支箭似的飞到我们面前,手里拿着短剑一类的鬼东西⋯⋯"

"就是叫作阿塔冈的那种短剑吧?"夏托福尔问,他是喜欢地方色彩的。

"就是一柄阿塔冈,"达尔西微笑着表示赞同,"他经过我的身边,用阿塔冈在我的头上扎了一刀,我顿时头昏眼花,就像我的朋友德·罗斯维尔侯爵很俏皮地说的那样，眼前仿佛出现了三十六根蜡烛。可是我也向他的腰部回敬了一木桩，然后我像旋风似的挥舞着木桩，打驴夫，打奴隶，打马和那个土耳其人，我变得比我的朋友约翰·蒂勒尔爵士疯狂十倍。事情发展下去毫无疑问会对我们不利。我们的翻译保持中立，我们拿一根棍子对付三个步兵，一个骑兵和一柄阿塔冈，是不能坚持很久的。幸喜约翰爵士想起了我们带来的两支手枪。他马上抓住手枪，扔了一支给我，自己拿了另一支，立刻用枪对准那个找了我们许多麻烦的骑马的土耳其人。看见手枪，又听见我们扳枪机的声音，这对我们的敌人产生了奇妙的效果。他们可耻地逃走了，留下我们做了战场上的主人，包括那个布袋和那匹驴子。我们尽管非常恼火，却并没有开枪，这是非常幸运的事，因为谁也不能杀死一个伊斯兰教徒而不受处罚，即使揍一顿也要付出很大的代价。

"我擦净了血迹以后，第一件事，可想而知，就是赶紧去打开那只布袋。我们发现里面是一个有几分姿色的妇女，稍稍有点肥胖，一头美丽的黑发，浑身上下只穿一件蓝羊毛衬衫，透明程度稍比德·夏韦尔尼夫人的披肩差一点。

"她很快就爬出布袋，丝毫不显出半点忸怩，就向我们滔滔不绝地说了一通。她所说的事一定很悲壮动人，可惜我们一个字也听不懂；接着，她吻了吻我的手。女士们，这是头一次一位妇女给我这个荣誉。

"我们冷静下来后看见我们的翻译像个绝望的人在拼命地抓自己的胡子。我把我的脑袋凑合用手帕包扎好。蒂勒尔说：'我们拿这个女人怎么办？如果我们继续留在这儿，她的丈夫会带着人马回来把我们打死;如果我们就这样子带她回到拉纳卡,毫无疑问城里的流氓会认为我们犯了通奸罪而拿石头扔我们。'蒂勒尔想到这里感到不知所措,等他恢复了英国人的冷静,他就冲着我大声嚷道:'你今天着鬼迷了,为什么要到这儿来写生!'他的喊声使我笑了起来,那个女人一点不懂是怎么一回事,也笑了。

"可是总得拿出一个主意呀。我想我们最好的做法,就是要求法国领事保护我们;但是最难做到的是回到拉纳卡。天已黑了,这对我们倒是一个好机会。我们的土耳其翻译带我们兜了一个大圈子,由于采取了这样的预防措施和受到黑夜的保护,我们顺利地来到了城外领事的家。我忘记告诉你们,我们用那布袋和我们翻译的头巾,临时凑合给那女人做了一套比较得体的衣服。

"领事很不愉快地接待我们,对我们说我们到任何国家旅行都应当尊重当地的风俗习惯,说我们不应干涉别人的内务事……最后,他狠狠地骂了我们一顿,他做得对,因为我们的做法足够引起一场猛烈的群众骚动,使塞浦路斯岛上的所有法国人都被杀光。

"领事的妻子比较讲人道,她念过许多小说,认为我们的行为非常勇敢。事实上,我们的所作所为真像小说中的英雄。这位好心肠的太太十分虔诚,她想她很容易就能够使我们带给她的异教徒改宗基督教,改宗以后消息要刊载在《通报》[①]上,她的丈夫会因此而提升为总领事。所有这些想法都是一刹那间在她的脑子里形成的。她抱吻了那个土耳其女人,给了她一件连衫裙,说她的

[①] 《通报》创办于一七八九年,一七九九年成为法国的政府机关报,一八六九年停刊。

丈夫领事先生的狠心太可耻，还要他到巴夏①那里去料理这件事。

"巴夏十分愤怒。那个吃醋的丈夫是一个有地位的人物，他大发雷霆。他说，让那些狗娘养的基督教徒阻止他那样的人物把奴隶扔到海里，这是一件叫人可恨的事。领事十分为难；他把他的主人法国国王谈了很多，谈得更多的是一艘拥有六十尊大炮的巡洋舰刚出现在拉纳卡海面。可是他最有说服力的理论，是他以我们的名字建议，对那个奴隶照正当的价格赔偿。

"唉！你们真不知道土耳其人的所谓正当的价格是怎么一回事！要赔钱给丈夫，赔钱给巴夏，赔钱给那头驴子，因为蒂勒尔打坏了它的两只牙，为了这件丑事也要赔钱，对一切都要赔钱。蒂勒尔叫苦连天地喊了多少次：'什么鬼把你叫到海边去写生！'"

"多么不幸的遭遇，可怜的达尔西！"朗贝尔夫人喊道，"你就是在那里得了这条伤痕的吗？请你把头发撩上去让我看看。他没有把你的脑袋劈成两半真是奇迹！"

朱莉在听他讲述当中，一直没有把眼睛从他的额头上挪开；她最后用羞怯的声音问："那个女人后来怎样了？"

"这就是这段故事中我没有什么好说的地方。故事的结局对我来说这么狼狈，以致我现在对你们讲这故事的时候，人家还在嘲笑我们这种侠义的轻举妄动呢。"

"她漂亮吗，这个女人？"德·夏韦尔尼夫人问，脸有点红。

"她叫什么名字？"朗贝尔夫人问。

"她叫埃米尼。——漂亮？……是的，她有几分姿色，可惜太

---

① 土耳其的高级官吏称为"巴夏"。

胖了点，而且按照她国内的习惯搽满了脂粉。要花很多时间才看得惯土耳其美人的美。——埃米尼因此就住在领事家里。她是曼格勒里①人，她告诉领事夫人瑟……太太说她是亲王的女儿。在这个国家里，所有无赖只要他能够指挥另外十个无赖，都是亲王。因此人家就用公主的礼节待她：她同主人同桌吃饭，食量之大，无与伦比。每次同她谈起宗教，她照例是昏昏入睡。这样过了相当日子。最后洗礼的日期决定了。领事夫人瑟……太太愿意做她的教母，而且想叫我当她的教父。又是送糖果，又是送礼物，洗礼要有的一切一应俱全！……真是注定这个埃米尼要使我破财。瑟……夫人说埃米尼爱我胜过蒂勒尔，因为她每次拿咖啡给我，总要把咖啡泼到我的衣服上。我为了这个洗礼真正按照福音书做着洗心革面的准备，然后到了洗礼的前夕，美丽的埃米尼不见了。要把事情真相全部告诉你们吗？领事有一个厨师是曼格勒里人，他是一个身材高大的浑蛋，可是烧伊斯兰教徒的饭倒很有一手。这个曼格勒里人得到埃米尼的喜爱，她大概是照她的方法来爱国的。他拐走了她，同时偷走了瑟……夫人一大笔钱，瑟……夫人再也无法找到他。因此领事失掉了金钱；他的夫人失去了她送给埃米尼的一份陪嫁；我失掉了我的手套，我的糖果，还有我挨了打还不算在内。最糟的是，人家还要我对这件事负责。人家说，是我想解救这个坏女人，是我想从海底把她救上来，她就给我的朋友们带来许多不幸。蒂勒尔懂得怎样脱身，他装出被害人的样子，而其实只有他才是这场打架的真正原因，我呢，我却保留住

---

① 曼格勒里是外高加索的一个公国，一八六七年并入俄国。

堂吉诃德的声名，和你们看见的这道伤痕，这道伤痕对我的前途很有妨碍。"

讲完故事，大家回到客厅。达尔西同德·夏韦尔尼夫人又谈了相当长时间的话，然后他不得不离开她，因为有一个青年要介绍给他，这个青年对政治经济学很有研究，他研究的目的是要当众议员，他想得到关于土耳其帝国的一些统计数字。

10

朱莉自从跟达尔西分手以后，就经常望着挂钟。她心不在焉地听夏托福尔说话，眼睛不由自主地寻找在客厅的另一端同人谈话的达尔西。有时他一边同那位业余统计学家谈话一边注视着她，她简直受不了他那平静而尖锐的眼光。她觉得他对她已经有了一种特殊的支配力，她再也不想躲避这种力量。

她终于要自己的马车了，也许是故意，也许是出于忧虑，她一边问一边望着达尔西，眼光似乎在说："你浪费了半个钟头，这半个钟头我们本来可以谈一谈。"马车来了。达尔西始终在谈话，他显得神情疲倦，对于老缠着他不放的提问者感到讨厌。朱莉慢慢地立起身来，握了握朗贝尔夫人的手，然后向客厅的门走去。她很惊讶而且有点生气地发觉达尔西仍然留在原地不动。夏托福尔紧跟着她，手挽着她，她机械地接受了他的手臂而没有听他说话，差不多可以说她没有注意到他的存在。朗贝尔夫人陪她走过前厅，还有另外几个人一直把她送到马车旁。达尔西继续留在客厅里。她坐上四轮马车以后，夏托福尔微笑着问她，单独一个人在夜里赶路害怕不害怕，并且补充一句，说只要佩兰少校弹子打好了，他马上会乘双轮马车紧紧跟上。朱莉心神恍惚，听见他的声音才清醒过来，可是她一点也没有听懂。她像所有女人在类似情况下所做的那样，报以微微一笑。然后，她向所有聚拢在石阶上的人们点头道别，马儿就拉着她飞快地走了。

恰好在车子开动的刹那间，她看见达尔西从客厅里走出来，脸色苍白，神情忧伤，双眼注视着她，仿佛向她要求一个单独的告别。她已经走了，带走了不能单独向他点一点头的遗憾，她甚至于想他会因此而不高兴。她早已忘记了他不是亲自，而是让别人把她送上马车的；现在似乎过错完全在她这方面，她责备自己，好像自己犯了大罪似的。几年前她唱歌出丑以后离开达尔西时对他的感情，还不如这一次这么强烈。这不仅因为岁月的消逝增加了感情的力量，而且由于对她丈夫积累起来的愤怒也加强了这种感情。也许，她甚至觉得夏托福尔对她有一定的吸引力——虽然这时候她已完全忘却了夏托福尔——也使她决心让她对达尔西更加强烈的感情任意放纵，而不觉得后悔。

至于达尔西，他的思想属于性质平静的那一类。他很高兴地遇见了一个美丽的女人，她唤醒了他许多幸福的回忆，而且认识她大概可以使他在巴黎过冬过得更愉快点。可是，一旦她脱离了他的视线，在他身上剩下的就只是愉快地度过了几小时的回忆，这个回忆虽然甜蜜，但是一想到要睡得很晚，而且要赶二十公里路才能上床，这甜蜜就打了折扣。我们放下达尔西不提，让他沉溺在他那些庸俗的思想里，紧紧地裹住大衣，十分舒服地斜坐在他租来的马车里去胡思乱想,从朗贝尔夫人的客厅想到君士坦丁堡,从君士坦丁堡想到科孚①,从科孚想到半打瞌睡。

亲爱的读者,如果你愿意,我们来跟着德·夏韦尔尼夫人吧。

11

德·夏韦尔尼夫人离开朗贝尔夫人邸宅的时候,夜晚漆黑,周围的空气沉闷,令人窒息,不时划过闪电,照亮了周围的景物,使黑色的树影在苍茫的橙红背景上显现出来。每来一次闪电,天空似乎加倍地变黑,车夫连马头都看不见。不到一会儿一场猛烈的暴风雨便爆发了。雨点,起初是大滴而稀疏地落下来,很快就变成真正的倾盆大雨。四面八方的天空像着了火一样,天上的炮队开始轰鸣,震耳欲聋。受了惊吓的马儿猛力喷气,举起前蹄不肯前进;可是车夫已经饱餐了一顿,他的厚外套,尤其是他喝过的酒,使他不怕雨水和泥泞的道路。他猛抽可怜的牲口,那副勇猛劲头正跟恺撒在暴风雨的海上一样。恺撒对舵手说:"前进吧,你运载着恺撒和他的命运哩!"②

德·夏韦尔尼夫人并不害怕雷电,根本不理会那场暴风雨。她只是重复着达尔西对她说过的话,很后悔可以跟他说很多话而没有说。突然间她的马车遭到猛烈的一撞,把她的思路打断了;

---

① 科孚,希腊的一个岛。
② 典出古希腊传记家普路塔克的《恺撒传》。

同时窗子的玻璃四散纷飞，响起了一下预兆祸事的折裂声，原来她的马车撞到一个壕沟里面了。朱莉除了害怕以外，倒也没有别的损伤。可是雨下个不停，一只车轮折断了，车灯熄灭了，四周不见可以避雨的房子。车夫咒骂，跟班骂车夫，对他的笨拙的驾驶表示不满。朱莉坐在车子里，询问怎样才能回到普……地方，或者应该怎样办才好；可是她的每一个问题得到的总是这个叫人失望的回答："这不可能！"

这时候远远地听见有一辆马车沉重地驶过来了。过了一会儿，德·夏韦尔尼夫人的车夫很高兴地认出了他的一个同行，他同他在朗贝尔夫人家的食堂里打下了深厚的友谊基础；他喊他停下来。

车子停了下来；车夫刚说出德·夏韦尔尼夫人的名字，那辆出租马车上的一个年轻乘客便亲自打开车门，大声问道："她受伤了吗？"他一跳就跳到朱莉的马车旁边。她已认出了他是达尔西，她在等待他。

他们的手在黑暗中相遇，达尔西觉得德·夏韦尔尼夫人的手捏紧了他的手，不过这大概是害怕的缘故。问了一些问题以后，很自然地达尔西请她上他的车子。朱莉起先没有回答，因为她还在犹豫不决，拿不定主意。一方面，如果她回巴黎，她要同一个年轻人单独在一起赶十几公里路；另一方面，如果她回到朗贝尔夫人邸宅请求接待，又害怕要讲出她翻了车，被达尔西搭救了的这段浪漫的遭遇。再度在朗贝尔夫人的客厅里出现，大家这时还在热闹地打惠斯特纸牌，她却像那个土耳其女人那样被达尔西搭救……这情景真是不堪设想。可是要赶十公里地回到巴黎！……她正在左右为难拿不定主意，结结巴巴地说了几句怕给他增加麻烦等等一些陈言套语的时候，达尔西仿佛看透了她的心事，冷冷地对她说："夫人，请上我的马车，我留在你的车里等待，等待回巴黎去的人。"朱莉害怕显得过分拘谨，赶快接受了达尔西的第一个建议，但是没有接受他的第二个建议。她突然做出的决定，使她没有时间来解决到底是折回普……地方还是回到巴黎这个重要的问题。她已经坐上达尔西的马车，紧紧地裹在达尔西赶忙献给她的大衣里，不等她说要到哪里去，马车已经轻快地朝巴黎驰去。她的仆人已经代她做了选择，把他的女主人所住的街名告诉了车夫。

开始谈话时双方都很尴尬。达尔西说话很简短，看来他有点不高兴。朱莉认为是她的犹豫不决触犯了他，使他觉得她是一个可笑的假正经妇女。她受这个人的影响已经非常深，以致她在内心激烈地谴责自己，认为自己是使他不高兴的原因，一门心思想着怎样去解除他的不高兴。达尔西的衣服湿了，她发觉了，马上把大衣脱下，一定要他把大衣披上。因此就产生了一场你推我让的斗争，结果是各半解决，每人各披一半大衣。这是十分轻率的行为，如果她不是竭力想使对方忘却她那段犹豫不决的时间，她也不会犯这一个错误。

他们俩贴得那么近，朱莉的脸颊简直可以感觉到达尔西热烘烘的气息。车子的颠簸有时使他们相互靠得更近。

"我们两人披着这件大衣，"达尔西说，"使我想起了我们往日的猜字游戏①。你还记得，我们俩一起穿上你祖母的短外套，你扮

---

① 用动作或戏剧场面表示字的意义，叫人猜这是什么字。

作我的维吉妮①吗?"

"记得,我还记得祖母骂了我一顿。"

"啊!"达尔西喊道,"那时候多幸福啊!我曾经多少次带着忧伤和幸福,回想起在贝勒夏斯街度过的那些无比动人的夜晚!你还记得我们用粉红色的绸带把秃鹰的翅膀缚在你的肩膀上吗?还有我用非常艺术的手法为你制造的金色鹰嘴吗?"

"记得,"朱莉回答,"你扮演普洛米修斯②,我扮演秃鹰。可是你的记忆力多好呀!你怎么能把这许多荒唐的玩意儿记住呢?因为我们有好久没有见面了!"

"你想我恭维你一句吗?"达尔西微笑着说,把脑袋向前伸以便正面注视她。接着,他用严肃的口吻说:"说真的,我保留着我生平最愉快时刻的回忆并不奇怪。"

"你对猜字谜真有天才!……"朱莉害怕谈话太偏重感情,就转了话题。

"你要我把我的记忆力的另一个证明告诉你吗?"达尔西打断她说,"你记得我们在朗贝尔夫人家里订的同盟条约吗?我们约定讲所有人的坏话,反之,也要不顾一切来互相支持……可是我们的条约同所有条约的命运一样,没有执行。"

"你怎么知道?"

---

① 法国作家贝纳丹·德·圣彼埃尔写的小说《保尔和维吉妮》,维吉妮是保尔的爱侣。

② 希腊神话,普洛米修斯盗火给人类,被宙斯锁在高加索山上,每日被秃鹰啄食肝脏,夜间伤口愈合,次日秃鹰复来。

"唉！我想你不会经常有机会来保护我；因为我一旦远离巴黎以后，谁还有空来想着我？"

"保护你……当然没有……可是同你的朋友谈起你……"

"啊！我的朋友！"达尔西苦笑地大声说，"我那时候并没有朋友，至少，没有你认识的朋友。来看令堂的年轻人都恨我，我也不知道为什么；至于女人们，她们很少想到外交部的一位随员先生。"

"这是因为你也不关心她们的缘故。"

"这是真的。我从来不会在我所不喜欢的人面前装出和蔼可亲的样子。"

如果在黑暗中也能看清朱莉的面孔，达尔西就能看见她听了他最后一句话以后，脸涨得通红，也许她对达尔西所说的那句话添上了一层达尔西所想不到的意义。

不管怎样，朱莉想把他们彼此保留得好好的记忆放下不提，重新提起他的旅行，希望运用这个方法，她可以不再说话。这个方法对旅行过的人，尤其是那些访问过远方国家的人，差不多总是成功的。

"你的旅行多好！"她说，"我多么遗憾不能像你一样旅行呀！"

可是达尔西已经不乐意讲自己的故事了。——"那个留着小胡子的青年人是谁？"他突然发问，"刚才跟你说话的那个？"

这一次，朱莉的脸红得更加厉害。——"他是我丈夫的一个朋友，"她回答，"他团队里的一个军官……人家说，"她始终不愿意放弃她谈论东方国家的话题，"人家说看见过东方的蔚蓝天空的人再也不能在别的地方生活了。"

"他这人叫我十分讨厌,我也不知道为什么……我说的是你丈夫的朋友,而不是那蔚蓝的天空……至于那个蔚蓝的天空,夫人,愿上帝给你免了吧!由于天天看到同样的天空,到头来你会把它当作最大的不幸,遇到巴黎恶雾弥漫的日子,你会把这当作最美的景致。请相信我,再也没有比这美丽的蓝色天空更叫人心烦的了,它昨天是蓝色的,明天也是蓝色的。你真不知道我们多么不耐烦,多么失望地日复一日在等待天空出现一片云彩!"

"可是你也在这蓝色的天空下面生活了好久呀。"

"夫人,我很难不这样做。如果我能够按照我的爱好去做的话,在满足了东方的异国情调所必然引起的好奇心以后,我就会赶快回到贝勒夏斯街附近来的。"

"我相信有许多旅行家如果他们都像你那么坦率的话,一定也会这样说……你们在君士坦丁堡和别的东方城市是怎样过日子的?"

"也像在别的地方一样,有好几种方法消磨时间。英国人喝酒,法国人赌钱,德国人抽烟,还有几个聪明人,为着改变娱乐花样,爬到屋顶上偷看当地的女人,被人开枪射击。"

"你大概是最喜欢最后一种娱乐的。"

"一点也不。我嘛,我学习土耳其语和希腊语,这使得人人都笑我。我在大使馆办完公事以后,我就绘画,骑马到淡水地[①]去,然后我到海边去看看有没有从法国或者别的地方到来一个亲切的

[①] 淡水地,君士坦丁堡附近的一个淡水平原,旅土欧洲人通常去散步的地方。

面孔。"

"在离法国那么远的地方能够看见一个法国人,对你当然是最愉快的事情吧?"

"是的;希望来一个聪明人,可是到我们这里来的是一大群卖假首饰或者卖开司米料子的商人;更糟的是,来了不少年轻的诗人,他们远远一看见大使馆的人,就冲着你叫嚷:'带我们去参观古迹,带我去看圣索菲教堂①,带我到山里,到碧绿海去;我想看看埃洛②叹气的地方!'然后,等到他们被日头晒坏了,他们就把自己关在房间里,除了最近几期的《宪政报》③以外,什么也不愿看了。"

"你还是按照你的老习惯,把一切都看得那么坏。你一点没有改,你知道吗?因为你始终喜欢冷嘲热讽。"

"夫人,请告诉我,应不应该准许一个在油锅里受煎熬的犯人捉弄一下给他加油的同伴们呢?说老实话,你根本不知道我们在那里的生活多么可怜。我们这些大使馆里的秘书,就跟从来不栖息的燕子一样。对我们来说,我觉得……我们就没有那种构成幸福生活的亲密关系。(他说最后几句话的时候,声调很特别,而且

---

① 圣索菲教堂是在君士坦丁堡的一座拜占庭教堂,筑成于五三二年,土耳其人于一四五三年将这座教堂改为清真寺院。

② 埃洛,据希腊神话,是月神阿尔蒂弥斯的女祭司,住在欧洲塞斯托斯,与住在亚洲阿比多斯的情夫莱昂代相隔一条达达尼尔海峡。莱昂代每晚看见埃洛在塔上点火为号就游过海峡来同埃洛幽会;一天晚上火把被风吹灭,莱昂代在黑暗中溺死于海。

③ 《宪政报》,创办于一八一五年的自由派报纸。

更靠近朱莉。）六年来，我没有找到一个可以同我谈谈心的知音。"

"你在那边难道没有朋友吗？"

"我刚才已经跟你说过，在外国是不可能有朋友的。我留下了两个朋友在法国。一个已经死了；另一个现在在美洲，如果他不害黄热病的话，再过几年就会回来了。"

"那么，你还是单独一个人吗？……"

"单独一个人。"

"那边的妇女社交界呢？东方的妇女社交界怎么样？难道没有给你提供一些办法吗？"

"啊！谈起这一点，那是最糟的了。至于土耳其妇女，连想也别去想。谈到希腊妇女和阿美尼亚妇女，我们最能夸赞她们的，就是她们长得都十分漂亮。领事夫人和大使夫人嘛，请恕我不和你谈论她们吧。这是一个外交问题；如果我把我想的实说出来，我可能在外交事务中给自己找麻烦。"

"你好像不太热爱自己的职业吧。从前你却多么热切地想进外交界啊！"

"我那时对这种职业还没有认识。现在我想当巴黎的量地皮官！"

"啊，上帝！你怎么能这样说？巴黎！最不愉快的居住的地方！"

"不要出言不敬。我愿意等你在意大利住过两年以后，听见你在那不勒斯改变你原来的意见。"

"看看那不勒斯，这是我在世界上最向往的事情，"她叹着气回答，"……只要我的朋友们能同我在一起。"

"啊！如果是这个条件的话，我愿意环游全球。同朋友们一起旅行！这简直像逗留在自己的客厅里，让世界像展开的全景一样在你的窗前经过。"

"好吧！如果我要求过高，我就只要同一个……同两个朋友一起旅行。"

"对我来说，我的野心没有那么大；我只要一个男朋友，或者一个女朋友就够了，"他微笑着加上一句，"可是这种幸运从来没有轮到我……也许将来也轮不到我，"他叹了一口气，接着用比较愉快的口吻继续说，"说实话，我总是倒霉的。我从来只热烈地渴望过两件事，而我从来得不到。"

"哪两件事？"

"哦！没有什么了不起的。举例来说，我曾经热烈地希望同一个女人跳华尔兹舞……我曾经钻研过华尔兹。曾一连几个月单独一个人抱着一张椅子练习这种舞，目的是克服这种旋转舞步带来的晕眩，等到我能再也不感到晕眩的时候……"

"你想同谁一起跳华尔兹舞呢？"

"假定我说是想同你一起跳呢？……等到我花了许多心血，成为一个跳华尔兹能手的时候，你的祖母刚请了一位冉森派教士[①]做忏悔师，她下达一道命令，禁止跳华尔兹舞，我到现在还把这道命令记在心里。"

"你渴望的第二件事呢？……"朱莉问，她简直有点坐立不安。

---

① 冉森派教士奉行荷兰主教冉森（1585—1638）的教义，严峻异常。

"我渴望的第二件事,我就告诉你吧。我曾经希望——这对我说来是野心太大了——我曾经希望被人爱上……注意,是爱上……这是渴望跳华尔兹舞以前的事,我没有按时间顺序……我是说,我曾经希望被一个女人爱上,被一个宁愿要我而不要舞会的女人爱上——舞会是我最危险的情敌;我希望被这样一个女人爱上,我能够在她准备坐上马车去参加舞会的时候,穿着一双满是泥泞的靴子去看她,她已经全部化好装,打扮得花枝招展,可是她说:'我们留下来吧。'不过这是我的狂想。一个人只应该要求那些能够做得到的事。"

"你多么可恶呀!总是喜欢用一些冷嘲热讽来挖苦人!没有什么能够讨你欢喜。你对女人永远是无情的。"

"我?上帝保佑我不是这种人!我其实是在说我自己的坏话。我说女人们宁愿要一个愉快的晚会,而不要……同我单独密谈,这难道是说女人的坏话吗?"

"舞会!……打扮得花枝招展!………啊!我的上帝!……现在还有谁喜欢舞会啊?……"

她没有想到要为被咒骂的全体女性辩护,她自以为她了解达尔西的思想,其实可怜的朱莉只了解她自己的心思。

"谈到打扮和舞会,多么可惜我们不再有狂欢节!我带回来一套希腊女人的服装,十分迷人,非常适合你的身材。"

"你给我画它出来放在我的画集里。"

"非常愿意。你会看到我以前总在令堂的茶桌上用铅笔画人像画,现在有了多大的进步。——顺便说一句,夫人,我要祝贺你;今天早上人家在外交部对我说,德·夏韦尔尼先生马上要被任命为侍从官。我听了非常高兴。"

朱莉不由自主地打了一个寒噤。

达尔西没有注意到这个动作,只是继续说:

"请你允许我从现在起就要求你保护我……不过,归根结蒂,我对你的新荣誉有点不大高兴。我怕你夏天不得不到圣克卢①去住,那时候我就不能够有经常见到你的幸福了。"

"我永远不会到圣克卢去住。"朱莉用十分激动的声音说。

"啊!那再好没有了,因为巴黎,你瞧,是天堂,永远不应该走出这天堂,只能够不时到乡下朗贝尔夫人家里吃顿晚饭,条件是当晚就回来。夫人,你住在巴黎多幸福呀!我也许在这里住不多久,你简直想象不出我住在我伯母给我的房间里感到多幸福。而你,人家告诉我,说你住在圣奥诺雷郊区②。人家指给我看过你的房子。如果建筑房屋的狂热没有把你的花园走道变成商店的话,你应该还有一个美妙的花园,对吗?"

"是的,感谢上帝,我的花园还安全无恙。"

"你是星期几接待宾客的,夫人?"

"我差不多每天晚上都在家。我很高兴你有时能来看我。"

"夫人,你看我还是像我们原来的同盟条约仍然存在那样做法:我不邀自来,既不讲究礼貌,也无须正式介绍。你原谅我,对吗?……我在巴黎只认识你同朗贝尔夫人了。所有的人都忘记了我,你们两家是我在国外流放期间唯一想念的人家。你的客厅

---

① 圣克卢,近凡尔赛,原皇宫所在地。
② 圣奥诺雷郊区,旧巴黎郊区,十九世纪时多由贵族聚居。

一定非常吸引人。你是最会选择朋友的！……你还记得你从前计划你当了家庭主妇以后怎么办吗？组织一个客厅，不让讨厌的人进来，有时听听音乐，经常有话谈，而且谈得很晚；不让自负的人进来，只允许少数几个熟人，因此既不需要说谎，也不需要装腔作势……拥有两三个聪明的女子（你的朋友不可能不是这样的人……），这样，你的家就是巴黎最舒适的处所。是的，你是最幸福的女人，你使所有接近你的人都幸福。"

达尔西这样说着的时候，朱莉在想：他这么兴致勃勃地描绘的幸福，如果她嫁给另一个男人，她可能得到……比方嫁给达尔西的话。她想到的不是这个想象中的客厅，又高雅，又舒适，她想到的是夏韦尔尼给她带来的许多讨厌的客人；……她想到的不是那种多么愉快的谈话，而是逼使她到普……地方来的家庭口角。她觉得自己要永远不幸下去了，因为她的一生已经交给了一个她所憎恨和蔑视的男人；而她认为世界上最可爱的男子，她愿意将自己幸福的保证托付给他的，却要永远对她是一个陌生人。她有责任躲避他，离开他……而他却离她那么近，甚至于她衣服的袖子都被他礼服的滚边弄皱了！

达尔西花了相当时间来继续描写巴黎生活的乐趣，他能说会道的口才好久没有机会发泄了，现在趁机会大发一通。可是朱莉却觉得眼泪在沿着脸颊往下淌。她生怕达尔西发觉，就勉强抑制住自己，但反而更增加她情绪的激动。她窒息了，动也不敢动。终于爆发出一声呜咽，一切都完了。她把头埋在手里，一半由于眼泪，一半由于羞愧难当，她喉咙哽塞，透不过气来。

达尔西做梦也没有想到，觉得十分惊讶，沉默了好一阵；但是朱莉呜咽得更加厉害,他认为他不得不开口询问一下她突然哭起来的原因。

"你怎么啦,夫人?看在上帝分上,夫人……回答我。发生了什么事?……"可怜的朱莉对所有这些问题只是用手帕紧紧按住眼睛来答复。他抓住她的手,温柔地扳开她的手帕:"我恳求你,夫人,"他的声调完全变了,一直钻进朱莉的心窝,"我恳求你,你怎么啦?会不会是我无意中得罪了你?……你不说话叫我太失望了。"

"啊!"朱莉再也忍不住了,她嚷起来,"我不幸极了!"接着她呜咽得更加厉害。

"不幸!怎么?……为什么?……谁能使你不幸?回答我。"他一边说,一边紧紧抓住她的双手,脑袋几乎跟朱莉的相碰,朱莉只是哭而不回答。达尔西不知道应怎样想才好,可是他被她的眼泪感动了。他发觉自己年轻了六年,他开始依稀看到了将来;在他原来的想象中,他只能当一个心腹,现在他觉得可能担任进一级的角色了。

由于她坚决拒绝回答,达尔西怕她不舒服,就把车子的一扇玻璃放下,解掉朱莉帽子上的丝带,把大衣和披肩挪开一点。男人们做这种事是笨手笨脚的。他想叫车子在一个村子旁边停下,他叫唤车夫,可是朱莉抓住他的臂膀,求他不要把车子停下,向他保证说她已经好多了。车夫没有听见呼唤,继续驾马向巴黎驶去。

"我请求你,亲爱的德·夏韦尔尼夫人,"达尔西说,把他刚放下的她的手又抓起来,"我恳求你,告诉我,你有什么事?我害怕……我不明白我怎么这样不幸，竟然得罪了你。"

"啊！不是你！"朱莉喊道；同时她轻轻地捏住了他的手。

"那么，告诉我，谁能使你这么伤心？你放心告诉我吧。我们不是老朋友吗？"他微笑着说，他也开始捏住了朱莉的手。

"你对我谈到幸福，你以为我充满了幸福……事实上这个幸福离我多远！……"

"怎么！你不是具备了所有幸福的条件吗？……你又年轻，又有钱，又漂亮……你的丈夫在社会上很有地位……"

"我恨他！"朱莉不由自主地嚷起来，"我看不起他！"她把头埋在手帕里，呜咽得从未有过这么伤心。

"啊！啊！"达尔西想，"这事变得十分严重了。"他趁车子颠簸的机会巧妙地更靠近不幸的朱莉。"为什么，"他用世界上最甜蜜、最温柔的声音对她说，"为什么你这么悲伤？难道一个你所看不起的人竟能这样影响你的生活？为什么你要让他一个人破坏你的幸福！可是难道你只应向他要求幸福吗？……"他吻她的指尖；可是，由于她恐惧地马上把手缩回去，他怕自己做得太过分……不过他决心要看到这件奇遇怎么结束，就相当虚伪地叹了一口气，说：

"我弄错了！我得到你结婚的消息时，我还以为德·夏韦尔尼先生真的是你中意的人呢。"

"啊！达尔西先生，你从来就不了解我！"她说话的声调明显地说：我一直是爱你的，只是你不愿意觉察罢了。可怜的妇人这时候真心诚意地相信她一直是爱达尔西的，包括逝去的六年在内，她一直像此时此刻那样热烈地爱着他的。

"你呢!"达尔西兴奋地叫起来,"你,夫人,你了解过我吗?你了解过我的真正感情吗?啊!如果你更好地了解我,我们一定会彼此都生活得很幸福。"

"我多么不幸!"朱莉重复说了一句,眼泪犹如泉涌,还用力捏紧他的手。

"可是夫人,纵使你当时了解我,"达尔西用他惯常的忧郁带嘲讽的口吻继续说,"又会有什么结果呢?我那时没有钱,你却钱多得很,令堂会轻蔑地拒绝我的。——我是事先就注定要失败的。——你自己,是的,你,朱莉,你如果不是有一场不幸的经历告诉你什么是真正的幸福,你也无疑会嘲笑我是想吃天鹅肉的,当时毫无疑问最有把握能讨你欢喜的东西是一辆漆得漂漂亮亮的马车,车身上漆着伯爵的冠冕。"

"天啊!连你也这样!难道没有人可怜我吗?"

"原谅我,亲爱的朱莉!"他也十分激动地嚷起来,"原谅我,我请求你。忘却这些责怪你的话吧;忘却吧,我没有权利怪你,我。——我比你更有罪……我不能够正确估价你。我以为你同你生活的社会里的妇女同样软弱;我怀疑过你的勇气,亲爱的朱莉,我因此受到残酷的惩罚!……"他热烈地吻她的手,她再也不把手缩回去;他想将她搂在怀里……可是朱莉带着十分恐惧的表情把他推开,把身体尽可能地挪向车座的那头。

这样一来达尔西赶忙用温柔的声调说话,声调由于温柔而更加刺人心肺:"对不起,夫人,我忘记了巴黎。现在我记起来在这儿人们是只要结婚,而不谈恋爱的。"

"啊!是的,我爱你。"她一边呜咽一边喃喃地说;她把脑袋倒在达尔西的肩膀上。达尔西十分激动地用臂膀把她紧紧搂住，并且想用亲吻来使她停止流泪。她还想摆脱他的拥抱，可是这已经是她的最后挣扎了。

12

达尔西把自己感情冲动的性质弄错了，应该说清楚，他并没有恋爱，他只是享受一下似乎是天上掉下来的好运气而已，这样的好运气不应该让它白白溜掉。何况，像所有男人一样，他在要求的时候比在感谢的时候更显得能说会道。不过他很有礼貌，而礼貌往往可以代替更可敬的感情。最初的陶醉过去以后，他就向朱莉说了许多柔情蜜意的话，这些话他不费吹灰之力就可以胡诌一气，再加上无数的手吻，可以省掉他许多说话。他看见马车驶近城门的栅栏，几分钟后他就要同他征服的女人分手，他感到毫无遗憾，因为他不住地向她提出请求，德·夏韦尔尼夫人总是沉默不语，而且她仿佛意气沮丧到了极点。这一切，使他这个新上任的情夫处境很尴尬，我甚至敢说，使他的地位显得颇为没趣。

她动也不动，躲在车子的角落里，机械地把她的披肩紧紧搂在胸前。她再也不哭，两眼凝视不动，达尔西拿起她的手亲吻以后，一放开手，她的手就像死人的手似的落到她的膝盖上。她不说话，也几乎听不见别人说话；可是一连串绞人肝肺的思想同时涌上她的心头，如果她想说出其中的一个，另一个思想马上会出现封住她的嘴。

怎么能够把这些乱七八糟的思想表达出来呢？或者宁可说怎么能够把一个连着一个，像她的心跳一样快地在她心中出现的形象表达出来呢？她仿佛听见耳朵里响着一些不连贯和不相关的话，可是每句话都有可怕的意义。今天早上她还责备她的丈夫，在她的眼中他很卑鄙；现在她比他卑鄙百倍。她仿佛觉得她的耻辱人人都知道了。——德·赫……公爵的情妇也反过来看不起她了。——朗贝尔夫人和她的所有朋友都再也不愿意见她。——还有达尔西呢？——他爱她吗？——他还刚认识她。——他早已把她忘掉了。——他并没有马上认出她。——也许他发现她有了很大变化。——他对她很冷淡，这对她是致命的打击。她竟倾倒于一个刚认识她的男子，这个男子没有对她表示爱情……仅仅表示礼貌。——他不可能爱她。——她自己呢，她爱他吗？——不爱，因为他刚一走她就结婚了。

马车进入巴黎以后，钟楼的钟敲响了半夜一点。她第一次见到达尔西是在下午四点。——是的，第一次见到，——她不能说再见到……她早已记不清楚他的容貌和嗓音，他对她是一个陌生人……九小时以后，她变成了他的情妇！……只要九个小时就足够完成这个奇特的诱惑……就足以使她自己轻视自己，使达尔西也轻视她；因为他对这么一个意志薄弱的女人，会怎样想呢？他怎么能够不轻视她呢？

有时，达尔西的温柔声音和甜言蜜语使她稍感兴奋。这时候她就强迫自己相信他真是像他所说的那样爱她。不过她没有那么容易发觉。——他们的爱情从达尔西离开她的时候就已存在，因此时间已经很久了。——达尔西应该知道她结婚只是因为他的离开使她感到失望。——错处是在达尔西方面。——可是，分别这许多年来，他一直爱她。——他回来以后，很高兴地发觉她对他的爱情也是始终不渝。——她的坦率承认——甚至可以视为她的软弱——应该使达尔西高兴，因为他憎恨虚伪。——可是用不着一会儿她就发觉这样的推理太荒唐。——能安慰她的想法一一消失，她继续受到羞辱和绝望的煎熬。

曾经有一刹那间她想把心里的感受说出来。她刚想象她已被逐出交际社会，被她的家庭遗弃。这么严重地伤害了她的丈夫以后，她的自尊心再也不容许她再见到他。"达尔西爱我，"她心里想，"我只能爱他。——没有他，我不能够幸福。——我跟着他到哪儿都会幸福。让我们一起到随便什么地方去，只要在这个地方我不会看到一个使我脸红的人。让他带我到君士坦丁堡吧……"

达尔西做梦也没有想到朱莉心里在想些什么。他注意到马车已经进入德·夏韦尔尼夫人住的那条街，于是他十分冷静地把他的冷冰冰的手套戴上。

"顺便说一句，"他说，"一定要把我正式介绍给德·夏韦尔尼先生……我想过不了多久我们便会成为好朋友的。——由朗贝尔夫人当介绍人，我在你们家里就能受到很好的接待。再说，他既然在乡下，我能够来看你吗？"

话到了朱莉的嘴唇边就消失了。达尔西的每一句话就像匕首一样刺她的心窝。同一个这么沉着，这么冷静，只想着用最方便的方法安排好夏季社交活动的男子，怎么跟他谈逃走和私奔呢？她气愤地一把扯断了她挂在脖子上的金链条，用手指狠狠地绞扭着那些链环。车子停在她住的房子门口。达尔西忙着帮她整理好肩上的披肩，把她的帽子端端正正地戴好。车门打开以后，他用最恭敬的神气把手伸给她，可是朱莉朝前一冲就下了车，并没有扶他的手。——"夫人，我请求你允许，"他深深地鞠着躬说，"允许我再来向你请安。"

"再见！"朱莉用窒息的声音说。达尔西重新登上马车，叫车夫驶向他的住处，同时像一个对当天过得很满意的男人那样吹着口哨。

13

一回到单身男子的房间，达尔西马上换上一件土耳其睡衣，脚上套上拖鞋，用拉塔基亚烟草装满了一只长烟斗，这只烟斗的管子是用波斯尼亚①的野樱桃木制成，用白色的琥珀做的烟嘴。他坐在一张垫褥鼓起、外有皮套子的大沙发椅上，头向后仰，细细品味着烟草的滋味。有人会奇怪，在这种时刻，他也许应该做诗意的梦想，为什么他却在做这种庸俗的事？我会回答，对于梦想来说，一支好烟斗如果不是必要的，也是最有用的；要享受一种幸福，必须把这种幸福同另一种幸福联系起来。我有一个朋友，是非常讲究享受的人，他每次打开他情妇给他的信，总要先把领带解下来，如果是冬天，还把火炉弄旺，然后躺在一张舒适的长沙发躺椅上，开始看情书。

---

① 波斯尼亚，现属波黑。

"老实说，"达尔西对自己说，"我如果听从蒂勒尔的劝告，买了一个希腊女奴带到巴黎来，那我就是最大的傻瓜了。真的，这就像我的朋友哈勒布-埃方迪所说的那样，把无花果带到大马士革来。感谢上帝！我不在的时候文明已经大踏步前进了，看起来严正的风纪并没有发展到极端的地步……这个可怜的夏韦尔尼！……哈！哈！如果我几年前相当有钱的话，我会娶了朱莉，那么今天晚上也许就是夏韦尔尼送她回家了。将来我结了婚，我一定叫人经常察看我妻子的马车，省得她跌落在沟壕里时要有游侠骑士来救她……好吧，重复一下看我们该做些什么吧。总的说来，她是一个十分可爱的女人，很聪明，如果我不是像我现在那么年老的话，那我一定会想这全在于我有非凡的价值！……啊！我的非凡的价值！……唉！唉！也许再过一个月，我的价值就降到那位留着小胡子的先生的水平了……见鬼！我真希望我十分喜爱的小纳斯塔丝亚能读能写，而且能同上等人谈话，因为我相信她是唯一爱过我的女人……可怜的姑娘！……"他的烟斗熄灭了，过了一会儿，他睡着了。

14

德·夏韦尔尼夫人回到住处以后，使出浑身气力，才能够用自然的态度对她的贴身女仆说，她不需要她，她可以走了。女仆一走出去，朱莉马上一头扑到床上，开始嘤嘤啜泣，现在她独自一个人，不像达尔西在跟前的时候她要强行抑制，她哭得伤心万分。

黑夜肯定对精神上的创伤有很大的影响,如同对肉体上的痛苦一样。黑夜给一切都蒙上一层阴森森的色调,在白天本来是无所谓或者甚至是欢乐的形象,到了夜晚就能使我们不安或者苦恼,就像幽灵只能在黑暗中才有力量一样。到了黑夜,思想似乎加强了活动,而理智则丧失了控制力。内心似乎有憧憧鬼影使我们惊惶,使我们害怕,而没有力量排除使我们恐怖的原因,或者冷静地研究一下现实。

我们可以想象一下可怜的朱莉躺在床上,衣服半裹着,内心起伏不停,一会儿热度高得烫手,一会儿又冷得打战,听见木器稍为发出一点响声就哆嗦,而且清楚地听得出自己心跳的声音。她对自己的处境只保留着模糊的烦恼,她拚命去找寻烦恼的原因却找不到。然后,对这个不祥夜晚的回忆一下子像闪电一样迅速地从她的心头掠过,同时唤醒了十分猛烈和尖锐的痛苦,就像已经结疤的创口又被烧红的烙铁烫伤一样。

有时她对灯凝视,盯着火焰的晃动看得出了神,直到泪水涌满了她的眼眶,看不清楚火光为止。她不知道眼泪为什么要涌上来。"为什么有这许多眼泪,"她问自己,"啊!我的贞操已经受到污损了!"

有时她计算床帷一共有多少穗子,可是她总不能记住那个数字。"这种疯狂的行为到底是什么呢?"她想,"疯狂的行为?——是的,因为一小时以前我像一个下贱的妓女那样献身给一个我所不了解的男人。"

她目光呆滞,望着挂钟的指针,内心焦躁不安,仿佛一个囚犯眼看着受刑时刻越来越近一样。突然,挂钟响了。"三个小时以前……"她惊跳起来,哆嗦着说,"我跟他在一起,我的贞操受到污损了!"

她整个晚上就在这种热病似的骚扰中度过。天亮的时候,她打开窗户,清晨新鲜而寒冷的空气使她感觉轻松一点。她俯身倚在面向花园的窗户栏杆上,带着一种快感呼吸寒冷的空气。她的混乱的思想逐步消失。现在不是莫可名状的苦恼和神经昏乱在扰乱着她,而是极度的绝望,然而同前者比较起来,后者还算是一种休息。

必须拿定一个主意。于是她拼命思索她要做些什么。她连想也没有想要再见一见达尔西。她觉得这样做根本不可能,她见到他会把她羞死。她应该离开巴黎,否则再过两天巴黎人人都会用手指指着她。她母亲在尼斯,她要到尼斯找她母亲,把一切都告诉她;等到她在母亲怀里把心事尽情倾吐以后,她只剩下一件事要做,就是在意大利找一个僻静的地方,旅行的人们找不到的地方,单独一个人住在那里,不久就死在那里。

这个决心下了以后,她觉得平静下来了。她坐在窗户对面的一张小桌子旁边,双手捧着头,嘤嘤啜泣,可是这一次没有任何痛苦。最后,疲劳和乏力战胜了她,她睡着了,或者说,她在大约一个小时内停止了思索。

寒热使她战栗而醒。天气已经改变,天空变成灰色,一阵刺骨的细雨宣告这一天将是又冷又潮湿。朱莉打铃叫女仆进来。——"我母亲生病了,"她对女仆说,"我得马上动身去尼斯。你给我收拾一个箱子,我想过一个钟头就动身。"

"可是，太太，你怎样了？你不是病了吗？……太太，你没有睡过觉！"贴身女仆惊叫起来，她的女主人变化的样子使她既诧异又惊吓。

"我想动身，"朱莉用不耐烦的口气说，"我一定要动身。给我准备一个箱子。"

在我们现代的文明社会，从一个地方到另一个地方是不能随心所欲的，还要护照，还要打包袱，带着大包小包，为许多麻烦的准备工作操心，到头来使你旅行的兴趣索然。可是朱莉心情焦急，她把这些必要的缓慢过程大大地缩短了。她在每个房间进进出出，亲手帮助收拾行李，乱七八糟地把许多帽子和袍子堆放在一起，而通常她对待这些东西是比较仔细的。可是她这样做反而耽搁了她的仆役们，并不能帮他们做得快一点。

"太太想必已经通知过老爷了？"贴身女仆怯生生地问。

朱莉不回答，取了一张纸，在上面写了两句话："我的母亲在尼斯生病。我到她那儿去。"她把那张纸折成四块，可是她拿不定主意要不要在上面写下地址。

正在做动身准备时，一个仆人走进来。——"德·夏托福尔先生，"他说，"想问太太能不能接见他；同时还有另一位先生来了，这位先生我不认识，这儿是他的名片。"

她一看，名片上是："厄·达尔西，大使馆秘书。"

她几乎喊了出来。——"我谁都不见！"她嚷着，"跟他们说我病了。不要说我要离开。"她不能解释为什么夏托福尔和达尔西会在同一时间来看她；她心烦意乱，居然肯定达尔西已经选定夏托福尔做他的知心密友。其实他们同时到来的原因再简单也没有。

他们抱着相同的动机到来,在门口相遇,在彼此十分冷淡地相互行了一个礼以后,就低声咒骂对方活见鬼。

听了仆人的回答以后,他们一起走下楼梯,更加冷淡地互相又行了一个礼,然后两人各朝一个方向走开了。

夏托福尔注意到德·夏韦尔尼夫人对达尔西特别感兴趣,从这时起,他就憎恨达尔西。另一方面,达尔西自夸为面相家,却没有注意到夏托福尔的尴尬和不快的神气,没有能够得出他爱朱莉的结论;不过,作为外交家,他事先就从坏处着想,他很轻率地得出结论说朱莉对夏托福尔也很有情意。

"这个奇怪的卖弄风情的女人,"他走出来时心里想,"她不想同时接见我们,怕的是要像《恨世者》①那样来一次解释……可是我刚才真是傻瓜,我不会找个借口留下来,让那个浮夸的年轻家伙先走吗?毫无疑问,只要我等他转过身去,我会立刻得到接见,因为我肯定比他占便宜,我是新鲜货。"

他想着想着,停止了脚步,接着他又往回走,后来他又走进德·夏韦尔尼夫人的公馆。夏托福尔也回来观察他好几次,这时他又走回来,在离开不远的地方来回监视他。

仆人瞧见达尔西回来十分惊讶,达尔西对他说,他有一个口信忘记告诉他的女主人,那是一位女太太委托他转告德·夏韦尔尼夫人的一件十分紧急的事。达尔西想起朱莉懂得英语,他用铅笔在他的名片上写上:"请原谅,拟询问一下何时可将土耳其画集

---

① 莫里哀的喜剧《恨世者》里,卖弄风情的女人色里曼纳同两个男人阿尔赛斯特以及奥龙特同时要好,以致发生冲突。

请德·夏韦尔尼夫人过目。^①"他把名片交给仆人,说他等候回音。

这个回音拖了很长时间才来。最后仆人怯生生地回来了。——"太太,"他说,"刚才身体不舒服,现在还病得很厉害,不能够回答你。"——这一切只经过了一刻钟。达尔西不相信她在昏迷状态中,很明显这是不愿意见他。他满不在乎地拿定了他的主意:他想起了在这个区他还要访问几家人家,就走了出去;对这件不如意事,丝毫没有感到什么不快。

夏托福尔十分气恼和焦虑地等着他。看见达尔西走了过去,夏托福尔毫不怀疑达尔西比他运气好,他下决心要抓住任何机会来对他的不忠实的情妇以及她的同谋犯进行报复。他碰巧遇见了佩兰少校,就把自己的心事告诉他。佩兰尽量安慰他,同时向他指出他的怀疑不像是事实。

15

朱莉在得知达尔西第二次来访时,真的昏了过去。她昏迷以后接着又吐了鲜血,人变得十分虚弱。她的贴身女仆派人去请她的医生来,但是朱莉坚决不肯见他。将近四点钟,驿马已经到了,箱子也绑好了,动身的一切都准备好了。朱莉乘上马车,咳嗽不止,情况很叫人可怜。整个傍晚和晚上,她只对坐在马车座位上的贴身女仆说话,目的是叫车夫快点赶车。她不断咳嗽,仿佛胸

---

① 这句话的原文是英文。

口病得很重，可是她没有发出一声呻吟。第二天早上她身体虚弱，一打开车门就昏了过去。大家扶她下车，在一家下等客店，让她躺了下来。叫来了一个乡村医生，他发觉她热度很高，禁止她继续旅行。可是她一直想着动身。到了傍晚，神志又复昏乱，所有的征候都说明病情加重了。她滔滔不绝地飞快说话，别人很难听懂她说什么。在不连贯的语句中，只听见经常出现达尔西、夏托福尔和朗贝尔夫人的名字。贴身女仆写信给德·夏韦尔尼先生，告诉他太太病了；可是她那时离巴黎约一百二十公里，而夏韦尔尼在德·赫……公爵家打猎，病势发展得很快，夏韦尔尼能不能够及时赶到，还无把握。

近身男仆骑马到附近县城带回来一个医生，这个医生大骂前一个医生开错方子，他说人家叫他叫得太迟，现在已经病入膏肓。

天亮的时候胡言乱语停止下来，朱莉深深地睡着了。她过了两三个钟头苏醒以后，似乎很难回忆起是怎样经过了一连串的事件后她会躺在客店的一间肮脏房间里。可是过了不久记忆力就恢复了。她说她觉得好些了，甚至说第二天要动身。然后，她用手按着前额，仿佛想了很久，叫人送来墨水和信纸，她想写信。她的贴身女仆眼看着她一连写了好几封信，都是写了开头几行就撕掉了。她同时叮嘱女仆把撕下来的信纸烧掉。贴身女仆看见在好几块纸片上都有"先生"字样；她说，这叫她觉得十分惊讶，因为她还以为太太是写信给她的母亲或是她的丈夫。在另一张纸片上她看见写着："你一定看不起我……"

她花了大约半个钟头来写这封信，可是总没写成功，而她却像是执意要写这封信。最后，她筋疲力尽，再也不能写下去了；

她用手推开别人放到她床上的写字桌面,神色恍惚地对她的贴身女仆说:"你写封信给达尔西先生。"

"应该怎样写法,太太?"贴身女仆问,她确信女主人的神经又开始错乱了。

"写信告诉他说他不了解我……说我也不了解他……"她声嘶力竭地倒在枕头上。

这就是她最后几句连贯的话。从此以后就一直胡言乱语,人事不省。第二天她似乎没有经受很大的痛苦就死去了。

16

在她埋葬了三天以后夏韦尔尼才赶到。他的伤心似乎是真诚的,全村的居民看见他站在他妻子的坟前默想,都哭起来了。新动过的土,掩盖着他妻子的棺材。他起先想掘起棺材,搬到巴黎;可是村长反对这样做,法院的公证人也说这样要经过十分麻烦的手续,于是他只好满足于买一块石灰石墓碑,叫人建造一个朴素的,可是合乎她身份的坟墓。

夏托福尔对这个突然的死亡十分伤心。他拒绝了好几个舞会的邀请,在很长一段时期内只见他穿着黑孝服。

17

在社交界关于德·夏韦尔尼夫人之死有好几种传说。有人说，她做了一个梦，或者说，得到了一种预感，说是她的母亲病了。她大为吃惊，要马上动身到尼斯去，尽管当时她已经感冒得很厉害，这感冒是她从朗贝尔夫人家回来的路上感染的；后来这个感冒变成了肺炎。

另外一些观察事物比较敏锐的人，用神秘的语气说，德·夏韦尔尼夫人无法隐瞒她对德·夏托福尔先生的爱情，想到她母亲那里去寻求抵抗的力量。匆忙动身的结果，是害上了感冒和肺炎。关于这一点，人人都表同意。

达尔西从来不谈起她。她死后三四个月，他娶了一个很有钱的老婆。他向朗贝尔夫人宣布他的婚事的时候，她一边向他祝贺一边对他说："说真的，你的妻子真可爱，只有可怜的朱莉能够像她那样配得上你。多么可惜她结婚的时候你太穷了！"

达尔西微微一笑，这是他惯常的嘲讽的微笑，可是他没有回答。

这两颗心互相不能正确理解对方，也许倒是天造地设的一对。

炼狱里的灵魂

西塞罗①在什么地方说过，我相信是在他的论文《论天神的性质》里说过：有好几个朱必特②；一个在克里特岛，另一个在奥林匹亚，还有一个在别的地方；弄到后来在希腊的每一个有点名气的城市里，都有它自己的朱必特。人家把所有这些朱必特汇合成为一个，把他的各个化身的经历都集中到他一人身上。这就能够解释，为什么这位天神有那么多的好运气。

这种混乱情况在唐璜身上也存在，唐璜这位人物几乎同朱必特同样出名。仅仅在塞维利亚③就有好几个唐璜，其他许多城市也都各有它们自己的唐璜。每一个在开始时都有自己的传说，随着时日流逝，所有这些传说逐步融合成为一个。

可是，只要仔细加以研究，就很容易把各人的传说区别开来，至少可以把其中的两个分清楚，这两个就是特诺里奥的唐

---

① 西塞罗（公元前106—前43年），古罗马政治家与演说家。
② 朱必特，罗马神话中的主神，主宰天上和大地。
③ 塞维利亚，西班牙城市。

璜①和马拉尼亚的唐璜②；前者的结局尽人皆知，是被石像带走，后者的结局却完全不同。

在传说中他们两人的一生完全相同，只有结局可以把他们区分开来。有各种不同的结局来适应各人的口味，如同迪西斯③的剧本，可以按照读者的感觉，来决定结局是好是坏。

至于这个故事或者这两个故事的真实性，那是无可怀疑的；如果我们认为这两个恶棍并非实有其人，这就是使人对塞维利亚最高贵的家族的世系产生怀疑，那么我们就会大大地损伤塞维利亚人热爱乡土的心。他们可以指给外地人看唐璜·特诺里奥住过的房子；而一切爱好艺术的人，都不能经过塞维利亚而不去访问一下仁爱教堂。他们在教堂里可以见到唐璜·马拉尼亚绅士的坟墓，墓上有唐璜自己出自谦逊，或者可以说是由于骄傲而口授的铭文："这里长眠着曾在世上活过的最坏的人"④。经过这样一来，还有什么办法可以怀疑呢？当然，带你看过这两处古迹以后，你的向导还会告诉你，唐璜（没有说明是哪一个）怎样向希拉尔达提出一些古怪的建议，希拉尔达全都接受了，而希拉尔达是大教堂摩尔式塔楼上面的铜像；——又告诉你唐璜怎样喝酒喝得浑身发热，沿着瓜达尔基维尔河左岸散步，向右岸一个抽雪茄的人借火

---

① 据西班牙传说，唐璜是十四世纪时塞维利亚贵族的儿子，诱奸了一个女子而杀死她的父亲，还嘲弄地邀请她父亲的石像赴宴；石像显灵把唐璜带到地狱里去。这个唐璜的领地是特诺里奥，称为唐璜·特诺里奥。

② 这个唐璜就是本篇所叙述的领地是马拉尼亚的唐璜。

③ 迪西斯（1733—1816），法国悲剧诗人。

④ 这句话的原文是拉丁文。

（这个人就是魔鬼的化身），这个人把身体越拉越长，一直越过了河流把雪茄递给唐璜，唐璜连眉头都不皱一下就拿起了魔鬼的雪茄来点燃自己的雪茄，由于他是个硬汉子，他丝毫没有理睬魔鬼的警告……

这两个唐璜都有一些共同的恶作剧行为和罪恶，我已经设法把应该由谁负责的就归给谁。由于找不到更好的办法，我特别注意把不属于唐璜·特诺里奥的事件，才归到我这篇小说的主角唐璜·马拉尼亚的身上；通过莫里哀和莫扎特的杰作[①]，我们已经熟知唐璜·特诺里奥的故事，有许多事件由于岁月的流逝，已经证明不能归到唐璜·特诺里奥身上。

唐卡洛斯·德·马拉尼亚伯爵是塞维利亚最富有和最受人敬重的贵族之一。他出身于很有名望的家族，在镇压摩尔人起义的战争中，他显示出他并不缺乏祖先传下来的勇敢。阿尔普哈拉斯山谷[②]攻下以后，他带着额角上的伤疤回到塞维利亚，还带来一大群从异教徒那里抢来的孩子；他花了心血给孩子们洗礼，还把他们卖给基督徒家庭，自己赚了一大笔钱。他的伤疤并没有丑化他的相貌，也没有妨碍他获得一位好家庭出身的小姐的青睐，这位小姐在一大群求婚者中选中了他。他们婚后生下了好几个姑娘，有些后来结了婚，有些当了修女。唐卡洛斯·德·马拉尼亚对于

[①] 莫里哀于一六六五年写过五幕喜剧《唐璜》；莫扎特于一七八七年为两幕歌剧《唐璜》作曲，歌词是洛伦索·达·庞特撰写。喜剧和歌剧《唐璜》都是杰作。

[②] 阿尔普哈拉斯山谷是一五六八至一五七一年摩尔人起义失败后最后隐藏的处所。

自己没有男性继承人正在感到失望的时候,一个男孩子诞生了,这使他充满了快乐,也充满了希望:他的贵族世袭财产①不至于落到旁系亲属的头上了。

这个渴望已久的儿子就是唐璜,我们的真实故事的主角,他受父母宠爱,正如所有富有的大贵族家庭的独子都受父母宠爱一样。还是孩子的时候,他就差不多是自己行动的绝对主人,在他父亲的宫殿里,没有人胆敢违抗他。只不过他的母亲希望他跟她一样虔诚,他的父亲希望他跟他一样勇敢。母亲用爱抚和糖果强迫孩子学会了各种祷文,玫瑰经,以及所有必要和非必要的经文。她哄他睡觉时就给他念圣人的传记。另一方面,父亲却教给儿子那些歌颂熙德②和贝尔纳多·德尔·卡尔皮奥③的八音缀格律诗,对他讲述摩尔人起义的故事,鼓励他整天练习掷投枪,放弩箭,甚至开火枪,向着一个穿着摩尔人服装的假人攻击,这个假人是他叫人制造,放在花园的角落里的。

在德·马拉尼亚伯爵夫人的小圣堂里有一幅图画,风格完全是莫拉莱斯④那种生硬而干瘪的画笔,画的是炼狱里的痛苦。画家所想得出的各种刑罚,都十分准确地画在上面,使得宗教裁判所里的行刑人也找不出什么破绽来。炼狱的灵魂是在一个很大的洞穴里。洞穴顶上有一个气窗,一个天使在气窗旁边伸手把一个灵

---

① 贵族世袭财产指贵族的头衔及其领土、房屋等,应由长子继承。
② 熙德(1040—1099),西班牙骑士,以攻打摩尔人出名。
③ 贝尔纳多·德尔·卡尔皮奥,传说中的西班牙英雄,据说曾杀死罗兰。
④ 莫拉莱斯(1509—1586),西班牙画家,专画宗教画。

魂拉出这个痛苦的地方,天使旁边有一个上了年纪的人,合着掌拿着一串念珠,仿佛在热诚地祈祷。这个人就是图画的施主,叫人绘制这幅图画来送给韦斯卡①的一所教堂。摩尔人起义的时候,放火烧了那座城,教堂被毁于火;可是像奇迹一般,那幅图画却保存了下来。德·马拉尼亚伯爵把这幅画带回来,用来装饰他妻子的小圣堂。平时小璜每次进去看他的母亲,总要动也不动地站在图画面前默想好半天;这幅图画既使他害怕,又吸引着他。他尤其不能把视线从一个男人的身上挪开,这个男人的五脏仿佛被一条蛇咬啮着,肋骨被铁钩吊住,挂在半空中,下面被炙热的炭火烘烤着。这个男人惶恐不安地向气窗那边凝视,似乎在要求那位施主为他祈祷,使他早日脱离这许多痛苦。伯爵夫人从来不错过机会解释给儿子听:这个可怜的人受这些苦刑是因为他没有学好天主教教理,是因为他嘲笑过教士,或者他在教堂里不专心。那个能够飞向天堂的灵魂,是德·马拉尼亚家一个亲戚的灵魂,这个亲戚当然有些小罪,可是德·马拉尼亚伯爵为他祈祷,为他布施了许多金钱给教士,把他从火和痛苦中赎了出来,现在能够满意地把这位亲戚的灵魂送上天堂,不让他长期留在炼狱里受苦了。伯爵夫人最后还加上一段话:"璜儿,也许我有一天也要这样受苦,如果你想不到献几台弥撒把我从那里救出来,那我就要留在炼狱里万万年!让养育你的母亲留在炼狱里受苦,那是太不应该了!"于是孩子哭了,如果他的口袋里有几个雷亚尔②,他就赶

---

① 韦斯卡,西班牙西北部城市。
② 雷亚尔是从前西班牙的小银币。

快施舍给他遇见的第一个拿着钱箱为炼狱的灵魂募捐的人。

要是他走进他父亲的办公室,他就会看见被火枪子弹打歪了的胸甲,德·马拉尼亚伯爵攻打阿尔梅里亚①时所戴的头盔,上面还有伊斯兰教徒斧子的斧痕;从异教徒那里抢来的矛枪,摩尔式军刀和旗帜,装饰着这所房间。

伯爵对儿子说:"这把弯刀,我是从贝哈尔②一个伊斯兰教法官手里抢到的,他把刀砍了我三次我才结果了他的性命。——这面军旗是埃尔维尔山③的叛徒们拿着的旗子。他们刚抢劫了一个基督教村子,我同二十个骑兵飞驰过去援救。我四次想冲进他们的队伍夺下这面军旗,可是四次都被打退了。第五次我画了一个十字,嘴里喊声:'圣雅克④!'我就冲破了那些异教徒的队伍了。——你看见我绘在家徽上面的这个金圣餐杯吗?那是一个摩尔人的阿訇⑤从一个教堂里偷来的,他在教堂里做尽了坏事。他的马匹在圣坛上吃大麦,他的兵士把圣人们的骸骨到处乱扔。这个阿訇用这个圣餐杯来喝冰镇果子汁。他正在把这神圣的杯子放到嘴唇上的时候,我闯进了他的营盘。他还来不及叫一声:'真主!'喝下

---

① 阿尔梅里亚是西班牙的港口,在安达卢西亚,一四九二年以前为阿拉伯人占领。

② 贝哈尔是西班牙安达卢西亚地区加的斯省的一个城市,一四九二年以前由阿拉伯人占领。

③ 埃尔维尔山在西班牙格拉纳达城附近,格拉纳达城在安达卢西亚,是阿拉伯人在西班牙的最后据点;一四九二年城陷以后,阿拉伯人全部被逐出西班牙。

④ 圣雅克又名大雅克,耶稣十二门徒之一,据说他曾经在西班牙布道传教,使西班牙改信天主教;他的骨灰收藏在西班牙,成为天主教徒朝圣的目标之一。

⑤ 原文是西班牙文,阿訇同时兼任军事长官。

去的东西还在他的喉咙里,我就用这把宝刀砍进这条狗的剃掉了头发的脑袋,刀锋一直砍到他的牙齿。为了纪念这个神圣的报复,国王准许我在我的纹章里加上一个金圣餐杯。我告诉你这一切,璜儿,为的是让你告诉你的子孙们,使他们知道为什么你的纹章同你祖父唐迭戈的有点不同,你祖父的纹章你可以看见绘在他的画像下面。"

孩子在尚武精神和宗教信仰的双重教育下,整天将时间花在用狭长的木板制造十字架,或者拿着一柄木刀,在菜园里练习攻打罗塔产的南瓜,因为他认为这些南瓜的形状很像包着头巾的摩尔人的脑袋。

唐璜到了十八岁,拉丁文还识得不多,可是充当弥撒的辅祭却十分称职,能用双手舞长剑或短刀,比熙德舞得更好。他的父亲认为德·马拉尼亚家族的一个贵族应该学会别的才能,决定把他送到萨拉曼卡①去。旅行的准备工作不久就做好了。母亲给了他许多念珠、祝福过的肩带和圣像牌。她还教给他好几种祈祷文,这些祈祷文在人生的各种境遇中各有重要的帮助。唐卡洛斯给了他一柄剑,剑柄镶银,饰有他家的纹章。他对儿子说:"到目前为止,你只跟孩子们生活在一起,现在开始你要同成人在一起生活了。你要记住:一个贵族最宝贵的财产就是他的荣誉,而你的荣誉就是马拉尼亚家族的荣誉。宁愿作为我们家族的最后一个后裔死去,也不要玷污这个家族的荣誉!拿了这柄剑,如果有人攻击你,这柄剑就可以帮你防身。永远不要第一个拔剑;但是要记住:

---

① 萨拉曼卡,西班牙城市,有著名大学及大教堂。

你的祖先没有战胜或者报复以前,是永远不会把剑重新插入剑鞘中的。"

马拉尼亚家族的后代具备了精神上和物质上的武器以后,就骑上马,离开了他的祖屋。

萨拉曼卡大学当时正处在最兴旺发达时期。学生从来没有这么多,教授从来没有那么博学,可是市民也从来没有吃过这些学生这么多的苦头;这些青年飞扬跋扈,傲慢无礼。他们充斥全城,或者可以说是统治全城。他们唱夜曲,奏闹乐,在夜间大肆喧哗,这就是他们的日常生活;为了打破这种单调的生活,他们还不时抢走妇女或者姑娘,或者偷东西,或者打人。唐璜到达萨拉曼卡以后,花了几天工夫把介绍信递交给他父亲的朋友们,拜访老师,游览各个教堂,参观教堂所收藏的圣人遗物。按照他父亲的意愿,他把一笔数目相当巨大的款项交给一个老师,请他发给贫穷的学生。这笔赠与非常成功,马上使他获得了许多朋友。

唐璜有极强烈的学习欲望。他很想用心听老师的话,把一切出自老师之口的话都当作是福音书上的语言;为了不漏掉任何一句说话,他想尽量坐到离讲坛最近的地方。他走进上课的教室,看见有一个位子空着,这个位子是他希望能得到的离老师最近的位子。他就坐了下来。旁边有一个蓬头垢面、衣衫褴褛的学生,——大学里这种学生多的是,那学生挪开盯着书本的眼睛,带着愚笨的惊愕神气望着唐璜,然后用几乎战战兢兢的声调对他说:"你难道不知道这是唐加西亚·纳瓦罗经常坐的座位吗?"

唐璜回答说他只知道是谁先来谁就得座,他看见这个位子空着,认为可以坐下来,尤其是唐加西亚先生又没有关照他的邻座为他保留位子。

那个学生说:"我看出来了,你是新来的,到这儿的时间还不长,因为你不认识唐加西亚。要知道这是一个最……"

说到这里学生压低了声音,仿佛害怕被别的学生听见。

"唐加西亚是一个可怕的人。谁得罪他谁就要倒霉!他没有持久的耐心却有很长的剑。可以肯定的是,有谁如果坐在一个唐加西亚坐过两次的位子上,就完全可以引起一场争吵,因为他很容易生气而且非常敏感。他吵起架来就要动手,一动手就要杀人。我向你提出警告,你认为该怎么办就怎么办吧。"

唐璜觉得非常奇怪,这个唐加西亚给自己保留了最好的位子,却又不准时出席。同时他看见有好几个学生的眼睛都盯着自己,如果他坐了这个位子又走开,这将大大有损于他的自尊心。另一方面,他毫不在乎刚到这里就同人吵架,尤其是同一个像唐加西亚那样似乎非常可怕的人吵架。他正在犹犹豫豫,不知该怎么办才好,而人则始终机械地坐在他原来位子上的时候,一个学生走了进来,一直朝他走去。

"唐加西亚来了。"他的邻座对他说。

这个加西亚是一个宽肩膀的青年,体格健美,面色被太阳晒黑,眼睛十分傲慢,嘴巴充满轻蔑。他穿一件完全磨光了的短褂,原来的颜色可能是黑色,外面罩一件有破洞的斗篷;在这些衣服上面,挂着长长的一条金链。我们知道,在任何时代,萨拉曼卡大学和西班牙别的大学的学生,都以穿得破破烂烂为光荣,大概他们想以此表示一个人的真正价值并不需要财产来做装饰。

唐加西亚走到唐璜还坐着的那张凳子边上,十分客气地向唐

璜行了一个礼,对他说:

"阁下,你在我们中间是新来的,可是我已经熟知你的名字。我们的父亲是好朋友,如果你不嫌弃,他们的儿子也不会不是好朋友。"

他边说边把手伸给唐璜,态度非常友善。料想不到会受到这样接待的唐璜,也连忙还礼,回答他说,能够同他这样一位绅士做朋友,他感到非常光荣。

唐加西亚接着说:"你还不熟悉萨拉曼卡,如果你愿意接受我做你的向导,我很高兴带你去参观一切,把这个你要居住的地方,从最大的东西一直到最小的东西,都带你去看。"然后他向坐在唐璜身边的那个学生说:"喂,佩里科,你以为像你这样一个笨蛋也配坐在唐璜·德·马拉尼亚阁下身边吗?"

一边说,他一边粗暴地推开他,占据了他的位子,学生赶紧让开。

上完课以后,唐加西亚给他的新朋友留下地址,要他答应一定去看他。然后很有风度和亲热地把手一挥,拿他的满是破洞的斗篷优雅地往身上一裹,走了出去。

唐璜胳膊里夹着书,在学校的回廊里停下来,仔细观看那些布满墙上的旧铭文,这时候他看见刚才同他谈过话的学生也走过来,似乎也要观看同样的东西。唐璜向他点了点头,表示认识他,然后准备走出去,学生一把拉住他的斗篷,对他说:

"唐璜阁下,如果你没事儿,你能俯允同我谈一会儿话吗?"

"好的,"唐璜回答,他把身体靠在一根柱子上,"你说吧。"

佩里科不安地向四周张望,仿佛他害怕被人看见,然后走到唐璜身边凑到他的耳边说话；这样小心实在没有必要，因为在他们所在的宽阔的哥德式回廊里，除了他们就没有别人。沉默了一会儿以后，那个学生用很低而且几乎发抖的声音问：

"唐璜阁下，你能不能告诉我，令尊是否真的认识唐加西亚·纳瓦罗的父亲？"

唐璜做了一个表示惊异的动作。

"你刚才不是听见唐加西亚自己说了吗？"

"是的，"学生回答，把声音压得更低一点，"可是你有没有听见令尊说过他认识纳瓦罗阁下呢？"

"当然，听说过，他同他一起跟摩尔人打过仗。"

"很好，可是你听说过这位贵族有……一个儿子吗？"

"说真的，我从来没有十分注意我父亲是怎样说起他的……不过这些问题有什么用？难道唐加西亚不是纳瓦罗阁下的儿子？……他是私生子吗？"

"天老爷在上我没有说过这样的话，"惊骇万状的学生嚷起来，望了望唐璜倚着的柱子背后有没有人，"我只是想问问你，你是否知道人家传说的关于唐加西亚的一件怪事？"

"我一点也不知道。"

"人家说……请注意我只不过重复我听见别人说过的话……人家说，唐迭戈·纳瓦罗有一个儿子，在六七岁的时候，患了重病，这病十分古怪，医生不知道给他服什么药才好。父亲只有他一个儿子，就给好几个圣堂献了无数贡品，又叫病孩去摸圣人的遗物，所有这一切都没有用。他绝望了，有一天，据人家告诉我……有一天,他望着圣米歇尔①的圣像说:'既然你不能够救我的儿子,我倒想看看在你脚下的那一位有没有更大的魔力。'"

"这是最可耻的渎神的话!"唐璜嚷起来,气愤到了极点。

"不久以后孩子就病好了……这个孩子……,就是唐加西亚!"

"因此从那时起唐加西亚就有魔鬼附身了,"唐加西亚哈哈大笑地说,他从旁边的一根柱子后面走出来,看样子他在柱子后面偷听这场谈话已有多时了,"说真的,佩里科,"他用冷酷而鄙夷的口气对那个惊呆了的学生说,"如果你不是一个懦夫,我非得叫你后悔这么大胆地在背后谈论我。——唐璜阁下,"他转过来对马拉尼亚说,"等到我们更熟悉一点以后,你就不会浪费时间去听这种闲话了。好吧,为了给你证明我不是一个恶魔,请费神马上陪我到圣彼埃尔教堂;等到我们敬神完毕以后,我请求你准许我邀请你同几个同学吃一顿便饭。"

他一边说,一边挽起唐璜的胳膊,唐璜在听佩里科讲述这事时被人发觉,未免觉得有些不好意思,就连忙接受了新朋友的建议,以表示他对刚才听到的中伤的话并不十分重视。

走进圣彼埃尔教堂以后,唐璜和唐加西亚跪在一个祭坛前面,祭坛周围跪着一大群信徒。唐璜低声念经;他这样虔诚地低头过了相当时间以后,抬起头来,发觉他的同学还处在敬神到入迷的状态,嘴唇轻轻地动着,可以说他的默祷还没到一半时间。唐璜对自己这么快就结束默祷感到有点害羞,就开始低声念他想得起

---

① 圣米歇尔是天使长,通常他的画像总是画着他脚下踏着魔鬼。

来的祷文。念完以后，唐加西亚还是动也没有动。唐璜于是心不在焉地又念了一些较短的祈祷文；发觉他的同学始终保持不动，他认为他可以向周围张望一下，以消磨时间，同时等待他的同学无休止的祈祷结束。一开头，有三个跪在土耳其地毯上的妇女吸引了他的注意。其中一个从她的年龄，从她戴的眼镜和她头上的帽子宽阔得叫人肃然起敬上看来，只能够是一个保姆。另外两个又年轻又漂亮，眼睛虽然低垂望着念珠，可是还没有低得使人看不见它们长得又大，又亮，形状又美。唐璜很喜欢望着其中一个，喜欢的程度简直使他忘记了他是在一个神圣的地方。他也忘记了他的同学正在祈祷，他拉了拉他的袖子，问他那个拿黄琥珀念珠的姑娘是谁。

加西亚对他这样中途打扰并没有表示气愤，他回答说："她是唐娜特雷莎·德·奥赫达，旁边一个是唐娜福丝塔，她的姐姐，她们俩都是卡斯蒂利亚政务委员会参事官的女儿。我爱上了姐姐，你去爱妹妹吧。你瞧，"他又补充一句，"她们站起来了，要走出教堂了；我们快点赶出去看她们上马车；也许风掀起她们的裙子，我们可以看见她们美丽的大腿呢。"

唐璜对唐娜特雷莎的美貌震惊到了这种程度，连这样一些非常不敬的话他都没有注意到。他站起来跟着唐加西亚走到教堂门口，眼看着两位贵族小姐上了马车，车子驶离教堂广场，转入一条极繁荣的街道。她们走了以后，唐加西亚把帽子深深地横戴在头上，快活地叫喊：

"多可爱的姑娘！在一星期内我如果不能把姐姐弄到手，我宁愿让魔鬼把我带走！你呢，你向妹妹进攻已经有了进展吗？"

"怎么！已经有了进展？"唐璜天真地回答，"我还是第一次看见她呢！"

"这算什么理由！"唐加西亚嚷起来，"你以为我认识福丝塔已经很久了吗？可是今天我递给她一封情书，她心甘情愿地接受了。"

"一封情书？可是我没有看见你写呀！"

"我身上经常带着写好了的情书，只要上面不写名字，就可以送给任何人。只不过要注意不要在眼睛或者头发的颜色上用错了形容词。至于什么叹气呀，眼泪呀，忧虑呀，无论褐色头发或者金黄头发的女子，姑娘或者妇人，都会善意地加以解释的。"

这样谈着谈着，唐加西亚和唐璜走到要在那里吃饭的房子门口。他们吃的是学生的菜饭，数量丰富，质量不够上品，品种也不多。大量的辣味炒菜，咸肉，所有的食物都刺激喉咙使人想喝酒。而且也有大量的芒什和安达卢西亚出产的名酒。有几个学生在等候着他们，这些学生都是唐加西亚的朋友。大家马上入席，在好长一段时间内，没有别的声音，只有嘴巴嚼食的声音和酒杯碰酒瓶的声音。不到一会儿，美酒就使在座的人心情愉快，谈话开始变得热闹起来。谈的无非是决斗、调情和学生的恶作剧。一个说他怎样欺骗他的女房东，在租金到期的前一天搬了家。另一个说他向一个酒商以一位最严肃的神学教授的名义订购了几坛著名的葡萄酒，他巧妙地把酒收下，让那位教授去付款——如果教授愿意付的话。这一个说他打了夜间巡逻队；另一个说他用一条绳梯，不顾一个嫉妒的人所做的种种防范，爬进他的情妇家里。唐璜起初惊异地听着他们谈论这些乱七八糟的事情。慢慢地，他喝下去的酒和同席的人的快活情绪解除了他的拘谨。他们叙述的事情使他哈哈大笑，他甚至于有点妒忌那些同学由于骗人的手法巧妙而获得的名声。他开始忘记他带到大学里来的那些金科玉律，采取了学生的行为准则；这些准则非常简单而且容易遵守，用来对付坏蛋①，一切行为都可以，所谓坏蛋就是没有在大学的注册簿上登记的那一部分人。大学生在坏蛋中间就像是身处敌国，他们有权用一切行动对付坏蛋，就像希伯来人有权对付迦南人②一样。可惜市长先生对大学的神圣法律不甚尊敬，总是寻找机会来损害这些神圣法律的信徒，因此他们必须像兄弟般团结，互相帮助，尤其要互相保守神圣的秘密。

这场富有启发性的谈话一直延长到瓶瓶酒都喝光为止。等到酒都喝光以后，所有的判断力也都古怪地变得糊涂了，每个人只是拼命想睡。太阳还在猛烈地照射，大家就散伙了，各人自去睡午觉；唐璜同意在唐加西亚家里睡觉。他刚在一张皮褥上躺下，疲劳和酒意就使他熟睡了。他做了很长时间的梦，这些梦又古怪又迷糊，使得他只是模糊地感觉不适，而不能明确地知道造成不适的原因是哪一种形象或者观念。慢慢地，如果我们可以这样说的话，他开始在梦境里看得比较清楚了，他的思想也有了连贯性。他觉得自己是在一条大河上的一叶孤舟里，这条河比他在冬天见过的瓜达尔基维尔河宽，河水浪涛起伏。孤舟上既没有帆，又没有桨，也没有舵，河岸上阒无一人。河水把小船摇晃得那么厉害，

---

① 原文是西班牙文。
② 希伯来人是犹太人，迦南人是巴勒斯坦的非犹太族居民。

使他觉得有点不适；他觉得他好像在瓜达尔基维尔河的入口，正处在塞维利亚的那些闲游者到加的斯去开始感觉晕船的时候。过了一会儿，他到了河岸比较狭窄的地方，两边的距离那么近，使他可以看见两岸，并且使两岸听见他的声音。这时候，两岸同时出现了两个发亮的人像，各自向他靠近，仿佛要来救他似的。他先把头转向右边，看见一个面孔严肃而庄重的老头儿，赤着脚，全身只穿一件满是荆棘的短褂。他仿佛把手伸向唐璜。唐璜再把头转向左边，看见一个女人，身材高大，面孔十分高贵和迷人，手上拿着一个花冠，她把花冠献给他。同时他发觉他的小船可以不需要桨，能够随他的意志要驶向哪里就驶向哪里。他正要向女人那边靠岸，右岸忽然发出一声喊声，使他回过头来，靠近右岸。老头儿的神气变得比以前更加严峻。只见他浑身上下布满伤痕，皮肤苍白，到处都有血疤。他一只手拿着一只荆棘冠，另一只手拿着一条嵌着铁钉的鞭子。看见这个景象，唐璜害怕极了，他赶快回到左岸来。刚才使他十分着迷的女人还在那里，她的头发迎风飘拂，眼睛里闪耀着异常的火光，她手里拿着的不再是花冠，而是一柄剑。唐璜在上岸以前停留了一会儿，这时候他仔细观看，发现剑锋上染满鲜红的血，那个美女的手上也染红了血。他惊骇万分，吓了一跳，醒了。张开眼睛，他看见离床两步远的地方有一柄闪闪亮的出了鞘的剑，禁不住大喊一声。可是拿着剑的并不是一个美女。唐加西亚正要去叫醒他的朋友，看见床边有一柄剑，镶工很特别，他就带着行家的神气加以仔细观察。在剑锋上有这样的铭记："保持忠诚"。剑柄我们已经说过，刻有马拉尼亚的家徽、姓名和铭记。

"你有一柄好宝剑,我的同学,"唐加西亚说,"现在你休息好了吧。——夜晚到了,我们去散会步吧;等到这座城的老实人都回了家,如果你愿意的话,我们就去给我们的女神唱夜曲。"

唐璜和唐加西亚沿着托尔姆斯河岸溜达了相当时候,瞧着来往的妇女,她们有些来乘风凉,有些来偷看情人。慢慢地散步的人越来越少,后来一个也不见了。

"现在是时候了,"唐加西亚说,"现在全城变成学生的世界了。坏蛋们不敢打扰我们的天真的娱乐。至于夜巡队,如果不幸我们同他们发生纠纷,用不着我说你也知道他们是一群混蛋,不能放过他们。要是这群混蛋人数过多,我们不能不拔脚逃走的话,请你放心,我熟悉所有转弯抹角的路,你只要跟着我走就行了,你可以相信一切都会顺利的。"

一边说,他一边把他的斗篷往左肩上一披,遮住了他大半个脸,只留下右臂自由自在。唐璜也照着这样做,他们俩一起向唐娜福丝塔和她妹妹住的街道走去。经过一座教堂的拱门时,唐加西亚吹了一下口哨,他的侍童立刻拿了一只吉他走了出来。唐加西亚接过吉他,把侍童打发走了。

"我看出来了,"唐璜走进伐拉多里街时说,"我看出你想叫我为你歌唱夜曲做保镖;请相信我一定做到不辜负你的期望。如果我不能够守住一条街,对抗那些来找麻烦的人,我的故乡塞维利亚就要不认我了!"

"我并不想把你当作哨兵似的安插在这里,"唐加西亚回答,"我在这儿有我的爱情,你在这儿也有你的。各人有各人的目标。嘘!就是这所房子。你守住这扇百叶窗,我守住那一扇,注意!"

唐加西亚调准了吉他的音调，开始用相当动听的歌喉来唱一首情歌，这首情歌跟通常的情歌一样，有眼泪呀，叹息呀，等等。我不知道是不是他自己写的。

唱到第三或者第四首圆舞曲的时候，两个窗户的百叶窗都稍为往上抬了一下，还发出了一两声轻微的咳嗽。这就是说有人在倾听。据说，音乐家除非受人敦请或者有人倾听，是不会演奏的。唐加西亚把吉他放在一块界石上，开始低声同倾听歌声的一个女子谈起话来。

唐璜抬起眼睛，看见他头上的窗口有一个女子好像在仔细打量他。他毫不怀疑她就是唐娜福丝塔的妹妹，是合他口味，也是他朋友代他挑选的，他理想中的姑娘。可是他还很害羞，又没有经验，不知道从什么地方下手才好。突然一条手帕从窗口上掉下来，一个温柔的声音小声地喊：

"啊！天哪！我的手帕掉下去了！"

唐璜马上把手帕捡起来，把它放在剑尖上，一直递到窗口上头。这是开始攀谈的一种方法。女子的声音开始向他表示感谢，然后问这位彬彬有礼的绅士阁下是否今天早上在圣彼埃尔教堂的那位。唐璜回答说他去过教堂，回来以后心神不定。

——"怎么会的？"——"因为看见了你。"

开始解冻了。唐璜是塞维利亚人，对所有摩尔人的故事了如指掌，而在这些故事里爱情的词句是十分丰富的。因此他难免要滔滔不绝一番。谈话继续了大约一个钟头。最后特雷莎喊起来说她听见父亲来了，要走了。两个情人一直等到他们看见两只白皙的小手伸出百叶窗，每人扔给他们一枝素馨花，才离开那条街道。

唐璜回去睡觉，脑子里充满甜蜜的形象。至于唐加西亚，他走进了一家酒馆，在那里消磨了大半夜。

第二天，叹气和夜曲又开始了。以后几晚也是这样。经过适当的抗拒以后，两位小姐同意和他们交换发环，做法是用一根线把她们的发环吊下来，然后将他们的交换证物拉上去。唐加西亚不满足于这个微小的成就，他提到要利用绳梯或者仿造钥匙；她们认为他过于大胆，他的建议即使没有被拒绝，至少也是被无限期地延迟执行了。

唐璜和唐加西亚在他们的情人的窗下唧唧哝哝大约有一个月了，可是收效甚微。有一个漆黑的夜晚，他们又站在通常的位子上，谈话继续了相当时候，交谈的各方都感到满意，这时街角上突然出现了七八个穿斗篷的人，一半人手里都拿着乐器。

"天呀！"特雷莎嚷起来，"唐克里斯托瓦来给我们唱夜曲了。为了天主的爱，你们快走吧，否则就有不幸发生了。"

"这么好的位子我们是不会让给任何人的，"唐加西亚嚷道，同时提高了嗓子：——"绅士，"他对头一个前来的人说，"这地方已有人占了，这两位小姐并不在乎你们的音乐；因此，请吧，请到别的地方去碰运气吧。"

"这是一个下贱的学生想阻止我们通过！"唐克里斯托瓦喊道，"我要教训他一顿，让他知道同我爱上的人说话要付出什么代价！"他一边说，一边拔剑在手。同时，他的两个伙伴的剑也亮闪闪地出了鞘。唐加西亚用令人惊佩的速度，把他的斗篷裹在胳膊上，拔剑在手，嘴里嚷着：

"学生们，来帮我！"可是周围没有一个学生。那些音乐家们大概是害怕乐器会在打架中损坏，都逃走了，嘴里呼喊着司法人员，而在窗口的两个女人则向天国所有的圣人祈祷求救。

唐璜所在的窗口离唐克里斯托瓦最近，因此一开始就要同他交锋。对手非常灵活，而且他的左手拿着一只铁盾，可以用来防御，而唐璜则只有他的剑和他的斗篷。他被唐克里斯托瓦逼得很紧，恰好在这个时候他想起他的剑术教师乌贝蒂的一下猝然的攻击。他垂下左手，右手则把剑从唐克里斯托瓦的盾下飞滑过去，一直插进他的肋骨间，用力之猛，插进一罗马古尺①剑就断了。唐克里斯托瓦喊叫一声，倒在血泊中。眼前这一切发生之快，超过口述，同时，唐加西亚也非常成功地抵挡住他的两个敌手，这两个人一看见他们的领袖倒在石板地上，就飞快地逃走了。

"现在我们逃走吧，"唐加西亚说，"已经不是玩乐的时候了。再见吧，我的美人们！"

他拉着唐璜就走，唐璜对于自己的成就非常惊愕。走到离开房子二十步远，唐加西亚停下来问他的同伴那柄剑怎样了。

"我的剑？"唐璜说，这时他才发觉自己手里已经没拿着剑……"我不知道……我大概脱手了。"

"见鬼！"唐加西亚叫喊，"你的姓名还刻在剑柄上！"

这时候已经有人拿着火把从邻近的房屋里走出来，围着死者观看。街的另一端，一群拿着武器的人很快地走过来。这很明显，是一队夜巡队被音乐家们的喊声和格斗的声音招引过来了。

---

① 罗马古尺，分大尺与小尺两种：大尺等于零点二二五米，小尺等于零点零二九米。

唐加西亚把帽子拉下盖到眼睛，用斗篷遮盖住脸的下部，以防别人把他认出，然后冒着危险，冲向人群，想找到那柄显然能使人认出犯罪人的剑。唐璜看见他左攻右打，弄灭火把，推倒一切挡住他去路的人。过了一会儿，他重新出现，两手各执一柄剑，拼着命奔跑过来，所有夜巡队都在后面追赶他。

"啊！唐加西亚，"唐璜接过唐加西亚递给他的剑，嘴里嚷道，"我多么感谢你啊！"

"逃吧！逃吧！"加西亚叫喊，"跟我来，如果这些浑蛋中有人逼得你太紧，你就用剑戳他，就像你刚才对付那个人一样。"

于是两个人使出他们的全部天然气力飞奔，再加上他们害怕市长先生而产生的气力；在学生们眼中，这位官员比强盗更可怕。

唐加西亚熟悉萨拉曼卡如同他熟悉祈祷经文上的第一个字一样，他非常灵巧地在街角上七弯八转，窜进狭小的胡同。他的同伴是个新手，费了很大的劲才跟得上他。他们开始累得喘起气来，这时候在一个街角上他们遇见了一群学生，这班学生奏着吉他在街上一边闲荡一边唱歌。他们一看见有两个同学被追赶，马上找了石块、木棍和各种可能找到的武器。气喘吁吁的巡警们认为在这里遇见了埋伏，打起来不合适，就谨慎地退了回去，于是两个罪犯走到邻近一个教堂里躲避和休息。

在大门口，唐璜想把剑插入剑鞘，他认为手里拿武器进入上帝的殿堂不太合适，也不是一个基督徒所应做的。可是剑鞘拒绝接纳那柄剑，剑尖花了很大气力才能放进去；总之，他认出他手里拿着的剑不是他自己的；唐加西亚在匆忙中抓了地上的第一柄剑就走，其实这是死者或者死者一个手下人的剑。这件事很严重；

唐璜告诉了他的朋友，他已经学会了把他的朋友看作是能出好主意的人。

唐加西亚皱起眉头，咬紧嘴唇，绞扭着帽子边沿，在那里来回踱步，而唐璜正为着自己恼人的发现而茫然若失，心里既不安又悔恨。唐加西亚思索了一刻钟，在这段时间里，他很知趣，没有说过一次："为什么你要扔下你的剑呢？"他抓住唐璜的胳膊对他说：

"你跟我来，你的事情我有办法了。"

这时候一个教士从教堂的圣器安置室走出来，正要走到街上去；唐加西亚把他拦住了。

"阁下莫非就是很有学问的戈麦斯学士？"他深深地鞠躬对他说。

"我还不是学士，"教士回答，显然由于被称为学士而感到高兴，"我的名字是曼努埃尔·托多亚，愿为阁下效劳。"

"神父，"唐加西亚说，"你刚好是我要找的人，我要跟你谈话，是关于宗教上的一个疑难问题要解决；如果你的名声我没有弄错的话，你就是那本著名的《良心疑难问题》的作者，是吗？这本书在马德里轰动一时呢。"

教士心甘情愿地犯了虚荣罪，支支吾吾地回答说他不是本书的作者（老实说，这本书从来没有存在过），不过他向来是经管这类事情的。唐加西亚有他的理由不顾神父怎么说，他继续说下去：

"神父，我用简单几句话把我要征求你意见的事情告诉你。我的一个朋友，就在今天，不到一小时以前，在马路上见到一个人向他走过来，对他说：'绅士，我在离开这儿两步远的地方决斗，我的对手有一柄剑比我的剑长,请你把你的剑借给我,使得双方的武器相等。'于是我的朋友同他交换了剑。我的朋友待在街角里等待决斗结束。等到他再也听不见击剑的铿铮声以后,他走过去;他看见什么?看见一个人死在地上,身上插着他借出的剑。从这时候起他就感到绝望,埋怨自己不该那么好说话,他害怕犯了大罪。我倒是安慰他,我认为是小罪,因为他如果不把剑借出去,他就要造成两个人用不相等的武器决斗。你的意见怎样,神父?你不同意我的意见吗?"

这个神父是一个刚开始学习决疑神学①的教士,他很注意地倾听了这个故事以后,用手在额头上搓来搓去,仿佛一个人正在搜索枯肠要找出一句语录来一样。唐璜不知道唐加西亚要达到什么目的,只好在旁一声不响,害怕自己多嘴反而会弄坏了事。

"神父,"加西亚继续说,"这个问题一定是很棘手的,就连像你这样有学问的人也犹疑不决。如果你愿意,我们明天再来听你的回音。现在,我求你,请你自己主持或叫人主持几台弥撒去超度死者的灵魂。"

他一边说,一边放了两三个金币在教士的手上,这就使得教士对这两个年轻人非常有好感,这两个年轻人又虔诚,良心又好,尤其还十分慷慨。他向他们保证,第二天在同一地点,他要给他们一个书面答复。唐加西亚谢了又谢;然后他用无所谓的口气加上一句,仿佛他说的是一句无足轻重的话:"只要司法当局不认为

---

① 决疑神学是专门引用基督教教义或者理智来替人解决宗教上或道德上的疑难问题的神学。

我们要对那个人的死亡负责就好了！我们希望依靠你来使天主宽恕我们。"

"至于司法当局，"教士说，"你们用不着害怕。你的朋友只不过把剑借给他，在法律上不负同犯的责任。"

"对的，神父，可是杀人犯已经逃走。人家检查伤口，也许会发现染满了鲜血的剑……我怎能猜得到呢？据人家说，司法界的人是非常可怕的。"

"可是，"教士说，"你不是亲眼看见那柄剑是借出去的吗？"

"当然啦，"唐加西亚说，"我可以在所有王家法庭上肯定这一点。何况，"他用最富有暗示性的口吻继续说，"你，我的神父，你也可以出庭证明事实真相。我们在事情没有发觉之前很久就来找你，请你给我们一些宗教上的忠告。你甚至可以证明交换过剑……这儿就是证明。"于是他拿起了唐璜的剑。

"请你看看这柄剑，"他说，"它同剑鞘多么不配！"

教士点了点头，像一个人对人家给他讲的故事的真实性完全相信似的。他默默无言地掂了掂手里金币的分量，发觉这些金币永远是有利于两个青年人的无可反驳的理由。

"还有一点，神父，"唐加西亚用十分虔诚的口吻说，"司法对我们有什么关系？我们主要的是要求上天宽恕我们。"

"明儿见，孩子们。"教士一边说一边走开。

"明儿见，"唐加西亚回答，"我们吻你的手，我们完全信赖你了。"

教士走了以后，唐加西亚快活得跳起来。

"圣物沽卖①万岁!"他叫起来,"这么一来,我们的处境可以略为改善了。如果司法当局来找你麻烦,这位善良的神父,为了他到手的金币和他希望从我们这里再取得的金币,已经准备证明我们同那位你刚送上西天的绅士之死丝毫没有关系,我们清白得像初生的婴孩一样。现在你回家去吧,不过随时要警惕着,不确实知道是谁不要打开大门;至于我,我到城里到处溜溜,打听打听消息。"

唐璜回到自己的屋里,和衣倒在床上。他一夜没有合眼,一心想着他犯下的杀人罪,尤其想着可能带来的后果。每次他听见街上有男人的脚步声,他总以为是司法当局来逮捕他。可是,由于他很疲倦,参加了一顿学生聚餐使他的脑袋还是昏昏沉沉的,等到太阳升起来的时候他就睡着了。

他休息了好几个钟头,他的仆人走来叫醒他,对他说有一个蒙了面纱的女子想同他说话。话音未落一个女子已经走进了房间。她从头到脚裹着一件黑斗篷,只露出一只眼睛。她把这只眼睛先转向仆人,然后转向唐璜,仿佛要跟唐璜单独谈话。仆人马上走了出去。女子坐下来,用那只眼睛凝视着唐璜。沉默了一阵以后,她开口说出了下面的一番话:

"绅士阁下,我到你这儿来可能使你惊讶,你一定对我有不好的看法;可是如果你知道了我到这儿来的动机,你就不会责备我了。你昨天同本城的一位绅士决斗……"

"我?女士!"唐璜脸色发白,嚷起来,"我没有离开过这间

---

① 圣物沽卖指宗教上的圣事如恕罪、逐出教门等可以用世俗的价钱收买得来。

房间……"

"同我装假没有什么用,我应该给你做出一个坦率的榜样。"

这样说着的时候,她揭开斗篷,唐璜认出她就是唐娜特雷莎。

"唐璜阁下,"她红着脸继续说,"我应该向你承认你的勇敢使我对你关心到了极点。尽管我心情烦恼,我看见了你的剑折断,你把它扔在我家门口附近。等到大家围着伤者的时候,我走下楼去捡起了那把剑柄。仔细观察,我看见了你的名字,我立刻明白如果剑柄落到你的仇人手里,你就会有危险。我把它拿到这儿来,很高兴能够把它还给你。"

唐璜理所当然地跪了下来,对她说她救了他的性命,可是她白把剑柄送回来了,因为她仍然要使他死于爱情。唐娜特雷莎很忙,她想马上就走,然而她很喜欢听唐璜说话,使她下不了回家的决心。这样大约过了一个钟头,其间充满了山盟海誓,亲吻手指,一方是不断恳求,另一方是半推半就。突然间唐加西亚走了进来,打断了这场密谈。唐加西亚并不是一个容易大惊小怪的人。他第一件想到的是安慰特雷莎。他高度赞扬她的勇气,她的冷静沉着,最后他请求她在她姐姐面前多说几句好话,使他能够受到更热情的接待。唐娜特雷莎对他的要求一一答应了,然后严严密密地裹住斗篷,答应当天傍晚同她姐姐到她指定的散步场所后就走了。

"我们的事看来很幸运,"两个年轻人在一起的时候唐加西亚马上说,"没有人怀疑你。市长最恨我,我很荣幸,他一开始就想到了我。他说,他确信是我杀死了唐克里斯托瓦。你知道什么又使他改变了看法吗?这是因为有人对他说,我整个晚上都同你在一起；而你，我的亲爱的，你享有极大的圣人的名声，以至可以让别人沾你名声的光。不管怎样，人家没有想到是我们。这个勇敢的小特雷莎所玩弄的把戏保证了我们将来的安全；因此我们不要再想这件事了，只管想着去玩吧。"

"啊！加西亚，"唐璜懊丧地叹息说，"杀了一个同类总是一件十分令人不快的事啊！"

"还有更令人不快的事呢，"唐加西亚回答，"那就是我们被我们的一个同类杀死；而超过这两件不快的事的还有第三件事，那就是过了一整天还没有吃晚饭。因此我今天请你同几个快活的小伙子一起吃晚饭，他们一定很高兴看见你。"说完这些话，他就走了出去。

爱情早已给了我们主角的悔恨心情以很大的安慰，虚荣心更进一步把悔恨心情完全消灭了。在加西亚家里同桌吃饭的大学生们都从加西亚嘴里知道真正杀害唐克里斯托瓦的是谁，这个克里斯托瓦是一个以勇敢和敏捷而著名的骑士，大学生们都怕他；因此他的死只能激起他们的快活情绪，他的敌手得到了无数赞美之词。照他们说，他是大学的光荣，大学的花朵，大学的臂膀。大家热情地为他的健康干杯，一个从穆尔西亚[①]来的学生即席赋了一首十四行诗来歌颂他，在诗中把他比作熙德和贝尔纳多·德尔·卡尔皮奥。吃完饭以后，唐璜心里还觉得有点沉重；可是如果他有能力使唐克里斯托瓦复活的话，他会不会使用这种能力还值得怀疑，因为他怕这个复活会使他在萨拉曼卡大学所获得的尊

---

① 穆尔西亚是西班牙南部的一个城市。

敬和名声都丧失殆尽。

黄昏到了,男女双方都准时到达约会地点,就在托尔姆斯河畔。唐娜特雷莎握住唐璜的手(那时候还不时行用胳膊挽着妇女),唐娜福丝塔握住唐加西亚的手。散步了几圈以后,两对情人十分满意地分手,互相约定以后决不错过任何再见的机会。

离开两姊妹以后,他们遇见了几个波希米亚妇女正拿着小手鼓在一群学生中间跳舞。他们也参加进去。唐加西亚看中了几个舞女,决定带她们去吃宵夜。这个建议提出来后马上被接受了。唐璜以忠实的阿卡特身份[1],也同他们一起去。一个波希米亚女子说他像一个新修行的僧人,他认为受到侮辱,就装出无所不干的样子,以便证明这个绰号对他不合适:他骂娘,跳舞,赌钱,一个人喝了两个二年级学生所能喝的酒。

午夜过后,费了好大的劲才把他送回家,他不仅酒醉过度,而且像发了疯似的,想放火烧毁萨拉曼卡,又要喝干托尔姆斯河的水,以阻止人们救火。

就这样唐璜逐渐把天生的和后天教育所取得的好品质一件一件地丧失掉。受唐加西亚的指导在萨拉曼卡住了三个月以后,他已完全把可怜的特雷莎勾引到手;他的同学比他早八到十天也得到了姐姐。起初唐璜很爱他的情妇,他像一个在他年龄的孩子初次得到情妇那样爱她,可是唐加西亚毫不费力地向他证明守贞不变只是一种空想的道德;而且,在大学的放荡生活中,如果他的行为同别的同学不一样,他就会损害特雷莎的名誉。因为,他说,

---

[1] 见前第一四二页注。

只有那些怀有非常强烈的爱情并且感到满意的人才能满足于只占有一个女人。何况同唐璜来往的都是坏人，他们不让唐璜有一分钟的休息。他很少在教室里出现，偶然出现，也由于隔夜不眠和生活放荡使他无法支持，即使是最有名望的教授讲授的最精彩的课，他也昏昏欲睡。相反，在散步时他总是头一个到，最后一个走，他经常在特雷莎不能同他在一起的夜晚，在酒馆里或者在更糟的地方度过。

一天早上他收到这个女子给他的一张便条，告诉他晚上不能到约定的地点来。因为一位年老的女眷刚到达萨拉曼卡，家里人把特雷莎的房间让给她住，叫特雷莎住到她母亲的房间里去。这件不愉快的事对唐璜影响不大，因为他有办法消磨他的夜晚。等到他拟好计划，走到街上去的时候，一个蒙着面纱的女人交给他一张便条，那是唐娜特雷莎写来的。她找到方法另外弄了一间房间，同她的姐姐安排好了约会地点。唐璜把信交给唐加西亚看。他们犹豫了半晌，然后，不自觉地，仿佛由于习惯，他们爬上了他们情妇的阳台。

唐娜特雷莎在胸部有一颗相当明显的黑痣。她第一次让唐璜瞧这颗黑痣的时候，对唐璜来说这是极大的恩典。在相当长时期内唐璜一直把这颗黑痣视为世界上最可爱的东西。有时他把它比作一朵紫罗兰，有时比作一朵秋牡丹，有时比作紫花苜蓿。实际上这是一颗很好看的痣；可是过了不久，由于看得多了，他就觉得那颗痣并不好看了。他叹着气对自己说："这不过是一个大黑点，不是别的什么。它长在那里真讨厌。说真的，这真像一块血痂。让黑痣见鬼去吧！"有一天，他甚至问特雷莎有没有问过医生用什么方法可以除掉这颗痣。可怜的姑娘脸红一直红到眼白，回答说，除了他以外，没有别的男子看见过这颗痣；而且她的保姆常常告诉她说这种痣会带来幸福。

我说的那天晚上，唐璜到达约会地点时心情很不好，他又看见了那颗痣，他觉得那颗痣比平时更大。——"真像是一只大老鼠的标记，"他一边看着那颗痣一边心想，"实际上这是一个怪东西！就像该隐①身上受了刑罚的标志一样。我有这样一个女人做情妇真是见鬼。"——他感觉不愉快到了极点。他无缘无故地同可怜的特雷莎吵嘴，把她弄哭了，快到天亮时分没有抱吻就离开了她。唐加西亚同他一起走出来，他们默默无言地走了相当时候，然后突然停了下来。

唐加西亚对他说："唐璜，你得承认我们今晚无聊得要死。尤其是我，更觉得腻味，我真想一劳永逸地同这位公主分手拉倒！"

"你错了，"唐璜说，"福丝塔是一个可爱的姑娘，白皙得像只天鹅，而且她总是脾气很好。何况她又非常爱你！说真的，你非常幸福。"

"白皙是个优点，我承认她很白皙。可是她脸上没有一点血色，在她妹妹旁边，她像是猫头鹰在鸽子旁边一样。你才是真正幸福的人。"

"是这样，"唐璜回答，"那个小姑娘相当可爱，可是她是一个孩子。跟她根本不能好好地谈话。她满脑子都是些骑士小说，她

---

① 根据《圣经》，该隐是亚当和夏娃的长子，因妒忌杀害了他的弟弟亚伯，被上帝在额头上刻下了谴责的记号。

对爱情有些最荒诞的想法。你简直想象不出她所提出的要求。"

"这是因为你太年轻了，唐璜，你不知道怎样训练你的情妇。你瞧，一个女人就跟一匹马一样，如果你让她染上了坏习惯，如果你不能把她那种你永远不宽恕的任性行为压服，你就永远不能从她身上得到什么收获。"

"唐加西亚，告诉我，你是不是对待你的情妇就跟对待马儿一样？你常常用鞭子叫她们放弃她们的任性行为吗？"

"很少，我太善良了。听我说，唐璜，你愿意把你的特雷莎转让给我吗？我答应你只要过半个月，保险她跟手套一样柔软。作为交换，我把福丝塔送给你。你还要报酬吗？"

"这笔交易很合我的口味，"唐璜微笑着说，"只要这两位小姐答应就行。可是唐娜福丝塔永远也不肯把你让出来。这样交换她太吃亏了。"

"你太谦虚了，可是请你放心。昨天我把她激怒到这样程度，使得任何一个人同我比较都像一个光明的天使在一个罪人旁边一样。唐璜，"唐加西亚继续说，"你知道我是在说正经话吗？"唐璜看见他朋友一脸严肃的样子，说出这些想入非非的话来，不禁笑不可抑。

这场有启发性的谈话被几个学生的到来打断了，他们把两位朋友的思想引到别的方面。可是黄昏来临以后，两个朋友坐在一瓶蒙蒂利亚酒前面，旁边还放着一篮子巴伦西亚的橡实，唐加西亚又开始抱怨他的情妇。他刚收到福丝塔的一封信，信里写满了柔情蜜意的话语和温和婉转的指责，通过这些话语可以看出她的乐观天性和她习惯于抓住任何事情的可笑方面。

"瞧，"唐加西亚把信交给唐璜，他十分厌倦地打着呵欠，"念念这封美丽的信。今晚又是一个约会！我宁愿下地狱也不愿去！"

唐璜念了信，觉得这封信写得非常讨人喜欢。

"说真的，"他说，"如果我有一个像这样的情妇，我的全部学业就是怎样使她幸福。"

"你就要了她吧，亲爱的，"唐加西亚嚷起来，"你就要了她吧，满足你的梦想吧。我把我的权利都给你。我们还可以做得更周到一点，"他站起来又补充一句，仿佛他突然产生了一个想法，"我们来赌我们的情妇吧。这儿是纸牌。赌一场西班牙纸牌吧。唐娜福丝塔是我的赌注；你，你就把唐娜特雷莎放到赌桌上。"

唐璜对他同学的疯狂建议笑得眼泪都流出来了，他拿起纸牌就洗起来。虽然他几乎是心不在焉地玩牌，他还是赢了。唐加西亚对他赌输了丝毫不感到痛心，只问赌据应如何写法；他写了一张类似本票的东西，付款人是唐娜福丝塔，他请她任由持票人加以处置，完全像是他写一张便条给他的管家，叫他把一百个金币给他的一个债权人一样。

唐璜始终笑着，建议给他一个翻本的机会。唐加西亚拒绝了。他说："如果你有一点勇气，你就穿上我的斗篷，到那扇你熟悉的小门里去。你只找得到福丝塔，因为特雷莎不在等你。你一句话也不要说，跟着她走；到了她的房间里，很可能她开始觉得很惊异，甚至会流下一两滴眼泪，可是这一切都阻挡不了你。你可以肯定她不敢叫喊。那时候你再把我的便条给她看；对她说我是一个十恶不赦的罪人，是个禽兽，随你爱说我是什么就什么；并对她说她可以很容易、很快地进行报复，而这个报复，她一定会觉得是很甜蜜的。"

加西亚每说一句话，魔鬼就深入唐璜心中一步，并且对他说，到目前为止，他认为是毫无目的的开玩笑，可能对他有十分愉快的结局。他不笑了，快活的红晕开始升上他的额头。

他说："我要是有把握叫福丝塔答应这个交换的话……"

"她肯定答应！"那个浪子叫喊，"你真是初出茅庐的新手，我的同学，你居然相信一个女人会在一个六个月的情郎和一个一天的情郎之间犹豫吗？去吧，明天你们俩都会向我道谢的，这一点我毫不怀疑，我要求你的唯一报酬，就是准许我追求特雷莎，以补偿我的损失。"

然后，看见唐璜已经快被说服，他又对他说："你下决心吧，因为我今天晚上不想见福丝塔；如果你不愿意，我就把便条交给胖子法德里克，那他就交了好运。"

"真的，管他发生什么！"唐璜喊道，一手抓过那张便条；为了增加勇气，他一口气喝干了一大杯蒙蒂利亚酒。

时间快到了。唐璜还有一点良心上的不安，他一杯又一杯地喝酒，以麻醉自己。最后钟响了。唐加西亚把自己的斗篷扔到唐璜肩上，一直带他走到他的情妇的门口；然后，他发出约定的信号，向唐璜说了声晚安，就走开了，对于他刚才做过的坏事丝毫不感到后悔。

门马上就打开了。唐娜福丝塔已经等了相当时候。

"是你吗，唐加西亚？"她轻声问。

"是我。"唐璜用更加轻的声音回答，宽大的斗篷的皱褶遮住他的脸。他走了进去，门重新关上，唐璜开始同他的领路人登上一条黑暗的楼梯。

"拉着我的头巾，"她说，"尽量轻地跟着我走。"

不到几分钟他就走进了福丝塔的房间。只有一盏灯在那里发出亮光。起初唐璜不敢脱下斗篷和帽子，站在那里，背靠着门，不敢露出真面目。唐娜福丝塔默默无言地端详了他半晌，然后突然向他伸出臂膀朝他走去。唐璜这时卸下斗篷，模仿着她的动作。

"怎么！是你，唐璜阁下？"她喊起来，"难道唐加西亚病了吗？"

"病了？没有，"唐璜说，"……不过他不能来。他派我到你身边来。"

"啊！我真生气！可是，告诉我，不是因为有另外一个女人不让他来吧？"

"你知道他生活很放荡吗？……"

"我的妹妹一定很高兴看见你！可怜的孩子！她以为你不来了……让我过去，我去通知她。"

"用不着了。"

"你的神气很奇怪，唐璜……你大概要告诉我一个坏消息吧……说吧，唐加西亚遭到不幸了吗？"

为了免得做一个尴尬的回答，唐璜把唐加西亚的那张可耻的便条递给可怜的姑娘。她急急忙忙地念了一遍。起初她没有看懂；她再念一遍，简直不相信自己的眼睛。唐璜聚精会神地观察她，看见她时而揩拭额角，时而搓擦眼睛；她的双唇哆嗦着，脸上像死人一般苍白，她不得不用两只手拿着那张便条，以免它掉落地下。最后，经过绝望的挣扎，她站了起来，大声说：

"这一切都是假的！这是可恶的伪造品！唐加西亚从来没有写过这便条！"

唐璜回答：

"你认识他的笔迹。他不知道他拥有的宝贝有多大的价值，……至于我，我接受了，因为我爱你。"

她向他投去一道极度鄙夷的眼光，又开始念那封信，她集中注意力，像个律师怀疑一件伪造文书一样。她的眼睛无限睁大，紧紧盯在那张便条上。不时有一大滴泪珠夺眶而出，她眨也没有眨眼皮，眼泪就沿着两颊直流。猛然间她像个疯子般地笑起来，叫嚷着：

"这是开玩笑，对吗？这是开玩笑？唐加西亚在这里，他要来了！……"

"这不是开玩笑，唐娜福丝塔。我对你的爱情再真也没有了。如果你不相信我，对我就是极大的不幸。"

"卑鄙！"唐娜福丝塔大声说，"如果你说的是真话，你就是比唐加西亚更坏的坏蛋。"

"爱情可以原谅一切，美丽的福丝塔。唐加西亚放弃了你，你接受我来安慰你吧。我看见这个镜框里画着巴克科斯和阿里阿德涅①，就让我做你的巴克科斯吧。"

她一句话也不说，抓起桌上的一把刀子，高高举在头上，向

---

① 根据希腊神话，阿里阿德涅爱上了提修斯，在迷宫中用绳子把提修斯引出迷宫。但是后来提修斯变心，将阿里阿德涅遗弃在一个小岛中，一说阿里阿德涅从岩石上投海而死，另一说她接受了巴克科斯的安慰。

唐璜走过来。唐璜见了她这般举动，便抓住她的胳膊，毫不费劲就解除了她的武装；他认为他有权利惩罚一下她的初步敌对行为，就吻了她三四次，而且想把她拖到一张小长躺椅那里去。唐娜福丝塔是一个弱不禁风的女子，可是愤怒给了她力量，她尽力抵抗唐璜，有时攀着家具，有时用手、脚和牙齿来抵抗。起初唐璜被打了几下还是笑眯眯的，可是不久他心里的愤怒就跟爱情一样强烈。他猛力捏紧福丝塔，再也不怕弄伤她那细嫩的皮肤。他已经变成一个激怒的斗士，无论花任何代价都要战胜他的对手，如果必要，他准备把她掐死来使她屈服。这时候福丝塔只能够求助于她所剩下的最后一着了。到目前为止，女子害羞的心理阻止她呼喊求救，可是，眼看着要被战胜，她就把她求救的喊声响彻了整幢屋子。

唐璜感觉到现在问题已经不是他能不能占有他的牺牲者，而是他首先要想到他自己的安全。他想推开福丝塔夺门而出，可是她紧紧抓住他的衣服，他没法子摆脱她。同时已经听得见打开房门的惊动声，脚步声和人声也越来越近，一分钟也不能耽误了。他拼命想把唐娜福丝塔远远地摔开；可是她用那么大的气力抓住他的短裤，使得他同她就地转了一个身，除了同她换了一个位置以外，丝毫没有效果。福丝塔那时靠近门，门是向里开的。她继续狂喊。这时候门打开了，一个男人手里拿着火枪在门口出现。他不由得惊叫一声，马上枪响。灯熄灭掉，唐璜觉得唐娜福丝塔的手松开了，又觉得有一种又热又会流动的东西流到他的手上。她跌倒或者不如说她滑倒在地板上，子弹打穿了她的背脊骨；她的父亲没有打死她的诱拐者，却打死了她。唐璜觉得自己自由了，便在火枪的硝烟中冲向楼梯。起初他被父亲的枪柄打了一下,又被追赶他的侍从刺了一剑。可是这两者给他的伤害都不严重。他手里握着剑,设法打开一条通路,而且要把侍从手中的火把弄灭。侍从看见他的神气这么坚决,害怕得向后退缩。可是唐阿隆索·德·奥赫达是一个狂暴而无畏的人,他毫不犹豫地向唐璜冲过去;唐璜避开了几次进攻,显然他开始时只想着自卫;可是击剑的习惯使得受到一次攻击之后来了一个还击,这只不过是机械似的一个动作,甚至是不自觉的动作。一分钟以后,唐娜福丝塔的父亲大声地呻吟了一下,他负了致命的伤,跌倒在地。唐璜发觉道路打通了,像支箭似的冲向楼梯,由楼梯又冲向大门,转瞬之间便到了街上;仆役们都围着快要断气的主人,没有追赶他。唐娜特雷莎听见枪声飞奔过来,看见了这可怕的一幕,立刻昏倒在她父亲旁边。她对她的不幸,还只知道一半。

唐加西亚喝光了最后一瓶蒙蒂利亚酒的时候,唐璜脸色苍白,浑身是血,眼神迷乱,短裆被撕得粉碎,胸饰脱出了十六七公分,一阵风似的走进他的房间,气喘吁吁地倒在一张安乐椅上,连话也说不出来。唐加西亚马上就明白一定发生了什么严重的事件。他让唐璜很艰难地呼吸了两三次,然后问他详细情况;他听了几句话就明白了一切。唐加西亚是不轻易丧失他常有的冷静的,他眉头也不皱一下地听他朋友上气不接下气的叙述。然后,他斟满了一杯酒给他的朋友:

"喝吧,"他说,"你需要酒。这件事很糟糕,"他自己也喝了一杯酒以后接着说,"杀死父亲是很严重的……不过也有先例,从熙德开始就是这样①。最糟的是,你没有五百个穿白衣服的从兄弟来帮助你抵抗萨拉曼卡的巡警和死者的亲属……让我们先来考虑最紧迫的事情吧……"

他在房间里兜了两三个圈子,仿佛集中了一下思想。

"经过这样轰动的事件以后,再留在萨拉曼卡,"他接着说,"那就是发疯了。唐阿隆索·德·奥赫达并不是一个土老头,何况仆人们一定认出了你。就算你没有被人认出,现在你在大学里已经有了自命不凡的名声,凡是有不知道什么人干的坏事,人家少不了要算到你的账上。听我说,请相信我,现在要离开这儿,越早越好。你在这儿所得到的学识,三倍于一个世家子弟所应有的学识。现在应该放下密涅瓦②,尝试一下玛尔斯③了;这样你更有成功的把握,因为你在这方面有天才。佛兰德④正在打仗。让我们去杀异教徒吧;要补赎我们在这世界上的小罪,没有比这更好的方法了。阿门!我像传道那样结束了。"

佛兰德的名字像法宝一样在唐璜身上发生了作用。离开西班牙,他认为就等于是离开了自己。在战争的疲劳和危险中,他没有工夫想到后悔!

"到佛兰德去!到佛兰德去!"他嚷着说,"到佛兰德去战死吧!"

---

① 根据高乃依(1606—1684)的悲剧《熙德》,熙德为父亲报复,杀死了未婚妻的父亲。
② 密涅瓦是思想、艺术、科学和工业的女神。
③ 玛尔斯是战神。意思是:放弃学业,去参军。
④ 佛兰德在今比利时,在一六五九年以前曾一度隶属西班牙。

"从萨拉曼卡到布鲁塞尔的路程很远,"唐加西亚很严肃地继续说,"在你的处境你不能够动身得太早。试想一下如果市长先生抓住了你,你除了到国王陛下的苦工船上以外,就很难到别的地方打仗了。"

唐璜同他的朋友商量好行动计划以后,很快地脱下了学生服,穿上一件军人们常穿的刻花皮短衣,戴上一顶帽边下垂的大帽子,没有忘记在腰带上带着唐加西亚所能够塞进去的许多金币。所有这些准备工作几分钟就做好了。他开始步行,出了城,没有被人认出,一直步行了一整夜和第二天整个早上,直到太阳的热力迫使他不得不停下来为止。在他到达的第一座城里,他买了一匹马,参加了一支旅行商队,毫无困难地到达了萨拉戈萨。在那里他改名为唐璜·卡拉斯科住了几天。唐加西亚在他动身的第二天离开萨拉曼卡,沿着另一条路也到了萨拉戈萨。他们在那并没有久住,匆匆忙忙地向柱子圣母[①]行了跪拜礼,也免不了偷看一下阿拉贡的美女[②],然后每人雇了一个仆人,动身到巴塞罗那去;从那里他们乘船去契维塔韦基亚[③]。疲倦,晕船,新的景物以及唐璜天性轻浮,这一切集中起来使他很快就忘记了他留在身后的可怕的景象。在几个月中间,两个朋友在意大利寻欢作乐,竟然忘却了他们这次旅行的主要目的;可是,他们手头渐渐拮据起来了,于是就伙同

[①] 萨拉戈萨的大教堂名为柱子圣母大教堂,相传圣母在一根柱子上显圣给圣雅克使徒看。

[②] 萨拉戈萨原来是阿拉贡王国的首都。

[③] 契维塔韦基亚是意大利沿地中海城市。

一群同国人，动身到德国去，这些同国人跟他们一样：勇敢有余，金钱不足。

到达布鲁塞尔以后，各人挑选自己喜欢的队长，参加了连队。两个朋友想在唐曼努埃尔·戈玛尔队长的连队里一试身手，首先因为这个队长是安达卢西亚人；其次因为据说他只要求他的兵士们勇敢，以及把武器擦得亮亮的，保存得好好的，至于纪律，他却很随便。

队长见到他们脸色很好，他非常高兴，于是待他们很好，而且根据他们的爱好款待他们，换句话说，就是凡是有冒险的场合，都支使他们前去。命运对他们微笑，凡是同伴们遭到死亡的地方，他们去了，只受到一点伤，而且吸引了将军们的注意。在同一天，他们都升为下级军官——旗手。从这时起，他们有把握得到他们上级的敬重和友情，他们就说出真实姓名，同时恢复了他们惯常的生活，换句话说，白天赌博和喝酒，晚上去找漂亮女人唱情歌，因为冬天他们总驻扎在城里。他们得到了他们父母的宽恕，这一点只不过使他们轻轻地感动了一下，他们拿来派了大用处的倒是他们收到父母给安特卫普[①]银行家们给他们信贷的信。他们又年轻，又有钱，又勇敢，又泼辣，很快就获得了许多女人的欢心。我不把这一切一一叙述了，读者只要知道，他们每见到一个漂亮的女子，只要能把她搞到手，任何方法都行。许诺、誓言，对这些无耻的浪子来说，只不过是儿戏；如果兄弟们或丈夫们对他们的行为有所指摘的话，他们就用漂亮的剑术和冷酷无情的心来回

---

① 安特卫普，比利时城市。

答他们。

春天到来的时候战争又开始了。

西班牙人遭到一次不幸的埋伏,戈玛尔队长受了致命伤。唐璜看见他倒了下来,奔过去扶住他,并且叫唤几个兵士过来抬他;可是那个忠厚的队长,集中他浑身所剩下的气力,对他说:

"让我死在这里吧,我觉得我的末日到了。死在这里还是比死在更远一点的地方好。保存住你的兵士,他们马上就够忙的了,因为我看见荷兰人向我们进攻了。——孩子们,"他又向聚拢来的兵士们说,"团聚在你们的旗手周围,不要管我。"

这时候唐加西亚来了,他问队长有没有什么遗愿要在他的死后执行。

"在这种时刻,真见鬼,你要我想些什么呢?……"

他仿佛考虑了几分钟。

"我很少想到死,"他继续说,"我以为死不会来得那么快……如果有个神父在我身边我也不会生气……可是所有的教士都走了……没有忏悔就死掉实在是痛苦的!"

"这就是我的祈祷书,"唐加西亚拿着一瓶酒给他看,"你勇敢点吧。"

老军人的眼睛越来越模糊了。他没有注意到唐加西亚的开玩笑,可是旁边围着的老兵都十分气愤。

"唐璜,"濒死的人说,"你过来,我的孩子。你来吧,我认你做我的继承人。拿着这个钱袋,我所有的一切财产都在里面;我宁愿把它给你,也不愿留给那些被逐出教门的人。我只有一件事求你,就是请你为我的灵魂的安息,献几台弥撒。"

唐璜紧握着他的手答应了他，而唐加西亚却低声对他说，一个弱者临死时所表达的意见，同他坐在一张堆满酒瓶的桌子旁边所发表的意见，有多么巨大的差别。几颗子弹在他们耳边的呼啸声，告诉他们荷兰人已经逼近了。兵士们重新排成队伍。每个人都匆匆忙忙地同戈玛尔队长告别，他们关心的只是如何有秩序地撤退。敌人人数众多，道路又被雨水冲垮，兵士们经过长途行军之后都感觉疲劳，在这样的情况下要有秩序地撤退是相当困难的。可是荷兰人没能突破他们的阵线，黑夜来临以后就不再追赶，既没有夺得他们的一面军旗，除了伤兵，也没有抓到一个俘虏。

晚上，两个朋友同几个军官坐在帐篷里，谈论着他们刚才的遭遇。他们埋怨当天的指挥官部署不当，并且事后他们都说出了应该怎样做法才对的意见。然后大家又谈到死者和受伤的人。

唐璜说："对于戈玛尔队长，我会很久都怀念他。他是一个忠厚的军官，好同伴，对兵士来说是个真正的父亲。"

"是的，"唐加西亚说，"可是我得承认，我看见他为身边没有一个黑袍子①而苦恼，我觉得非常惊异。这只证明一件事：嘴巴上说说勇敢是容易的，行动上就难了。一个人能够嘲笑离得很远的危险，等到危险临近时他就脸色发青了。顺便问一句，唐璜，既然你是他的继承人，告诉我们他留给你的钱袋里面有什么东西？"唐璜第一次打开钱袋，看见里面大约有六十个金币。

"既然我们手里有钱，"唐加西亚说，他已经习惯于把朋友的钱袋视为是自己的，"我们为什么不赌一场纸牌，反而为思念我们

---

① 黑袍子指教士。

死去的朋友而哭泣呢?"

大家都很赞成这个建议;他们去拿了几面鼓来,上面铺上一件斗篷,这样就构成了一张赌桌。唐璜先赌,唐加西亚在旁边当参谋;可是在下赌注以前唐璜从钱袋里取出十个金币,用手帕包着,放在口袋里。

"见鬼!你把这些钱藏起来干什么?"唐加西亚嚷起来,"一个军人竟攒起钱来!而且是在战斗的前夕!"

"你知道,唐加西亚,这笔钱本来不是我的,是唐曼努埃尔遗赠给我的。这个遗赠,就像我们在萨拉曼卡所说的,是有条件的[①]遗赠。"

"该死的傻瓜!"唐加西亚喊道,"真见鬼!我想他有意把这十个金币交给我们第一次遇见的教士。"

"为什么不这样做?我答应过的。"

"闭嘴,看在穆罕默德的胡子的分上!你叫我为你害羞,我竟认不得你了。"

赌博开始了,起初赌运很平均,不久唐璜的赌运肯定坏透了。唐加西亚想把赌运扳过来,亲自拿起纸牌,可是没有用,一个钟头以后,他们所有的钱,连同戈玛尔队长的那五十个金币,全都到了庄家手里。唐璜想去睡觉了,可是唐加西亚头脑发热,他扬言说他能翻本,把输掉的都赢回来。

"算了吧,'谨慎'先生,"他说,"把你收藏得那么好的最后几个金币拿出来吧。我可以肯定这些金币一定会给我们带来

---

① 这几个字的原文是拉丁文。

好运。"

"你想一想，唐加西亚，我答应过了！……"

"来吧，来吧，你真是个孩子！现在还谈什么弥撒！队长如果活着，他宁愿去抢劫一座教堂，也不愿意赌纸牌不下注。"

"给你五个金币，"唐璜说，"不要一下子全押上去。"

"不要手软！"唐加西亚说。他把五个金币全押在"国王"上面。他赢了，就把赌金连本带利全部押上，第二轮他输了。

"把最后五个金币拿来！"他叫嚷着，气得脸都发青。唐璜提出反对意见，可是轻易地就被说服了；他让了步拿出四个金币来，这四个金币马上又同头几个的命运一样。唐加西亚把纸牌扔到庄家的鼻子底下，愤怒地站了起来。他对唐璜说："你总是运气好，你，我听说最后一个金币有很大的魔力会招来好运，你来吧。"

唐璜起码也跟他同样气愤。他再也想不到什么弥撒，什么自己的誓言。他把最后一个金币押在"爱司"上，立刻就输掉了。

"戈玛尔队长的灵魂见鬼去吧！"他喊起来，"我相信他的钱是使过魔术的！……"

庄家问他们还赌不赌；他们口袋里已经没有钱，别人又不肯借钱给天天冒着脑袋开花危险的人，他们不得不离开赌桌，到饮酒客那里去寻找安慰。可怜的队长的灵魂已经被他们忘记得一干二净了。

几天以后，西班牙人得到了援军，重新发起进攻，又向前进发。他们越过他们以前打过仗的地方，死人还没有埋葬掉。唐加西亚和唐璜快马加鞭想避开那些死尸，因为死尸发出臭味和使人触目惊心。这时候一个走在他们前面的兵士看见壕沟里一具死尸就大喊了一声。他们走近来，认出那是戈玛尔队长。他的容貌已经差不多完全变了样。可怕的痉挛使他的口鼻歪曲和僵化了，证明他在临终时曾经受过剧烈的痛苦。唐璜虽然对这些景象已经习以为常，这时看见这具死尸双眼暗淡无光，充满血迹，似乎带着威胁的神气凝视着他，也禁不住哆嗦起来。他想起了可怜的队长的最后嘱咐，也想起了自己怎样忽略执行遗嘱。可是，他内心已充满了由习惯养成的冷酷无情，因此他不久就不再后悔，他很快叫人挖了一个坑来埋葬队长。恰巧当时有一个嘉布遣会神父在那里，神父匆匆忙忙地念了一些经。死尸被洒了圣水，用石块和泥土埋了；兵士们继续赶路，比平时更加沉默寡言。唐璜注意到有一个年老的火枪手，在口袋里摸索了好久以后，最后摸出了一个金币，他把金币给了神父，对神父说：

"拿着这点钱给戈玛尔队长献几台弥撒吧。"

那一天，唐璜显得异乎寻常地勇敢，他毫无顾虑地暴露在敌人的炮火前面，人们见了还以为他是存心想战死。

"一个人口袋里没有一个钱就勇敢了。"他的同伴们说。

戈玛尔队长死后不久，一个年轻的兵士作为新兵参加了唐璜和唐加西亚所在的连队；他的样子又果断，又无畏，可是性格阴郁而神秘。从来没有人看见他同伙伴们喝酒或者赌博；他一连好几小时坐在连队驻所的板凳上，在那里观看苍蝇飞舞，或者玩弄他的火枪的扳机。兵士们都嘲笑他的老成持重，给他起了一个绰号叫谦逊人[①]。在连队里他就是以这个名字出名，他的长官们甚至

[①] 原文是西班牙文。

不用别的名字叫他。

这场战役以贝尔根-奥普-祖姆①之围而告结束。这次围城，人所共知，是这场战争中死伤人数最多的，因为被围的人出尽全力防守。有一天晚上，两个朋友都在战壕里值班，战壕离城墙很近，在这里值班非常危险。被围的人经常出击，他们的火力很猛而且瞄得很准。

上半夜在继续不断的警报声中过去了，然后被围的人和围城的人都感到疲倦。双方都停止了射击，整个平原上笼罩着深沉的寂静，偶尔还有一两声稀落的枪声打破了寂静，无非是用来证明虽然不再进行战斗，但双方还是保持警惕。那时已到了清晨四点钟，那是守夜人感觉难堪的寒冷的时候，这种寒冷伴随着由肉体疲劳和渴望睡眠而引起的意气沮丧。没有一个诚实的军人不承认身心处在这样的状态，会使人做出懦弱的举动，等到太阳升起以后，他就会对这种举动感到羞耻而脸红。

"他妈的！"唐加西亚一边骂一边顿足取暖，把斗篷紧紧裹住身体，"我觉得我骨头里的骨髓都冰冻了，我相信一个荷兰小孩拿一个啤酒瓶作为武器就能够打倒我。说真的，我连自己都不认识了。这一阵枪声竟然使我哆嗦起来。我！如果我是一个信徒，我又愿意的话，我就会把我所处的奇怪状态当作是上天给我的一个警告。"

所有在场的人，尤其是唐璜，听见他谈到上天都感到非常惊异，因为他从来不理会上天，如果他偶尔谈起，也只是为了加以

---

① 贝尔根-奥普-祖姆，荷兰城市。

嘲笑。他看见有几个人听见他说这些话时都微笑起来，一种虚荣心使他重新兴奋，他喊道：

"我希望不要有任何人胆敢以为我害怕荷兰人，害怕天主或者魔鬼，因为等到我值勤的时候，我同他们都有些账要清算！"

"你不害怕荷兰人倒也罢了，可是对天主和另外一个①，害怕他们倒是可以的。"一个有灰白小胡子的老队长说，他的剑旁边挂着一串念珠。

"他们怎么能够害我？"唐加西亚问，"打雷不会比新教徒的火枪打得更准。"

"你不管你的灵魂了吗？"老队长听见他这句可怕的渎神的话，一边画十字一边说。

"啊！我的灵魂……首先，我得肯定我有一个。是谁告诉了我，说我有一个灵魂的呢？是那些教士们。灵魂的发明给他们带来了多么优厚的进益，使得人们毫不怀疑灵魂是他们制造出来的，就跟糕饼店老板制作果酱饼来出售一样。"

"唐加西亚，你没有好下场，"老队长说，"这些话可不应该在战壕里说。"

"不管在战壕里还是在别的地方，我怎样想就怎么说。可是我不说了，因为我的朋友唐璜头发直竖，已经快把他的帽子顶下来了。他不仅相信灵魂，并且还相信炼狱里的灵魂。"

"我不是一个思想超凡脱俗的人，"唐璜笑着说，"我有时真羡慕你对死后的事情毫不在乎；因为，即使你嘲笑我，我也不得不

---

① 指魔鬼，为着忌讳不明说。

向你承认，有些时候人家告诉我关于阴司受罪的事，总使我产生一些可怕的幻想。"

"魔鬼能力有限的最好证明，就是你今天还能够站在战壕里。先生们，请相信我，"唐加西亚拍着唐璜的肩膀继续说，"如果真有魔鬼的话，他早已把这个孩子带走了。他虽然很年轻，我可以告诉你们他是一个真正的被逐出教门的人。他害过的女人和送进棺材的男人，比两个圣芳济会的修士和两个巴伦西亚的勇士所能做到的更多。"

他还在说着话的时候，一下枪声从连接西班牙军营的战壕里发出，唐加西亚立刻把手掩住胸部，嘴里喊道：

"我受伤了！"

他晃了一下，几乎同时就跌倒在地。这时大家都看见有一个人逃走，可是天太黑，追赶他的人不久就不见了他的踪迹。

唐加西亚受到的似乎是致命伤。枪是从很近的距离放的，里面装着好几颗子弹。可是这个顽固的浪子十分坚强，没有一分钟动摇。凡是叫他忏悔的人都被他赶走。他对唐璜说："我死后只有一件事使我不快，这就是神父们会说服你说我的死是天主的裁判。你一定要同意我的意见：一下枪击打死了一个兵士，那是最自然不过的事。他们说枪是从我们一方发出的，这一定是个妒忌的家伙怀恨在心叫人暗杀了我。如果你抓到他，一定要把他吊得高高地吊死。听我说，唐璜，我在安特卫普有两个情妇，在布鲁塞尔有三个，还有些在别的地方，我已记不清了……我的记忆力模糊了……我把她们遗赠给你……因为我实在没有更好的东西……把我的剑也拿去吧……最重要的不要忘记我教给你的一下出其不意的攻击……永别了……我不要几台弥撒,我只要我的同伴们在埋葬我以后,聚起来大吃大喝一顿。"

这些话大体上就是他的遗言。关于上帝,关于来世,他没有一个字提及,正如他在充满生命和活力的时候一样。他的嘴角带着微笑而死,虚荣心给了他足够的力量,使他能够把他扮演了许久的可憎角色一直扮演到底。"谦逊人"不见了。整个部队都确信他就是杀害唐加西亚的凶手,可是大家都猜不出他谋杀的动机何在。

唐璜惋惜唐加西亚之死,更甚于惋惜他的兄弟。这个大傻瓜!他认为他的一切都亏得了加西亚。是加西亚初步教他理解生活的秘密,是加西亚把盖在他眼睛上的厚厚的鳞甲揭开了。"在我认识他以前,我是个什么东西?"他自己问自己;他的自尊心对他说,他已经成为超过别人的人。总之,他认识这个无神论者以后事实上所养成的种种恶行,他都把它们看成善行,为此他对加西亚非常感激,正如一个弟子感激他的师长一样。

这个突然的死亡在他心中相当长时期地留下了悲伤的印象,使他在好几个月里改变了生活。可是慢慢地他又恢复了他的旧习惯,现在这些生活习惯在他身上已经根深蒂固,一件意外事件很难将它们改变。他又开始赌博、喝酒、追求女人、同丈夫们打架。每一天都有新的冒险。今天登上墙壁的破口,明天爬上阳台;早上同丈夫斗剑,晚上和妓女共饮。

在这样的放荡生活中,他得知他的父亲已经去世;他的母亲只比他的父亲多活几天,以致他同时收到两个死亡的消息。管账的人迎合他的意愿,劝他回到西班牙来认领长子世袭财产和他刚承受下来的巨大遗产。至于唐娜福丝塔的父亲唐阿隆索·德·奥赫达之死，他早已得到了赦免，他把这件事视为已经完全结束。何况，他也想在更加广阔的天地活动。他想起了塞维利亚的种种欢乐，也想起了一定有无数美人只等他回来就一拥而至，任他挑选。因此他脱下了战袍，动身回到西班牙。他在马德里住了一些日子，以他衣服的华丽和刺枪技巧的高明在斗牛场上大出风头；他在马德里也搞到了一些女人，可是并没有在那里逗留很久。到达塞维利亚以后，他的豪华富贵使无论大小人物都为之目瞪口呆。每一天对他来说都是一个新节日，他宴请安达卢西亚的最美的妇女。每一天在他的华丽的宫殿里都有新的欢乐，新的饮宴。他成了一群浪子的国王，这些浪子对所有的人都横行霸道，不讲纪律，唯独对他则非常服从，这种盲目顺从在歹徒的集团里我们见得太多了。总之，没有一件放荡行为他不参加，而且一个不道德的有钱人不仅对他自己十分危险，他的榜样还能够带坏安达卢西亚的青年；这些青年把他捧到天上，拿他作为模仿的对象。毫无疑问，如果上天继续容许他这样胡闹下去，那就需要一场天火才能惩处塞维利亚的罪恶和放肆。唐璜生了一场病，卧床好几天，但是这几天并没有能够使他反省一下过去的胡作非为；恰恰相反，他只求医生快点给他恢复健康，以便他从事新的放荡生活。

在他康复期间，他开玩笑地列了一张表，把他诱惑过的女子和欺负过的丈夫的名字都写了上去。这张表整齐地划分为两行。一行记载妇女的名字和她们的主要特征，另一行记载她们的丈夫姓名和职业。他费了好大的精神回想所有这些可怜的妇女的名字，应该相信这张名单很不齐全。有一天，他把名单拿给来访问他的一个朋友看;由于在意大利,他受过一个女子的宠爱,这个女子有胆量自夸曾经当过教皇的情妇,因此他的名单上就把她列为第一名,教皇的名字则记载在丈夫栏中。接下去是一位当今的王上,然后是些公爵,侯爵,直到最后是些手工艺人。

"亲爱的,请看,"他对朋友说,"请看吧,谁也不能逃过我的掌心,从教皇直到鞋匠,没有一个阶级不向我献出他们应承担的一份。"

这个朋友的名字叫唐托里比奥,他仔细研究了那张名单,然后把名单交还给他,带着胜利的口吻对他说:

"这名单不完全!"

"怎么!不完全?丈夫的名字栏里漏了谁了?"

"漏了天主。"唐托里比奥回答。

"天主?这倒是真的,还少一个修道女。他妈的!我感谢你告诉我。好吧!我用贵族的荣誉向你保证,在一个月以内天主的名字就要出现在我的表上,在教皇阁下的名字前面,而且我要请你在这里同一位修道女一起吃宵夜。塞维利亚的哪一所修道院里有漂亮的修女?"

几天以后,唐璜发动了进攻。他开始到女修道院的教堂里走动,跪在贴近格子栏杆的地方,这格子栏杆就是把上帝的妻子们同其余的信徒隔开的。他在那里大胆地张望那些羞怯的处女,仿佛一头狼走进了羊栏,正在那里挑选最肥的母羊来首先吞食一样。不久他就在玫瑰圣母教堂看中了一位年轻的修女,这位修女艳丽动人,尤其引人注目的是流露在她容貌上的一种哀伤的神气。她从来不把眼睛抬起,也不左顾右盼;她仿佛全部被面前所举行的神秘仪式吸引了。她的嘴唇轻轻地嚅动着，很明显她比她的女伴们更热心、更虔诚地在祈祷。她的模样儿勾起了唐璜对过去的回忆。他仿佛在别的地方看见过这个女人，可是他记不起在什么时候和什么地点。有多少人像或多或少地留在他的记忆里，以致他不可能不把它们混淆起来。他一连两天回到这所教堂，总是跪在格子栏杆附近，但是没法子使阿加塔嬷嬷抬起眼睛。他打听出她的名字就叫作阿加塔嬷嬷。

她的处境和她的羞耻心把她保卫得严严密密，要把她弄到手有很大的困难，这更加刺激了唐璜的欲望。最重要的一点，也是最困难的一点，就是使她注意他。他的虚荣心使他确信，只要他能够吸引阿加塔嬷嬷的注意，他就是赢得了一大半胜利。他大胆采用了下述的方法来迫使这个美丽的姑娘抬起眼睛：他尽量跪在她附近，趁着神父高举圣体人人都匍匐下来的机会，他把手从栏杆的格子里伸过去，把带来的一瓶香水洒在阿加塔嬷嬷的面前。突然散发出来的刺鼻香味迫使年轻的修女抬起头来；由于唐璜正好跪在她的对面，她不可能看不见他。起初她脸上显出无限惊异，接着她脸色苍白得像死人一样；她低声地叫喊了一声，就昏倒在石板上。她的女伴赶忙围过来，把她扶回她的单人房间。唐璜满心高兴地走出教堂，心里想：这个修女真真可爱；可是我越看她，越觉得她大概早已列在我的名单上面！

第二天，他准时在弥撒时间到达格子栏杆旁边；可是阿加塔嬷嬷不在她通常的第一排修女的位子上；相反，她差不多躲到她女伴们的后面。可是唐璜注意她经常在偷看他。他由此得出结论说这对他的爱情是个好兆头。"这小东西害怕我，"他想，"……她过了不久就会驯服下来的。"弥撒完了以后,他注意到她要去忏悔室;可是她必须经过栏杆才能到达忏悔室,她走过时仿佛出于大意,把念珠掉了下来。唐璜太富有经验,他不相信这是大意的结果。起初他想,他把这串念珠拿到手对他很重要;可是他在栏杆的另一边,要捡起这串念珠必须等所有的人都走出教堂以后才行。为着等待这时刻的到来,他背靠着一根柱子,装出默想的姿态,一只手遮住眼睛,手指微微张开,使他能够把阿加塔嬷嬷的一举一动看得完完全全,清清楚楚。谁看见他这种样子都会以为他是一个好基督徒,专心致志地沉浸在虔诚的默想中。

修女走出忏悔室,走了几步,准备走进修道院;可是她不久就发现——或者不如说她假装着发现——她的念珠丢了。她向四周张望,发觉念珠在栏杆附近。她走回来捡念珠。在这一刹那间,唐璜发现有一样白色的东西在栏杆下面塞过来,那是一张折成四页的小纸片。修女马上就走出去了。

这个浪子想不到那么快就得到成功,不禁大为惊讶,同时也很惋惜没有遇到更多的困难。这种心情就如同一个猎人追赶一只鹿,以为要经过长途而艰难的奔逐才能到手,突然间那只鹿还没有真正奔出去就倒下来了,使猎人失去了追逐的乐趣和功劳,不免大为惋惜。不过他还是很快地捡起那张纸片,走出教堂以便无拘无束地阅读它。下面就是纸片的内容:

是你吗,唐璜?你真的没有忘记我吗?我太不幸了,可是我已经开始适应我的命运。现在我却会变成百倍的不幸。我应该恨你……;你使我的父亲流了血……;可是我既不能恨你，也不能忘记你。可怜我吧。再也不要到这所教堂里来了，你使我太痛苦了。永别了，永别了，我在尘世上已经是死了的人。

特雷莎

"啊！原来是特雷西塔①！"唐璜心想，"我早就知道我在什么地方见过她。"接着他把纸片再念一遍。"'我应该恨你……'这就是说：我爱你。'你使我的父亲流了血！……'奇梅娜对罗德里格②说过同样的话……'再也不要到这所教堂里来了'，这就是说：明天我在这儿等你。非常好！她是我的人了。"

他要为这件事而设晚宴。

第二天，他准时来到教堂，口袋里放着一封写好的信；可是他十分惊异地发现阿加塔嬷嬷始终没有来。他觉得那天的弥撒比过去任何弥撒都长。他愤怒万分，对特雷莎的小心谨慎咒骂了一百次以后，便走到瓜达尔基维尔河边散步，想找出一个方法，以下就是他想到的方法。

玫瑰圣母修道院在塞维利亚的修道院中，以该院嬷嬷制造的蜜饯味道鲜美而出名。他走到接待室，向守门的修女说要买蜜饯，叫她把修院出售的所有蜜饯的货单给他看。

"你们没有马拉尼亚式柠檬吗？"他用非常自然的神气问。

---

① 特雷西塔是特雷莎的爱称。
② 奇梅娜和罗德里格是高乃依的悲剧《熙德》中的男女主角；罗德里格杀死了奇梅娜的父亲，奇梅娜仍然爱罗德里格。

"马拉尼亚式柠檬吗,阁下?这是头一次我听到这种蜜饯。"

"这种蜜饯最时行也没有了,我奇怪像你们这样的修道院为什么不大量制造。"

"马拉尼亚式柠檬吗?"

"不错,是马拉尼亚式,"唐璜重复说了一句,逐个字都说清楚,"你们的修女当中不可能没有人懂得这种蜜饯的制法。我请你查问一下这些嬷嬷,看看有谁知道这种蜜饯。明天我再来。"

几分钟以后整个修道院里都谈论着马拉尼亚式柠檬。制造蜜饯的能手从来没有听说过这种蜜饯。只有阿加塔嬷嬷知道配方。要在普通柠檬里加上稀释的玫瑰露,紫罗兰,等等,然后……阿加塔嬷嬷把全部制造过程都承担下来。唐璜第二天再来的时候,他发现了一罐马拉尼亚式柠檬;实际上这只是一种非常难吃的混合物;可是在罐头的盖子下面,却有一封特雷莎亲笔写的短信。在信里她又重新恳求他放弃她,忘记她。可怜的姑娘在自己欺骗自己。宗教信仰,孝道和爱情,在这个不幸的女子心中斗争,可是不难看出,爱情成了战胜者。第二天,唐璜派了他的一个侍童到修道院里来,捧着一箱子柠檬拿来制蜜饯,尤其叮嘱要制造昨天被买走那些蜜饯的那位嬷嬷亲手制造。在箱底,巧妙地藏着一封回答特雷莎的信。他给她写道:"我十分不幸。这是命运在指挥我的手臂动作。自从经过那不吉利的一夜以后,我就一直在想念你。我不敢盼望你不恨我。最后我终于找到了你。请你不要对我提起你当修女时发过的誓言。你在把你献给祭坛以前,原来是属于我的。你没有权利处分你已经属于我的那颗心……我来要求你还给我比我的生命更宝贵的宝贝。我得不到你我就死。明天我到接待室要求见你。我在未通知以前不敢前来。我怕你的惊骇不安会暴露我们。用勇气把你自己武装起来吧。告诉我守门的修女能不能收买。"

两滴水巧妙地滴在信纸上，就算是写的时候流在纸上的眼泪。

几个钟头以后，修道院的园丁带来了回音，并且说愿意做他们的中间人。看门的修女是不可能收买的；阿加塔嬷嬷同意下楼到接待室来见他，可是会见的目的只是互相道个永别。

可怜的特雷莎半死不活地在接待室里出现。她不得不两只手扶着栏杆以防跌倒。唐璜不动声色，十分平静，很有兴味地欣赏着他给她造成的不安。起初，为了欺骗守门的修女，他用轻松愉快的口气跟特雷莎谈起她的在萨拉曼卡的朋友，这些朋友托他向她致意。然后，利用看门的修女走开的一刹那间，他很快地轻声对特雷莎说：

"我已决定要想一切办法把你从这里救出来。即使要放火烧修道院，我也在所不惜。我什么也不愿听。你是属于我的。在几天之内你就要成为我的人，办不到我宁愿死；可是有许多人要陪我一起死。"

看门的修女走过来了。唐娜特雷莎觉得喉咙哽住了，一句话也说不出。唐璜却用满不在乎的口气谈到蜜饯，谈起修女们的针线活，而且答应守门的修女给她送来罗马祝福过的念珠，还答应送一件织锦的袍子给玫瑰圣母，使这位本修道院的主保圣人可以在她的节日那天穿上。经过半小时这样的谈话以后，他带着尊敬而严肃的神情向特雷莎行礼，离开了她，让她处在难以形容的激动和绝望状态中。她奔回自己的单人房间，关上房门，她的手比她的舌头更听话,她用手写了一封长信,信里又是责备,又是恳求,又是痛恨。可是她不能不承认她心里还爱着他。她原谅自己的这个错误,因为她想她只要不答应她情夫的请求,就是抵偿了这个罪过。园丁负责传递这些罪恶的信件,过了不久就带回来复信。唐璜始终威胁着要采取暴力手段。他手下有一百个勇士为他服务。渎圣罪吓不倒他。只要他能够再一次把他的情妇搂在怀里,即使去死他也乐意。这个习惯于向她所爱的人让步的软弱的女孩还能做什么呢?她整夜整夜哭泣,白天她也不能祈祷,唐璜的形象到处追随着她;甚至,她跟着女伴们去敬神的时候,她的身体机械地做着祈祷的姿势,可是她的心却完全在想着她那不祥的爱情。

  过了几天,她再也没有能力抵抗了。她告诉唐璜她准备接受一切。她觉得自己反正是完了,她心想,既然总是一死,宁愿在死前有一段幸福的时间。唐璜快活到了顶点,准备好一切把她拐走。他选择了一个没有月亮的夜晚。园丁将带给特雷莎一张丝绸梯子,使她可以越过修道院的围墙。一个装着市民服装的包袱必须藏在花园的约定地点,因为不可能穿着修女服装在街上走。唐璜在墙脚下等她。在距离不远的地方,放着一辆用几匹精壮的骡子拉着的轿车,这辆车子很快就可以把她带到一间乡下别墅。她在那里可以不受任何追捕,安逸而幸福地同她的情人一起生活。这就是唐璜亲自拟好的计划。他定做了适当的服装,试过那条绳梯,还附加一张怎样结扎绳梯的说明;总之,凡是可以保证他事情成功的一切,他都没有忽视。园丁很可靠,他保持忠诚可以有一笔可观的收入,所以对他可以放心。此外,唐璜还采取了措施,要在拐走特雷莎的第二天晚上就把园丁暗杀掉。看来这件阴谋组织得如此巧妙，似乎没有什么可以使它失败。

为着避免嫌疑，唐璜在确定诱拐日子的前两天就到马拉尼亚古堡去了。他在这古堡中度过了他童年时期的大部分光阴，可是自从他回到塞维利亚以后，他还没有进去过。在黄昏时分他到了那里。他第一件事就是吃一顿好宵夜，接着他让人替他脱了衣服，上了床。他在卧房里点燃了两盏大烛灯，桌子上放着一本黄色小说书。他看了几页以后，觉得将要入睡，就合上书，熄灭了其中一盏烛灯。在熄灭第二盏烛灯以前，他无意之中在卧房里到处张望，突然间他在卧床的壁凹处看见了那幅画着炼狱的痛苦的图画，这幅图画是他在孩提时代经常凝视的。他的眼光不由自主地落到那个被一条蛇咬啮着五脏的人身上，虽然这景象现在使他比过去更害怕，可是他的视线仍然无法挪开。同时他想起了戈玛尔队长的容貌，想起了死亡在他的脸上留下可怕的歪嘴扭鼻的样子。这个想法使他不寒而栗，毛发直竖。可是他鼓足勇气，熄灭了最后一根蜡烛，希望黑暗可以解除这些丑恶的图像所给他的压迫。谁知黑暗反而增加了他的恐惧。他的眼睛始终望着他所看不见的图画；他对图画太熟悉了，那幅画就像大白天一样清清楚楚地刻在他的印象里。有时他甚至觉得画里的人像发出亮光，明亮起来，仿佛画家所画的炼狱里的火是真正的火焰似的。最后，他激动得不得不大声叫喊家人来搬掉那幅使他这样害怕的图画。家人们走进他的卧室以后，他对自己的软弱感到羞耻。他认为如果家人们知道他害怕一幅图画，就会耻笑他。因此他只能用最自然的声调对他们说：把蜡烛点起来，然后让他单独一个人留在房间里。接着他开始看书；可是只有他的眼睛在看，他的心思却在那幅图画上。他处在难以形容的不安宁状态,整夜没有合眼。

天一亮,他就赶紧起来出外打猎。体育锻炼和早晨的新鲜空气使他逐渐安静下来,他回到古堡的时候,那幅画所引起的印象已经消失。他坐下来吃饭,喝了很多酒。他上床睡觉的时候神志已经有点不清。他下令在另外一间房里准备了一张床,当然他不会把那幅画也叫搬过去;可是那幅画在他的脑子里的印象深刻有力,使他在那天夜里又失眠了一段时间。

不过这些恐怖并没有使他对过去的生活感到后悔。他仍然想着他计划中的诱拐;他对家人们做好各种必要的嘱咐后,自己单独一个人回到塞维利亚。他趁白天大热的时候走,以便于晚间到达。实际上他到达德尔·略罗塔楼附近的时候天已黑了,他的一个家人在那里等他。他把马交给家人,问清楚轿车和骡子是否都准备好了。按照他的命令车子和骡子应该在一条街里等待,这条街既要靠近修道院,使他和特雷莎能够步行到达那里;又要离修道院不太近,以免遇到夜巡队时引起怀疑。一切都准备就绪,他的命令一字一句都执行无误。他发觉他还要等待一小时才能向特雷莎发出约定的信号。他的家人把一件褐色大斗篷披在他的肩上,他就单独一人从特里亚纳门走进塞维利亚,把斗篷遮着脸面,以免被人认出。炎热的天气和疲劳迫使他坐在一条荒无人迹的街道的一张凳子上。他在那里想起什么歌儿就吹起口哨或者哼着什么歌儿。他不时看看表,难熬地发觉时针并不随他的焦急心情而走得快点……突然间一阵庄严的哀乐叩击他的耳膜。他起先只听出是教堂举行丧礼时的歌声。过了一会儿一队宗教队伍从街角上转弯,一直朝他走过来。长长的两排悔罪人拿着点燃着的蜡烛前导,后面跟着一个盖上了黑丝绒的棺材，由几个身穿古式服装的人抬着，这些人都有白胡子，身旁都佩着剑。最后又是两行穿着孝服的悔罪人手里拿蜡烛，像开头的那两排人一样。整个队伍缓慢地、庄严地前进。听不见地板上有脚步声，简直可以说队伍中的每个人都在飘荡着前进，而不是在行走。他们的袍子和斗篷上面又长又僵硬的褶缝，就像大理石像的衣服那样僵直不动。

看见这个景象，唐璜首先的反应是厌恶，就像一个专门讲究享乐的人听见死字就产生厌恶一样。他站起身，想远远走开，可是悔罪人数目众多，整个队伍又十分华丽，使他感觉惊讶而且激起了他的好奇心。队伍向着邻近的一个教堂走去，教堂的门正在哗啦哗啦地打开。唐璜拉了拉一个拿蜡烛的人的衣袖，很有礼貌地问他，他们埋葬的是什么人。悔罪人抬起头，他的脸色苍白，骨瘦如柴，就像一个刚得过一场又长又重的病的人一样。他用一种阴惨惨的声音回答：

"他是唐璜·德·马拉尼亚伯爵。"

这个奇怪的回答使唐璜的毛发直竖；可是片刻之后他就恢复了冷静，开始微笑。

他想："我听错了，或者这老头子弄错了。"

他与队伍同时走进教堂。丧歌又唱起来了，还有嘹亮的大风琴伴奏；穿着丧袍的教士们唱起深渊的呼唤[①]。尽管努力保持镇静，唐璜还是觉得浑身的血液在凝固。他走到另一个悔罪人面前，

[①] 这是天主教为死人举行仪式时，拉丁祈祷文的开头一句，直译是："我从地底向你呼唤。"

问他:

"你们埋葬的是谁?"

"唐璜·德·马拉尼亚伯爵。"那个悔罪人用空洞而可怕的声音回答。唐璜马上靠在一根柱子上以免跌倒。他觉得他浑身瘫软,已经失去了勇气。可是仪式仍然继续进行,教堂的圆顶更把大风琴的声响和可怕的《愤怒的日子》①的歌声扩大。唐璜仿佛听见了最后审判日天使们合唱的歌声。最后,他振作精神抓住从他身边经过的一个教士的手。这手冰冷得像大理石一样。

"看在上帝分上,神父!"他喊道,"你们在这儿为谁祈祷,你们是什么人?"

"我们为唐璜·德·马拉尼亚伯爵祈祷,"教士回答,同时带着痛苦的表情凝视着他,"我们为他的灵魂祈祷,他的灵魂犯了大罪,我们原来是炼狱里的灵魂,被他的母亲用弥撒和祈祷从炼狱的火焰中救了出来。我们把欠母亲的债还给儿子,可是这次弥撒是最后一次准许我们为唐璜·德·马拉尼亚伯爵奉献的弥撒了。"

这时候教堂的钟敲了一下,这是约定诱拐特雷莎的时刻。

"时间到了!"一个声音从教堂的一个阴暗角落里嚷起来,"时间到了!他落到我们手里了吗?"

唐璜回过头来,看见一幕可怕的幽灵出现景象。唐加西亚,脸色苍白,血迹斑斑,同戈玛尔队长一齐走过来,队长的眼耳鼻嘴仍然可怕地歪扭着。他们俩一起向棺材走去,唐加西亚猛力把棺材盖掀翻在地,嘴里继续说着:

---

① 《愤怒的日子》即最后审判日,天主教的赞美诗。

"他落到我们手里了吗？"——这时一条巨大的蟒蛇在他后面站起来，比他高出好几英尺，仿佛马上就要扑向棺材……唐璜叫了一声："耶稣！"就昏倒在石阶上。

夜已经很深，夜巡队经过，发现一个男子动也不动地躺在一座教堂的门口。警官们走过来，以为这是一个被暗杀的人的尸首。他们马上认出那是德·马拉尼亚伯爵。他们把凉水倒在他的脸上想把他弄醒；可是，发现他没有恢复知觉，就把他抬回他的家里。有些人说他喝醉了，别的人说他被一个妒忌的丈夫揍了一顿。在塞维利亚没有人——起码没有一个正派的人——欢喜他，各人都有各人的说法。一个祝福那根把他打昏的棍子，另一个问要喝多少瓶酒才能使他动也不动地躺倒。唐璜的家人从警官手里接过他们的主人，赶快奔去找外科医生。医生给他放了很多血，没有多久他便恢复了知觉。起初他说一些毫不连贯的话，发出一些含糊不清的喊声，夹杂着呜咽和呻吟。慢慢地他仿佛专心一意在端详着周围的事物。然后他问他在哪儿；戈玛尔队长、唐加西亚和那队队伍怎样了。他的家人以为他疯了。可是在喝了一点强心剂以后，他叫人拿来一个十字架，在上面吻了相当时间，并且泪流如注。接着他命人请一位忏悔神父来。

人人都感到惊讶，因为他的不肯敬神是众所周知的。他的家人叫了好几个教士，他们都拒绝到他这儿来，以为他要跟他们开恶毒的玩笑。最后，一个多米尼克教派[①]的神父答应见他。大家

---

① 多米尼克教派是由西班牙圣人多米尼克·德·古斯曼（1170—1221）于一二〇六年创立的教派。

让唐璜和神父单独在一起,唐璜扑倒在神父脚下,把他看见的幻象告诉神父;然后他开始忏悔。每讲述他的一件罪恶,他就停下来问一声:一个像他那样的罪孽深重的人,是否可能得到上天的宽恕。神父回答说天主的仁慈是无限的。在劝告他继续坚持悔过,并且给了他以宗教不拒绝给重罪人的安慰以后,神父告辞走了,答应晚上再来。唐璜整个白天都在祈祷。等到那个多米尼克会的神父再来的时候,唐璜向他宣布:他决定离开他做过多少坏事的尘世,到修道院去补赎他所犯过的大罪。教士受了他眼泪的感动,尽量鼓励他,同时为了考验他的勇气是否能跟他的决心一致,他把修道院的严峻生活描绘得非常可怕。可是他每描述一件苦行,唐璜就叫喊说这不算什么,他应该得到更苦一点的待遇。

第二天,他把一半财产送给他的穷亲戚;另外用一部分来创办一所医院,建造一所教堂;他把大笔金钱送给穷人,为炼狱里的灵魂奉献了无数台弥撒,尤其是为了戈玛尔队长和那些在决斗中死在他手下的可怜人。最后他召集他所有的朋友,当着他们的面谴责自己在这么长的时间内给他们做出多次坏榜样;极其沉痛地向他们述说了他过去的行为使他产生的后悔,以及他对将来胆敢怀抱的希望。这些浪子中有几个受到了感动,改过了;另外几个坚决不改的,带着冷嘲离开了他。

在进入他选定作隐遁所的修道院以前,唐璜写了封信给唐娜特雷莎。他向她供认他的可耻的计划,把自己的一生和他的转变告诉她,请求她宽恕他,要她把他作为前车之鉴,尽力设法在悔过中使灵魂得救。他把这封信的内容给多米尼克会教士看过以后,就把信交给他。

可怜的特雷莎在修道院的花园里等待相约的暗号等了好久；经过几小时难以形容的焦躁不安以后，看见天已快亮，她只好回到她的单人房间，心里感到无限痛苦。她把唐璜的不来归结为上千种原因，可是全都不是事实。几天就这样过去了，她一点得不到他的消息，他也没有托人带来片言只语来减轻她的失望。最后，那个神父同修道院的女院长商谈以后，获准同她见面，把已经悔过的诱拐者的信转交给她。她读着信的时候，只见她额头上布满大颗的汗珠，脸色一会儿像火那样红，一会儿又像死人那么苍白。可是她仍然有勇气把信念完。于是多米尼克会神父尽力对她描绘唐璜的忏悔，祝贺她逃脱了恐怖的危险，如果不是上天进行明显的干预，这个危险正在等待着他们两个呢。可是，不论神父怎么劝说，唐娜特雷莎只是叫喊："他从来没有爱过我！"可怜的姑娘发起高烧，医术和宗教对她都无济于事。她拒绝前者，对后者丝毫听不进去。几天以后她死了，临死时一再重复说："他从来没有爱过我！"

唐璜穿起了见习僧的制服，表明他的转变是诚心诚意的。他对任何苦行，任何悔罪的处罚，都认为太轻；修道院的院长经常不得不命令他减轻对肉体的折磨。他告诉他无限制地折磨肉体要缩短他的生命，而事实上长期忍受轻度的苦行，比消灭生命一次结束全部悔罪的处罚，需要有更大的勇气。见习僧的期限届满以后，唐璜发了终身修行的誓言，取名为安布罗西奥修士，继续用他严峻的生活习惯和强烈的信心来感化整个修道院。他穿一件褐色粗呢袍子，底下贴身穿一件马鬃毛制的苦行服；一个狭窄的箱子，比他的身子还短一点，就是他的床。他吃的全部食物，就是在水里煮熟的蔬菜，只有在节日，由修道院院长特别下命令，他才同意吃点面包。他夜里大多数时间醒着不眠，或者用来祈祷，两臂伸直成十字形。总之，他现在成为这个虔诚的集体的样板，就像在过去他是他同年龄的浪子们的典型一样。塞维利亚发生了传染病，这给他提供了一个机会，使他能够把他的转变给他带来的新道德付诸实践。病人被收容在他创办的医院里；他照顾穷人，整天在他们的床边，劝告、鼓励、安慰他们。传染病十分危险，连死人都没有人愿意去埋葬，即使花钱雇人也雇不着。唐璜自告奋勇担任这项工作；他走进被人家抛弃的住宅，埋葬已经开始腐烂的尸首，这些尸首往往放在那里已经好几天。到处人们都祝福他；由于在这场可怕的流行病中，他从来不生病，有些轻信的人就说，天主又为他创造了一个新的奇迹。

唐璜，或者安布罗西奥修士，就这样在修道院住了几年，他的生活只是一连串从不间断的敬神和苦行。过去的生活经常存在于他的记忆中，可是他的悔恨已经由于他的转变使良心得到安定而有所减轻。

有一天，中午过后，正是炎热炙人的时候，修道院的所有修士都遵照习惯在午睡休息，只有安布罗西奥修士一个人在花园里劳动；他光着脑袋，顶着太阳，这是他给自己制定的悔罪处罚之一。他弯着腰，拿着锄头，突然看见一个人的影子停在他的身边。他以为是一个修士下楼来到花园，就一面继续劳动一面念了一段《圣母经》来向他致敬。可是那人并没有回答。他对这个动也不动的人影觉得惊奇，就抬起眼睛，看见他面前站着一个高大的年轻人，披着一件拖地的斗篷，半边脸被一顶帽子遮住，帽子上饰着一根半黑半白的羽毛。这个汉子默默无言地注视着他,脸上的表情混合着恶意的快活和极端的轻蔑。他们两人互相凝视了几分钟。最后,那个陌生人走上前一步,抬起帽子露出脸来,对唐璜说:

"你认得我吗?"

唐璜更加仔细地打量他,可是不认识他。

"你还记得贝尔根-奥普-祖姆之围吗?"陌生人问,"你忘记了一个绰号'谦逊人'的兵士吗?……"

唐璜打了一个寒噤。陌生人冷酷地继续说:

"一个绰号'谦逊人'的兵士,他一枪打死了你的可敬的朋友唐加西亚,而其实枪口是瞄准你的,你忘记了吗?……'谦逊人'就是我!我还有一个名字,唐璜,我叫作唐佩德罗·德·奥赫达;我是唐阿隆索·德·奥赫达的儿子,他被你杀死了;——我是唐娜福丝塔·德·奥赫达的兄弟,她也被你杀死了;——我是唐娜特雷莎·德·奥赫达的兄弟,她也被你杀死了。"

"大哥,"唐璜跪在他的面前说,"我是一个满身罪孽的下贱人。为了赎我的罪我才穿上了这套制服,抛绝尘世。如果有什么法子使我获得你的宽恕,请你告诉我吧。只要你不诅咒我,任何残酷的处罚都不能使我害怕。"

唐佩德罗苦笑起来。

"丢下你的虚伪吧,德·马拉尼亚老爷;我决不饶恕。至于我的诅咒,那是你自己招来的。可是我没有耐心等待这些诅咒产生效果。我带来了一些比诅咒更容易见效的东西。"

说着这些话的时候,他扔掉斗篷,露出他拿着的两柄决斗用的长剑。他从剑鞘里拔出两柄剑身,插到地上。

"挑选吧,唐璜,"他说,"人家说你是一个伟大的剑客,我也自命击剑的本领高强。看看你有多大本事吧。"

唐璜画了一个十字,说:

"大哥,你忘记我发过的誓言了。我再也不是你认识的唐璜了,我是安布罗西奥修士。"

"好吧!安布罗西奥修士,你是我的仇人,不管你叫什么名字,我总恨你,我要在你身上报仇。"

唐璜又在他面前跪下来。

"如果你要的是我的生命,大哥,你就拿去吧。你爱怎样惩罚我就怎样惩罚我吧。"

"虚伪的懦夫!你以为我会上你的当吗?如果我想把你当作一条疯狗那样杀死,我还费心把这些武器带来干什么?快点,选择你要哪一柄,保卫你自己的性命吧。"

"我跟你再说一遍,大哥,我不能够决斗,可是我可以死。"

"卑鄙!"唐佩德罗愤怒地叫喊,"人家告诉我你很有勇气。我看你只是一个下贱的胆小鬼!"

"勇气?大哥!我请求天主给我勇气使我不致陷于绝望,如果没有天主的帮助,只要想起我的罪恶,就足够使我陷入绝望中了。再见吧,大哥;我走了,因为我看得很清楚我在这里惹你生气。只希望终有一天你会认为我的忏悔是真诚的,如同事实上它是真诚的一样!"

他走了几步准备离开花园,这时候佩德罗抓住他的衣袖叫他停下。

"不是你就是我,"他嚷道,"不能活着走出这座花园。在这两柄剑中你拿一柄,因为我宁愿下地狱也不相信你那些无病呻吟的话中的任何一句!"

唐璜向他投以一个恳求的眼光,又迈步想走;可是唐佩德罗使劲抓着他,他揪住他的领口:

"无耻的杀人犯,你以为你逃脱得了我的掌心吗?不!我要撕破你的虚伪的袍子,这袍子下面隐藏着魔鬼的有偶蹄的脚①,那时候,你也许有足够的勇气来同我决斗了。"

这样说着的时候,他粗暴地把唐璜推到墙上。

"佩德罗·德·奥赫达阁下,"唐璜喊道,"如果你愿意你可以杀死我,我不会同你决斗!"说完他抱着胳膊凝视着唐佩德罗,神情平静,虽然有点自负。

"是的,我要杀死你,卑鄙的家伙!可是你既然是懦夫,首先我得按照懦夫那样对待你。"

他给了他一下耳光,这是唐璜头一次受到的耳光。唐璜的脸马上变成绯红色。年轻时代的傲慢和气愤重新进入了他的灵魂。他二话不说,抢过去抓住了其中一柄剑,唐佩德罗抓住了另外一柄,立刻做出防守姿势。两个人激烈地互相攻击,也以同样的激烈程度各自防守。唐佩德罗的剑插进唐璜的粗呢袍子,朝身体旁边滑过去,没有伤着他;而唐璜的剑却一直刺进对方的胸膛,深入到剑柄。唐佩德罗马上就断了气。唐璜看见敌手倒在他的脚下,立刻停下来带着痴呆的神气动也不动地瞧了他一会儿。慢慢地,他神志清醒过来,意识到他的新罪孽的严重性。他赶忙扑向死尸,

---

① 据传说,魔鬼的脚同某些反刍动物的脚一样,是偶蹄。

用尽方法想使死尸复活。可是他见过太多的伤口,一瞥就肯定这是个致命伤。染满鲜血的剑就在他的脚下,似乎在呼唤他用来惩罚自己;可是,他很快就排斥了魔鬼的这个新的诱惑①,向着院长奔去,慌慌张张地冲进了院长的房间。他跪倒在院长脚下,一边痛哭一边把这可怕的一幕告诉院长。起初院长不相信他的话;院长的第一个想法以为这是安布罗西奥修士强加给自己过于严重的苦行使他丧失了理智。可是唐璜的袍子和双手都沾满了鲜血,使他再也不能长时间怀疑这个可怕的现实。院长是一个富有机智的人。他马上明白这件丑事一旦在公众间传播,一定会反过来影响修道院。没有人亲眼目睹这场决斗,他设法全部隐瞒,甚至对修道院的人们也隐瞒。他命令唐璜跟着他,两个人一起把死尸抬到一间地下室,上了锁,拿掉了钥匙。然后他把唐璜关在房间里,自己出去通知市长。

人们也许觉得奇怪,唐佩德罗已经试过暗中杀害唐璜而没有成功,他竟然不想进行第二次暗杀,反而想用相同的武器进行决斗来除掉他的敌手,这是为什么?原来这是他的一个阴险的复仇计划。他听说唐璜的严峻的苦行,唐璜的圣洁名声传播得那么广泛,唐佩德罗深信如果他暗杀了唐璜,他会直接把他送到天堂。他希望能刺激唐璜,逼使唐璜决斗,把他在深罪大孽中杀死,使他同时失掉肉体和灵魂。我们已经看到这个恶毒的计划反而害了它的制造者。

把事情平息下去并不困难。市长同修道院院长彼此商妥转移

---

① 按照天主教教规,自杀是一个严重的罪行,死后灵魂直接落入地狱。

嫌疑。别的修道士以为死者同一个不知名的绅士决斗受伤，被抬到修道院里来，不久就在修道院里断了气。至于唐璜，我不必多费笔墨去描绘他的良心责备和他的后悔。他十分快活地完成院长给他的处罚。在他今后的整整一生中，他保存着他刺杀唐佩德罗的那柄剑，把它挂在床脚，每逢他见到这柄剑总要为唐佩德罗的灵魂，以及他的家里人的灵魂祈祷。为了抑制一下唐璜心内还残留着的那一点世俗的傲气，院长命令他每天早上去见修道院的厨师，让厨师打他一下耳光。被打之后，安布罗西奥修士从来不忘记还递上另一面脸颊，并且还向厨师道谢他这样侮辱他。他在修道院又生活了十年，他的悔罪苦行从来没有为青年时期的爱好有所反复而中断过。他死的时候被崇敬为圣人，连那些知道他早期荒唐生活的人也是这样崇敬他。临死时他要求给他一个恩典，就是把他埋葬在教堂的门槛下面，可以让每个人进来的时候把他踩在脚下。他还要求在他的坟上刻上这样的铭文："这里长眠着曾在世上活过的最坏的人。"可是人们认为把他由于过分谦逊而口授的遗命全部执行，是不适当的。于是人们把他埋葬在他所建造的圣堂里面的主祭坛附近。不过人们也确实在他的遗体上面盖了一块石碑，上面刻着他口授的铭文；可是人们加上一段，叙述他的转变，并且加以赞美。他创立的医院，尤其是埋葬他的圣堂，每天都有路经塞维利亚的旅客去访问。穆里略[①]把他的好几幅杰作拿来

---

① 穆里略（1617—1682），西班牙画家，生于塞维利亚，作品有宗教画和描绘现实生活的绘画。

装饰这个圣堂。现在我们在苏尔特元帅①的画廊里欣赏到的名画：《浪子回家》和《杰里科的圣水盘》，过去是装饰着唐璜创办的仁爱医院的墙壁的。

---

① 苏尔特（1769—1851），法国元帅，拿破仑的将军，曾征服西班牙，所以西班牙的名画有的在他的画廊里。

伊勒①的维纳斯像

> "希望这座雕像对我们亲切而又仁慈,因为她同人是那么相像!"
>
> 吕西安:《欢喜谎话的人》②

我走下卡尼古山③的最后一个小丘,虽然太阳早已落山,我仍然看得出平原上伊勒小城的房子;我正在向这座小城走去。

"你知道,"我对那个从昨天起就当我的向导的加泰罗尼亚④人说,"你一定知道德·佩雷奥拉德先生住在哪里吧?"

"我知道!"他大声说,"我不仅知道,我熟悉他的房子就跟熟悉我自己的一样,如果不是现在天太黑,我就会指给你看。它是伊勒最漂亮的房子。德·佩雷奥拉德先生很有钱,而且他还叫他的儿子同比他更有钱的人家结亲呢。"

---

① 伊勒是法国东比利牛斯省的一座小城。
② 吕西安(120—192),希腊讽刺和幽默作家,思想自由,不受宗教束缚,被称为"渎神的人"。
③ 卡尼古山在法国东比利牛斯省,海拔约二七八五米。
④ 加泰罗尼亚是西班牙几个省的合称,位于西班牙东北部。

"亲事很快就要举办了吗?"我问他。

"很快!说不定行婚礼用的乐队都已经定好了。也许今晚,也许明天、后天,谁知道呢?就要举行婚礼。地点是在皮加里,因为这位少爷娶的是德·皮加里小姐。可真是好姻缘,真的!"

我的朋友德·普……先生把我介绍给德·佩雷奥拉德先生。据他说,他是一位很有学识而且待人无比热情的考古学家,他会很高兴带我去参观附近方圆几十里地以内的古迹。我知道伊勒附近有许多古代和中世纪的遗迹,我正想靠他带我去参观访问,这个婚礼会打乱我的全部计划。我还是第一次听到人家说起这个婚礼。

我心里想:"我要变成一个破坏人家喜事的人物了。"可是德·普……先生已经宣告我到来,他们在等着我,我非去不可。

"我跟你打赌,先生,"我们已经走到平原上的时候,我的向导对我说,"我们赌一支雪茄,看我能不能够猜出你到德·佩雷奥拉德先生家里干什么,好吗?"

"这并不难猜,"我递给他一根雪茄回答说,"天已黑了,我们在卡尼古山里走了二十公里地,现在最要紧的事情是吃晚饭……"

"这话不错,可是明天呢?……好吧,我打赌你到伊勒来是看那尊偶像的,对吗?我看见你在塞拉博纳描画圣像,就猜出来了。"

"偶像!什么偶像?"这句话引起了我的好奇心。

"怎么!在佩皮尼昂①没人告诉你德·佩雷奥拉德先生怎样在

---

① 佩皮尼昂是东比利牛斯省的首府。

土里发现一尊偶像吗？"

"你的意思是说一尊泥塑偶像，用黏土制成的吗？"

"不。完全是铜铸的，那么多的铜，足够铸造许多大钱。这尊偶像同教堂里的一口钟那么重。我们是在一株橄榄树下，很深的土里发现的。"

"发掘的时候你也在场吗？"

"是的，先生。半个月以前，德·佩雷奥拉德先生叫我同让·科尔两个人把去年冻坏的一株老橄榄树连根挖掉，因为去年天气很不好，这你是知道的。我们正在挖着的时候，全副心思放在工作上的让·科尔一锄头掘下去，我只听见'乒'的一声……仿佛他敲在一口钟上。'这是什么？'我问。我们继续往下挖，挖呀挖，突然出现了一只黑色的手，就像死人的手从地里伸出来一样。我呀，当时很害怕。我去找到先生，对他说：'老爷，橄榄树下有死人！得请本堂神父来才行。'——'什么死人？'他问我。他跑来了，一看见那只手就喊起来：'一件古代美术品！一件古代美术品！'你准以为他发现了一件宝贝哩。他立刻用锄头锄，用手挖，忙得不亦乐乎，他一个人差不多做了我们两个人的工作。"

"你们到底找到了什么？"

"一个高大的黑色女人，说句失礼的话，大半个身子裸露着，先生，全部都是铜制的。德·佩雷奥拉德对我们说这是异教徒的一尊偶像……还是查理曼大帝时代的呢！"

"我知道这是什么了……这是某个倒塌了的修道院里的一尊铜制圣母像。"

"圣母像！说得好！……如果真是一尊圣母像，我会认得的。

我告诉你,这是一尊偶像,从它的神气就可以看出来。她拿一双睁得大大的白眼睛死死盯住你……简直可以说她在仔细打量你。只要你望见她,真的,你会不得不垂下眼皮。"

"白眼睛?那一定是嵌在青铜里面的。也许这是罗马时代的一尊雕像吧。"

"罗马时代!对了,对了。德·佩雷奥拉德先生说这是一个罗马女人。啊!我看出来了,你同他一样是一个有学问的人。"

"这尊雕像完整吗?保藏得好吗?"

"啊!先生,什么都不缺少,比放在市政厅前面国王路易·菲利普的那尊着色石膏半身像更完美,更精致。可是尽管这样,我却不喜欢这尊偶像的面孔。她的样子看起来很凶……而事实上她的确很凶恶。"

"凶恶!她对你做过什么凶恶的事吗?"

"倒不完全是对我,你听下去吧。我们费了好大的劲要把她竖起来;德·佩雷奥拉德先生,这位老好人,虽然手无缚鸡之力,也帮着拉绳子!我们好不容易才把她竖立起来。我捡起一块瓦片想把她垫稳当,恰好在这时候,她整个地哗啦啦一声背朝下倒了下来,我说:'当心底下!'可惜已经来不及,让·科尔来不及把他的腿抽出来……"

"他受伤了吗?"

"他那条可怜的腿就像葡萄架一样当场折断了!他妈的!我看到这情境,火气就大了。我要用锄头把那尊偶像砸个稀巴烂,可是德·佩雷奥拉德先生阻止了我。他给了些钱给让·科尔。这事发生以后,科尔已经在床上躺了半个月,大夫说他再也不能用这条腿走路了,不能像使用另一条腿那样使用这条腿了。这真可惜,他是我们当中跑得最快的人,而且除了少爷,他还是打网球的高手。因此阿尔丰斯·德·佩雷奥拉德少爷很发愁,因为只有科尔是他打球的对手。他们把球你打过来我打过去,真是好看。噼!啪!球从来不碰到地面的。"

这样谈着谈着,我们便进了伊勒城,没有多久我便见到了德·佩雷奥拉德先生。这位先生是一个精力充沛的矮老头,精神饱满,假发上扑了粉,红鼻子,神气快活而带点诙谐。他还未拆开德·普……先生的介绍信,便先请我坐到摆满酒菜的食桌前面,把我介绍给他的老婆和儿子,说我是一个著名的考古学者,说我能够使一向由于学者们漠视而被人遗忘的鲁西荣①,重新出名。

山里的新鲜空气最能使人开胃,我一边放开胃口吃着饭,一边端详我的主人们。关于德·佩雷奥拉德先生我已经描写过一番,我还要添上一句:他简直是一位活泼敏捷的老头。他说着话,吃着,站起来,奔到他的藏书室,带回来几本书给我,把一些版画给我看,斟酒给我喝,从来不能安静地歇上两分钟。他的太太稍为太胖了点,像大部分过了四十岁的加泰罗尼亚女人一样,看来是一个地地道道的外省女人,专心照料家务。尽管晚餐丰富得至少足够六个人吃,她还是奔到厨房里,叫人杀鸽子,烤玉米饼,开了不知多少罐蜜饯。霎时间桌子上便堆满了盘碟酒瓶,只要我真把人家请我吃的东西尝上一尝,我肯定会被撑死。可是只要见

---

① 鲁西荣,法国旧行省名,一六五九年改名东比利牛斯省。这地区有些名胜古迹。

我每谢绝一盆菜时,他们总是要道歉一次。他们只怕我在伊勒感到不称心。外省的东西太少,而巴黎人的口味又太高!

阿尔丰斯·德·佩雷奥拉德先生在他的父母忙忙碌碌地走来走去的时候,却像一尊界石神①那样动也不动。他是一个二十六岁的高大年轻人,五官端正,相貌俊秀,但缺乏表情。他的身材和体育家的体格,完全证明当地流传的他是网球健将的名声,他可以受之无愧。那天晚上他的穿着十分时髦,完全按照最近一期《时装杂志》的插图那样打扮。可是我觉得他穿着这套衣服有点拘谨,他套在天鹅绒的领襟里,像根木桩那么僵硬,转起身来不得不连带整个身子一起转动。他那双被太阳晒黑了的大手,短短的指甲,同他的衣着相比,显得很特别。这是一双劳动者的手从花花公子的衣袖里伸出来。况且,他认为我是巴黎人,好奇地把我从头到脚打量着,但整个晚上他只跟我说过一次话,就是问我,我的表链是哪里买的。

"哎呀!亲爱的客人,"晚餐快要结束时,德·佩雷奥拉德先生对我说,"你在我的家里就得归我管了。你如果没有把我们山里的奇异东西看个遍,我不会放你走。你应该设法了解我们的鲁西荣,并且给以公正的评价。你不会想到我们将给你看些什么!这里有腓尼基的,塞尔特的,罗马的,阿拉伯的,拜占庭的建筑物,你可以看到一切,从最大的东西一直到最小的东西都看。我将带你走遍各处,不让你放过一块砖头。"

一阵剧烈的咳嗽使他停止了说话。我趁这机会对他说,我在

---

① 罗马神话,界石神坐落在地界边沿,上头是一个半身像,下面是一块界石。

他的家庭要办喜事的时候来打扰他，实在觉得抱歉。只要他肯对我的游览给以宝贵的指示，就不必麻烦他陪伴我……

"啊！你是说这孩子的婚礼，"他打断我的话头喊道，"小事，小事！后天举行。你可以同我们一起参加婚礼，像自己人一样，新娘子的一个伯母刚去世，她继承了她的遗产，戴着孝，因此既没有铺张，也没有舞会……太可惜了……否则你就能够看到我们的加泰罗尼亚女人跳舞了……她们多漂亮，也许你看见了就要学我的阿尔丰斯的样，人家说，姻缘会带来别的姻缘……到星期六，小两口结婚后，我就自由了，我们可以一起启程。我让你参加一次外省的婚礼，你一定感觉沉闷，这得请你原谅。巴黎人是见惯了热闹场面的……何况这又是一次没有舞会的婚礼！可是，你可以见到新娘子……新娘子……你一定会祝贺我得到一位好儿媳妇……可是你是一位严肃的人，你不会去看女人的。我有更好的东西要给你看。我要给你看一样好东西！……我藏着一件能叫你吃惊的宝贝，明天再给你看吧。"

"我的天呀！"我对他说，"家里藏着一件宝贝而不让外界知道，这是非常困难的。我想我已猜到了你准备叫我吃惊的是什么了。如果是你的那尊雕像，我的向导已经给我描述过了，我已经非常好奇而且渴望着欣赏这件宝贝了。"

"啊！他对你谈起了这尊偶像——他们把我的美丽的伊勒的维纳斯像称为偶像……可是我不想对你说什么。明天，大白天，你就可以看见它，那时候你再告诉我，我认为这是一件杰作有没有理由。真的！你来得真巧！有些铭文，我这个不学无术的可怜人，只能照我所知的加以翻译……可是一位巴黎的学者！……你也许要讥笑我的翻译……因为我写了一篇学术论文……就是我，现在同你谈话的我……一个外省的上了年纪的古物研究者，我想使人人都知道我……我要印上千千万万份……如果你肯念一遍并且给我修改修改，我就能希望……举个例吧，我很想知道你怎样解释台座上的这句铭文：CAVE①……可是我还不想在现在问你！明天吧，明天！今天再也不要提到维纳斯了！"

"你说得对，佩雷奥拉德，"他的老婆说，"不要再提你的偶像了。你看见没有？你妨碍先生吃饭。算了吧，这位先生在巴黎看见过不知多少雕像，比你的那尊漂亮多了。在杜伊勒里宫就有不少，而且都是铜铸的。"

"这真是无知，外省的第一等无知！"德·佩雷奥拉德先生打断她说。"居然把一件奇妙的古代美术品，同库斯图②的平凡雕像相比！

　　　内人用多么无礼的言词
　　　来谈论着神祇！

你知道吗？内人要我把铜像熔掉，去给教堂铸一口钟。这样她就可以当这口钟的命名者了。先生，这到底是米龙③的一件杰作啊！"

---

① 系拉丁文，意思是：谨防，注意，提防。
② 库斯图（1658—1733），法国名雕刻家。他的弟子和侄子都是名雕刻家。
③ 米龙，公元前五世纪的希腊雕刻家。

"杰作！杰作！这偶像才做出了一桩杰作！把一个男人的腿压断！"

"老伴，你瞧！"德·佩雷奥拉德先生用坚决的口吻说，同时把他的穿着花丝袜的右腿伸给她，"如果我的维纳斯像把我这条腿折断，我丝毫不会惋惜。"

"上帝啊！佩雷奥拉德，你怎么能这样说呢？幸亏那个人现在好了一点……可是我还是不愿意看见那个闯出这种祸事来的雕像。可怜的让·科尔！"

"受到维纳斯的伤害①，先生，"德·佩雷奥拉德先生哈哈大笑地说，"受到维纳斯的伤害，笨蛋才会抱怨：

难道你不认识维纳斯的礼物②

谁没有被维纳斯伤害过呢？"

阿尔丰斯先生对法语比对拉丁文懂得更多一点，他向我会意地眨了眨眼睛，盯着我看，似乎在问我："你呢，巴黎人，你懂吗？"

晚饭结束了。我停止不吃已经有一个钟头。我很疲倦，不断打呵欠，忍也忍不住。德·佩雷奥拉德太太头一个发现，她提醒说已经到了睡觉的时候。于是他们又道歉，说是给我准备的住房

---

① 这句话是双关语：维纳斯是神话中的爱神；受到爱神的伤害，等于"发生了爱情"。

② 原文是拉丁文，出自罗马诗人维吉尔的史诗《伊尼特》。

太蹩脚了，这儿不像在巴黎，在外省实在是太糟糕！必须要宽恕鲁西荣的居民。尽管我再三声明说在山区里赶了一段路程以后，只要有一堆干草给我，就是很美的睡觉之所，他们仍是一再要求我原谅他们这些可怜的乡下人，如果他们未能如愿好好款待我的话。最后我由德·佩雷奥拉德先生陪伴上楼来到了指定给我的房间。上面几级楼梯是木板的，一直通到一个走廊中间，面对走廊有好几间房间。

"右边，"主人对我说，"是我准备给新媳妇住的房间。你的房间在走廊的另一端。你当然会觉得，"他尽量装出狡黠的神气加上一句，"你当然会觉得应该把新婚夫妇单独安排吧。你在房子的一端，他们在另一端。"

我们走进一间摆设得很好的房间，里面第一件引起我注目的东西，是一张长两公尺三、宽两公尺的床，高得要用一张矮凳垫脚才能爬上去。我的屋主人指给我看叫人铃在什么地方，还亲自察看糖缸里是不是装满了糖，香水瓶子是不是已经放在梳妆台上，然后一再问我还缺乏什么，然后跟我道了晚安，留下我一个人走了。

窗户都关着。在脱衣服以前，我打开了一扇窗户，呼吸一下晚间的新鲜空气，经过一顿长时间的晚餐以后，这种空气使人感觉十分舒适。窗户对面就是卡尼古山，这山在任何时候都显得壮丽无比，今天晚上，在明亮的月光照耀下，我觉得它真是世界上最美的山。我花了好几分钟默默地欣赏它的奇妙侧影，我正要低头关窗时，看见那尊雕像立在一个台座上，离房子四十余公尺远。那雕像放在矮树篱笆的一个角落上，矮树篱笆把一个小花园同一块十分平坦的方块地隔开，后来我才知道那块方地就是城里的网球场，原来是德·佩雷奥拉德先生的产业，经过他的儿子一再恳求，他才将地卖给了公家。

我所处的距离使我很难看清楚雕像的神态；我只能看出它的高度，估计两公尺左右。这时候，城里有两个顽童贴近篱笆从网球场旁边经过，嘴里吹着一支鲁西荣动听的曲子《迎客山》。他们停下来看那尊雕像，其中一个还大声骂了一句。他说的是加泰罗尼亚方言，我在鲁西荣已经逗留了相当长时间，大概可以听懂他说的话。

"你原来在这里，婊子！（加泰罗尼亚方言里，骂得更厉害些）你原来在这里！"他说，"是你把让·科尔的腿弄断的吧！要是你是我的，我就要打断你的脖子。"

"哼！你拿什么去打？"另一个说，"它是铜制的，硬得很，爱蒂安娜想用锉刀去锉它时，把锉刀也弄断了。这是邪教时代的铜，比什么都硬。"

"如果我手里拿着我的钝头凿子（看样子他是一个锁匠艺徒），不消一会工夫就能够把它两颗大白眼珠挖出来，就像把杏仁从壳子里挖出来一样。里面的银子至少值一百个苏。"

他们走了几步，离开了雕像。

"我得向偶像说声'晚上好'。"两个艺徒中较高的一个突然停了下来说。

他弯下身子，大概捡了一块石头。我看见他伸长臂膀，扔出了什么东西，马上在那铜像身上响亮地铛了一声。几乎在同一时间，学徒突然用手捂住脑袋，连声叫痛。

"她把石头向我扔回来了!"他大声喊道。

于是两个顽童没命地逃跑了。很明显,这是石块从金属上反弹过来,处罚了顽童对女神所加的侮辱。

我关上窗户,满心喜悦地笑了。

"又是一个旺达尔人①受到维纳斯的惩罚!但愿所有破坏古物的人,都被这样打破脑袋!"抱着这个慈善的愿望,我入睡了。

我醒过来时天已大亮。在我床边,一个是穿着睡衣的德·佩雷奥拉德先生,另一个是他的太太差使来的仆人,手里端着一杯巧克力。

"起来吧,巴黎人!京城里的人真是懒鬼!"我的屋主人说,那时我正在赶忙穿衣服。"八点钟了,还躺在床上!我呢,我六点就起床了。我已经上来过三次;我踮起脚尖走到你的门边,人影也不见,一点动静也没有。在你这样的年纪,睡得太多是不好的。我的维纳斯你还没有看到过呢!来吧,喝了这杯巴塞罗那的巧克力吧……真正的走私货……在巴黎你喝不到这样的巧克力。长长气力吧,因为你站到我的维纳斯面前以后,没有人再能将你拉走了。"

五分钟内我就准备完毕,所谓准备完毕就是:胡子草草地刮了一下,衣纽未曾扣好,喝着滚热的巧克力把嘴唇皮都烫坏了。我下楼到了花园里,走到一尊令人惊叹的雕像前面。

这的确是一尊维纳斯像,美丽得不可思议。她的上半身裸露,

---

① 旺达尔人是古日耳曼民族,曾经入侵高卢、西班牙及非洲等地,以破坏文明著名。

古代人塑造的伟大天神总是这个样子的：右手举到胸前，掌心向里，拇指和头两个指头伸直，最末的两个手指微屈。另一只手接近腰部，挽住遮盖着下身的衣衫。这尊雕像的姿势使人想起猜拳①者的姿势，我不知道为什么，人家管这种猜拳者叫热马尼居斯②。也许这尊雕像是在表现女神正在玩猜拳游戏吧。

不管怎样，比这尊维纳斯的躯体更完美的是找不到的；她的轮廓柔和，诱人，无与伦比；她的衣衫时髦，高贵，无可比拟。我原来以为是东罗马帝国③时代的作品，其实是我看到了雕像最盛时期的一件杰作。最使我惊异的，是形体非常细致真实，简直使人以为是按照真人模拟的，如果大自然真有这么完善的模特儿的话。

她的头发向额上梳拢，当初似乎曾镀过黄金。她的头，小巧玲珑同几乎所有的希腊雕像一样，微微向前倾。至于她面貌那种奇特的表情是我所无法描写的，它的类型也同我能想起的任何古代雕像的脸型不同。它的美不是静止和严肃的美，像希腊雕刻家们有意要使所有的线条都带上一种庄重的静止一样。这个雕像恰恰相反，我惊异地发觉雕刻家显然有意地在雕像的脸上刻画出一种凶恶的狡黠。所有线条都稍稍蹙皱，眼睛略斜，嘴角微翘，鼻翼稍稍鼓起。这个美丽得使人难以置信的脸庞，却流露出轻蔑、

---

① 猜拳游戏是过去的一种游戏，两个人同时出示手掌，几只手指伸着，几只手指闭拢，对方喊的数字如果同伸出的手指数目相符，就算胜利。这种游戏起源于意大利。

② 热马尼居斯（公元前15—19），罗马将军。

③ 东罗马帝国，二三五年至四七六年时期的罗马帝国。

嘲讽和残暴。说真的，我们越是注视这尊令人赞叹的雕像，便越为这么超凡入圣的美貌，居然会没有感觉而感到不舒服。

"如果这个雕像真的有过模特儿的话，"我对德·佩雷奥拉德先生说，"我怀疑上天曾经制造过这样一位女人，我多么可怜那些爱上她的人！她一定乐于使他们一个个绝望而死。她的表情里有些凶相，可是我从来没有见过这么美的雕像。"

德·佩雷奥拉德先生对我的热情感到满意，他大声背诵了一句诗：

"这是维纳斯整个扑在她的捕获物身上！"①

这种阴险的嘲弄表情，也许由于那双嵌着白银的非常明亮的眼睛，同年深月久整个雕像所布满的暗绿色铜锈构成相反的对比，显得更加触目。这双闪闪发亮的眼睛使人产生一种幻觉，以为她是活人，是有生命的东西。我记起了向导对我说过的话，说她能使注视她的人垂下眼皮。的确有点那样，我面对这尊青铜雕像而感到不自在时，不禁对自己十分生气。

"现在你已经仔细地欣赏过了，我亲爱的考古同道，"我的屋主人说，"如果你愿意，我们来召开一个学术讨论会吧。你对这句铭文有什么意见？到现在为止你还没有注意到这句铭文呢。"

他指给我看雕像的台座，我在上面看到有如下字样：

---

① 这是法国悲剧作家拉辛的名作《费德尔》里的台词。

CAVE AMANTEM

"博学的人,你怎么说?①"他一边搓手一边问我,"看看我们对这句cave amantem的解释是否相同?"

"可是,"我回答,"这句话有两重意义。可以译成:'谨防爱你的人,不要相信你的情人'。要是这样解释的话,我怕cave amantem不是一句正确的拉丁语。从这雕像的凶相看来,我还是认为艺术家的目的,是叫观众谨防这个可怕的美人。因此我译成:'如果她爱你,你得小心提防'。"

"嗯!"德·佩雷奥拉德先生说,"不错,这么译的确很好;可是,你别见怪,我却喜欢第一种翻译,而且我还要加以发挥。你知道维纳斯的情人吗?"

"她的情人有好几个。"

"是的,而第一个是伏尔甘②。艺术家的意思是不是想说:'尽管你美丽动人,目空一切,你的情人却只能是个铁匠,一个丑陋的瘸腿'?先生,这对于那些轻佻的女人是很深刻的教训!"

我禁不住微笑起来,我觉得他的解释过于牵强附会。

"拉丁文因为过分简练,倒是一种可怕的语言。"我这样说,为的是避免正面驳斥这位考古学家。我后退了几步,以便更好地欣赏那尊雕像。

---

① 原文是拉丁文,这是通常在法国大学举办博士论文答辩时,主席请教授发言的用语。

② 伏尔甘,罗马神话中的火神。

"等一等,我的同行!"德·佩雷奥拉德拉着我的臂膀说,"你还没有看见全部。还有另外一处铭文。请走上台座看一看雕像的右臂膀。"他一边说一边帮我爬上台座。

我毫不客气地攀住维纳斯的脖子,我开始同她混熟了。有一阵子我甚至从鼻子底下张望她,发觉她近看起来更凶、更漂亮。然后我发现在臂膀上刻着似乎是古体草书的几个字。在夹鼻眼镜的帮助下,我拼出下面几行字,每拼一个字,德·佩雷奥拉德先生便跟着念一遍,用声音和手势表示赞同。我读出来是:

> VENERI TVRBVL……
> EVTYCHES MYRO
> IMPERIO FECIT。

第一行tvrbvl这个字后面,我觉得有几个字母已经泯灭,只有tvrbvl一字还是清晰可见。

"这是什么意思?……"我的主人精神焕发,带着戏谑的微笑问我,他一定是认为我不容易打破tvrbvl这个谜。

"还有一个字我解释不出,"我对他说,"其余的倒很容易,就是说:'厄蒂谢斯·米龙遵照维纳斯的命令把这个奉献给她'。"

"好极了。可是tvrbvl呢?你怎样解释?什么叫作tvrbvl?"

"Tvrbvl把我难住了。我尽力想找同维纳斯有关的形容词来帮助我解释,可是想不出来。你认为tvrbvlenta怎样?这意思就是说:'扰乱安宁的,使人不安的维纳斯……'你瞧,我一直惦记着她那副凶相,"我自己对自己的解释也感到不大满意,因此我又谦逊地加上一句,"对维纳斯来说,tvrbvlenta倒也不是太坏的形容词。"

"不安宁的维纳斯!吵闹的维纳斯!啊!你以为我的维纳斯是酒馆里的维纳斯吗?丝毫不是,先生;她是一位上流社会的维纳斯。让我来给你解释这个tvrbvl……吧。不过请你答应我,在我的学术论文发表以前,不要到处宣扬我的发现。因为,你瞧,我对于我的发现非常得意……对于我们这些可怜的外省人,你们也的确应该留下一些麦穗让我们来拾呀。你们已经够富有了,巴黎的学者先生们!"

我始终站在台座上,我就从那高处向他庄严地保证,我永远也不会卑鄙地盗窃他的发现。

"Tvrbvl……,先生,"他走近来低声对我说,仿佛害怕第三者会听见他的话,"应该读作tvrbvlnerae。"

"我还是不明白。"

"听我说。离这里四公里地,山脚下,有一个村子名叫布尔太内尔,这个名字就从拉丁文tvrbvlnera变化而来。这种变化是很普遍的。先生,布尔太内尔曾经是一座罗马城市。我一直这样怀疑,可是找不到证据。现在我可找到证据了。这个维纳斯就是从前布尔太内尔城的土地神;而布尔太内尔这个名字,我刚才已经指出它的字源,它还证明了一件有趣的事,就是这个布尔太内尔在成为一座罗马城市以前,过去是一座腓尼基城市!"

他停了下来喘一喘气,想欣赏一下我的惊异。我好不容易才忍住了没有笑出声来。

"事实是,"他继续说,"tvrbvlnera是纯粹腓尼基语,tvr念作tour……tour和sour是同一个字,对不对? sour就是腓尼基语的蒂尔①；我用不着对你解释它的意义了。bvl就是Baal②；Bâl，Bel，Bul，不过读音上有轻微的差别。至于字末的nera，倒使我感到困难。因为我找不到相应的腓尼基语，我相信这是从希腊字rnpós而来，这个字的意思是：潮湿、多沼泽地的。那么这是一个混合字了。为了证实rnpós这个字，我可以指给你看在布尔太内尔境内山泉怎样流下来，形成发臭的沼泽。另一方面，词尾nera可能是很久以后为了对太特里居斯③的皇后娜拉·皮芙絮维亚表示敬意，所以才加上去的，这个女人大概曾经对杜布尔城做过什么好事。可是由于沼泽的存在，我宁愿采用rnpós的字源。"

他带着满意的神情吸了一撮鼻烟。

"可是放下腓尼基语不提，回到铭文上吧。我的译文是：'米龙遵照维纳斯的命令，把这尊雕像、他的作品，奉献给布尔太内尔的维纳斯'。"

我不去批评他的字源学，可是我也想轮到我来显示一下我的洞察力，我对他说："等一等，先生，米龙的确奉献过一件东西，可是绝对不是这尊雕像。"

"怎么！"他喊起来，"米龙难道不是一个著名的希腊雕刻家吗？他家有好几代都是雕刻家，毫无疑问，这是他的一个子孙创作的雕像。"

---

① 蒂尔，过去是腓尼基的重要商业和手工业城市，现属黎巴嫩；蒂尔，阿拉伯语称为sour。
② Baal、Bel等，都是腓尼基人对他们教里神祇的称呼。
③ 太特里居斯，罗马三十暴君之一。

"可是,"我反驳,"我看见雕像的臂膀上有一个小孔。我想大概是用来固定什么东西的,比如说,一只手镯呀,这是米龙用来献给维纳斯来赎罪的。米龙是一个不幸的情人。维纳斯对他很生气,为了平息她的愤怒,所以献给她一只金镯子。请注意铭文中的最末一个字做①往往有奉献②的意思。它们是同义词。如果我手里有一本格吕太或者奥雷利的著作③,我就可以给你举出不少例子。一个恋人在梦中见到了维纳斯,以为她命令他献给她的雕像一只金镯子,这是很自然的事。米龙因此献给她一只镯子……然后不知什么野蛮人或者某个不怕渎神的小偷……"

"啊!分明你是在编造一些故事!"屋主人大声说,同时伸手扶我走下台座。"不是的,先生,这尊雕像是米龙学派的一件作品。你只要看看他的手艺,你就会同意的。"

我给自己定下了一个诫条:永远不过分驳斥那些顽固的古物研究者,于是我装作被说服的样子低下头去说:

"这真是一件令人叹赏的作品。"

"啊!我的天!"德·佩雷奥拉德先生嚷道,"又是一件破坏文物的行为!有人向我的雕像扔了石头!"

他刚发现维纳斯的胸部上方有一道白痕。我也看到在右手的手指上也有同样的痕迹,我推测,这是石头飞过时擦着的,或者

---

① 原文是拉丁文。
② 原文是拉丁文。
③ 格吕太(1560—1627),荷兰著名希腊、罗马语文学者;奥雷利(1787—1849),瑞士语言学家。这两个人都著有不少有关古典语文的著作。

是石头碰着雕像时有一块碎石片反弹到手上。我把我亲眼看到的雕像受到侮辱,和它迅速进行的惩罚,告诉了我的屋主人。他哈哈大笑了许久,并把那个顽童比喻为迪奥梅德①,希望他像那个希腊英雄一样,看见自己的同伴都变成白鸟。

午餐的钟声打断了这场经典性的谈话,并且,我又像昨天一样,不得不饱餐一顿。然后德·佩雷奥拉德先生的一些佃农来了,他得接见他们。这时候他的儿子带我去看一辆敞篷四轮马车,这是他从图卢兹买回来送给他的未婚妻的,不用说,我是十分欣赏的。接着我跟他走进了马厩,他在那里把我留了半个钟头,向我夸耀他的马儿,详述它们的世系,列举它们在省的赛马会上得到了多少奖品。最后,他从一匹准备送给他未婚妻的灰色母马,把话题转到他的未婚妻身上。

"我们今天就可以看到她,"他说,"我不知道你认为她漂亮不漂亮。你们住惯了巴黎,眼界总是很高的;可是在佩皮尼昂,人人都认为她很可爱。她的好处就是十分有钱。她在普拉德的伯母把财产全都传给了她。啊!我一定会十分幸福。"

我看到一个年轻人对于他未婚妻的嫁妆比对她的美貌更感兴趣,不免觉得十分反感。

"你对首饰是内行,"阿尔丰斯先生继续说,"你看这件东西怎么样?这是我明天准备送给她的戒指。"

说着,他从小指头的第一节上取下一枚巨大的钻石戒指。戒

---

① 迪奥梅德,希腊神话的英雄,曾误伤维纳斯,一直受维纳斯迫害,晚年渡海往意大利,他的同伴在那里都变成白鸟。

指做成两只紧握的手,我觉得这是最富有诗意的象征。做工是很古老的,可是我认为在镶上钻石时,戒指曾被整修过。在戒指的里面,有一行戈蒂克字,写着Sempr' ab ti,意思是说:"永远和你在一起。"

"这枚戒指真漂亮,"我对他说,"可是加上钻石,使它稍为失去了它的特质。"

"哦!只有这样它才显得更好看,"他微笑着回答,"这上面有值一千二百法郎的钻石呢。这是家母送给我的。这戒指是我们家传的,很古的东西……是骑士时代的东西。我的祖母戴过它,而我的祖母又是从她的祖母手中得来的。天晓得它是什么时候的产品。"

"巴黎的习惯是,"我对他说,"只送一枚普通的戒指,由两种不同的金属制成,例如黄金和白金就行了。瞧,你手上戴的另一枚戒指,正好合适。这一枚镶了许多钻石,又有两只手用浮雕突出,太大了,戴着就戴不上手套了。"

"啊!让阿尔丰斯太太按照她自己的意思去安排吧。我相信她得到这礼物总会高兴的。手指上戴着一千二百法郎,说什么也是愉快的。"他又带着满意的神气瞧着自己手里戴的那枚简单的戒指,继续说下去,"至于这枚小戒指,那是在一次狂欢节的最后一天巴黎的一个女人送给我的。啊!两年以前,我在巴黎玩得多痛快啊!那里才是个好玩的地方!……"他很惋惜地叹了一口气。

这一天,我们应该到皮加里去,在女家吃晚饭。我们都坐上四轮马车,到新娘父母亲的邸宅,那里离开伊勒大约六公里地。我作为新郎家的朋友被介绍和受到款待。这里我不提晚餐以及餐后闲谈的情况，何况我也很少参加谈话。阿尔丰斯先生坐在新娘旁边，每过十五分钟凑到她耳边说一句话。而她则很少抬起眼皮，每次她的未婚夫同她说话，她就羞得满脸通红，可是却很大方地回答他。

德·皮加里小姐今年十八岁，她那匀称而柔弱的身材，同她的未婚夫强壮而大骨骼的躯体，构成对照。她不仅长得俊，而且迷人。我十分钦佩她回答问题时十分自然的态度；她外表很和善，但也不免带有一点狡黠，使我不由自主地想起屋主人的那尊维纳斯像。当我内心做着这种比较的时候，我想我们之所以不得不承认雕像更美，是不是大部分因为她有一种母老虎的表情？因为强壮的精力即使在邪恶的情欲中，也总能引起我们惊异和不由自主的赞美。

"多么可惜！"在离开皮加里时我这样想，"一个这么可爱的人儿却这么有钱，使得她的嫁妆受到了一个配不上她的男人的追求！"

回到伊勒以后，我觉得我应该同德·佩雷奥拉德太太说几句话，可是我又不知说些什么才好。

"你们可真是鲁西荣的自由思想家！"我大声说，"怎么，太太，你们居然在一个星期五举行婚礼！在巴黎，我们比你们迷信，没有人敢在这样的日子娶亲。"

"我的上帝！不要对我提这件事了，"她对我说，"如果由我一个人做主的话，我当然会选择另外一个日子。可是佩雷奥拉德定要这样，我不得不让步，这叫我真提心吊胆。假如发生不幸呢？为什么人人都害怕星期五呢？这里面一定有它的道理。"

"星期五!"她的丈夫嚷道,"这是维纳斯的日子①!对结婚来说,是一个好日子!你瞧,我的同行,我只想着我的维纳斯。说实话,就是为了她我才选择星期五的。明天,如果你愿意的话,在婚礼举行以前,我们可以向她举行一个小小的祭奠,可以用两只野鸽来作祭品,如果我可以找到香的话……"

"呸!佩雷奥拉德!"他的老婆气愤到了极点,打断了他的话头,"给一个偶像供香!这太不像话!附近一带的人要怎样议论我们呢?"

德·佩雷奥拉德先生说,"那么至少你得准许我在她头上戴上一顶玫瑰花和百合花合制的花冠!

献出满满一手的玫瑰花②。

你瞧,先生,宪章只是一句空话,我们连宗教信仰自由都没有!"

第二天的婚礼,按照下面安排举行:上午十时整,大家穿衣打扮完毕,喝了巧克力以后,乘马车到皮加里去;世俗婚礼在乡公所举行,宗教婚礼在公馆的小教堂举行;接下来是午餐,午餐完毕后大家可以各自消遣到晚上七点;七点,大家回到伊勒,到德·佩雷奥拉德先生家里,男女两家在这里聚集吃晚饭;以后的事情就听其自然。因为不能够跳舞,大家便尽量多吃一些。

---

① 法语"星期五"出自拉丁文"维纳斯的日子"之意。
② 原文是拉丁文,出自罗马诗人维吉尔的《伊尼特》第六章八八三行。

八点钟开始,我坐在维纳斯前面,手里拿着一支铅笔,描画雕像的头部,画了足有二十次,始终不能抓住她的表情。德·佩雷奥拉德先生在我身边转来转去,给我出主意,对我重复讲述他的腓尼基语源论;然后又把一些孟加拉玫瑰花放在雕像的台座上,用一种悲喜交织的声调向雕像祝愿,祈求她保佑即将住到他家里的一对新人。将近九点钟,他回屋子去穿衣打扮,这时阿尔丰斯先生露面了,他紧紧地裹着一件新礼服,戴着白手套,穿着漆皮鞋,衣服上有雕花纽子,纽孔里插着一朵玫瑰花。

"你会给内人画一张肖像画吗?"他俯下身子看我的画,问我说,"她也很漂亮呀。"

这时候,在我提起过的网球场上开始了一场球赛,这场球赛立刻吸引了阿尔丰斯先生的注意。我也因为画累了,而且因为不能画出这个狡黠的容貌而感到泄气,过了一会儿我也放下了图画去看打球。球员中有几个是昨天刚到的西班牙骡夫。他们是西班牙的阿拉贡人和纳瓦拉省人,几乎全都是打球的能手。因此,伊勒人虽然由于阿尔丰斯先生在场指导而受到鼓励,仍然很快就被新来的人打败了。法国观众感到非常惊愕。阿尔丰斯先生看了看表,那时才九点半,他的母亲还没有梳好头。他再不犹豫,脱下礼服,借了一件上衣,立即向西班牙人挑战。我微笑着眼看他这样做,心里有点惊异。

"必须维护本地方的荣誉。"他说。

这时候我发觉他的确是英俊漂亮。他热情激发,刚才还使他那样关注的装扮,现在对他说来已不算什么了。几分钟以前,他还害怕弄歪了他的领带而不敢随便回头,现在他再也不管他那卷曲的头发和他那折得妥妥帖帖的胸饰了。那么他的新娘呢？……说真的，如果必要，我想他肯定会把婚礼推迟举行。我看着他匆匆忙忙地穿上一双运动鞋，卷起衣袖，然后信心十足地站在战败一方的前头，正如恺撒在蒂拉基安姆重新召集他的兵士一样。我跳过矮树篱笆，站在一棵朴树下面，舒舒服服地把双方阵营都看个清楚。

出乎大家的意料，阿尔丰斯先生没有接着第一个球；这球的确是刚刚掠过地面的球，由一个阿拉贡人以惊人的力量发出，也难怪阿尔丰斯先生接不着。发球的人好像是西班牙人的领队。

他是一个四十岁左右的人，消瘦，神经质，高两米左右，橄榄色的皮肤同维纳斯的青铜颜色一样深。

阿尔丰斯先生愤愤地把球拍往地上一扔。

"都怪这该死的戒指，"他骂道，"箍紧我的手指，使我错过了一个有把握的球！"

他费了一点气力才把钻戒脱了下来，我走过去接钻戒，可是他抢先奔到维纳斯面前，把钻戒套在她的无名指上，又回到伊勒人那边打首位。

他脸色苍白，可是沉着而有决心。从此以后他再也没有失过一次手，西班牙人被打得一败涂地。观众的热情构成一幅壮丽的画面：有的人拚命地欢呼，把帽子抛向天空；另一些人紧紧握他的手，称他为当地的荣誉。即使他打退了一次外国的侵略，我看也不会受到更加热烈和更加诚恳的祝贺。失败者的懊丧使他的胜利更增加了光彩。

"我们可以再玩几盘，我的勇士，"他用神气超人的语气对那个阿拉贡人说,"可是我得让你们一些分数。"

我真希望阿尔丰斯先生能谦虚一些,并为战败者所受到的耻辱感到难过。

那个西班牙巨人深深地感到这个侮辱。我看见他那晒黑了的皮肤发白。他咬紧牙关,脸色阴沉地望着他的球拍;然后,他闷声地轻轻说:"为了这,你得给我付出代价①。"

德·佩雷奥拉德先生的声音打乱了他儿子对胜利的享受,他很奇怪儿子怎么没有准备新马车,更觉惊奇的是看见儿子满头是汗,手里还拿着球拍。阿尔丰斯先生奔到屋里,洗了脸和手,重新穿上他的礼服和漆皮鞋,再过五分钟我们便乘着马车在通往皮加里的道路上飞速奔驰。城里所有打网球的人和许多观众跟在我们后面欢呼。拉着我们的这几匹强壮的马儿几乎被这些勇猛的加泰罗尼亚人追过了头。

我们到了皮加里,队伍正要去乡公所时,阿尔丰斯先生突然拍了拍脑门,轻声对我说:

"真是笑话!我居然忘了那枚钻戒!我把它戴在维纳斯的手指上,魔鬼会把它拿走的!请你至少不要告诉我的母亲。也许她不会发觉。"

"你可以派一个人去取。"我对他说。

"唉!我的仆人都在伊勒。这里的几个,我一个也不信任。一千二百法郎的钻石!这对不少人是一个诱惑。再说,这儿人家知道我这样粗心大意,会怎样想呢?他们会嘲笑我,管我叫雕像

---

① 原文是西班牙文。

的丈夫……但愿它别让人偷掉！幸喜那些恶棍们都害怕那尊偶像。他们不敢走到离她一臂远的地方。好吧！没有关系，我还有另一枚戒指。"

世俗婚礼和宗教婚礼都相当热闹地举行过了。德·皮加里小姐接受了一枚原是巴黎时装女店主赠送的戒指，丝毫没有怀疑她的未婚夫已牺牲了她的一件爱情保证品。接着大家入席，既喝，又吃，甚至唱歌，消磨了很长时间。我为新娘感到难过，因为在她周围尽是些粗俗的笑谈。可是她表现得却比我意料中的好，她的窘态既非由于笨拙，也丝毫没有做作。

也许勇气是随着困境而产生的吧。

感谢上帝，午餐终于结束了；那时已是下午四时，男客们都到花园散步，花园里一片佳景，十分壮丽。皮加里的农妇们穿着节日的盛装，在宅邸的草地上跳舞，有些男人站在那里观看。这样，我们消磨了几个钟头。妇女们热情地簇拥着新娘，新娘把男家送来的礼物一件件拿出来给她们欣赏。然后她换了衣装，用一顶软帽和一顶有翎饰的帽子盖住她的美丽头发，因为习俗规定做姑娘时不能戴的饰物，一等到她们能佩戴时，她们总是迫不及待地佩戴起来的。

等到大家准备回伊勒的时候，已将近八点了。可是又演出了动人的一幕。德·皮加里小姐的伯母，是一位年纪老迈而十分虔诚的妇女，她待皮加里小姐就跟亲生女儿一样，她不能跟我们一起到城里去。临别时，她向侄女训导一番，告诉她做媳妇的义务，接着是哭哭啼啼和没完没了的抱吻。德·佩雷奥拉德先生把这个分别场面比喻为萨宾妇女的被劫①。我们终于动身了,在路上,每个人都想尽方法劝新娘高兴并且逗她发笑,可惜都没有成功。

到了伊勒,晚餐在等待我们,多么丰盛的晚餐!如果早上粗俗的笑谈使我震惊,现在针对新郎和新娘的双关语和开玩笑的话更使我反感。新郎在入席以前不见了一会儿,回来以后脸色苍白,像冰一般严肃。他不停地喝科利乌尔②陈酒,这种酒几乎同烧酒一样强烈。我坐在他旁边,不得不警告他:

"当心!人家说酒……"

为着同旁的宾客保持一致,我不知对他说了什么蠢话。

他碰了碰我的膝盖,十分轻声地对我说:

"酒席散了以后……我想同你说两句话。"

他严肃的声调使我吃了一惊。我更仔细地瞧了瞧他,发觉他的脸有奇异的变化。

"你觉得不舒服吗?"我问他。

"没有。"

他又开始喝酒。

在大喊大叫和鼓掌声中,一个十二岁的孩子溜到桌子底下,从新娘的脚踝上解下一条粉红间白的美丽的带子,拿给大家看。大家说这是新娘的吊袜带,立刻把它剪成了碎片,分给年轻人,年轻人就把碎片别在自己纽孔里。这是一个古老的习俗,还被几个大家族保存着。这可把新娘连眼白都羞红了……可是更使新娘

---

① 据传说,罗马人曾至萨宾国劫持妇女为妻;萨宾国在古代意大利的中部。
② 科利乌尔,法国东比利牛斯省的小城镇,以产酒著名。

不知所措的，是德·佩雷奥拉德先生叫大家安静下来，听他向新娘朗诵几句加泰罗尼亚诗句的时候。这些诗句据他说是即席口赋的。根据我的理解，这些诗句的意思是：

"朋友们，这是什么原因？难道是美酒使我眼花了？这儿有两个维纳斯……"

新郎带着惊惶的神气突然转过头去，引起了大家的笑声。

"是的，"德·佩雷奥拉德先生继续说，"我的家里有两个维纳斯：一个像松露一样是被我从地下挖出来的；另一个，是从天而降，刚把腰带分给我们了。"

他指的是她的吊袜带。

"我的儿啊，在罗马的维纳斯和加泰罗尼亚的维纳斯两者当中，挑选一个你中意的吧。傻小子选中了加泰罗尼亚的那一位，他选得好。罗马的维纳斯是黑色的，加泰罗尼亚的维纳斯是白色的。罗马的那位是冰冷的，加泰罗尼亚的那位能使任何走近她的人热情激发。"

这段尾声激起了一阵乌拉声，震耳欲聋的鼓掌声，和响亮的笑声，使我以为天花板快要掉到我们头上了。酒席上只有三张脸是严肃的，那就是两位新人和我的脸。我头痛得厉害，而且，不知为了什么，婚礼总使我感到哀伤。尤其是这一回婚礼，更使我感到有点厌恶。

副乡长唱完了最后几节歌词，我不得不说，这些歌词是十分轻浮的；然后大家到客厅去欣赏新娘的退席，因为时间已近午夜，新娘马上就要进入洞房。

阿尔丰斯先生把我拉到一个窗台边，眼睛望着别处，对我说：

"你一定会笑话我……我不知道怎么搞的……我中了魔法了!我真不明白!"

我的第一个想法是:他大概自认为是遇到了某种不幸,就是蒙田和德·塞维涅夫人所说的:

"整个恋爱领域充满着悲剧故事",等等。

我心想:我还以为这一类悲剧仅仅聪明人才遇上。

"你喝科利乌尔酒喝多了,亲爱的阿尔丰斯先生,"我对他说,"我早已警告过你。"

"也许是的。可是这件事比喝醉酒可怕得多。"

他的声音断断续续。我相信他完全喝醉了。

"你知道我的戒指吗?"他沉默了一会儿继续说。

"怎么!人家拿走了?"

"没有。"

"既然这样,你拿到了?"

"没有……我……我不能把它从这个鬼维纳斯的手指上脱下来。"

"原来这样!你没有用足气力去拔呀。"

"我用力的……可是维纳斯……她缩紧了手指。"

他神色惊惶地盯着我,同时把身子靠在窗门的插销上,以免跌倒。

"你胡说什么!"我对他说,"你把戒指套得太深了。明天你用钳子把它取出来。可是当心别把雕像毁坏了。"

"不,我告诉你。维纳斯的手指已经缩回去,握了起来;她握紧了拳头,你听见我说吗?……她显然变成了我的妻子,因为我把戒指给了她……她不肯把戒指还给我。"

我感到猛地打了一个寒噤,皮肤上顿时长起鸡皮疙瘩。后来,他深深地叹了一口气,送来一阵酒气,我的激动立刻消失了。

我想:这个家伙完全喝醉了。

"你是考古学家,先生,"新郎用可怜巴巴的声调说,"你熟悉这一类雕像……也许里面有发条,或是别的鬼东西……你去看看好不好?"

"好,"我说,"我们一起去。"

"不,最好你一个人去。"

我走出了客厅。

在晚餐的时候天气变了,开始下起倾盆大雨。我正想去讨一柄雨伞,却让一个想法阻住了。我真是一个傻瓜,我心想,竟去验证一个喝醉酒的人说的话!也许他是想给我来一个恶作剧,好让这些老实的外省人笑一场;再说还会被雨淋得湿透,得一场重感冒。

我站在门口向流着雨水的雕像望了一眼,没回客厅,就上楼到自己的房间。我躺在床上,翻来覆去睡不着。白天发生的一切都回到我的脑海中。我想到这个年轻姑娘这么美丽、这么纯洁,却嫁给一个粗野的醉汉。我对自己说,为着地位财产而缔结的婚姻有多么丑恶啊!一个乡长居然佩戴三色勋带,一个普通神父挂着领巾,于是世界上最贞洁的女子就送给了一个半人半牛的怪物[①]!两

---

① 三色勋带是法国受勋者的绶带;教士的领巾通常由主教及六品佩戴,普通神父只是在举行某种宗教仪式如婚礼等时,才能佩戴;半人半牛怪物是希腊神话中的人物。

个不相爱的人在新婚之夜能够说些什么呢？而这种时刻却是真正相爱的恋人宁愿用生命来换取的。一个女人见到过一个放肆粗鲁的男人，她还会爱他吗？我可以肯定，最初的印象是不能磨灭的，这位阿尔丰斯先生值得被人憎恨……

我的内心独白还不止这一些，我已经略去了许多，就在我这么自言自语的时候，我听见屋子里人来人往，开门关门，马车离去的声音；然后我似乎听见楼梯上有几个女人的轻轻脚步声，她们朝走廊的另一端与我房间相反的方向走去。这大概是送新娘入洞房的队伍。接着那些女人又走下楼梯。德·佩雷奥拉德太太的房门关上了。我心里想，那个可怜的姑娘该多么惶恐和不自在啊！我心情恶劣地在床上翻了翻身。我这个独身汉在一所举行婚礼的房子里扮演着一个愚蠢的角色。

屋子里沉静了好一会儿，然后沉重的脚步声又打破了寂静。这脚步声是上楼梯，木板楼梯被踏得发出响亮的轧轧声。

"多粗鲁的汉子！"我喊起来，"我敢打赌他会跌在楼梯上。"

一切又复归寂静。我拿了一本书以便转移思路。那是一本省里的统计录，前面有德·佩雷奥拉德先生的一篇学术论文，是关于普拉德县城的古代建筑物的。我看到第三页便入睡了。

我睡得很不踏实，醒了好几次。那时大约是清晨五点钟，我已醒了二十几分钟，才听见了鸡叫。天快亮了。这时候我清晰地听见同样沉重的脚步声，同样的楼梯轧轧声，像我入睡以前听见的一样。我觉得很奇怪。我一边呵欠一边想阿尔丰斯先生为什么起得那么早。我想不出什么理由。我刚要重新合上眼皮，一阵奇怪的跺脚声，接着而来的是打铃声，重新引起了我的注意。房门猛一下打开，我听到了嘈杂的喊叫声。

我立刻跳下床，心想：那个酒鬼一定是在什么地方放了火。

我很快穿起衣服，走进走廊。走廊的另一端发出喊叫声和哀哭声，其中一个碎人心肺的声音压倒了其他声音，喊着："我的儿啊！我的儿啊！"很明显，阿尔丰斯先生一定是遭到了不幸。我向新房奔去，里面已经挤满了人。第一个呈现在我眼中的景象，就是新郎半裸着横躺在床上，床的木桩已经折断。他脸色铁青，僵直不动。他的母亲在他身边号啕大哭。德·佩雷奥拉德先生手忙脚乱，一会儿用香水擦儿子的太阳穴，一会儿又拿嗅药放在儿子的鼻子下面。可惜，他的儿子已死去多时了。在房间的另一端，新娘在一张长沙发上骇人地挣扎着。她发出含混不清的喊声，两个壮健的女仆使了大劲才把她按住。

"我的天啊！"我叫道，"出了什么事了？"

我走到床边，把可怜的年轻人抱起来，他已僵硬而冰凉。他咬紧牙关，脸色泛黑，表现出可怖的痛苦。他的死显然是暴死，死时一定很惨。可是他的衣服上却没有一点血迹。我解开他的衬衫，只见他胸口上一道青痕，一直伸延到肋骨和背脊。简直可以说他是被一个铁圈紧紧地箍死的。我的脚踏在地毯的什么硬东西上，弯下腰去，看见原来是那枚钻戒。

我把德·佩雷奥拉德先生和太太拉到他们的房间，叫人把新娘也抬到那里。

"你们还有一个女儿，"我对他们说，"你们应该照料她。"然后让他们留在那里，我走了。

毫无疑问，阿尔丰斯先生是遭到了谋杀，凶手是夜间设法潜入新房的。可是胸口的伤痕,以及伤痕呈环形,却使我难以解释,因为一根木棍或者铁棍都无法留下这样的伤痕。突然我想起了听人家说过,在巴伦西亚,有些勇士被人收买去谋害人,他们是用盛满细沙的长皮袋去殴打杀人的。我马上联想起那个阿拉贡骡夫和他的威胁;可是我又几乎不敢相信他会对微不足道的玩笑施以这么可怕的报复。

我到屋子各处去找破门而入的痕迹,到处都没有找到。我下楼到花园里看看凶手们能否从这地方进来,可是我没有找到任何确实的证据。昨天的一场大雨把土地浇得那么潮湿,以致不能留下清晰的印迹。可是我仍然看见地里有几只陷得很深的脚印,朝着两个相反的方向,从连接网球场的篱笆角落,一直到房子的大门这一条直线上。这大概是阿尔丰斯先生到雕像的手指上去找戒指时留下的脚印。另一方面,矮树篱笆在这一带比别的地方长得稀一点,凶手大概是从这里越过来的。我在雕像面前来回走动,停下来对她端详了好一会儿。这一次,我得承认,我凝视着她那副嘲弄人的凶恶表情时不能不感到恐惧。我的脑子里还装满着我刚才亲眼看到的恐怖景象,我似乎看到了一个地狱恶魔对降临到这家人家的祸事拍手称快。

我回到房间,一直逗留到中午。然后我出来向屋主人们打听消息。他们已经稍稍平静下来。德·皮加里小姐——我应当称她为阿尔丰斯先生的寡妇——已经恢复了知觉。她甚至还同佩皮尼昂的检察官谈过话,检察官那时正在伊勒巡回审判,他接受了她的证词。检察官也要我的证词。我对他说了我所知道的一切,并且不隐瞒我对阿拉贡骡夫的怀疑。他下令立刻逮捕那骡夫。

"你从阿尔丰斯太太那里听到些什么吗？"我的证词记录完毕并且签字以后，我问检察官。

"这位可怜的年轻人已经神经错乱了，"他带着悲哀的微笑对我说，"完全神经错乱了！她说的内容如下：

"她说她已经放下了帐幔，躺了几分钟，突然听到房门打开，有人进来。那时候阿尔丰斯太太躺在床上靠墙壁的一边，脸朝墙壁。她动也没有动，认为这人一定是她的丈夫。过了一会儿，那张床咿呀一响，仿佛有重物压了上去。她十分害怕，可是不敢回过头来。过了五分钟，也许十分钟……她说不出过了多长时间，就这样静静不动地待着。后来她无意之间动了动，或者是躺在床上的那个人动了一动，她忽然碰到了冷得像冰一样的东西——这是她的原话。她浑身哆嗦，拼命贴紧墙壁。过了不久，房门第二次打开，有人走进来，嘴里说着：'晚上好，我的小太太。'接着他掀开帐幔。她只听见一下窒息的喊声。躺在床上她身边的那个人坐了起来，好像向前伸出了臂膀。于是她回过头来……她说她看见她的丈夫跪在床边，脑袋在枕头的高度，被一个暗绿色的巨人紧紧抱在怀里。她说，并且对我重复说过好多次，可怜的女人！……她说她认出了……你猜是谁？那是德·佩雷奥拉德先生的雕像，那具青铜维纳斯……自从这具雕像在本地出现以后，人人都梦见她。我还是继续讲那个可怜的女疯子所说的事吧。她说她看见这情景就昏厥过去，也许在几分钟以前她就丧失理智了。她一点也说不出她昏厥了多长时间。她醒过来时只见那个鬼——或者像她一直那样说的，那尊雕像，一动也不动，大腿和下身坐在床上，上身和两只臂膀向前伸，怀里抱着她的丈夫，他已经毫不动弹了。这时鸡叫了。雕像下了床，让她丈夫的尸首倒下，就走了出去。阿尔丰斯太太拼命拉铃叫人，其余的事你都知道了。"

那个西班牙人被带来了；他很沉着，冷静，脑子十分清楚地为自己辩护。他并不否认我听他说过的话，可是他解释说，他没有别的意思，只不过是想说第二天等他休息过来以后，他将在一场网球赛中把他的对手击败，如此而已。我记得他还补充了一句：

"一个阿拉贡人受到侮辱，不会等到第二天才报复的。如果我认为阿尔丰斯先生侮辱了我，我会立刻把我的刀子插进他的肚子里。"

拿他的鞋子同花园里的脚印做比较，他的鞋子大了许多。

最后这汉子投宿的旅馆主人也证明，他整个晚上都在给他的一匹生病的骡子按摩和喂药。

而且这个阿拉贡人是一个名声很好的人，当地人人皆知，他每年都到这儿来做生意，因此当局向他道歉以后释放了他。

我忘记了叙述一个仆人的证词，这个仆人是最后一个看到阿尔丰斯先生活着的人。那是阿尔丰斯要上楼到他妻子那里去的时候，他叫住仆人，焦躁不安地问他知不知道我在哪里。仆人回答他说没有见到我。这时候阿尔丰斯长叹一声，足有一分钟没有作声，然后他说："算了！他也见鬼去了！"

我问仆人，阿尔丰斯先生说话的时候，手上有没有戴着钻戒。仆人犹豫着没有回答，后来他说他觉得没有，而且说他没有留意。

"如果他手里戴着戒指，"他又改口说，"我一定会注意到的，因为我以为他早就把戒指送给阿尔丰斯太太了。"

在质问这个仆人时，我也感到一点迷信的恐怖，阿尔丰斯太太的证词使全家都蒙受着这种恐怖。检察官微笑着望着我，我也就不再说下去了。

阿尔丰斯先生下葬后几小时，我准备离开伊勒。德·佩雷奥拉德先生的马车要把我送到佩皮尼昂。那个可怜的老头子，虽然身体虚弱，仍然要伴送我到花园门口。我们默默地越过花园，他靠在我的臂膀上，几乎走也走不动。我们要分手的时刻，我向维纳斯望了最后一眼。因为我料到屋主人一定会摆脱一件经常使他想起那场惨景的东西，尽管他不像家中一部分人一样，对这雕像充满着恐怖和憎恨。我想劝他把这雕像送到一个博物馆里去。我迟疑着不敢开口，忽然间德·佩雷奥拉德先生机械地回过头来向我凝视着的方向望去，他看到了那雕像，立刻泪如雨下。我拥抱他，不敢对他提起一个字，便登上了马车。

我走了以后，没有听到过有什么新的资料可以帮助解释这件神秘的祸事。

德·佩雷奥拉德先生在他儿子死后几个月就去世了。他用遗嘱把他的全部手稿遗赠给我，也许我有一天要将它们发表。我没有找到关于维纳斯的铭文那份学术论文。

附记

我的朋友德·普……先生最近从佩皮尼昂写信给我说雕像已经没有了。德·佩雷奥拉德太太自从她的丈夫死后，第一件事就是把雕像熔铸成一口钟，把它送给伊勒的教堂。可是，德·普……先生又补充了一句：看来谁占有了这块青铜谁就倒霉，自从伊勒教堂敲响这口钟以后，葡萄已经冻坏过两次了。

阿尔赛娜·吉约

"你是强大的,但是帕里斯和福玻斯-
阿波罗将在斯开亚城门歼灭你。"①
(荷马:《伊里亚特》歌第二十二首,第三百六十行)

1

圣罗克教堂最后一台弥撒已经结束,教堂的执事正在巡查,把空无一人的圣堂一一关闭。有些用栏杆同其余信徒隔开的所谓贵族弥撒厢,是某些女信徒花钱获准可以在里面单独祈祷的;执事正要把其中一间的栏杆拉好,突然看到里面还有一个妇女,脑袋低垂在坐椅的靠背上,仿佛正在热切地默祷。"那是德·皮埃纳夫人。"执事一边想,一边在圣堂入口处停了下来。执事对德·皮埃纳夫人很熟悉。在那个时代,一个上流社会的女子,年轻,有

---

① 原文是希腊文。根据希腊神话,这是赫克托耳被阿喀琉斯杀死时临终对阿喀琉斯所说的预言,这个预言后来应验了。

钱，漂亮，又肯奉献圣体，赠送祭台布，通过本堂神父布施大量金钱，这样的女子的确可称虔诚，更何况她没有一个在政府里当公务员的丈夫，她本人也不同太子夫人有密切关系①，她之所以经常到教堂，除了超度自己的灵魂以外，没有什么好处可得。德·皮埃纳夫人就是这样的一个女子。

执事很想去吃饭，因为像他这一类人总是在一点钟吃饭的；可是他不敢打扰一个在圣罗克教区享有名望的妇女的默祷。因此他走开了，他的破损了鞋跟的鞋子踏在石板上发出响声，他希望等他把整个教堂兜了一圈回来以后，圣堂里已经没有人。

他走到唱诗班所在地的另一端②，这时候一个年轻女子走进了教堂，在教堂的一个侧面通廊里徘徊，十分好奇地张望她周围的事物。靠壁、苦路站、③圣水壶，所有这些东西在她看来都十分奇特，正如你，夫人，你看见了清真寺里的神圣壁龛或者开罗一座清真寺的碑铭一样。她大约有二十五岁，可是必须仔细地观察她，才不至于把她看得更老一点。她的黑眼珠虽然很明亮，但是往里深陷，已经有一道青黑色的眼圈；她的脸色灰白，没有血色的嘴唇说明她有伤心事，然而她的眼光里却有一种大胆和快活的神气，和她有病的外表构成鲜明的对照。看她的打扮，你会觉得有一种粗枝大叶和装饰考究两者兼而有之的古怪的结合。她的玫瑰色帽

---

① 太子夫人指昂古莱姆公爵夫人；昂古莱姆公爵（1775—1844）于一八二四年册封为太子，其夫人是非常虔诚的天主教徒，以严守教规而出名。

② 贵族弥撒厢通常设在唱诗班所在地的附近。

③ 靠壁指祭台后面的板壁；苦路站是仿照耶稣背着十字架上卡尔瓦略山时经过的十四处，每处设一站，供诵经跪拜。

子装饰着纸花,如果在晚上穿便服时戴上更合适一些。一条很长的开司米披肩,一个上流社会妇女的有经验的眼睛不难看出她不是这条披肩的第一个主人;披肩下面是一件印花布连衫裙,已经有点破旧,这种料子二十个苏就可以买一公尺。还有她那双只有男人才会赞赏的脚,穿着普通袜子和绒鞋,看来这双鞋子好久以来已经吃够了石子地面的苦。你记得,夫人,当时沥青还没有发明。

这个女人的社会地位你可以猜得出;她走近德·皮埃纳夫人逗留的那间圣堂,带着不安和窘迫的神气把德·皮埃纳夫人观察了一会儿,见她起身要走,就走近她的身边。

"你能不能够告诉我,夫人,"女人带着羞涩的微笑用温和的声音问,"你能告诉我奉献一根蜡烛要找什么人吗?"

德·皮埃纳夫人听了她的话觉得非常奇怪,以致她开头竟没有听懂;她叫她再说一遍。

"噢,我想奉献一根蜡烛给圣罗克,可是我不知道应该把钱交给谁。"

德·皮埃纳夫人的宗教信仰很开明,不可能熟悉这种民间的迷信。可是她尊重这些迷信,因为各种形式的崇拜,不管多么粗俗,总是有它的动人之处。德·皮埃纳夫人相信这个女人是为了还愿或者类似的事情,就指了指正在走过来的执事。她心肠过于慈善,不忍从这个女人的衣服和玫瑰色帽子上得出你也许不怕做出的结论。陌生女人向她道了谢,跑去找那个执事,执事似乎听她一说就完全明白了。德·皮埃纳夫人拿起弥撒书,正在整理面纱的时候,她看见献蜡烛的女人从口袋里掏出一只小小的钱袋,从里面一堆零钱中捡起一枚五法郎银币，交给执事，又低声向他做了许多嘱咐，执事微笑着听她说。

德·皮埃纳夫人同陌生女子同时走出教堂；虽然她们走的是同一方向，献蜡烛女人走得太快，不多一会儿德·皮埃纳夫人就不见了她的踪迹。到了她住家的那条大街的街角上，她又遇见那个陌生女子。这个女子在邻近的商店买了一只四磅的面包，想把它藏在那条开司米披肩下面。再次见到德·皮埃纳夫人，她低下头，不禁微微一笑，同时加快了脚步。她微笑的意思是说："有什么办法呢？我是穷人。嘲笑我吧，我也知道一个戴玫瑰色帽子和披开司米披肩的人是不买面包的。"这种既惭愧，又无可奈何，再加上不愠不怒的混合表情，没有逃过德·皮埃纳夫人的眼睛。她感伤地想到这个青年女子的可能境遇，心想："她的敬神比我更值得称颂。她献出一个金币比之我的牺牲要大得多，因为我只不过是拿我多余下来的钱施舍给穷人，对我的生活丝毫没有影响。"

接着她想起了寡妇捐献两个铜板的寓言①，这两个铜板比富人慷慨的施舍更能讨上帝欢喜。"我做好事做得不够，"她想，"我没有尽我的能力去做好事。"她这样一边在心中谴责自己，一边走进家门，其实她是不应该受到这些谴责的。蜡烛，四磅的面包，尤其是将那枚五法郎的唯一银币捐献出来的举动，使德·皮埃纳夫人的记忆里深深地刻印着那个年轻妇女的面容，她把她视为虔诚的榜样。

她经常在教堂附近的大街上遇见她，可是从来没有在日课祈

---

① 这个寓言出自《圣经·马可福音》第十二章第四十一至四十四节。

祷遇见她。每次她从德·皮埃纳夫人前面经过,总是低着头,温柔地微笑着。这种十分谦逊的微笑很讨德·皮埃纳夫人的欢喜。她很想向可怜的姑娘表一表她的好意,这个姑娘起初使她发生好感,这时激起她的怜悯,因为她发现她的玫瑰色帽子已经褪了颜色,而那条开司米披肩已经不见了。毫无疑问,披肩已经回到旧货店。圣罗克显然没有百倍偿还她的捐献。

有一天,德·皮埃纳夫人看见有人抬了一具棺材走进圣罗克教堂,后面跟着一个衣服穿得相当破旧的男人,帽子上没有黑纱。他的样子像个看门人。一个多月以来,德·皮埃纳夫人再没有遇见那个献蜡烛的女子,这就使她产生了这样的想法:她正在参加她的丧礼。这样的想法相当接近事实,因为德·皮埃纳夫人最后一次见到她时,她形容消瘦,脸色苍白。于是德·皮埃纳夫人问教堂执事,执事又转问那个跟棺材的男人。男人回答说他是大路易街一所房子的看门人,有一个名叫吉约太太的女房客死了,她一无亲戚,二无朋友,只留下一个女儿,看门人完全是为着发善心,才来参加一个同他毫无关系的人的丧礼。德·皮埃纳夫人马上想到那个不知名的姑娘一定是贫困而死,留下了一个没有人救助的小女孩,她马上派了一个通常帮她做善事的神职人员去打听。

过了两天,她出门的时候,一辆二轮手推车横在路中间,挡住了她的马车,停了几分钟。她心不在焉地从车门望出去,看见她以为死了的那个年轻姑娘躲在一块墙角石边上。德·皮埃纳夫人一眼就认出了她,虽然她的脸色变得更为苍白,比过去任何时候更为消瘦;她穿着孝服,可是穿得很不像样,既不戴手套,也没戴帽子。她的表情很特别。惯常的微笑不见了,脸上的肌肉全部收缩起来，一双黑色大眼睛直瞪瞪的，一副凶相；她转眼看着德·皮埃纳夫人，可是并不认识她，因为她什么也看不见。看她整个表情，表现出来的不是悲痛，而是一种愤怒的决心。那辆二轮手推车推走以后，德·皮埃纳夫人的马车快步驰去，可是那个年轻姑娘的形象，和她的绝望表情，久久还继续追随着德·皮埃纳夫人。

回来的时候，她看见她家的大街上聚着一大群人。看门女人都站在门口向女邻居们在讲述什么，女邻居们听得津津有味。在德·皮埃纳夫人寓所附近的一所房子前面拥挤着更多人。所有的眼睛都望着四层楼上一扇打开的窗户，人堆里有一两只手举着指给人们看那窗户，接着又突然指指地下，所有的眼睛都跟随着这些手臂的动作。一定是刚发生了什么意外的事件。

走过前厅的时候，德·皮埃纳夫人发觉她的仆人们个个都神色惊慌，人人都争先恐后地向她走来，想获得第一个把当地的重大新闻告诉她的权利。可是没等她开口，她的贴身女仆就嚷起来：

"啊！太太！……如果太太知道的话！……"

她用难以形容的速度一连打开了几道门，同她的女主人一同进入了最神圣的处所①，我的意思是指化妆间，其余的家人是禁止入内的。

"啊！太太，"年轻女仆约瑟菲娜一边替德·皮埃纳夫人卸下披肩一边说，"这真叫我恶心！我从来没有看见过这样可怕的景

---

① 原文是拉丁文，逐字译是"圣中的圣者"，是犹太人用来指庙宇的最深处，凡人不能入内的处所。这里是指德·皮埃纳夫人的闺房。

象，就是说，我没有看见，虽然我马上就奔过去……可是……"

"到底发生了什么事？快点说吧，姑娘。"

"是这样的！太太，离这里三间门面的房子里，有一个可怜的年轻姑娘在三分钟以前从窗口上跳下来，如果太太早一点回来，就可以听见她落地的声音。"

"啊！我的天！可怜的姑娘死了吗？"

"太太，真可怕。打过仗的巴蒂斯特也说他从来没有见过这么可怕的景象。从四层楼上，太太！"

"她当场就死了吗？"

"哦！太太，她还在动呢；她甚至还开口说话，她说：'但愿有人帮助我结束生命！'可是她的骨头已经粉碎。太太准能想象她跌得有多么惨重。"

"可是这个可怜的姑娘……有人帮助她了吗？……有人去找医生或者教士吗？……"

"找教士？……太太比我知道得更清楚……纵使我是教士……对一个自暴自弃想自杀的可怜的姑娘！……何况，她的品行不好。这是一目了然的……据人家告诉我，她在歌剧院当过……所有这些姑娘都没有好结局……她爬上窗口，把一条粉红色绸带系在裙子上，然后……扑通！"

"她就是那个戴孝的姑娘！"德·皮埃纳夫人自言自语地叫起来。

"是的，太太；三四天以前她的母亲死了。她昏了头……事实上，也许是她的情夫突然遗弃了她……而且，房租又到期了……没有钱，又不会工作……她们都有古怪的想法……不到一会儿，一件蠢事就这样做出来了……"

约瑟菲娜这样继续说了一些时候,德·皮埃纳夫人一声也没有吭。她似乎正在伤心地想着她刚听到的故事。突然,她问约瑟菲娜:

"这个可怜的姑娘是否有了养伤的必需品?……像内衣裤呀?……垫褥呀?……马上派人去打听一下。"

"如果太太同意,我愿代太太去走一遭。"贴身女仆大声说,她乐意就近去看一看一个想自杀的姑娘。

她考虑了一会儿,又接着说:

"我不知道我有没有勇气看见一个从四层楼上掉下来的女人!……人家替巴蒂斯特放血的时候,我都觉得不好受。我简直控制不住自己。"

"好吧!叫巴蒂斯特去吧,"德·皮埃纳大声说,"可是要快点告诉我这个可怜女子的身体情况。"

恰巧在她下这道命令的当儿,她的私人医生克……大夫来了。他是按照老习惯,每星期二到意大利歌剧院看戏的日子,到她家里来吃晚饭的。

"快跑,大夫,"她向他叫喊,不让他有放下手杖和脱下棉大衣的时间,"巴蒂斯特带你去,离这里只有两步远。一个可怜的姑娘跳了窗口,现在没有人救助她。"

"跳了窗口?"医生说,"如果窗口很高的话,大概我也没有什么办法了。"

医生更想吃一顿晚餐,而不想动一场手术;可是德·皮埃纳夫人坚持要他去,而且答应晚一点吃晚饭,他就跟着巴蒂斯特去了。

过了几分钟,巴蒂斯特一个人回来了。他要内衣裤,要枕头,等等,同时带来了医生的诊断。

"没有关系。她会逃过这一关的,除非她死于……我记不清大夫说她会死于什么了,不过最后一个字好像是什么风的'风'字。"

"破伤风!"德·皮埃纳夫人喊道。

"一点不错,是破伤风,太太;大夫来得真好,因为已经有一个没人光顾的医生在那里看她,就是那个给小贝特洛治麻疹的大夫,他只出了三次诊她就死了。"

一小时以后,医生回来了,头发上的扑粉有点脱落,他那上等麻布的漂亮颈饰有点凌乱。

"这些自杀的人都是好运气的人,"他说,"前几天,医院里送来一个对着自己的嘴巴打了一枪的女人。这方法真不好!……她只打碎了三颗牙齿,左颊上打穿了一个洞……她只不过外貌变得难看一点,没有别的。我们这一个从四层楼上跳下来。如果换了一个可怜的老实家伙,用不着故意这么做,也会头朝下,跌破了脑袋。这个姑娘只跌断了一条腿……断了两条肋骨,挫伤了许多地方,只不过如此而已。恰好跌下来的地方有一个屋檐,减少了下跌的力量。自打我回巴黎以后,这已经是第三次看到类似的情况了……大腿先下地。胫骨和腓骨断了,可以再接……最糟糕的是比目鱼汤都烧干了……我还为炙肉担心,而且我们一定看不到《奥瑟罗》的第一幕了。"

"这个可怜的姑娘告诉你是为了什么使得她……"

"哦!我从来不听这些故事,夫人。我问他们:自杀以前你吃过东西吗？等等，等等……因为这对治疗有重大关系……当然哩！一个人要自杀，总有些寻死的理由。情夫抛弃了你，房东把你赶出门口，你就从窗口跳下去捉弄他们一下。你还没有跳到空中就得后悔。"

"我真希望她后悔，那个可怜的孩子后悔了吗？"

"当然，当然。她放声大哭，吵得我头昏脑涨……巴蒂斯特是一个出色的外科助手，夫人；有一个医科学生在那里，他只是一个劲地搔脑袋，不知从何处下手，巴蒂斯特做他的本分工作做得比他好……对她说来最有意思的是，如果她自杀死了，她就可以免得死于肺病；因为她有肺病，我可以向她保证。我没有给她听诊，可是她的脸①骗不了我。她何必这么着忙呢，其实只要再等待一下，死亡自然会来的。"

"大夫，你明天再去看她，是吗？"

"如果你要我这样做，当然应该这样做啰。我已经告诉了她你会帮她的忙。最简单的做法，就是把她送医院……那里可以免费供给她使大腿复位的机械……可是一说起送医院，她就直嚷宁可让她死了更好；所有妇女都随声附和同她一起叫喊。不过话也说回来，如果她一个钱也没有……"

"这些小项开支就由我负担了，大夫……说真的，说起医院我也不由自主地害怕起来，就同你说起的那些妇女一样。何况，现在她的情况很糟，把她送医院，等于杀害她一样。"

"成见！纯粹是上流社会人士的成见！再也没有比医院更好

---

① "脸"字原文是拉丁文，医生都惯用拉丁文。

的地方了。如果我真的生了病,我就叫人把我送到医院去。我愿意从那里登上加隆的小舟①,我还要把我自己的尸首送给我的学生……当然,这是三十或者四十年以后的事。亲爱的夫人,你要认真地想一想,我不太知道你爱护的这个人是否值得你这样爱护。我觉得她很像歌剧院的一个舞女……要能够这么幸运地跳下来,必须有歌剧院里的大腿……"

"可是我在教堂看见过她……我说,大夫……你是熟知我的弱点的,我只要看见一张脸儿或者一道眼光就会想象出一整段故事来……你尽管讥笑我吧,我难得弄错的。这位可怜的姑娘最近为她生病的母亲许了愿。她的母亲现在死了……于是她丧失了理智……绝望和贫困迫使她采取了这个可怕的行动。"

"很好嘛!的确,在她的头顶上有一块隆起的骨头说明她为人很狂热②。你对我说的一切大概都是事实。你使我想起了在她的帆布床上头挂着黄杨树枝③,这就是她虔诚的明证,对不对?"

"帆布床!啊!我的天!可怜的姑娘!……可是,大夫,我很了解你那种恶意的微笑。我要说的不是她虔诚不虔诚。迫使我特别关心这个姑娘的,是因为对于她我有内疚……"

"内疚?……我懂了。你本该在大街上放些床垫来迎接她跳楼,对吗?"

---

① 据神话传说,加隆是冥河的摆渡人,亡灵付给他一分钱就可以乘上他的小舟到地狱里去。这里指死亡。

② 根据脑相学,人脑的结构同人的智力或其他能力有关联。

③ 指教堂分发的祝圣过的黄杨树枝;天主教在复活节前八天为了纪念耶稣胜利地进入耶路撒冷,举行圣枝主日,教堂分发祝圣过的树枝。

"的确是内疚。我早已注意到她的境遇了,我应该早就帮助她,可是可怜的迪比尼翁神父卧病在床,所以……"

"夫人,如果你认为像你惯常的做法对所有来乞求的人都给予施舍还不够的话,那么你是该感到良心不安了。照你的做法,我们还应该去找出那些羞于伸手求助的穷人才行。——可是,夫人,我们不要再谈折断的大腿吧,或者,最多再谈三句:如果你愿意保护我们的新病人的话,叫人给她拿一张好些的床去,明天还给她雇个女护士——今天有那些老大娘们也就够了。——还给她一些水药,汤药,等等。最好还在你的神父中挑个聪明的去骂她一顿,治好她的精神病,如同我治好她的腿一样。这个小妞儿很神经质,可能会突然给我们来一个并发症……你能够成为……的确,说真的!你能够成为最好的一个传道师;不过你必须很巧妙地把你的训诫穿插进去……我的话完了。已经八点半了,为了上帝的爱,快准备到歌剧院去吧。巴蒂斯特给我送咖啡和《争论报》①来。我跑了整整一天,还要了解一下世界大事呢。"

几天以后,病人好了一点。医生只是抱怨她精神上的过分激动没有减轻。

"我对你的所有神父没有多大信心,"医生对德·皮埃纳夫人说,"如果你不是十分不愿意去看一看人间悲惨景象的话——而我知道你是有勇气的,你就能够去使这个可怜女孩的脑子安静下来,比任何圣罗克教堂的教士都强,甚至效果比服镇痛剂更好。"

---

① 《争论报》,一七八九年创办的法国日报,倾向温和,一直出版到一九四四年,在一八〇〇年时影响极大。

德·皮埃纳夫人再愿意也没有了，建议马上陪医生一起上病人的家里。

病人躺在德·皮埃纳夫人送来的一张很好的床上，房间里只有三张草垫椅子和一张小桌子。床上铺着精致的床单，厚厚的褥垫，一叠宽大的枕头，这都说明施舍者的仁慈心肠，也不难猜测谁是这个施舍者。那位年轻的姑娘，脸色极其苍白，眼睛炽热，一条臂膀伸出床外，从她的上衣里露出来的这段臂膀，颜色发青，布满伤痕，可想而知她身体的其余部分是怎样的情况。她一看见德·皮埃纳夫人，就抬起头来，带着温柔和悲哀的微笑说：

"我知道一定是你，夫人，是你可怜我。别人告诉我你的姓名，我就断定一定是我在圣罗克教堂附近遇见的那位夫人。"

我好像曾经说过德·皮埃纳夫人自认为能够从人的相貌看出一个人的为人。她很高兴地发现她的受保护人也有这种才能，使她对那个女孩更有好感。

"你在这里太不合适了，我的可怜的孩子！"她一边说一边环顾房间里那些可怜的家具，"为什么他们不给你送来窗帘？……你需要什么小东西应该向巴蒂斯特要。"

"你真好，夫人……我需要什么呢？什么也不需要……已经完了……好一点，歹一点，又有什么关系呢？"

她转过头去开始哭泣。

"你很痛吗，可怜的孩子？"德·皮埃纳夫人坐近床边问她。

"不，不很痛……只不过我的耳朵边经常响着我跌下来时的风声，接着是……我跌到石板地上的扑通一声。"

"你那时候失去了理智，亲爱的朋友；你现在后悔了，对吗？"

"对……可是，一个人不幸的时候，是不会有理智的。"

"我很遗憾没有早点知道你的处境。可是，孩子，人生处境无论怎样困难，都不应该绝望。"

"你完全可以说风凉话，夫人，"医生说，他正在一张小桌子上开药方，"你根本不知道失掉一个有小胡子的美男子是什么滋味。可是，真见鬼，要把男子追回来可不能从窗口上跳出去呀。"

"我不相信！大夫，"德·皮埃纳夫人说，"可怜的姑娘一定有别的理由要……"

"啊！我也不知道我当时有什么理由，"病人喊道，"把千百条理由归纳成一条，首先，我妈的死给了我一下打击；其次，我感到我是被遗弃了……没有人关心我！……最后，我最想念的一个人……夫人，他连我的姓也忘记了！是的，我的名字叫阿尔赛娜·吉约，'吉约'的拼法是G、U、I同两个L，可是他写成Y了！"

"我早已说过，一个不忠实的男子！"医生大声说，"你心目中只有这件事。算了吧！算了吧！我的美人儿，忘掉这个男人吧。一个没有记忆力的男人是不值得人去想他的。"

他拿出他的挂表。

"已经四点了？"他站起来说，"我门诊迟到了。夫人，我请你多多原谅，我得离开你了；我甚至没有时间送你回家。再见吧，我的孩子，请你放心，没有什么关系。你将来可以用这只脚跳舞，同用那只脚一样。——至于你，护士小姐，请你拿这张药方送到药房，像昨天一样做法。"

医生和护士都出去了；德·皮埃纳夫人单独同病人在一起，

她稍为有点惊愕,发现这件自杀的故事里掺有爱情纠纷,同她原先所想象的故事完全不同。

"那么,人家骗了你了,可怜的孩子!"她沉默了一会儿以后说。

"骗了我?不。怎么能够欺骗一个像我这样穷苦的姑娘呢?……只不过他不再想要我罢了……他做得对,我不是他需要的那种人。他一直很善良和慷慨。我写信告诉他我的处境,如果他愿意同我和解的话……于是他给我回信,写了一些……使我非常伤心的话……前几天,我回到家里,失手跌落了一面他送给我的镜子,他经常说这是一面威尼斯镜子。镜子打碎了……我对自己说:这下打击是决定性的了!……这标志着一切都完了……我再也没有他的东西了。我已经把我的首饰都送到了当铺……然后,我想,如果我毁了自己,就可以使他感到伤心,我就算报了仇了……窗口开着,我就跳了下去。"

"可是,你虽然很可怜,你的动机和罪行却都是微不足道的。"

"那好极了,可是有什么办法呢?一个人心里烦恼的时候,就不会仔细考虑了。幸福的人说一句:'要有理智',当然是很容易的。"

"我知道,不幸总是会给你出些坏主意的。不过,即使在最痛苦的考验中,有些事情我们也不应该忘记。不久以前,我见你在圣罗克教堂做了一件敬神的善举。你有信仰可真幸福。亲爱的,宗教会在你走上绝路的时候挽救你。你的生命是从善良的天主那儿得来的,它并不属于你所有……可是我不该在现在责骂你,可怜的小东西。你会后悔的,你会感到痛苦的,天主会怜悯你的。"

阿尔赛娜低下头来,几滴眼泪湿润了她的眼皮。

"啊！夫人，"她深深地叹了一口气说，"你把我看得太好了……你以为我很虔诚……其实我并不那么虔诚……没有人教导过我，如果你在教堂看见我奉献一根蜡烛……那是因为我不知怎么办才好。"

"就是嘛！亲爱的，这是一种好思想。在不幸的时候，永远要向天主求助。"

"人家对我说……如果我在圣罗克教堂奉献一根蜡烛……不，夫人，我不能对你说这些话。像你这样一位夫人不会知道身无分文的人会干出什么样的事情。"

"这种时候最主要的是请求天主给你勇气。"

"总之，夫人，我不愿意装得比我实际更好，你不认识我而给了我许多好处，如果我享受这些好处，那就是偷了你的东西……我是一个坏女人……可是在这世界上，一个人总是能得过且过……总括一句，夫人，我奉献了一根蜡烛，那是因为我的母亲常常说，只要在圣罗克奉献一根蜡烛，就一定会在一个星期内找到一个男人，同他相好……可是我已经丑了，我的样子像个木乃伊……没有人愿意要我……那么，只有死这一条路了。我已经死了一半了！"

这些话说得很快，时时还被呜咽打断，声调充满狂热，在德·皮埃纳夫人心中引起的是恐怖多于嫌恶。她不由自主地把椅子挪到离病床远一点的地方。如果不是人道精神战胜了她在这个堕落女人身边所感到的嫌恶，而且谴责她不应该在这个女人绝望到极点的时候扔下她一个人在那里，也许德·皮埃纳夫人甚至会离开这个房间。这时出现了一阵沉默，然后德·皮埃纳夫人低垂

着眼睛,轻声喃喃地说:

"你的母亲!不幸的女人!你怎么敢这样说呢?"

"啊!我的母亲同所有母亲一样……跟我们所有的母亲一样……她养活我们一家人……我也养活她……幸亏我没有孩子。——我很清楚,夫人,我使你害怕……可是有什么办法呢?……你受过很好的教育,你从来没有吃过苦。一个人有钱的时候,做个老实人是容易的。拿我来说,如果我有办法,我也会做个老实人。我曾经有过不少情人……我一生只爱过一个人。他遗弃了我。如果我有钱,我们早就结了婚,我们会成为第一代的老实人……瞧,夫人,我这样对你说话,十分坦率,虽然我十分清楚我在你的心目中是个什么东西,而且你这样想是对的……可是你是我一生中唯一同我谈话的正派人,而你的神气又多么善良,多么善良!……使得我刚才还这么想:即使她知道我的底细,她也会可怜我的。我快死了,我只求你一件事……就是在我死后,叫人在我第一次见到你的教堂里为我献一台弥撒。只要给我祈祷一次,就完全够了,我就衷心感谢你……"

"不,你不会死!"德·皮埃纳夫人十分激动地叫起来,"可怜的罪人,天主会怜悯你的。只要你悔过你的放荡行为,天主就会宽恕你。我的祈祷对救助你如果有点用处的话,我可以多多为你祈祷。那些教养你的人比你罪孽更深。只要有勇气就好,保持希望吧。尤其要尽量冷静下来,可怜的孩子。要治好肉体;灵魂也有了病,可是我保证能治好它。"

她一边说着一边站起身来,手里卷着里面包着几个金币的纸包。

"拿着,"她说,"如果你想买些什么东西的话……"

她把她的小礼物塞到一个枕头下面。

"不,夫人!"阿尔赛娜猛力推开那个纸包,嚷起来,"除了你答应了我的事情,我再也不需要你的什么。永别了。我们再也见不着了。叫人把我抬到医院里去吧,那么我死了也不致妨碍别人。你永远不能把我改造成为一个值得尊敬的人。一位像你这样的贵夫人会为我祈祷,我就心满意足了。再见吧。"

她在把她固定在床上的器械许可范围内转过身去,把脑袋藏在枕头里,以便什么也看不见。

"听我说,阿尔赛娜,"德·皮埃纳夫人用严肃的声调说,"关于你,我有我的计划。我想将你改造成为一个正经女人。从你的悔罪中我认为我的计划有了保证。我会常来看你,我会照顾你。终有一天,你会告诉我你对自己的确切评价。"

她拿起阿尔赛娜的手,轻轻地握着。

"你接触我了!"可怜的姑娘嚷起来,"你握了我的手。"

德·皮埃纳夫人来不及把手缩回,可怜的姑娘已经抓住她的手,手上顿时布满了吻和眼泪。

"镇静点,镇静点,亲爱的,"德·皮埃纳夫人说,"不要再对我说什么了。现在我已经知道了一切,我了解你,比你了解你自己更清楚。我就是治你头脑的医生……我要医好你那可怜的头脑。你要听我的话,就像你听从另外一个医生的话一样,我要求你这样做。我有些教士朋友,我要派一个来找你,你要听他的话。我会给你挑选一些好书让你读。有机会我们也谈谈话。等到你痊愈以后,我们再来考虑你的前途。"

护士进来了,手里拿着一个她从药房里拿回来的细口瓶子。

阿尔赛娜不停地哭，德·皮埃纳夫人又一次握了她的手，把那一纸包金币放在小桌子上，走了出去，心里对那个悔罪的女人也许比没有听到她的古怪忏悔以前更有好感。

夫人，为什么人们总是喜欢坏蛋呢？从《圣经》上的浪子①开始，一直到你的那条名叫金刚钻的狗，总是越不值得人爱，就越是惹人爱，我认为你那条狗是我所知道的最坏的畜生，它见人就咬。——这种心情，夫人，就是虚荣心，纯粹是虚荣心！无非是战胜了困难的喜悦！浪子的父亲战胜了魔鬼，从魔鬼的手中夺回了他的牺牲品；你用环形小饼战胜了金刚钻的坏天性。德·皮埃纳夫人引为骄傲的，是她战胜了一个妓女的邪恶，是她用雄辩的口才来摧毁了二十年的堕落在这个可怜的被离弃的灵魂周围所建造起来的障碍。还有——该不该说呢？——除了胜利的骄傲，做了一件好事的喜悦以外，还要加上妇女们的好奇心，一种凡是正经妇女都想知道另外一种妇女情况的好奇心。一个歌女走进客厅的时候，我留意到无数奇异的眼光都转到她身上。最仔细观察她的，还不是那些男人。夫人，你自己，前几天晚上在法国喜剧院，有人指给你看包厢座上有一个杂剧院的女伶，你还不是拿着望远镜拼命瞧她吗？"人要怎样才成为波斯人呢？"②类似的问题不是多次有人提出吗？因此，夫人，德·皮埃纳夫人深深地想念着阿尔赛娜·吉约小姐，而且经常说：我要救她！

---

① 浪子回头的故事见《圣经·路加福音》第十五章第二至第三十二节。
② 典出孟德斯鸠的《波斯人信札》；波斯人是异国人，一个异国人到了巴黎到处引人注目，这句话的意思是：怎样才能吸引人注意呢？

她给她派去了一个教士，教士劝她忏悔。对可怜的阿尔赛娜来说，忏悔并不困难，因为她一生中除了几小时极度的快乐以外，尝到的就是困苦。如果你对一个不幸的人说：你的不幸是你的过错，他只会十分信服；如果你同时把你的谴责说得温和些，再加上一点安慰，那么他就会祝福你，而且答应你将来一切都改。一个希腊人在什么地方说过，或者是阿米奥①使他说的：

一个自由的人被戴上枷锁的那一天，
就是他原有的义勇精神失去一半的日子。

把这个警句用蹩脚的散文翻译出来，就是说：不幸会使我们变得同羊一样驯服和听话。教士对德·皮埃纳夫人说，吉约小姐什么都不懂，可是她的根基不坏，他对她的得救抱着很大的希望。事实上，阿尔赛娜很注意和很尊敬地听他说话。她自己读或者叫人读那些指定给她看的书，按时按刻听从德·皮埃纳夫人的劝告，就像她遵守医生给她开的药方一样。可是最后终于使她赢得善良教士的心的，是阿尔赛娜·吉约把手中的那一小笔款子的一部分拿来的使用方法，这个使用方法说明他的被保护人的精神状态已经有了决定性的康复：她要求人家为她死去的母亲，帕梅拉·吉约的灵魂，在圣罗克教堂举行一台大礼弥撒。的确，从来没有像她那样的灵魂更需要教会的祈祷了。

---

① 阿米奥（1513—1593），法国十六世纪的人文主义者，曾花了十多年时间翻译普鲁塔克的《希腊罗马名人传》，给人文主义作家提供了不少创作题材和情节。

2

一天早上,德·皮埃纳夫人正在梳妆打扮,一个仆人来轻轻地敲她圣所的门,把一张名片交给贴身女仆约瑟菲娜,名片是一个青年刚递进来的。

"马克斯到了巴黎!"德·皮埃纳夫人向名片望上一眼就叫起来,"姑娘,你快请德·萨利尼先生在客厅里等我。"

过了片刻工夫,就听见客厅里有笑声和抑止的喊叫声,然后约瑟菲娜满脸通红地走回来,她的帽子整个歪到了耳朵边上。

"发生什么事了,姑娘?"德·皮埃纳夫人问。

"没有什么事,夫人;只不过德·萨利尼先生说我发胖了。"

的确,德·萨利尼先生旅行了两年多时间,看见约瑟菲娜发了胖当然感到惊异。从前,他是约瑟菲娜最喜欢的客人,也是她主人的追求者之一。他是德·皮埃纳夫人的一个密友的外甥,所以从前老是跟着他的舅妈到德·皮埃纳夫人家里来。而且,几乎也可以说,这是他来做客的唯一一家正经人家。马克斯·德·萨利尼是一个相当出名的浪子,喜欢赌博,喜欢同人吵架,生活放荡,"同时不失为世界上最好的儿子"[①]。他的舅妈奥布雷夫人对他感到绝望,然而却很爱他。有多少次她设法把他从他所过的生活

[①] 这里引用的是法王弗朗索瓦一世赠给诗人玛洛(1495—1544)的一首诗的诗句。

中挽救出来，可是坏习惯始终战胜了她的贤明的忠告。马克斯大约比德·皮埃纳夫人大两岁，他们从儿童时起就认识；在她结婚以前，他似乎对她很有情意。——奥布雷夫人经常说："我的亲爱的小姑娘，如果你愿意，我肯定你能够改变这个浪子的性格。"德·皮埃纳夫人——那时她的娘家姓名还叫作埃莉丝·德·吉斯卡尔——也许能在自己身上找到尝试一下这桩差使的勇气，因为马克斯在古堡里十分快活，十分逗人发笑，十分有趣，而在舞会里又是不知疲倦的人，因此他肯定可以成为一个好丈夫；可是埃莉丝的亲戚看得更远一点。奥布雷夫人对自己的外甥也不太能加以担保，事实上他已经欠了债，还有一个情妇；后来接着又发生了轰动一时的决斗，一个体育剧院的女伶大概就是决斗的原因。奥布雷夫人原来也没把这件婚事认真看待，现在就告吹了。这时候出现了德·皮埃纳先生，他是一个严肃而有道德的贵族，很有钱，出身阀阅门第。关于他我没有多少东西要告诉你，只告诉你他是一个出名规行矩步的人，而他实际上也没有辜负这个名声。他很少说话，可是他一张开嘴巴，总是为了说出一些无可争辩的伟大真理。关于有疑问的问题，"他模仿孔拉尔做慎重的沉默"[①]。凡是他参加的集会，即使并不因他的在场而增加很大的魅力，可是他到任何地方都很得体。他每到一处人们由于他的老婆的缘故，都相当爱他，不过如果他不在场——例如他到他的领地去，他每

---

① 这是法国讽刺作家布瓦洛（1636—1711）嘲讽作家孔拉尔（1603—1675）印刷出版的作品稀少的一句名言；孔拉尔作为作家，只有四十二卷手稿，出版者甚少。

年总有九个月在那里,尤其是在我们的故事开始的时候——任何人也都不会发觉。甚至他的老婆也不会发觉。

德·皮埃纳夫人在五分钟内就梳洗完毕,她心情稍稍有些激动地走出她的房间,因为马克斯·德·萨利尼的到来使她想起了她最亲爱的女友最近的死亡;我相信这是她目前心里的唯一回忆,这个回忆相当强烈,使得一个不那么聪明的人看见约瑟菲娜歪戴着帽子就能产生种种可笑的猜测都消失了。走近客厅时,她有点生气地听见一个美妙的男低音在钢琴伴奏下,愉快地唱着一首那不勒斯船歌:

> 再见吧,泰蕾莎,
> 泰蕾莎,再见吧!
> 什么时候我回来,
> 我要娶你做媳妇。①

她打开客厅的门,向唱歌的人伸出手去,打断了他的歌声:
"我的可怜的马克斯先生,我多么高兴重新见到你!"

马克斯蓦地站了起来,握着她的手,用惊愕的神气望着她,一句话也说不出来。

德·皮埃纳夫人继续说:

"我十分遗憾你的好舅妈病倒的时候我不能到罗马去。我知道你对她的悉心伺候,十分感谢你寄给我的她的遗物纪念品。"

---

① 这首歌的原文是意大利文。

马克斯的脸即使不是常带笑容，也是天生愉快的，这时突然满脸愁容。

"她跟我一直在谈起你，"他说，"而且直到最后一刻还在谈。你已经收到她的戒指，我已经看见了，你还收到了她一直到临死那天早上还在念的那本书吧……"

"是的，马克斯，我感谢你。你寄这些令人伤心的纪念品给我的时候，你跟我说你要离开罗马，可是你没有把你的地址告诉我；我不知道往哪里给你寄信。我的可怜的女友！死在远离祖国的地方！亏得你立刻赶去……你真是一个好人，尽管你表面上不显出来，马克斯……我对你是很了解的。"

"我的舅妈在生病时经常对我说：'等到我不在这世界上的时候，只有德·皮埃纳夫人来斥责你了……（他不禁微笑起来）要尽量使她不要经常斥责你。'你瞧，夫人，你没有很好尽到你的责任哩。"

"但愿我现在担任的只是一个挂名差使。人家告诉我说你已经改过了，品行端正了，变得十分讲道理了，是吗？"

"夫人，你并没有弄错；我答应过我的可怜的舅妈要做一个规矩人，而……"

"我可以肯定，你一定遵守你的诺言，是吗？"

"我尽力而为。在旅行的时候这样做，比在巴黎容易；可是……你瞧，夫人，我来到这儿不过几小时，可是我已经要抵制诱惑了。到你这儿来的时候，我遇见了一个老朋友，他邀请我同一班无赖一起吃饭，——而我拒绝了。"

"你做得对。"

"是的,可是该不该对你实说呢?那是因为我希望你请我吃饭的缘故。"

"多么不巧!我要在城里吃饭。明天吧……"

"如果是这样的话,我就不能保证我的行动了。我要去跟他们一起吃饭的话,责任应由你负。"

"听我说,马克斯,最重要的,是开头就做得好。不要去参加这个单身汉的宴会。我在达尔西内夫人家吃晚饭,你晚上到那儿去,我们可以谈谈。"

"好的,不过达尔西内夫人有点叫人讨厌;她会向我提出上百个问题。我连一句话也没有机会对你说;我会说出一些失礼的话;再说,她还有一个高个子皮包骨的女儿,也许还没有结婚……"

"她是一位可爱的姑娘……至于说到失礼的话,你刚才谈论她的话就是其中一句。"

"我错了,你说得对;可是……我今天刚到,这样做不显得太匆忙了吗?……"

"好吧!你爱怎么办就怎么办吧;不过你知道,马克斯……我作为你舅妈的朋友,我有权利坦率地同你说话:躲开你从前的老相识吧。随着时间的流逝,有许多对你没什么好处的老关系就会自然而然地解除了;不要再搭上这些关系;只要你不被人牵着走我就对你放心了。在你这种年龄……在我们这种年龄,做人应该有点头脑了。现在不要再提忠告和劝诫吧,跟我谈谈自从我们分别以后你做了些什么。我知道你去过德国,后来又去意大利,如此而已。你给过我两封信,再也没有别的了,但愿你还记得。两年中只有过两封信,你也会觉得这两封信告诉我关于你的情况并不多。"

"我的天！夫人，我真是罪该万死……可是我多么……我不得不实说了，——我多么懒惰！……我写了二十封信给你，都只开了一个头；我能够谈些什么使你感兴趣的呢？……我不会写信，我……如果我每次想念你的时候都写信给你，那么全意大利的纸张都不够我写。"

"说吧，你干过些什么？你是怎样消磨你的时间的？我早已知道你的时间不是用来写信的。"

"消磨！……你知道我是不会消磨时间的，这真是不幸。——我只是到处瞧，到处跑。我曾经打算绘画，可是我看见过这么多美好的图画就把我这个不幸的爱好从根本上打消了。——啊！……接着老尼比①又几乎使我变成一个古物研究家。是的，我在他的怂恿下叫人进行了一次发掘……只找到一只折断的烟斗和我也不知道数量的旧陶瓷器碎片……后来在那不勒斯我学唱歌，可是我不见得在这方面更有才干……我有……"

"我不太喜欢你的音乐，尽管你有一条好嗓子而且也唱得不坏。音乐会使你同那些人再联系起来，而你总是过分喜欢同这些人来往。"

"我懂你的意思；可是在那不勒斯，当我在那里的时候，丝毫没有什么危险。歌剧院的首席女歌星体重一百五十公斤；第二位女歌星的嘴巴像炉灶，鼻子像黎巴嫩的塔②。总之，两年就这样过

---

① 尼比（1792—1839），意大利著名考古学家。
② 见《圣经》旧约全书所罗门的《雅歌》。

去了,我也说不出是怎样过去的。我没有干过什么,没有学到什么,不知不觉就过去了两年。"

"我希望你知道怎样利用时间,但愿你对一些有用的东西有强烈的兴趣。我害怕空闲对你有害。"

"坦率地对你说,夫人,旅行对于我有好处,因为我虽然不干什么,可是我也不是绝对无事可干。一个人看到美丽的事物时,就不会感到烦闷,而我一感到烦闷,我就接近要闯祸了。说真的,我已经变得相当规矩,甚至连我的几种流水花钱法也忘记了。我的可怜的舅妈替我还清了债,我再也没有欠债,我再也不想欠债了。作为单身汉,我有办法活下去;由于我不想显得比我实际上更富有,我再也不胡作非为了。你微笑了吗?难道你不相信我的改变吗?你要证据吗?你听我告诉你一件好事。今天,法曼,就是请我吃饭的朋友,想把他的马儿卖给我。五千法郎……那是一匹好马!我的第一个反应是想得到那匹马,然后我想,我还没有这许多钱,可以把五千法郎花在一件玩物上,我还是继续步行吧。"

"这真是好事,马克斯!可是你知道要怎样才能毫无阻碍地在这条正路上走下去吗?你一定要结婚。"

"啊!结婚?……为什么不呢?……可是谁愿意要我?我没有权利挑剔,我只想要一个……啊!不,再也没有适合我的女人了……"

德·皮埃纳夫人的脸稍稍染上红色,他没有注意到,仍然继续说下去。

"一个肯要我的女人……可是你知道吗,夫人,这几乎就是我不愿意要她的一个理由?"

"为什么?多怪的想法!"

"奥瑟罗[①]曾经在什么地方说过,——我想,大概是在他表白自己为什么要怀疑苔丝狄蒙娜的时候,——'这个女人一定有一个古怪的头脑和荒唐的爱好,否则她不会看中我这个黑人吧?'——我能不能够也这样说:一个肯要我的女人只能够是个头脑特殊的女人?"

"你曾经是一个品行相当坏的浪子,马克斯,因此你不必装得比你实际上更坏。你千万不要这样评价你自己,因为有些人会相信你的话的。至于我,我敢肯定,如果有一天……是的,如果你爱上了一个你所敬重的女子……你一定会在她面前表现得……"

德·皮埃纳夫人要结束她的那番话感到有点困难,而带着极端好奇的心情注视着她的马克斯,却一点不帮助她来使她开始得很不好的谈话告一段落。

"你的意思是不是想说,"最后他终于开口了,"如果我真的落入情网,人家就会爱我,因为那时候我真值得爱了?"

"是的,那时候你肯定值得被人爱了……"

"如果只要爱就能被爱……你说的就不太真实,夫人……算了吧,替我找一个勇敢的女人,我就结婚。只要她不太丑,我就不至于老到不能燃起热情……其余的你就甭管了。"

"现在,你从哪儿来?"德·皮埃纳夫人一脸严肃地打断他。

[①] 奥瑟罗是莎士比亚的悲剧《奥瑟罗》的男主角,下文的苔丝狄蒙娜是剧中的女主角。

马克斯非常简单地讲述了他的旅行，从他的讲述方法可以证明他不是希腊人所说的走马看花①一类的旅客。几点简短的意见就足以说明他有正确的观察力，对于一般成见并不随声附和，虽然他不想暴露出来，可是他实际上更有教养。过了一会儿，他见德·皮埃纳夫人回过头去看钟，他就告退了，同时有点尴尬地答应当晚到达尔西内夫人家里去。

结果他没有去，德·皮埃纳夫人有点失望。作为补偿，他第二天一早就到她家里去请求原谅，说是因为旅途疲劳，不得不留在家里；可是他说话时低垂双眼，声调不那么泰然，即使不像德·皮埃纳夫人那么善于相面的人，也能看出来他说的是遁词。他很吃力地说完以后，她没有回答，动了动手指做出威胁他的姿势。

"你不相信我吗？"他说。

"不相信。幸亏你还没有学会说谎。你昨天没有到达尔西内夫人家里并不是因为你旅途疲劳，需要休息。你并没有在家。"

"好吧，"马克斯勉强微笑着回答，"你说得对。我昨天在康卡尔岩石酒店②同一班酒肉朋友吃饭，后来我又到法曼咖啡馆喝茶；他们不肯放过我，后来我赌了钱。"

"你一定输了钱，这是不用说的了。"

"不，我赢了。"

---

① 原文附希腊文注。
② 康卡尔岩石酒店，巴黎的一家饭馆，以牡蛎名菜著名；康卡尔是出名的牡蛎养殖场所。

"那只会更糟。我宁愿你输钱,如果输钱可以使你永远厌恶这个既愚蠢又可憎的恶习的话,就更是如此。"

她弯下身子,开始装模作样地认真做她的女红。

"昨晚达尔西内夫人家里有很多人吗?"马克斯怯生生地问。

"不,很少人。"

"没有待嫁闺中的小姐吗?"

"没有。"

"我就靠你了,夫人。你知道你答应我什么了吗?"

"我们有时间来考虑这件事。"

德·皮埃纳夫人的口气里有一种冷酷和勉强的声调,这是通常她所没有的。

沉默了一阵以后,马克斯带着温顺的神气继续说:

"我惹你不高兴了吧,夫人?为什么你不像我的舅妈那样,先狠狠地骂我一顿,然后原谅我呢?这样吧,你要不要我答应你永远不再赌博?"

"许下的诺言,就应该尽力遵守。"

"对你许下的诺言,夫人,我是会遵守的;我相信我有这样的力量和勇气。"

"好吧!马克斯,我接受你的诺言。"她一边说一边伸手给他。

"我赢了一千一百法郎,"他继续说,"你愿不愿意为你的穷人接受这笔款子?这种不义之财能够派这样的用途,是最好也没有了。"

她犹豫了一会儿。

"为什么不接受?"她高声地自言自语,"这样,马克斯,你就记住这次教训。我把你欠我一千一百法郎记下就是。"

"我的舅妈说,不欠债的最好方法就是经常付现钱。"

他说着,摸出皮包,要从里面拿钞票。皮包一打开,德·皮埃纳夫人觉得她看见了一张女人肖像。马克斯发觉她在观看,马上涨红了脸,把皮包关上,将钞票交给她。

"我很想看看这只皮包……如果可以的话。"她带着狡猾的微笑补充了一句。

马克斯十分狼狈,他结结巴巴地说了几句含糊不清的话,拼命转移德·皮埃纳夫人的注意力。

德·皮埃纳夫人首先想的就是皮包里面藏着某个意大利美人的肖像,可是马克斯明显的不安和那幅小肖像的总的色调——这是她所能看见的全部,——不久就在她的心里引起另一个怀疑。以前她曾经把她的肖像送给奥布雷夫人,她心想,马克斯以直接继承人的资格,一定认为自己有权利把这张肖像据为己有。这对她来说是非常不合适的。然而她丝毫不动声色,等到德·萨利尼要告辞的时候才说:

"还有一件事,你舅妈有我的一个肖像,我想再看看。"

"我不知……什么肖像?……什么样子的?"马克斯问,声音很不自然。

这一次,德·皮埃纳夫人决定不去揭穿他在说谎。

"你找找吧,"她尽量用自然的声调对他说,"找出来会使我感到高兴的。"

要不是那幅肖像,她对马克斯的温顺就会感到相当满意,并已决定来挽救这一只迷途的羔羊了。

第二天，马克斯找到了那张肖像，他以相当冷淡的态度把它拿回来。他看到肖像同真人差别很大，画家让她摆的姿势很僵硬，而且表情严肃，一点也不自然。从这时候起，他来访问德·皮埃纳夫人的时间就不那么长了，他在她身边，脸上常带愠色，这是以前她从来没有见他有过的。她认为他心情不快是因为他要遵守诺言而做出的最初努力和抵抗他的坏习惯的结果。

德·萨利尼先生到达以后半个月，德·皮埃纳夫人照常去看她的被保护人阿尔赛娜·吉约，她没有忘记这个姑娘，夫人，我希望你也没有忘记。她就姑娘的健康和她所受的教育提了几个问题以后，发觉她精神比前些日子更加压抑，就提出念书给姑娘听，使姑娘不致因为说话过多而累倒。可怜的姑娘无疑宁愿谈话，也不愿意听人家给她念书，因为可想而知，这类书一定是非常严肃的，而阿尔赛娜一生中只看过一些给厨娘们看的小说。德·皮埃纳夫人选的是一本虔诚的书；我不把书名告诉你，首先是因为我不愿意对作者不公正；其次，是因为怕你也许会指责我想从中得出一个反对这一类书的恶意的结论。只要说明一点就够了：这本书出自一个十九岁的青年之手，他最擅长的是使最顽固的女罪人重新皈依宗教；阿尔赛娜在前一天夜里被这本书压抑得一夜不能合眼。念到第三页的时候，对所有著作——无论严肃与否——都会发生的事情发生了；不可避免的事情发生了；我的意思是说：吉约小姐闭上了眼睛，睡着了。德·皮埃纳夫人发觉了这件事，为她得到了镇静神经的效果而感到高兴。她起先只是压低一下声音，生怕突然停下会惊醒病人；然后她放下书本，轻轻地站起来，想踮着脚尖走出去；可是女护士每逢德·皮埃纳夫人到来的时候，总是习惯到看门女人那里去,因为德·皮埃纳夫人的访问有点像一个忏悔神父的访问。德·皮埃纳夫人想等女护士回来;不过她是世界上最闲不下来的女人,就想找些事情来消磨她在病人身边度过的几分钟。床背后有一个小房间,里面有一张桌子,上面放着墨水和纸;她就坐下,动手写一封短信。写完后她在桌子抽屉里找火漆来粘信封的时候,有一个人突然走进了房间,惊醒了病人。

"我的天!我看见什么了?"阿尔赛娜大声叫喊,声音激动,德·皮埃纳夫人听了不由得战栗起来。

"好呀,我听到了好消息!你这算什么意思?跟个傻瓜一样跳窗口!没见过像这个姑娘一样的头脑!"

我不知道我是否原原本本地复述了他的话;至少这就是刚进来的那个人说话的意思,德·皮埃纳夫人从话声里马上听出那个人就是马克斯·德·萨利尼。接着阿尔赛娜发出几声惊叫,和几下断断续续的喊声,然后是一声相当响的接吻声。然后马克斯又开口了:

"可怜的阿尔赛娜,再见到你,你变成了什么样子?你知道吗,如果朱莉不把你最近的地址告诉我,我就永远找不到你?可是你为什么竟干出这种蠢事来!"

"啊!萨利尼!萨利尼!我多么幸福啊!我有多么后悔我干过的事情!你再也不会认为我可爱了。你再也不想要我了?……"

"你真傻,"马克斯说,"为什么不写信告诉我你需要钱?为什么不问少校要呢?你的俄国人怎样了?他走了吗,你的哥萨克?"

德·皮埃纳夫人辨出马克斯的声音时,起初她的惊异程度不亚于阿尔赛娜。这件意外的事阻止她马上露面,接着她考虑应不应该露面,而一个人在一边考虑一边倾听的时候,就不能很快做出决定。结果是她听见了我刚才复述的那番有启发性的对话;这时候她明白:如果她继续留在小房间里,她就有听到更多事情的危险。她打定主意,摆出一副冷静和庄严的姿态走进房间,这种姿态凡是有道德的人经常保持,而在必要时又能够随意采取的。

"马克斯,"她说,"你使这个可怜的姑娘痛苦,你走吧。过一小时你来同我谈谈。"

马克斯始料未及地在这里遇见了德·皮埃纳夫人,脸色马上像死人般泛白;他的第一个反应是服从,他向门口走了一步。

"你走了!……你不要走!"阿尔赛娜绝望地挣扎着从床上欠起身来叫喊。

"我的孩子,"德·皮埃纳夫人抓住她的手说,"你要听话。听我说,记着你答应过我的话!"

接着她向马克斯投去一道冷静而极其威严的眼光,马克斯马上走了出去。阿尔赛娜看见他走了,昏倒在床上。

女护士不久就来了;德·皮埃纳夫人同护士一起,运用女人们遇到这类意外事件时特有的技能来抢救阿尔赛娜。渐渐地,阿尔赛娜苏醒过来了。她先是环顾房间周围,想找她记得刚才还在这里看见过的那个人;接着,她的黑色大眼睛转向德·皮埃纳夫人,死死地盯着她:

"他是你的丈夫吗?"她问。

"不,"德·皮埃纳夫人回答,脸有点红,可是她的温和的嗓音听不出有任何变化,"德·萨利尼先生是我的亲戚。"

她认为要解释她对他有这么大的威力的原因,只好说一个小小的谎话。

"那么,"阿尔赛娜说,"他爱的是你!"

她始终把她两颗像火炬似的炽热的眼睛盯着她。

他!……一道电光照亮了德·皮埃纳夫人的额角。顿时间,她的双颊烧得火红,声音在嘴唇上哽住了,发不出来;可是不多一会儿她就恢复了平静。

"你误会了,我可怜的孩子,"她用严肃的声调说,"德·萨利尼先生明白了他不应该唤醒你的一些回忆,这些回忆幸亏早已远离了你的脑子。你已经忘记了……"

"忘记!"阿尔赛娜叫起来,露出一种叫人看了难受的苦笑。

"是的,阿尔赛娜,你应该放弃过去你一切幼稚可笑的念头,这个时期已经一去不复返了。想想看吧,可怜的孩子,你的不幸就是来自这种罪恶的关系。想想看吧……"

"他不爱你吗?"阿尔赛娜没有听她说,反而打断她,"他不爱你,而他只要看见眼色就能明白一切!我看见了你的眼睛和他的眼睛。我不会弄错的……事实上……这也是十分公道的事!你漂亮,年轻,相貌出众……而我呢,又残废,又破相……都快死了……"

她说不下去了,阵阵呜咽不时打断她的声音,她哭得那么响,那么伤心,女护士不得不惊叫起来,说是要找医生;照她说,医生不怕别的就怕这种震动,如果这种情况继续下去,可怜的小姑娘就得完蛋。

慢慢地阿尔赛娜由于极度伤心而产生的活力,变成了没有知觉的沮丧。德·皮埃纳夫人却以为她是镇静下来了。于是她继续她的劝诫；阿尔赛娜呆呆的，种种漂亮而好听的道理她都听不进去；根据这些道理，她应该宁要天上的爱，而不要人间的爱；她的眼睛干枯，牙齿痉挛似的紧紧咬着。她的保护人同她谈着天上和将来的时候，她却在想着现在。马克斯的突然到来使她在一刹那间产生了许多疯狂的幻想，可是德·皮埃纳夫人的眼光很快就使这一切幻想烟消云散。在做了一分钟的幸福梦以后，阿尔赛娜重新发现了悲惨的现实，这个现实由于一时的被忘却而变得百倍可怕。

夫人，你的大夫一定告诉过你，遭遇海难的人在饥饿的折磨中偶然睡去，他们总是梦见自己坐在饭桌上吃着美味佳肴，一旦醒来更觉饥饿难熬，只希望自己没有睡着过。阿尔赛娜现在所受的刑罚，就同这些遭遇海难的人差不多。她从前曾经爱过马克斯，她以自己的方式尽量地爱他。她总是愿意同他一起经常去看戏，同他一起到乡间远足游玩，她不断地同女友们谈论的也是他。马克斯离开她的时候，她哭了许久，可是她也接受了一个俄国人的追求；马克斯有这个俄国人做他的继承人觉得很高兴，因为他认为这个俄国人是个高贵的人，换句话说，就是个慷慨的人。只要她还过着像她那类女人的放荡生活，那么对马克斯的爱情也只是一场愉快的回忆，有时使她叹气而已。她想念这个爱情，就如同人家想念儿童时代的游戏一样，谁也不想把这种游戏重复一遍；可是等到阿尔赛娜再也没有情人，发觉自己被人遗弃，而且感觉到贫困和羞耻的全部重压以后，她对马克斯的爱情就似乎变得纯洁起来了，因为这是唯一的在她心中既不觉得惋惜也无悔恨的回忆。这个回忆在她的眼中甚至抬高了她的身价,她越觉得自己堕落,在她的想象中就越发显得马克斯高大。她经常骄傲地想:"我曾经是他的情妇,他爱过我。"每逢她对自己的妓女生涯感到厌倦时她就这样想。马里于斯①在曼蒂尔内的沼泽中鼓起勇气对自己说:"我曾经战胜过森布尔蛮族!"这个被人供养的姑娘——可惜!她再也没有人供养了,——拿来抵御羞耻和绝望的,只有这个回忆:"马克斯曾经爱过我……他现在还爱我!"在一刹那间,她曾经能够这样想;可是现在人家连她的回忆都夺走了,而这回忆是她在世界上所剩下的唯一财产。

阿尔赛娜沉溺在这些心酸的想法的时候,德·皮埃纳夫人正在热忱地向她指出:必须永远抛弃德·皮埃纳夫人称之为罪恶的堕落行为。凡是强烈的信仰总使人麻木不仁,像个外科医生把铁和火按在伤口上而听不见病人的叫喊声一样,德·皮埃纳夫人继续她的说教,十分无情,十分坚决。她说,可怜的阿尔赛娜用来躲藏好像逃避自己一样的那段幸福时期,其实是一段罪恶和羞耻的时期,今天她正在为这段时期而赎罪。应该对这些幻想表示嫌恶而且把它们逐出心外;她视为保护人而且几乎把他当作护守天神的那个男人,在她的眼里只能是一个危险的共犯,一个她应该永远逃避的诱惑者。

使用诱惑者这个词儿,德·皮埃纳夫人不会觉得有什么可笑,却几乎使流着眼泪的阿尔赛娜微笑起来,可是她的尊贵的爱护者

---

① 马里于斯(公元前157—前86),罗马大将,曾击败森布尔蛮族,挽救罗马,后来被政敌苏拉包围在曼蒂尔内的沼泽中,被擒获。

并没有发觉。她继续泰然自若地进行规劝，结束时还说了一句话使可怜的姑娘哭得哽咽不止，这句话就是："你再也见不到他了。"

医生的到来，病人的完全虚脱状态，提醒德·皮埃纳夫人她已经尽够了她的责任。她握了握阿尔赛娜的手，离别的时候对她说：

"勇敢点吧，姑娘，天主不会抛弃你的。"

她刚完成了一个任务，还有第二个更艰巨的任务在等着她。另外一个有罪的人在等待她，她应该把他的灵魂引上悔罪的道路；而尽管她从虔诚的宗教信仰里得到了信心，尽管她对马克斯有支配力，——这一点她已有了证明，尽管她在内心深处对这个浪子抱有好感，可是只要一想到她将要进行的这场战斗，她就有一种莫名其妙的不安感觉。在这场可怕的战斗开始以前，她想重新集结力量，到教堂请求上帝给她新的启示以便保护她的事业。

她回到家里，家人对她说，德·萨利尼先生在客厅里等她，已经等了相当长的时间。她发觉他脸色苍白，十分激动，充满不安。他们俩都坐下来。马克斯不敢开口；德·皮埃纳夫人自己也十分激动，却不能明确地知道是什么原因，她也沉默了相当时间，只是偷偷地看他。后来她终于开口了：

"马克斯，我不责怪你……"

他相当傲慢地抬起头来。他们的视线相遇了，他马上把眼睛垂下来。

她继续说：

"你的好心肠在这时刻已经谴责了你，这一点比我做得更好。这是上天给你的一个教训；我对她有希望，有信心……她不至于堕落下去。"

"夫人，"马克斯打断她的说话，"我简直不知道经过情况。这个可怜的姑娘从窗口跳出去，人家就告诉我这一点，我不敢夸口……我的意思是说我不敢伤心地认为……是我们以前的关系，促使她做出这么件蠢事。"

"还是这样说吧，马克斯，是你做坏事的时候，还没有预见到它的后果吧。你引诱这个年轻姑娘堕落的时候，你没有想到她有一天会自杀。"

"夫人，"马克斯急躁地嚷道，"请准许我对你说我从来没引诱阿尔赛娜·吉约。我认识她的时候，她早已失身了。她曾经做过我的情妇，我丝毫不否认。我甚至可以承认，我爱过她……就像人家爱这种阶级的女子那样爱法……我相信她对我比对别人更痴心一点儿……可是我们之间的一切关系已断绝了很长时间，她也并不因此而表示十分惋惜。我最后一次得到她的消息时，我叫人给了她一些钱；可是她乱花钱……她感到羞耻，不敢再问我要，因为她也有她的自尊心……贫困促使她采取了这个可怕的决定……我觉得非常抱歉……可是夫人，我对你重复说一句，在这件事里我丝毫没有可以被谴责的地方。"

德·皮埃纳夫人把一件女红揉成一团扔在桌子上，然后说：

"毫无疑问，按照社会上的观念看来，你是无罪的，你没有承担什么责任，可是除了社会道德以外，还有另外一种道德，马克斯，我就是希望你能遵照这种道德的法则来行动……也许现在你听我的话听不进去。我们暂时不提这些吧。今天，我要求你的，是一个诺言，我相信你绝对不会拒绝答应我。这个不幸的姑娘得到天主保佑要悔过了。她很尊敬地倾听一个教士的忠告,这位可敬的教士也很愿意去访问她。我们对她抱有很大的希望。——你嘛,你不应再去见她,因为她的心还在善与恶之间徘徊,而可惜的是,你既没有这样的意志,也许还没有这样的能力,能对她有用。你一见到她,可能增加她很多痛苦……所以我求你答应我不要再到她家。"

马克斯做出一个惊异的表示。

"你不能拒绝我,马克斯;如果你的舅妈还活着,她也会这样要求你的。你只当作是她在跟你谈话好了。"

"仁慈的天主!夫人,你要求我什么?你要我使这个可怜的姑娘受的什么罪啊?恰恰相反,我认为这是我的义务,既然……我在她的放荡生活时期认识过她,现在她生病的时候,就不应该遗弃她,而且如果人家告诉我的是实情的话,她的病还非常危险呢!"

"当然这是社会上的道德观,可惜不是我的。她愈是病得厉害,你就愈不应该去看她。"

"可是,夫人,请你想一想,在她目前所处的情况下,即使是最一板正经的妇女,她们对任何小事情都会大惊小怪,也不可能……听我说,夫人,如果我有一条狗生了病,如果我知道它看见我就感到愉快,而我还让它孤独地死去,我认为我就是做了一件坏事。你不可能有不同的想法,因为你太仁慈了,太喜欢做善事了。请你想想吧,夫人;在我来说,这样做真是太残忍了。"

"刚才我用你舅妈的名义要求你许下我这个诺言……我还用你对我的友谊的名义……现在,我是用这个可怜的姑娘的名义向你要求。如果你真的爱她……"

"啊！夫人，我求你，不要把不能对比的事物混在一起。请相信我，夫人，任何违抗你意志的行动都使我十分痛苦；可是事实上为了荣誉我不得不……你不喜欢荣誉这个字眼吗？那你就把它忘掉吧。不过，夫人，轮到我来恳求你可怜可怜这个不幸的姑娘……也有点是为着可怜我……如果我有错的话……如果使她继续这种堕落生活我也有一份责任的话……现在我应该照顾她了。抛弃她是不堪设想的。这样做我永远也不会原谅我自己。不，我不能抛弃她。你不要求我这样做吧，夫人。"

"自然有别人去照顾她的。我说，回答我一个问题，马克斯，你爱她吗？"

"我爱她……我爱她……不……我不爱她。这个字眼在这里使用并不合适……爱她！唉！我不爱。我只不过在她身上追求一种安慰，来逃避另一种我不得不强压下去的更严肃的感情罢了……你觉得这样做可笑吗？不可理解吗？……你的灵魂很纯洁，不可能允许别人采用这种治疗的方法……算了吧！这还不是我生平最坏的行为。我们这些男人，如果有时我们不能想出一些方法来移转我们的热情……也许现在……也许就是我要跳楼了……可是，我也不知道我在说些什么，你不能理解我的……我自己也不十分理解我自己。"

"我刚才问你，你爱不爱她，"德·皮埃纳夫人两眼低垂，稍带犹豫地接下去说，"因为，如果你对她有……友情，你一定有勇气使她先受点苦，为的是给她带来很大的好处。当然啰，不能见你的痛苦对于她是很难忍受的；可是今天她已经奇迹般地走上了一条道路，如果再把她从这条道路上引导开，这是更严重的一件事。这关系到她的灵魂的得救，马克斯，她必须完全忘记过去，而你的到来又促使她十分鲜明地回忆起这个过去。"

马克斯摇了摇头没有回答。他不是一个信徒，所谓灵魂的得救对德·皮埃纳夫人说来有很大的威力，对他的灵魂却没有那么大的影响。可是在这一点上同她没有什么争论的余地。他总是谨慎地不去表示他的怀疑，这一次也一样，他保持沉默；不过很容易看出来他并不心服。

"如果社会上的语言不幸是你懂得的唯一的语言，"德·皮埃纳夫人继续说，"我们就用这种语言来谈话吧。实际上我们是在讨论一个数学上的问题。她见到你什么也得不到，却要失掉很多东西。现在，你选择吧。"

"夫人，"马克斯用激动的声调说，"我希望你再也不要怀疑我在阿尔赛娜身上还有别的感情，只除了一种十分自然的……关心。这有什么危险呢？一点也没有。你怀疑我吗？你难道认为我会破坏你给她的种种忠告吗？唉！我的天！我是最不爱看凄惨的场面的，见到这种场面我就厌恶得要逃走，你以为我会怀着不良的念头去追求一个垂死女人的青睐吗？我对你重复一句，夫人，我到她的身边找寻的，对我来说是一种责任感，一种赎罪的行动，你也可以说是一种惩罚……"

听了这句话，德·皮埃纳夫人抬起头，用兴奋的神气凝视着他，这种神气使她的脸上出现了一种十分崇高的表情。

"一种赎罪的行动，是你说的吗？一种惩罚？……可不是吗！你自己不知道，马克斯，也许你是在听从上天的启示，你完全有理由不听我的话……是的，我同意了。你去看这个姑娘，让她变成拯救你灵魂的工具吧，因为你差点儿害了她。"

大概马克斯不像夫人你那样懂得什么是上天的启示吧。这个突然改变的决定使他十分惊讶，他不知道应该把它归功于什么才好，他也不知道该不该感谢德·皮埃纳夫人最后让了步；可是这时候他只是专心一意地去猜想：到底是他的固执使那个他最害怕得罪的女人感到厌烦了呢，还是她被说服了。

"只不过，马克斯，"德·皮埃纳夫人继续说，"有一件事情我得求你，或者不如说我要你这样做……"

她停顿了片刻，马克斯点了点头，表示他什么都服从。

"我要你，"她接着说，"除了同我一起，不单独见她。"

他做了一个表示惊异的姿势，可是赶紧加上一句说他愿意服从。

"我还不完全相信你，"她微笑着继续说，"我还是害怕你破坏了我的工作，因为我希望成功。在我监视之下，你倒反可以成为一个有用的助手，我抱着这样的希望，你现在听话，将来会得到报答的。"

她一边说一边向他伸手。他们说定马克斯第二天去见阿尔赛娜·吉约，德·皮埃纳夫人比他早一点去，为他准备好这次会见。

你得明白她的计划。起初，她以为马克斯会充满悔恨，她就可以很容易地从阿尔赛娜的身上得出一篇滔滔不绝的说教来攻击他的不正当的爱情；可是她料想不到他拒绝承担一切责任。这样就必须改变话题，而在决定性的时刻改变一篇经过仔细研究的训词，是一项十分危险的工作，其危险性正如在受到意外的袭击时改变作战命令一样。德·皮埃纳夫人不能够临时组织一个作战行动。她没有向马克斯进行说教,倒跟他讨论起合适不合适的问题。突然间一个新的想法涌上她的心头。她想,他的同伙的忏悔也许能感动他。他爱过的一个女人,现在快要像基督徒那样死去(可惜她不知道死亡已经临近),这件事一定可以在他身上产生决定性的影响。就是因为抱有这个希望,她才突然决定让马克斯去见阿尔赛娜。还有一点对她有利的,就是她可以推迟她拟想对他的劝告;因为,我已经对你说过,尽管她很想挽救一个她不愿意他犯错误的男人,可是一想到要同他进行一场这么严肃的争论,她就不由自主地害怕起来。

她对她的事业的正义性抱有很大希望;不过她仍然怀疑她是否会成功,不成功就没有希望挽救马克斯的灵魂了,也就不得不改变对他的感情了。她对童年的朋友有亲密的感情,也许魔鬼为了防止她对这种感情有所警惕,就用一种基督徒的希望来证明这种感情的正当。对引诱人做坏事的诱惑者来说,任何武器都可以用,有些手段是他惯于使用的;因此葡萄牙人说得好:"地狱的道路是由良好的意愿筑成的。"你用法国话说它是由女人的舌头筑成的,意思也完全一样,因为在我看来,女人总是好心做坏事的。

你叫我言归正传。我就说第二天,德·皮埃纳夫人到她的被保护人家里去,发觉病人非常虚弱,意气沮丧,可是比较平静,比她意想中更显得听天由命。她又对她谈起德·萨利尼先生,不过比前一天更有节制。实际上,阿尔赛娜应该完全放弃他,想的只应该是谴责他们过去共同的盲目行为。作为她的赎罪行为的一部分,她还应该对马克斯本人表示她的忏悔,改变自己的生活给他做个榜样，以保证他将来像她一样享受良心的安宁。除了这些纯粹根据基督教义的劝告以外，德·皮埃纳夫人并没有忘记加上一些社会上惯用的理由。比方说，如果阿尔赛娜真正爱德·萨利尼先生，她就应该首先想到他的利益，她如果改变了行为，她就值得一个男子的尊敬，而这个男子到目前为止还不能真正尊敬她。

这番演说听起来严肃、感伤，不过等到德·皮埃纳夫人在结束时向她宣布她可以再见到马克斯，马克斯就要到来的时候，所有的严肃和感伤的情调全都消失干净。一阵红晕突然使她的双颊充满了生气，这双颊好久以来就因痛苦而十分苍白；德·皮埃纳夫人看见她的眼睛里闪耀着特殊的光芒，心里就差点儿后悔同意他们会面；可是现在已经没有时间来改变决定了。她利用马克斯到来以前所剩下的几分钟给阿尔赛娜进行虔诚和有力的劝告，可是这些劝告明显地没有听进去，因为阿尔赛娜只是一心一意在那里整理头发和收拾她帽子上揉皱了的带子。

最后德·萨利尼先生出现了，他抽紧脸上的肌肉，显得他很快活和有信心。他问她身体好吗？他尽量使自己的声音显得自然，可是任何感冒都不会造成那种声调。阿尔赛娜方面也显得很不自然；她结结巴巴地说着，也说不出一句完整的话来，不过她抓住德·皮埃纳夫人的手，凑在嘴唇上吻着，似乎要对她表示感谢。足有一刻钟时间，他们就像两个处境尴尬的人在谈话一样。只有德·皮埃纳夫人一个人保持她通常的冷静，或者可以说，她比较有准备，所以也能够更好地控制自己。她往往代替阿尔赛娜回答问题，阿尔赛娜总觉得这位代言人经常误解了她的思想。谈话枯燥无味，德·皮埃纳夫人看到病人咳得很厉害，就提醒她说医生禁止她说话，又转过来对马克斯说，他最好还是念一段书给阿尔赛娜听，而不要提出许多问题累坏了她。马克斯马上抢着拿起一本书，走到窗口附近，因为房间里比较昏暗。他不知所云地念着，大概阿尔赛娜也没有听懂，不过她显得津津有味地听着。德·皮埃纳夫人做着她带来的一件女红；女护士则不断地拧自己，以免睡着。德·皮埃纳夫人的眼睛不断地从床上望到窗口，百眼巨人的眼睛也从来没有她监视得那么严密。几分钟后，她凑到阿尔赛娜的耳朵边低声对她说：

"他念得多么好！"

阿尔赛娜望了她一眼，眼光同她嘴角上的微笑构成奇异的对比。

"啊！是的。"她回答。

接着她垂下眼睛，每隔一分钟总有一大滴眼泪夺眶而出，沿着脸颊流下来，而她自己却没有发觉。马克斯一次都没有回过头来。念了几页以后，德·皮埃纳夫人对阿尔赛娜说：

"让你休息吧，我的孩子。我怕我们使你有点累了。不久我们再来看你。"

她站了起来，马克斯像是她的影子似的也跟着站起来。阿尔赛娜望都没望他一眼就跟他说了声再见。

"我对你很满意，马克斯，"德·皮埃纳夫人说，他一直陪她走到门口，"我对她更满意。这个可怜的姑娘完全听从天命。她是你的榜样。"

"忍受着痛苦还保持沉默，夫人，难道学起来很难吗？"

"首先要学会的，就是不要让坏思想侵袭自己的心灵。"

马克斯向她敬了一个礼,很快地走了。

第二天德·皮埃纳夫人再见到阿尔赛娜的时候,她发觉她在对着一束罕见的花儿默想,这束花放在她床边的一张小桌子上。

"这是德·萨利尼先生送给我的,"她说,"他派人来向我问好。他自己没有上来。"

"这些花儿很美。"德·皮埃纳夫人冷冷地说。

"我以前很爱花,"病人叹了一口气说,"他宠坏了我……德·萨利尼先生宠坏了我,总是把他能找到的所有最美丽的花儿送给我……可是现在这些花对我已经没有多大意义了……它们太香了……你应该收了这束花,夫人;我把它转送给你他是不会生气的。"

"不,亲爱的,瞧着这些花儿会给你一种乐趣,"德·皮埃纳夫人用比较温和的声音说,因为可怜的阿尔赛娜十分忧郁的声调使她大受感动,"我只把那些有香味的拿走,你留下那些茶花吧。"

"不。我憎恨茶花……茶花使我回忆起我和他在一起的日子……唯一的一次吵嘴。"

"不要再想这些蠢事了,我亲爱的孩子。"

"有一天,"阿尔赛娜凝视着德·皮埃纳夫人继续说,"有一天我发觉在他的房间里有一杯水浸着一朵美丽的茶花。我想拿那朵花,他不肯。他甚至还不让我碰那朵花。我坚持要,并对他说了一些蠢话。他就拿那朵花锁在一个柜里,把钥匙放在口袋里。我大吵大闹,还打碎了他最心爱的一只瓷花瓶。一点也没有用。我知道得很清楚这是一个上流妇女给他的。我却始终不知道这朵茶花是从哪里来的。"

这样说着的时候，阿尔赛娜把她凝视而带点狡黠的眼光盯在德·皮埃纳夫人身上，德·皮埃纳夫人不由自主地垂下了眼帘。这时沉默了好一会，在寂静中只听见病人困难的呼吸声。德·皮埃纳夫人模糊地想起了一段茶花的往事。有一天，她在奥布雷夫人家吃饭，马克斯对她说，他的舅妈刚刚祝贺了他的生日，也要求她送一束花给他。她就笑着从头发上拿下了一朵茶花送给他。可是为什么这么微不足道的一件小事却牢牢地留在她的记忆中呢？德·皮埃纳夫人没法子解释。她几乎为这件事感到惊恐。她自己都感到有些羞愧的心情还没完全消失，马克斯就走了进来，她觉得自己涨红了脸。

"感谢你的花儿，"阿尔赛娜说，"可是这些花儿使我难过……我不会扔掉的，已把它们送给夫人了。不要叫我说话，大夫禁止我说话。你念书给我听好吗？"

马克斯坐下来念书。这一次，我想，没有人在听；每个人，包括读者在内，都按照自己的思路去默想。

德·皮埃纳夫人起身要出去的时候，她把那束花儿留在桌子上，可是阿尔赛娜提醒她说她忘记了花。她于是拿了那束花儿，心里很不高兴，因为她开头没有接受这小小的礼品，也许让人觉得她有点假装出来的样子。——她想："这样做又有什么害处呢？"可是自己对自己提出这个简单的问题，已经是不大合适的了。

马克斯不等她叫，就跟她到了她家。他们坐了下来，各自避开对方的眼光，一直沉默着，时间之久使他们两个都感到狼狈。

"这个可怜的姑娘，"德·皮埃纳夫人终于开口了，"使我感到非常伤心。看来，已经没有希望了。"

"你看见过大夫,"马克斯问,"他怎么说?"

德·皮埃纳夫人摇了摇头:

"她在这世界上只有很少几天可活了。今天早上,已经给她做了临终圣事。"

"她的脸看起来真叫人难过。"马克斯一边说一边走近一个窗框,大概是想掩盖他的激动。

"在她那种年龄就死去,当然是残酷的,"德·皮埃纳夫人严肃地说,"可是,如果她再活下去,谁知道这会不会对她是一件不幸的事呢?……上天把她从绝望的死亡中救回来,是想给她一段时间来忏悔……这对她是一个大恩典,她现在已经感觉到这个恩典的价值。迪比尼翁神父对她非常满意。马克斯,你不应该过分可怜她!"

"我不知道是否应该可怜那些年纪轻轻就死去的人,"他带点粗暴地回答,"……至于我,我宁愿年纪轻轻就死去;可是最使我感到痛苦的,是眼看着她受苦。"

"肉体上的痛苦往往对灵魂是有用的……"

马克斯没有回答,走过去站在房间的一个幽暗的角落里,那个角落被厚厚的窗帘遮蔽得半明半暗。德·皮埃纳夫人在做女红,或者假装在做女红,眼睛盯着一块挂毯,可是她觉得马克斯的眼光像一件实物似的压在她的身上。她在逃避这眼光,她却认为这眼光正在她的手上徘徊,在她的肩膀上徘徊,在她的额角上徘徊。她觉得他的眼光停留在她的脚上,她赶紧把脚藏在袍子底下。——夫人,人家说在人与人之间有一种磁气感应,也许是有点道理的哩。

"你认识海军上将里尼①先生吗,夫人?"马克斯突然问。

"是的,有点认识。"

"我也许要请求你为我对他做一件事……给我一封介绍信……"

"为什么?"

"这几天,夫人,我拟定了一项计划,"他继续说,装出快活的样子,"我努力使我自己变为一个信徒,我想做一个好基督徒应做的事;可是,我不知从何处着手?……"

德·皮埃纳夫人向他投去一道比较严厉的眼光。

"我想到的是下面的计划,"他继续说,"我很遗憾我没有学过步兵操典,可是这也不难学会。何况目前我已经会使长枪,而且使得不坏……因此我很荣幸地对你说,我有一个特殊的欲望,就是到希腊去,为了使基督的十字架得到更大的光荣,在那里尽力杀死土耳其人。"

"到希腊去!"德·皮埃纳夫人叫起来,手里的线团跌到地下。

"到希腊去。在这儿,我什么也不干;我感到厌倦;我没有什么用处,我不能干什么有用的事;在这世界上我对谁都没有用处。为什么我不去争取一些战功,或者为正义的事业去抛头颅呢?何况,对我来说,除了这条路,我看不出还有别的方法可以得到光荣,或者流芳百世,我倒是非常希望能够流芳百世的。夫人,请你想象一下,对我来说有什么荣誉比得上人们在报上读到这样一

---

① 里尼(1782—1835),法国海军上将。

段消息：'据特里波利斯①消息，马克斯·德·萨利尼先生，前途远大的希腊独立拥护者，'——在报上是可以这样说的——'前途远大的希腊独立拥护者，为了热爱自由与宗教的神圣事业，已献出自己的生命。凶暴的库尔希德-巴夏②不顾礼仪，竟然派人去砍了他的脑袋……'按照所有的人的说法，这就是我所得到的最坏的结果，对不对，夫人？"

他很勉强地哈哈大笑起来。

"你说话当真吗，马克斯？你真的要到希腊去吗？"

"十分认真，夫人；不过，我尽量使我的死亡消息越迟登越好。"

"你到希腊干什么呢？希腊并不缺少兵士……你可以成为一个优秀的军人，这我可以肯定；可是……"

"我是一个第一流的五尺六寸③的掷弹兵！"他站起来大声说，"希腊人如果不接受我这个新兵他们就太苛求了。不开玩笑，夫人，"他颓然倒在一张安乐椅上继续说，"我认为，这是我能做的最好的事。我不能够留在巴黎（他说这句话时态度相当激烈）；我在这里非常不幸，我会在这里闯出千百件大祸……我没有抵抗的能力……可是我们以后再谈吧；我不会马上就动身的……不过我一定得走……啊！是的，不得不走啊；我为了走已经发了誓愿了。

---

① 特里波利斯，希腊地名，旧名特里波利扎。

② 库尔希德-巴夏，当时土耳其部队的司令官，以残暴镇压希腊革命者著名。巴夏是土耳其高级文武官吏的通称。

③ 这是法国古尺度，一尺等于三十三厘米，一寸等于二点七厘米。

你知道这两天我已经学希腊语了吗？ Zωή μσν οàs àγαπω 这是一种非常美丽的语言，对吗？"

德·皮埃纳夫人读过拜伦爵士的著作，记得起这句希腊文，那是拜伦写的一首短诗中的叠句①。你知道，这句诗的译文是在注解里面，译文是："我的生命，我爱你。"——那是那个国家表示亲切友好的一种说话方式。德·皮埃纳夫人诅咒自己的记忆力太好了；她绝对不敢问这句希腊文是什么意思，还一味害怕她的脸部表情会流露出她懂得这句话的意思。马克斯走到钢琴旁边，他的手指好像很偶然似的落到琴键上，按了几个伤感的和音。他突然拿起帽子，转身问德·皮埃纳夫人，她今晚是否到达尔西内夫人家里去。

"我想我会去的。"她稍为犹豫了一会儿才回答。

他握了她的手，马上走了出去，剩下她一个人处在她从来没有尝到过的心烦意乱状态。

她的思想很乱，一个紧接着一个，哪一个她都抓不住。犹如站在火车车厢门口，看见无数景象一个接着一个出现又消失一样。可是，也像在急速的行进中一样，眼睛虽然看不清许多细节，却抓住了所越过景物的大致轮廓，如同德·皮埃纳夫人虽然受到一团乱丝似的思想的围攻，也同样产生一种可怕的印象，觉得自己好像在可怕的深渊被拖着沿着一处陡峭的斜坡往下滑。马克斯爱她，她对此已毫不怀疑。这种爱情——照她说是：这种感情——

---

① 拜伦是英国诗人。前面马克斯所说的一句希腊文是拜伦的短诗《雅典姑娘》中的一句。

由来已久；可是直到如今她毫不担心。在一个像她那样虔诚的信女和一个像马克斯那样的浪子之间，有一种不可逾越的障碍，过去使她十分放心。在她的心目中马克斯是一个轻浮子弟，她能够使这样一个轻浮子弟产生一种严肃的感情，对她说来是值得高兴和骄傲的，她对这一点虽然并非毫无感觉，但是她从来没有想到这种心情有一天会危害到她的安宁。现在这个坏蛋已经改好了，她开始怕起他来了。她认为他的转变是她的功劳，然而这个转变对她和他说来，都是烦恼和痛苦的原因。曾经有些时候，她试着说服自己，她模糊地预见到的那些危险都是没有现实根据的。这个突然决定的旅行，她在德·萨利尼先生身上注意到的态度上的变化，严格说来，都可以用他对阿尔赛娜·吉约还保持着的爱情来解释；可是最奇怪的是，这个想法比别的想法更使她难以忍受。她只要证明这个想法不接近事实，她就几乎感觉十分轻松。

德·皮埃纳夫人一晚上都在那里胡思乱想，一会儿想得活灵活现，一会儿又把所有的想象全部推翻。她不愿意到达尔西内夫人家里去，为了使自己不改变主意，她准许她的马车夫外出，自己想早点睡觉；可是她采取了这个伟大的决定而且无法推翻以后，马上又想起了这是她软弱的表现，她不应有这样的软弱，她又后悔了。她尤其害怕马克斯怀疑她不去的原因，由于她在自己的眼中不能隐藏她不外出的真正动机，她已经把自己视为有罪的了，因为不停地只想念着德·萨利尼先生，在她看来就是一种罪恶。她久久地做着祈祷，可是祈祷并不能使她轻松一点。我不知道到了几点钟她才能入睡；不过可以肯定的是，她醒过来时思想同前一天晚上一样混乱，根本不可能做出一个决定。

她吃早餐的时候——因为人总是要吃早餐的，夫人，尤其是当这个人前一天晚饭吃得不好的时候——在一张报纸上看到，某一个土耳其巴夏又在土耳其的鲁梅利地方劫掠一座城市。妇女和儿童都被杀害；有些拥护希腊独立的战士拿着武器战死，或者在受着残酷的刑罚渐渐被折磨而死。报纸上的这篇文章使德·皮埃纳夫人对马克斯准备的希腊之行不大好受。她悲哀地默想着她念过的那段文章，这时她收到了马克斯的一封短信。前一天夜里，他在达尔西内夫人家里十分无聊，而且对于德·皮埃纳夫人的缺席感到不安，因此写封信来问候她，并且询问她他应该在几点钟到阿尔赛娜·吉约那里去。德·皮埃纳夫人没有勇气用书面回答，她叫人带去口信说她在惯常的时刻到那里去。接着她又想马上到那里去，以免撞见马克斯；可是经过仔细一想，她又觉得这是一个幼稚而可耻的谎言，比她前夕的软弱更糟。因此她鼓足勇气，热烈地祈祷，等时候一到，她马上出门，用坚定的步伐走上阿尔赛娜的房间。

3

她发觉可怜的姑娘情况令人可怜。很明显，她的死期已经临近，从昨天起病情已经大大地恶化。她的呼吸只是痛苦的喘气，德·皮埃纳夫人得知，早上有好几次她已经昏迷不醒，医生认为她拖延不到明天了。

可是阿尔赛娜却认出了她的保护人，并感谢她来看她。

"你不必再为走我的楼梯而感到吃力了。"她有气没力地对德·皮埃纳夫人说。

她说每一个字都似乎要痛苦地使劲,消耗她还剩下的体力。要俯到她的床边才能听得见她说话。德·皮埃纳夫人抓住她的手,那只手已经冰冷,而且似乎毫无生气了。

过了一会儿,马克斯也来了,他沉默无言地走到濒死者的床边。她轻轻地向他点了点头,见他手里拿着一本装在纸夹里的书。

"今天你不必念书了。"她用微弱的声音喃喃地说。

德·皮埃纳夫人向那本所谓的书望了一眼,这其实是一幅装订起来的希腊地图,是他路过时顺便买的。

迪比尼翁神父从早上起就在阿尔赛娜身边,眼看着病人的精力以多快的速度衰竭下来,他想利用她还剩下的那一点点时间,来做一些挽救她灵魂的工作。他推开马克斯和德·皮埃纳夫人,俯在那张痛苦的床上,对那个可怜的姑娘说了一番严肃和安慰的话,这番话是宗教留在这种时刻说的。德·皮埃纳夫人跪在房间的一个角落里祈祷,马克斯站在窗口附近,仿佛变成了石像。

"姑娘,你原谅所有得罪过你的人吗?"神父用激动的声音问。

"是的!……我希望他们都幸福!"垂死的姑娘出尽全力回答,要叫人家听得见她。

"相信天主的慈悲吧,姑娘!"神父接着说,"忏悔能打开到天堂的门。"

神父又继续训诫了几分钟,然后他停止说话,因为他不知道面前躺的是不是一具死尸。德·皮埃纳夫人轻轻地站了起来,每个人都动也不动地停留了一会儿,很焦虑地注视着阿尔赛娜苍白的脸。她的眼睛已经闭上了。每个人都屏住呼吸，仿佛怕打扰了那种可怕的睡眠，这种睡眠在她身上也许已经开始了；人人清楚地听见床头桌上一个时钟的轻微的嘀嗒声。

"可怜的小姐，她过世了！"女护士拿鼻烟盒凑近阿尔赛娜的嘴唇以后终于说，"你们看见了吗，玻璃上没有水气。她死了！"

"可怜的孩子！"马克斯仿佛从昏睡状态惊醒过来似的叫喊。"她在这世界上有过什么幸福呢？"

突然，仿佛被马克斯的声音召回生命似的，阿尔赛娜张开了眼睛。

"我恋爱过！"她用弱不可闻的声音喃喃地说。她挪动着手指，似乎想把手伸出来。马克斯和德·皮埃纳夫人走过来，每人各握着她的一只手。

"我恋爱过。"她带着苦笑重复一句。

这就是她的最后遗言。马克斯和德·皮埃纳夫人久久地握着她的冰冷的手，不敢抬起眼睛……

4

就这样，夫人，你一定会说我的故事已经讲完了，你不愿意再听下去了。我还以为你很想知道德·萨利尼先生是不是到希腊去了呢，或者是不是……可是时间很晚了，你也听够了。很好！这样一来起码你不能够乱做武断的猜测了，我宣告我没有说过什么能够使你有权利这样做。

尤其是，不要怀疑我的故事的真实性。你怀疑吗？请到拉雪兹神父公墓去吧，在富瓦①将军的坟墓左边二十步远的地方，你会找到一块很朴素的石灰石墓碑，四周经常放着保养得很好的鲜花。在墓碑上，你可以读到我这故事的女主角的名字，用很大的字母刻在上面："阿尔赛娜·吉约"。你向这坟墓俯下身子，如果雨水没有冲洗掉的话，你还可以看到有一行用铅笔写的字，字迹十分纤细：

"可怜的阿尔赛娜！她为我们祈祷。"

---

① 富瓦（1775—1825），法国将军，他的葬礼曾经轰动一时，变成群众示威运动。

卡　门

女人是祸水，美好只二回——
或为爱情虏，或在临死时。

帕拉扎[①]

1

地理学家们认为门达古战场[②]是在巴斯图利-波尼地区[③]，坐落在马尔贝拉[④]以北八公里左右的地方，靠近现今的蒙达[⑤]，我总怀疑他们这种不知所云的说法。根据我个人从无名氏所著《西班牙战

---

① 题词是五世纪时希腊作家帕拉扎·亚历山德里流传至今的一句名言，原文是希腊文。

② 门达，古西班牙城市，公元前四十五年时恺撒率军与庞贝的两个儿子大战于此，因而以门达战场而出名。

③ 巴斯图利-波尼是古西班牙的一个省，腓尼基的巴斯图利部落曾定居于此。

④ 马尔贝拉，西班牙南部安达卢西亚的一个城市。

⑤ 蒙达，在今西班牙马拉加城西南九十里。

争》①的内容，以及从奥苏那公爵珍贵的藏书中②所得到的一点资料来进行猜测，我认为应该到蒙蒂利亚附近去找寻这个值得纪念的地点，恺撒曾经在这里孤注一掷地同共和国的卫士们决一死战③。一八三〇年初秋，我恰好在安达卢西亚，就做了一次相当长距离的远足，以便把剩下的疑点搞清楚。我希望，我即将发表的一篇学术论文，能够把那些老实的考古学家心头存在的任何疑团一扫而光。可是，在我的论文尚未为整个欧洲的学者解决这个困扰他们的地理问题之先，我想给你们先讲述一个小故事，它不会妨碍我们判断门达所在地在何处这个有趣的问题。

我在科尔多瓦④雇了一个向导和两匹马，就出发了。我的全部行李，只有一本恺撒的《回忆录》和几件衬衫。有一天，我在加塞那平原的高地上东奔西跑，渴得要命，累得要死，烈日当空，烤人肌肤，真想把恺撒和庞贝的两个儿子一齐送去见鬼，这时候，突然我发现离我走着的那条小径相当远的地方，有一片小小的绿色草地，上面疏疏落落地长着些灯心草和芦苇。这就告诉我附近有泉水。果然，当我走近去一看，原来我以为是草地的地方，实际上是一片沼泽。一条小溪，看样子是从卡布拉山脉的两

---

① 《西班牙战争》，流传至今的一部罗马军队无名军官的著作，是关于恺撒远征西班牙的珍贵资料。

② 奥苏那公爵（1579—1624），西班牙政治家，收藏大量古希腊罗马及当时欧洲作家的著作珍本及手稿，死后藏书大部分保存在布宜诺斯艾利斯市立图书馆。

③ 庞贝的两个儿子统率大军与恺撒的军队在门达附近大战，地形对恺撒不利，恺撒拼死作战，终获胜利。

④ 科尔多瓦，西班牙南部安达卢西亚的城市。

座极高的支脉中间一个窄小的峡道里流出来的,流到沼泽里就消失了。我因此得出结论,如果沿着小溪追本溯源,肯定会找到更清凉的水,里面没有那么多的水蛭和青蛙,或者在岩石间还可以找到阴凉的休息处所。一进峡道,我的马就嘶鸣一声,另一匹我所看不见的马,立即随声应和。我走了不到一百步,峡道豁然开朗,在我面前呈现出一片天然的圆形剧场似的空地,四周环绕着险峻的山岭,把空地完全荫蔽起来。对于旅客来说,再也找不到比这里更舒适的休憩地方了。在笔直的岩石脚下,泉水汹涌而出,直泻入一个小水池里,水池底铺着一片像雪那么白的沙子。五六棵挺拔的绿橡树,终年不受风吹,又有泉水滋润,亭亭直立在池边,用它们浓密的阴影遮蔽着水池。水池周围长着一片细密而油绿的草,可以给人睡觉,方圆四十公里以内任何旅店的床铺都没这么好。

我不能自我夸耀发现了这块幽雅的地方。一个男人早已在那里休息,我进去的时候,他一定是睡着了。马嘶声把他惊醒过来,他站起身,走到他的马身边,那畜生却已经趁着主人睡觉的时间,把附近一带的草饱饱地吃了一顿。那人是一个粗壮的青年汉子,中等身材,看来外表结实,目光阴沉而傲慢。他的原来可能是很漂亮的肤色,由于日晒,变得比他的头发更黑。他一只手牵着马的缰绳,另一只手拿着一支短铳枪。我承认起初这支枪和持枪人的凶相使我有点惊愕;可是我听见强盗的事太多,却从来没有遇见过,以致我再不相信有什么强盗了。何况我还看见过不少诚实的农民武装到牙齿地去赶集,所以看见一件武器不能就怀疑这位陌生人的道德品质。——而且,我这样想,他拿了我的衬衫和我那本埃尔泽维尔版[①]的《回忆录》又有什么用呢？于是我对这位拿枪的汉子很随便地点了点头，还微笑着问他，我是不是打扰了他的睡眠。他没有回答我，却把我从头至脚打量了一遍；然后似乎对察看结果感到满意，又照样把我的那个正在走来的向导打量了一番。向导突然脸色发白，站住了脚，显然他十分害怕。我心里想："坏了，碰上坏人了，真是不巧！"可是谨慎马上提醒我不要动任何声色。我下了马，叫向导卸下马鞍，我跪在泉水旁边，把脑袋和双手都浸到泉水里，然后伏在地上，像基甸手下无能的兵士[②]一样，喝了一大口水。

这时我仔细观察我的向导同陌生汉子。向导似乎十分勉强地走近来；陌生汉子好像对我们没有什么恶意，因为他已经放开他的马，手里那支短铳枪原来是枪身平拿着的，现在枪口已经朝下。

我认为我不应该为着别人不尊重我而生气，就躺在草地上，很随便地问那个持枪的汉子有没有带火石。同时我拿出我的雪茄烟盒来。陌生人始终没有作声，在口袋里摸了一阵，拿出他的火石，赶紧为我点火。很明显，他现在已经和气起来，居然坐到我对面来，可是他手里的枪还没有放下。我的雪茄点着以后，在剩下的雪茄中挑了最好的一支，问他抽不抽烟。

---

① 埃尔泽维尔是十六至十七世纪时著名的荷兰出版商，出版的书以开本较小为其特色。

② 据《圣经·士师记》记载，上帝叫以色列统帅基甸在出征攻打米甸人以前考验自己的兵士：命令他们喝湖水。那些像狗一样趴在地上舔水喝的人，上帝认为是不好的兵士，命令放他们回家；后来有三百名战士用手捧着水喝，上帝就赐予这个队伍战胜敌人。

"抽的,先生。"他回答。

这是我听到他讲的第一句话,我发现他发S音并不像安达卢西亚人那样①,因而我得出结论:他同我一样也是旅客,只不过不像我那样是个考古学家。

"你会觉得这一支味道不错。"我边对他说边递给他一支真正的哈瓦那雪茄②。

他向我微微点了点头,用我的雪茄点着了他的雪茄,又向我点了下头表示感谢,然后十分愉快地抽起来。

"啊!"他叹息了一声,同时把第一口烟从嘴巴和鼻孔里慢慢地喷出来,"我好久没有抽烟了!"

在西班牙,你送给人家一支雪茄人家接受了,就能建立起友情,好像在东方分吃面包和盐一样。出乎我的意料,这位汉子竟非常健谈。但是他虽然自称是蒙蒂利亚地方的居民,却似乎对这地方不很熟悉。连我们所在的那可爱的山谷叫什么名字他都不知道;这附近任何村子的名字,他也说不上来;最后,我问他有没有看见附近有断壁残垣,卷边的大瓦和雕刻的石头,他老实承认他从来没有注意过这些东西。另一方面,他却表现出对马很有研究。他批评了我的马,这不是太难的事;然后他对我背述他那匹马的世系,这匹马来自一个著名的科尔多瓦养马场。这的确是一

---

① 安达卢西亚人的S由喉部发音,同柔声C和Z的发音没有差别;西班牙人把后面这两个音发得像英文的th。所以只要听见"Senor"这个字的发音,就可以分辨出一个安达卢西亚人来。——原注

② 这是当时最好的一种雪茄。

匹名种马,据它的主人说,它非常坚强耐劳,有一次不是飞奔就是疾走,一天足足跑了一百二十公里。正滔滔不绝说得起劲时,陌生汉子突然停住了,仿佛他吃惊于自己讲话太多,对自己有点不满意。——"这是因为我急于要赶到科尔多瓦去,"他显得有点尴尬地继续说,"我有一件案子要向法官们申诉……"一边说,他一边望着我的向导安东尼奥,向导马上垂下眼皮。

这地方既荫凉,又有泉水,使我心旷神怡,不由得想起了我的蒙蒂利亚的朋友们曾经把几段美味的火腿放在我的向导的背包里。我叫向导把火腿拿出来,同时也邀请这位陌生客人参加我的临时便餐。如果说他很久没有抽过烟,那么他吃东西的样子更使我认为他至少在四十八小时内没有吃过东西。他简直在狼吞虎咽。我想,这个可怜虫遇见了我,真是上天保佑。我的向导却吃得很少,喝得更少,一声也不哼,虽然我在旅行开始的时候,发现他是一个无人比得上的爱说话的人。我的客人的在场似乎使他局促不安,某种互不信任的感觉使他们两者之间分隔开来,我却猜不出确实的原因。

最后的几片面包和火腿已经吃光了;我们各自又抽了一支雪茄;我命令向导安置好马具,正要向新朋友告别的时候,他却问我今晚打算在哪里过夜。

向导向我使了一个眼色,我还没来得及注意到,已经回答他说我准备在奎尔沃客店住宿。

"像你这样的人物,先生,那可是糟透了的地方……我也到那里去,如果你准许我奉陪的话,我们可以一起去。"

"非常愿意。"我边说边骑上了马。

向导为我托着马镫，又向我使了一个眼色。我耸了耸肩膀作为回答，似乎在安慰他说我十分放心，于是我们就出发了。

安东尼奥那些神秘的眼色，他的不安，陌生汉子偶然流露出的几句话，尤其是他一口气骑马走了一百二十公里，和他对这件事所做的不太合理的解释，早已在我的心目中形成我对我这位旅伴的看法。我毫不怀疑同我打交道的人是一个走私贩子，或是一个强盗；可是这跟我有什么关系呢？我相当熟悉西班牙人的性格，对一个同我一起吃过东西和抽过烟的人，我可以尽管放心不必害怕。有他在一起倒还可以保证路上不会遇见别的坏人。何况我很高兴认识一下强盗到底是怎样的人，因为强盗不是天天可以碰到的。同一个危险人物在一起这件事本身就很迷人，如果发觉这个危险人物既温和又驯良的时候，那就更叫人高兴啦。

我很想慢慢引导这个陌生汉子向我说些真心话，尽管我的向导不停地对我使眼色，我还是把话题引到一些江湖大盗身上。当然啦，我是带着尊敬态度来谈论他们的。那时候，在安达卢西亚有一个著名的大盗，名叫何塞-玛丽亚，他的事迹挂在人人的嘴上。我就想："我会不会是跟何塞-玛丽亚在一起走路呢？……"于是我讲起这位英雄的故事，当然全是赞美他的，我对他的勇敢和慷慨表示极度的崇拜。

"何塞-玛丽亚只是一个小丑罢了。"陌生汉子冷冷地说。

我暗暗地想："他是在对自己说句公道话呢，还是他过分谦虚？"因为我越是端详这位伙伴，就越觉得他符合何塞-玛丽亚的特征，我在安达卢西亚的许多城门的捕拿告示上看到过这些特征。——"一点不错，一定是他……金黄头发，蓝眼睛，大嘴巴，整齐的牙齿,纤细的手;质地优良的衬衫,有银纽子的天鹅绒上衣,白皮腿套,一匹栗色的马……毫无疑问!不过,他既然埋名隐姓,我们还是尊重他的秘密吧。"

我们到了客店。那客店就像他所描述的一样,是我所到过的最糟的地方。一间大屋子既作厨房,又作饭厅和卧室。屋子中间一块扁平的石板上生着火,烟就从屋顶中间开着的一个窟窿透出去,或者毋宁说烟已经停在那里,在离地几尺的地方形成一股云雾。沿着墙边的地上,铺着五六张旧驴皮,算是旅客的床。离这房间——或者不如说离我刚才描写过的唯一的屋子——约二十步远的地方,有一个敞棚,就算是马厩。在这个可爱的寄居所里,只住着一个老太婆和一个十至十二岁的小姑娘,再也没有别的人,至少在目前是如此;这两个人都黑得像煤一样,衣服破烂不堪。——"这就是古代门达-巴蒂加的居民所遗留下来的子孙!"我心想,"啊,恺撒啊!啊,萨克斯蒂斯·庞贝啊!如果你们回到这世界上来,你们会多么惊讶啊!"

老太婆看见了我的旅伴,就禁不住发出一声惊异的喊声。——"啊!唐何塞老爷!"她喊道。

唐何塞眉头一皱,威严地扬了扬手,老太婆立即闭上了嘴。我转过身来对我的向导偷偷地递了一个暗号,使他明白:我今晚同宿的伙伴的身世,不必再麻烦他告诉我了。晚餐比我想象的要好得多。在一张一尺多高的小桌子上,先是一盆红烧老公鸡块烩饭,里边放了许多辣椒;然后是一盆油辣椒;最后是一盆"加斯帕乔"——一种用辣椒做的沙拉。这三盆都有辣椒的菜迫使我们不停地求助于装着蒙蒂利亚酒的皮囊,这种酒味道非常可口。吃完了饭，我看见墙上挂着一只曼陀铃——在西班牙到处都有曼陀铃——我就问伺候我们的小姑娘会不会弹。

"我不会，"她回答，"可是唐何塞弹得非常好！"

"那么，"我对唐何塞说，"能不能请君为我歌一曲，我非常爱听你们的民族音乐。"

"我不能拒绝像你这样一位正人君子，你给了我这么名贵的雪茄抽。"唐何塞十分高兴地嚷起来。他叫小姑娘把琴递给他，开始自弹自唱起来。他的嗓音是粗糙的，可是非常悦耳，曲调有点忧郁也有点怪，歌词我却一句也不懂。

"如果我没有弄错的话，"我对他说，"你唱的不是一支西班牙曲子，倒有点像我在特权省份①听到过的'索尔西科'②，歌词大概是巴斯克语。"

"你说对了。"唐何塞带着阴沉的神气回答。他把曼陀铃放在地上，抱着胳膊，开始凝视着快要熄灭的火堆，脸上带着古怪的悲哀表情。放在小桌子上的一盏灯照亮了他那张高贵而又凶悍的脸，使我想起了米尔顿诗中的撒旦③。也许我的旅伴像撒旦一样，在怀念他失去的乐园，在思索他失足而过的流亡生活。我很想使我们的谈话重新活跃起来，可是他一句话也没有回答，已经深深地陷入他的悲哀的沉思中。老太婆用一根绳子挂着一张破被单，

---

① 特权省份，指享有特殊权利的省份，就是阿拉瓦省，比斯开省，吉普斯夸省和纳瓦拉省的一部分。所使用的语言是巴斯克语。——原注

② 索尔西科，是巴斯克民族舞蹈，一般伴有音乐及合唱。

③ 米尔顿（1608—1674），英国诗人，所著长诗《失乐园》描写撒旦因反对上帝被贬落人间，但仍念念不忘有朝一日要战胜上帝。

遮住屋子的一个角落,她就在那里面躺下睡觉。小姑娘也跟着她走进这个专为妇女准备的角落。于是我的向导站起来,叫我跟他到马厩去;唐何塞听见这句话就惊跳起来,用粗暴的声调问他要到哪里去。

"到马厩去。"向导回答。

"去干吗?马有的是吃的。躺在这里吧,先生会同意你这样做的。"

"我怕先生的马病了,我要先生去看一看,也许先生知道应该怎样办。"

很明显,安东尼奥想单独同我谈话;可是我不愿意引起唐何塞的怀疑,根据当时的局面,我认为最好是对他表示绝对的信任。因此我回答安东尼奥说我对马一窍不通,并说我很想睡觉。唐何塞于是跟着安东尼奥到马厩里去,不大会儿他就一个人回来了。他对我说马没有什么,不过我的向导把牲口看成宝贝,他拿上衣替它摩擦,使它出汗;他打算整夜就干这桩安闲的工作。这时候,我就躺在驴皮毯子上,拿斗篷严严地裹着身体,生怕碰着毯子。唐何塞请我原谅他斗胆睡在我的身旁,然后就躺在门口;在躺下来以前,没有忘记把短铳枪上好子弹,把它放在他用来作枕头的背包里。我们互相道了晚安以后五分钟,彼此都呼呼地入睡了。

我想我一定是相当疲倦,否则我便不会在这样的房子里睡着;可是,过了一个钟头,一种奇痒难熬的感觉把我从睡梦中弄醒。我一弄明白奇痒的性质以后,就站起身来,心想后半夜在露天度过,比在这个难以寄居的屋子里更好。我蹑着脚尖走到门口,从唐何塞身上跨过去。他睡得正香,我的动作又那么轻,以至我走出了屋子他还没有醒过来。靠近门口有一条阔长板凳；我躺下去，尽量舒适地安顿下来，以便度过这后半夜。我刚要第二次合上眼睛，忽然觉得似乎有一个人和一匹马的影子声息全无地在我面前走过。我坐了起来，认出了是安东尼奥。他在这种时刻走出马厩，使我非常惊异。我站了起来，向他走过去。他已经先看见了我，停了下来。

"他在哪儿？"安东尼奥低声问我。

"在客店里，他睡着了。他不怕臭虫。你为什么把马牵出来？"

这时我发觉安东尼奥在马蹄上仔细地裹着旧毯子的碎片，以免走出马厩时弄出声音。

"老天爷，请你说话低声一点！"安东尼奥对我说，"你不知道这个人是谁。他是何塞·纳瓦罗，安达卢西亚最著名的大盗。我整整一天给了你许多暗示，你总装着没有瞧见。"

"大盗不大盗，跟我有什么关系？"我回答，"他没有偷过我们的东西，我敢打赌，他根本没有这个念头。"

"那好吧；可是谁告发他，谁就可以得到二百迪加①。离这里六公里有一个枪骑兵营地，天亮以前我就可以带几条壮健的大汉来。我本来想把他的马牵走，可是那畜生凶得很，除了纳瓦罗谁也近不得它。"

"你见了鬼了！"我对他说，"这个家伙什么事得罪了你，你要去告发他？何况，你敢肯定他就是你所说的那个大盗吗？"

"完全可以肯定；刚才他还跟着我到马厩里对我说：'你好像

---

① 迪加，金币或银币，金币每个值十至十二法郎，银币价值减半。

认识我，如果你告诉那位善良的先生我是谁，我就把你的脑袋打开花。'先生，你留在这儿，留在他身边，不用害怕。只要他知道你在这儿，他就不会起疑心。"

我们边走边说，已经离开客店相当远，不怕别人听见马蹄声了。安东尼奥转眼间就把裹住马脚的碎布片拉掉，准备上马；我又是恳求，又是威吓，想把他留住。

"我是一个穷光蛋，先生，"他对我说，"有二百迪加，机不可失，尤其又可以为国家除去一害。不过你得当心，如果纳瓦罗醒过来，他一定会跳起来抓他的短铳枪的，那时你就得当心！我嘛，我已经走得太远，不能回头了；你就得自己设法对付了。"

这个坏蛋跨上了马，把马一夹，不久就消失在黑暗中了。

我对向导的行为非常气愤，也感到有些不安。考虑了片刻以后，我决定回到客店。唐何塞还在熟睡，毫无疑问，经过几天的冒险生涯，他又疲劳又瞌睡，现在正是补偿一下的时候。我不得不猛力地将他推醒。我永远忘不了他醒过来时那副凶狠的眼光和抓枪的动作；为了防备不测，我早已把他的枪移到离他的睡处相当远的地方。

"先生，"我对他说，"请你原谅我吵醒了你；可是我有一个傻问题要问你：你乐意看到半打枪骑兵到这儿来吗？"

他跳起来，用骇人的声音问：

"这是谁告诉你的？"

"只要这个警告有用，管它是从哪里来的。"

"你的向导出卖了我，他一定要受到报应的。他现在在哪儿？"

"我不知道……在马厩里，我想……可是有人对我说……"

"谁对你说的？……也许是那个老太婆……"

"一个我不认识的人……闲话少说，回答我，是或者不是，你愿意不愿意在这里等候那些兵士？如果不的话，那就请你不要浪费时间；否则的话，那就晚安吧，请你原谅我打断了你的睡眠。"

"啊！你的向导！你的向导！我一开头就不相信他……可是……我会跟他算账的！……再见吧，先生。你帮助了我，上帝会报答你的。我并不像你把我想的那么坏……是的，在我身上有些东西是值得一个绅士同情的……再见吧，先生……我只遗憾一件事，就是我无法亲自报答你。"

"你要报答我就请你答应我一件事吧，唐何塞，就是永远不要怀疑任何人，永远不要想报复。拿着，这些雪茄是给你路上抽的。一路平安！"

我把手伸给他。他紧紧地握了握我的手，没有作声；他拿了他的短铳枪和他的背包，对老太婆说了几句话，所用的方言是我所听不懂的，然后，飞向马厩。几分钟之后，我就听见他在田野里奔驰了。

至于我，我又躺在我的板凳上，可是我再也不能入睡。我心里思忖，我到底有没有理由从绞刑架上把一个强盗或者杀人犯救下来呢？我这样做仅仅是为了我曾经同他一起吃过火腿和巴伦西亚式米饭罢了。我是否出卖了那位站在法律一边的向导呢？我会不会使他遇上受罪犯打击报复的危险呢？但是，好客的义务又怎么讲呢？……我想这是野蛮人的偏见；今后我对这个强盗所犯的一切罪恶都得负责……可是良心凭着本能来拒绝一切推理，这也是偏见吗？也许，在我当时所处的艰难局面中，我不能毫无后悔地脱身吧。我正在左思右想,对自己的行为是否合乎道德还拿不定主意的时候,只见六个枪骑兵同安东尼奥一起出现,安东尼奥非常小心地躲在后面。我迎上前去,告诉他们强盗在两个钟头以前已经逃走。队长盘问那个老太婆,老太婆回答说她认识纳瓦罗,可是因为她一个人住在这里,所以她不敢冒着生命危险去告发他。她还补充说了一句,说他每到她这儿来,总是习惯在半夜里动身。至于我,我得走几里地到一个行政长官那里呈验我的护照,还得签署一份陈述书,才能继续从事我的考古调查工作。安东尼奥有点恨我,因为他怀疑是我妨碍了他赚到那二百迪加的。不过,我们在科尔多瓦还是像好朋友那样地分了手;我给他了一笔很可观的报酬,在我的经济条件许可的情况下,我尽量多给他一些钱。

2

我在科尔多瓦住了好几天。有人告诉我,多明尼各会①的图书馆里有些手稿,可以给我提供一些有关古代门达的有用资料。那些善良的神父们很热情地招待我,我白天在他们的修道院里度过,黄昏到城里散步。在科尔多瓦,日落时分总有许多闲人聚集

---

① 多明尼各会是由西班牙神父多明尼各(1170—1221)创办的天主教组织;该会的修道院一般都藏有大量书籍和手稿,主要是从没收那些被怀疑为异端的叛教者的私人藏书而来。

在瓜达尔基维尔河的右岸。在这里，人们呼吸着制革工场散发出来的气味，这所制革工场还为当地保持着精制皮革制品的古老声誉。另一方面，人们可以在这里欣赏一幕十分值得欣赏的景象。晚祷的钟声敲响前几分钟，一大群妇女聚集在河边，站在高高的堤岸下面。没有一个男子胆敢混杂在她们里面。晚祷的钟声一响，人们就认为黑夜来临了。最后一下钟声响过后，所有妇女都脱了衣服，走进水里。于是就发出叫声，笑声，一片喧哗。堤岸上面，男人们在欣赏这些出浴妇女，他们睁大了眼睛，却看不见什么。不过这些白色而模糊不清的形体在深蓝色的河水上面显现出来，倒也能叫一些有诗意的心灵为之激动，只要发挥一点想象力，就不难在眼前呈现出一幅狄安娜和她的水仙出浴图，而不必害怕自己会遭到阿克托安的命运[①]。有人对我说，有几个无耻之徒有一天筹集了一笔钱，用来买通大教堂的敲钟人，叫他在规定时间前二十分钟敲响晚祷钟声。虽然那时天色很亮，瓜达尔基维尔河的水仙们却一点也不犹疑，她们相信晚祷的钟声而不相信太阳，她们泰然自若地换上了浴装，这浴装总是非常简单的。那时我不在那里。我在那里的时候，敲钟人是不受贿赂的，暮色苍茫，只有猫眼才能分辨出最老的卖橙子老妇，同科尔多瓦最漂亮的风流女工。

一天黄昏，在已经看不见任何东西的时刻，我倚着堤岸的栏杆抽烟，只见一个女人从通到河里的水梯走上来，坐在我的身边。

[①] 狄安娜是希腊神话中的猎神。猎人阿克托安偷看狄安娜和她的仙女们沐浴，狄安娜使阿克托安变成一头小鹿，结果被他自己的猎犬咬死。

她的头上插着一大束茉莉花，花瓣在夜间散发出醉人的清香。她穿得很朴素，也许可以说很寒碜，上下身都是黑色的衣服，像大多数夜间的风流女工一样。有身份的妇女只有在早晨才穿黑服；傍晚时分，她们就按照法国式样①穿戴。走到我的身边以后，我的这位浴女就让披在头上的头巾滑下来，落在肩上。在"星星所撒下的微光中"②，我看出她娇小、年轻、身材苗条，还有一对很大的眼睛。我马上把雪茄扔掉。她明白这完全是法国式礼貌，便连忙对我说，她很喜欢闻雪茄的味道，有时遇到温醇的香烟③，她甚至也抽几口。幸喜我的烟盒里还有几支这样的香烟，我便赶紧献给她。她居然俯身取了一支，在一个孩子递过来的线香上点了火，我给了那个孩子一个苏。我们一边抽烟，一边谈话，这位漂亮的浴女同我谈了很久，码头上几乎只剩下我们两个人了。我认为请她到一所"内维里亚"④去饮冰不能算是冒昧。她经过一番谦让以后就接受了，可是她先要知道现在是几点钟。我按响了报时表，响声似乎使她非常惊奇。

"外国人先生，你们有多么新奇的发明啊！你是哪一国人，先生？一定是英国人吧⑤？"

---

① 原文是西班牙文。

② 这是法国十七世纪悲剧作家高乃依的悲剧《熙德》中的诗句（第三幕第三场第一二七三行）。

③ 原文是西班牙文。

④ 这是附设有冰窖的咖啡馆，实际上存放的是雪。在西班牙，没有一个村子不开设"内维里亚"的。——原注

⑤ 在西班牙，凡是不带着棉布或丝织品的样品的，都被当作英国人。我在哈尔基斯（希腊地名——译者）曾经荣幸地被人称为"法兰西的英国绅士"。——原注

"在下是法国人。你呢,小姐,或者太太,你大概是科尔多瓦人吧?"

"不是。"

"至少你是安达卢西亚人。从你柔和的口音我就能听出。"

"如果你听得出人们的口音,你一定能够猜出我是什么人。"

"我相信你是来自耶稣的国度,离天国只有两步远。"

(这个比喻指的是安达卢西亚,我是从我的朋友弗朗西斯科·塞维利亚,著名的斗牛士①那里听来的。)

"呸!天国……这儿的人说天国是没有我们的份的。"

"那么,你也许是摩尔人,或者……"我停住了嘴,不敢说她是犹太人。

"算了吧!你明知道我是个波希米亚女人,你要我同你算算巴奇②吗?你听人家说起过小卡门吧?她就是我。"

这件事离开现在已经有十五年了,我那时候是一个没有宗教信仰的人,坐在我旁边的哪怕是一个巫婆我也不会被吓走。"好啊!"我心想,"上个星期,我同一个江湖大盗共进晚餐,今天又同一个魔鬼的门徒一起饮冰。在旅行的时候,是应该什么都看一看的。"我想结识她还有另外一种打算。我现在只能羞愧地承认,离开大学以后,我曾经花过一点时间去研究神秘学,我甚至有几

---

① 弗朗西斯科·塞维利亚是西班牙著名的斗牛士,梅里美第一次去西班牙旅行时(1829—1830)同他结识。梅里美在他的《西班牙通信》的第一封信里曾经谈到他。

② 指算命。——原注

次尝试去降服阴间的鬼魂。现在固然我早已戒掉了这种爱好,可是我仍然对迷信还有相当大的兴趣,我当然乐意去了解一下波希米亚人的妖术到底发展到了怎样的程度。

我们一边谈,一边走进了"内维里亚",拣一张小桌子坐下,桌子上摆着一个玻璃球,里面点着一支蜡烛。现在我有充分的余暇来细细观察我的吉达那①了。有几位先生看见我带着这样漂亮的女伴作陪,一边饮冰一边露出惊愕的神气。

我十分怀疑卡门小姐是不是一个纯血种,至少她比我见到过的她的同族女人要漂亮得多。照西班牙人说,一个女人要称得上漂亮,必须符合三十个条件,或者换句话说,必须用十个形容词,每个形容词都能适用到她身体的三个部分。比方说,她必须有三黑——眼睛黑,眼睑黑,眉毛黑;三纤巧——手指,嘴唇,头发;等等。至于其余的条件,请参阅布朗托姆②的著作。我的波希米亚姑娘不能说这样十全十美。她的皮肤虽然很光滑,但是非常接近铜色。她的眼睛虽然有点斜视,但是很大很美;她的嘴唇虽然有点厚,但是线条很好,露出雪白的牙齿,比去掉皮的杏仁更白。她的头发虽然可能有点粗,可是颜色漆黑,带有蓝色的反光,像乌鸦的翅膀一样,又长又亮。为了避免用冗长的描写使你厌烦,我还是概括点说吧:她的每一个缺点总有一个优点作为陪衬,而这个优点在对照之下,变得格外显著。她的美是一种奇特的、野性的美;

---

① 原文是西班牙文,西班牙人称波希米亚姑娘为吉达那。
② 布朗托姆(1540—1614),法国作家兼政治家,著有《著名女子的生活》《风流女子的生活》等。

她的脸使你初见时惊奇，可是永远不会忘记。尤其是她的眼睛，有一种肉感而凶悍的表情，以后我再也没有在别的人眼中看见过。"波希米亚人的眼睛就是狼眼睛"，这句西班牙成语是经过仔细观察后的结论。如果你没有时间去公园观察一只狼的眼睛，等你的猫要捕捉麻雀的时候，观察一下猫的眼睛吧。

在咖啡馆里叫人算命会显得十分可笑。因此我请求那位漂亮的巫婆准许我送她回家；她毫无难色地答应了，可是她还想知道现在是什么时候，她请我把表拿出来再按一下。

"这表真是金的吗？"她非常仔细地看了一会表问。

我们动身的时候，天色已经全黑；大部分商店都已关门，街道上差不多阒无一人。我们走过瓜达尔基维尔大桥，到达郊区尽头的时候，在一所看来丝毫不像宫殿的房子前面停下。一个小孩给我们开了门。波希米亚女人用一种我不懂的语言对他说了几句话，后来我才知道这是一种波希米亚方言，叫作罗马尼或者希贝·加里。小孩马上就走开了，留下我们在一间相当宽敞的房间里。这房间里的家具只有一张小桌子，两张凳子和一个箱子。我不该忘记：还有一瓮清水，一堆橙子和一把葱头。

等到只剩下我们两个人时，波希米亚女人从箱子里拿出一副似乎用过多次的纸牌，一块磁石，一只干枯了的蜥蜴，以及其他为算命所必需的工具。然后她叫我用一个钱币在我的左手上画了一个十字，神秘的仪式就开始了。关于她的预言，我用不着向你复述；至于她运用的手法，很明显可以看出她比一般女巫高明。

可惜不久我们便被人打扰了。大门蓦地被人猛力打开，一个男人披着一件褐色斗篷，只露出一对眼睛走了进来，用相当不礼貌的态度对那个波希米亚女人说话。我听不出来他说的是什么，可是从语调听来，说明他是在发脾气。吉达那看见了他既不表示惊讶，也不表示愤怒，只奔过去迎接他，用她在我的面前用过的那种神秘的语言，滔滔不绝地向他说了一通。我只听懂一个词儿："佩伊洛"，因为这个词儿重复了好多遍。我知道波希米亚人用这个词儿来称呼不是他们种族的陌生人。假定他们是在谈我，我准备做一番比较麻烦的解释；我已经抓住一张凳子的凳脚，偷偷地仔细捉摸，看什么时候把凳子扔到闯进来的陌生人的头上较为合适。陌生人粗暴地推开波希米亚女人，向我走过来，然后忽然后退了一步：

"啊！先生，"他说，"原来是你！"

于是我也望他一眼，认出了原来他就是我的朋友唐何塞。这时候，我有点后悔当初没有让他被抓去吊死。

"咦！是你，老朋友！"我喊道，勉强地笑着，尽量掩饰住我的不满，"你打断了这位小姐，她正要告诉我一些很有意思的事情哩。"

"又是老一套！早晚得叫她改改。"他咬紧牙齿说，同时用凶暴的眼光瞪她。

然而波希米亚女人继续用方言同他说话。她越说越生气，眼睛里充满了血，变得十分可怕。她脸上的肌肉抽紧，拼命跺脚，看样子她是在逼他做一件他犹豫不决的事。这件事是什么，我已经很明白，但见她拿小手在脖子上再三地拉来拉去，我不由得认为她是想割掉一个人的脑袋，而且很可能就是我的脑袋。

对她的喋喋不休，唐何塞只是干脆地用两三个字来回答。于是波希米亚女人向他极端鄙夷地望了一眼,走到房间的一个角落里盘膝坐下,挑了一只橙子,剥了皮,吃起来。

唐何塞抓住我的胳膊,打开门,把我带到街上。我们默默无言地走了两百步左右,然后他伸手一指:

"一直走,"他说,"你就可以看到那条桥。"

跟着他就转过身去,很快地走开了。我回到客店,有点困惑,心中颇感不快。最糟的是,当我脱衣服的时候,我发觉我的表已经不翼而飞。

种种考虑阻止我第二天去报警或者申请市长先生为我到处搜寻。我结束了多明尼各会图书馆的手稿研究工作,动身到塞维利亚去。在安达卢西亚东游西荡了几个月以后,我想回马德里,中途得经过科尔多瓦。我不想在那里久住,因为我对这座美丽的城市和瓜达尔基维尔河的浴女们不知不觉地有了反感。不过那里我有些朋友要拜访,有些事情要办,不得不在这座伊斯兰教亲王们的古都①逗留三四天。

我回到多明尼各会修道院的时候,一位对于我的研究门达遗址的工作素来感到很有兴趣的神父,张开两臂来欢迎我,同时叫嚷起来:

"感谢天主!欢迎你,亲爱的朋友。我们全都以为你已经死了呢;现在同你说话的我,为了拯救你的灵魂,我念过多少次《天主经》同《圣母经》,可是我毫不后悔。你居然没有被人杀掉,因

---

① 科尔多瓦于八世纪时被摩尔人征服,曾经连续四个世纪成为伊斯兰王国在西班牙的首都。

为我们知道你被人抢劫了。"

"你们怎么知道的？"我有点惊奇地问他。

"当然哩，你知道得很清楚，就是你的那只漂亮的报时表，从前你在图书馆工作时，每次我们告诉你去听唱诗班时，你就把它按响报时。现在，它已经找到了，你去领回来吧。"

"这就是说，"我有点尴尬地打断他的话头，"我把它掉在什么地方了……"

"那个坏蛋已经关起来了。大家都知道，他那种人哪怕是为了一个小铜板也不惜会开枪打死一个基督徒的，所以我们怕得要死，生怕他把你杀了。我同你一起到市长那儿去，把你那块漂亮的表领回来。这样，你回去就不能说西班牙的司法机关不尽职哩！"

"我老实对你说，"我对他说，"我宁愿丢了我的表，也不愿在司法机关面前做证，叫一个可怜的穷鬼被吊死，尤其是因为……因为……"

"啊！请你放心行事，因为已经有不少人去证明他的罪恶，即使多了你的证明，他也不会被吊死两次的。我说吊死，我弄错了。你的强盗是一个贵族，定在后天受绞刑①，决不赦免。你瞧，多偷一件东西或少偷一件东西，对他的命运毫无影响。如果他只偷东西倒还得感谢上帝！可惜他已经犯过好几件杀人案，一件比一件更凶暴。"

"他叫什么名字？"

---

① 在一八三〇年，贵族还享有这种特权（即被绞死而不上吊刑架——译者）。今天在宪政时代，平民也获得了"被绞死"的权利。——原注

"这地方的人管他叫何塞·纳瓦罗;可是他另外有一个巴斯克名字,这是你同我都读不出来的。我说,他是一个值得一看的人,你既然喜欢熟悉一个地方的特点,你就不应该错过这个可以知道西班牙的坏蛋怎样离开人世的机会。他关在小圣堂里,马丁内斯神父可以带你到那里去。"

我的多明尼各会神父一再劝我去看一看那种"美丽的小绞刑"①的准备工作,使我无法拒绝。我要带着一盒雪茄去探望囚犯,希望他原谅我这个不速之客。

在唐何塞吃饭的时候人家带我到了他那里。他相当冷淡地对我点了点头,很有礼貌地多谢我给他带来的礼物。他数了数我放在他手里的那盒雪茄一共有几支,挑了几支出来,把剩下的还给我,说他不需要更多的了。

我问他,如果花点钱,或者靠我朋友的势力,我能不能为他获得减刑。起初他只耸了耸肩膀,苦笑了一下;过了一会儿,他改变了主意,求我为他献一台弥撒以拯救他的灵魂。

"你愿不愿意,"他怯生生地加上一句,"愿不愿意为一个得罪过你的人另外献一台弥撒?"

"当然可以,亲爱的朋友,"我对他说,"可是据我所知,在这里没有人得罪过我。"

他抓住我的手,带着严肃的神情紧紧握着。沉默了一阵以后,他又说:

---

① 这句话有读音错误和拼写错误,出自莫里哀的喜剧《德·普尔索尼克先生》第三幕第三场,是一个瑞士卫兵所说的一句洋泾浜法语。

"我还可以请你帮我做一件事吗?……当你回国的时候,也许你要从纳瓦罗经过,至少你总得经过离那里不远的维多利亚。"

"是的,"我对他说,"我一定会经过维多利亚;可是我兜个圈子到潘普洛纳①去也不是不可能的,为了你,我愿意兜这个圈子。"

"好呀!如果你到潘普洛纳去,你会看到不少使你感兴趣的东西……那是一个美丽的城市……我把这个圣牌给你(他指给我看他挂在颈上的一个小银牌),你用纸把它包着……"他停顿了一会儿以抑制自己的激动……"你亲自把它交给或者叫人交给一个老大娘,我会告诉你她的地址。——你对她说我已经死了,可是不要告诉她我是怎样死的。"

我答应把他托付的事情办好。第二天我又去看他,同他消磨了半天工夫。下面叙述的这个悲惨的故事,就是从他的嘴里听到的。

3

他说,我生于巴斯坦河流域的埃利松多城②。我的名字叫唐何塞·利萨拉本戈亚③。你相当熟悉西班牙,你从我的名字立刻就可

---

① 潘普洛纳和维多利亚都是西班牙北部的城市,潘普洛纳在维多利亚的东面。
② 埃利松多城,纳瓦罗省的一个城市,离潘普洛纳四十五公里。
③ 利萨拉本戈亚源出巴斯克语利萨拉,意为梣树,所以这个姓的意思是:"种有梣树的土地的主人"。

以知道我是巴斯克人而且是老基督徒①。如果我的名字前面有"唐"字，那是因为我有这个权利，要是现在我们在埃利松多，我就可以给你看记载在羊皮纸上的我的家谱。家里人想叫我当教士，叫我读书，可是我读不进去。我太喜欢打网球②了，这玩意儿就断送了我的一生。我们纳瓦罗人打起网球来，就忘记了一切。有一天，我打胜了，一个阿拉瓦的小伙子同我吵架，双方动了"马基拉"③，我又把他打败了；可是这一下使我不得不离开故乡。路上，我遇见了龙骑兵，我就参了军，投入阿尔曼萨骑兵连④。我们这些山里人很快就学会了当兵这行业。不久我就当上了班长，人家还答应把我提升为排长，不幸恰巧在这时候，人家把我派到塞维利亚的烟草工厂去当警卫。如果你到塞维利亚去，你就可以见到这所大建筑物，在城墙外边，靠近瓜达尔基维尔河。我现在似乎还看得见那扇大门和它旁边的警卫室。西班牙人值班的时候，总是打纸牌，或者睡觉，我是一个道地的纳瓦罗人，我总不肯闲着。我正在用黄铜丝制一条链条，用来拴住我的火枪的引火针，忽然间

---

① 阿拉伯人统治西班牙时代，不肯放弃天主教，也不肯同伊斯兰教徒通婚的西班牙人后裔，被称为老基督徒。

② 这种球是网球和回力球的始祖；玩时双方各带球拍或球兜，场地有室外的，也有室内的，场地中间有中线，但没有网。后来逐渐演变成为网球和回力球。从形式上看，这种球同网球十分近似，同回力球向墙上打球不十分像，因此虽然中线上没有网，姑且译为网球。

③ 这是巴斯克人的包了铁皮的棍子。——原注

④ 阿尔曼萨是西班牙的一个城市，一七〇七年争夺西班牙王位战争期间，该城附近发生过一次大战役。为了纪念这次战役，一个西班牙骑兵连被命名为阿尔曼萨骑兵连。

同伴们都说："钟响了，女工们要上工了。"先生，你知道，有四五百女工在这家工厂工作。她们在一间大厅里卷雪茄，如果没有"二十四"①的许可证，任何男子都不能进去，因为天气热的时候，她们穿得很随便，尤其是那些年轻女工。她们吃完饭去上工的时候，就有许多后生在那里望着她们经过，千方百计去挑逗她们。这些姑娘当中，很少有人会拒绝接受一条薄丝头巾的；有这一门爱好的人，要钓这种鱼，只要弯下身子拾起来就是了。别人在那里张望的时候，我却坐在门口附近的一条板凳上。我那时年纪还轻，总在想念故乡，我从不相信漂亮姑娘是不穿蓝裙子和没有两条小辫子挂在肩上的②。何况安达卢西亚的女子叫我害怕，我同她们合不来，她们总是开玩笑，从来没有一句正经话。因此我埋头制我的链子，突然我听见那些市民们叫嚷："吉达那来了！"我抬起眼睛，就看见了她。那天是星期五，我永远不会忘记。我看见的就是你认识的那个卡门，几个月以前我在她的家里遇见过你。

她穿着一条非常短的红裙子，露出她的不止有一个破洞的白丝袜，还有一双小巧玲珑的红摩洛哥皮鞋，鞋子用火红的绸带系住。她推开披肩，让她的两只肩膀暴露出来，还显出她的衬衫上面一大束刺槐花。她的嘴角上也衔着一朵刺槐花，她向前走着，腰扭来扭去，像科尔多瓦养马场里走出来的一匹母马。在我的家乡，看见这样打扮的女人就要画十字。在塞维利亚，每个人对她这副模样都要说几句轻佻的恭维话；她来一句答一句，眉来眼去，

---

① 负责警察局和市府行政部门的官员。——原注
② 这是纳瓦罗和巴斯克各省的乡下女子惯常的打扮。——原注

拳头往腰里一插，一派淫荡无耻的作风，完全是一个真正的波希米亚姑娘。起先她不讨我欢喜，我重新埋头干我的活儿；可是她像所有的女人和猫儿一样，叫她们来时她们不来，不叫她们时她们倒自己来了。她在我的面前站住，对我说话：

"老乡，"她按照安达卢西亚的方式对我说，"你愿意把你的链条送给我挂保险箱的钥匙吗？"

"我是用来拴我的引火针的。"我回答她。

"你的引火针！"她哈哈大笑地嚷道，"啊！这位先生原来是织花边的，难怪他需要织针哩①！"

所有在场的人都哈哈大笑起来，只有我满脸通红，不知怎样回答她才好。

"来吧，心肝，"她又说，"替我织七尺镂空黑纱做头巾，我心爱的针贩子！"

她把嘴里衔着的那朵刺槐花取下来，用拇指一弹，把花弹了过来，恰中我的眉心。先生，这一下子就像子弹打中了我一样……我恨不得有个地洞让我钻进去才好，我像木头一样呆呆地站在那里。等到她走进工厂以后，我看见那朵刺槐花正掉在我两脚之间的地上；我不知道是什么促使我这样做，我竟趁我的同伴们不注意，把花捡起来，当作宝贝一样地藏在我的上衣里面。这是我做的第一件傻事！

两三个钟头以后，我还想着这件事，突然门房上气不接下气地走进警卫室，满脸惊慌。他对我们说，在卷雪茄的大厅里，有

---

① 卡门利用织针和引火针两字的原文拼法有点相同来做文字游戏。

一个女工被人杀害了,要派一个警卫到那里去。排长叫我带着两个人去看看。我领了人走上楼去。先生,你想象一下,我走进大厅以后,首先见到的是三百个女工,她们只穿着内衣,或者差不多是这样,在那里大嚷大叫,指手画脚,嘈杂万分,连天上打雷都听不见。屋子的一角,有一个女工倒在地上,浑身是血,脸上有X形的伤痕,是被人用刀子划的。人群中有几个好心的女工正忙于救护;在伤者的对面我看见卡门被五六个妇女抓住。那个受伤的女工在叫喊:"请神父来让我忏悔!让我忏悔!我快死了!"卡门一句话也不说;她咬紧牙关,像蜥蜴那么转动着眼睛。"到底是怎么一回事?"我问。我费了好大的劲才弄清楚是怎么一回事,因为所有女工都同时向我说话。原来那个受伤的女工夸耀自己有钱,可以在特里亚纳集市①里买一头驴子。"咦,"快嘴的卡门说,"你有一把扫帚还不够用吗?"②那个女工被这讥讽刺痛了,也许还因为这件东西触犯了她的心病,就回答卡门说,她不知道扫帚有什么用处,因为她没有福气当波希米亚姑娘或者魔鬼的门徒,可是卡门小姐在不久的将来却有机会结识她的驴子,因为市长先生会叫卡门小姐骑着驴子游街,后面还派两个听差跟着替她赶苍蝇哩③。"好吧,"卡门说,"我就在你的脸颊上挖条苍蝇的喝水槽④,我

---

① 塞维利亚的特里亚纳郊区以集市活跃著称。
② 西欧传说巫婆可以骑着扫帚在夜间飞行,卡门的意思是:你是巫婆,可以骑着扫帚飞行,用不着驴子代步了。
③ 古时西班牙使巫婆和不正经的女人骑驴游街,后面跟着两个卫兵不断地用鞭子抽打。"赶苍蝇"的意思在这里是"不断地抽打",像替她赶苍蝇一样。
④ 苍蝇的喝水槽意思就是又宽又长的伤口。

还想在上面划些方格子哩①。"说完以后她就噼里啪啦干开了,她用切雪茄的那把刀子在那女工的脸上划上圣安德烈的十字架②。

案情非常清楚;我抓住卡门的臂膀,——"大姐,"我很有礼貌地对她说,"你得跟我来。"她瞅了我一眼,好像认出了我;接着她带着无可奈何的神气说:"走吧。我的头巾在哪儿?"她把头巾包住头,包得只露出她的一只大眼睛,然后跟着我带去的两个人走了,驯服得像一只绵羊。到了警卫室,排长说案情很严重,应该把她送进监狱。照理又是我把她送去。我叫她走在两个龙骑兵中间,我自己走在后面,正如在这种情况下一个班长应该做的那样。我们开始向城里走去。起初波希米亚女人默不作声,等到走进了蛇街——你是知道这条街的,弯弯曲曲,的确名副其实。我们到了蛇街,她就把头巾卸到肩膀上,故意让我看到她那张讨人欢喜的可爱脸蛋,尽量转过身来望着我,对我说:

"长官,你带我到哪里去?"

"到监狱里去,可怜的孩子。"我尽量温和地回答她,像一个善良的兵士应该对囚犯说话的样子,尤其这个囚犯又是一个女人。

"可怜啊!我的遭遇会怎么样呢?军官老爷,可怜可怜吧。你又年轻,又可爱!……"然后放低了声音对我说,"让我逃走吧,我送给你一块bar lachi,它可以使所有女人看见你都爱你。"

所谓bar lachi,先生,就是一块磁石,据波希米亚人说,如果知

---

① 原话的意思是:漆三桅船。西班牙的三桅船大多数在船侧漆成红白的方格子。——原注

② 圣安德烈是耶稣门徒,在土耳其传教时被土耳其人抓住钉在十字架上,十字架的横木是斜的,所以这里意思是说:在她的脸上划上两道斜十字。

道使用这块磁石的秘诀,就可以行使许多妖法。比如把它磨成粉末放进一杯白葡萄酒里给一个女人喝下去,她就再也不会拒绝你了。我尽可能严肃地回答她说:

"这里不是说废话的地方;必须到监狱去,这是命令,没有别的办法。"

我们巴斯克省的人,有一种口音使西班牙人很容易听出来,可是在西班牙人中却没有一个人会说 baï Jaona① 的。卡门一听就猜出我是从特权省来的。你将来会知道,先生,波希米亚人没有祖国,到处流浪,他们会说各种语言,他们中大多数住在葡萄牙、法国、特权省份、加泰罗尼亚以及其他各处如同住在自己家乡一样;甚至同摩尔人和英国人,他们也能彼此谈话。卡门的巴斯克话说得相当好。

"我心爱的朋友②,我的心肝伙伴,"她突然问我,"你和我是同乡人吗?"

先生,我们家乡的方言实在好听,使得我们在外乡听见了,就不由得战栗起来……

说到这里那个大盗低声加上一句:"我希望有一个原籍特权省的神父听我忏悔③。"

然后沉默了一阵,他继续说下去:

"我是埃利松多人。"我用巴斯克语回答她,我听见人家讲巴

---

① 巴斯克语,意思是:是的,先生。——原注
② 原文是巴斯克语。
③ 天主教徒死前要向神父忏悔,以求赦免生前所犯罪恶。

斯克语非常激动。

"我嘛，我是埃查拉尔人，"她说，——这处地方离我的家乡有四个钟头路程。——"我被波希米亚人骗到塞维利亚。我在烟厂做工想赚一点路费回纳瓦罗去扶养我的母亲，她只靠我一个人，她只有一个小barratcea[①]，里面有二十棵可供酿酒的苹果树！啊！要是我能回到家乡，站在那座白色大山的前面，该有多好啊！人家在这里欺负我，因为我不是本地人，同这些专卖烂橙子的骗子商贩不是同乡；所有这些臭娘们都反对我，因为我说过哪怕她们塞尔维亚的所有Jacques[②]们都带着刀子，也吓不倒一个我们家乡头戴鸭舌帽，手拿马基拉的小伙子。老乡，朋友，你不能对一个同乡女子帮点忙吗？"

她说谎，先生，她老是说谎。我不知道这个姑娘一辈子有没有说过一句真话；可是只要她说话，我就相信她，真是毫无办法。她说了几句不三不四的巴斯克话，我就相信她是纳瓦罗人；其实只要看她那双眼睛，她的嘴巴和肤色，已经说明她是一个波希米亚女人了。我那时真是疯了，什么都没有注意到。我想，如果西班牙人胆敢说我家乡的坏话，我也会划破他们的脸，就像她刚才对付她同事一样。总之，我像喝醉了酒一样，开始说些傻话，也快要做些傻事了。

"如果我把你一推，你就跌倒在地，同乡人，"她又用巴斯克话说，"这两个卡斯蒂利亚新兵就抓不到我了……"

---

① 巴斯克语，意思是：园子，花园。——原注
② 巴斯克语，意思是：勇士，说大话的人。——原注

我的天，我已经忘记了命令和其他一切，对她说：

"好吧！我的朋友，同乡，试试看吧，但愿我们山里的圣母[①]帮助你！"

这时，我们正走到一条窄巷前面，在塞尔维亚有很多这样的窄巷。突然卡门猛一转身给我当胸一拳，我故意翻倒在地。她一跳就跳过了我的身子，开始飞快地奔跑，只剩下她的两条大腿给我们看！……人家常说"巴斯克人的腿"，她的腿，的确抵得上别人的腿……不但跑得快而且长得好看。我呀，我马上站起来，可是我横拿着长枪[②]，挡住了路，把我的两个同伴先给耽搁了一会。然后我开始追赶，他们跟在我的后面；可是要赶上她吗？我们穿着刺马距，挂着军刀，拿着长枪，甭想追上！还不到我向你讲这件事的工夫，这个女囚犯早已无影无踪了。外加这个区域的妇女都帮助她逃，而且捉弄我们，故意给我们指东道西。经过几次来回折腾，我们只好回到警卫室，没有拿到典狱长的回单。

两个兵士为了避免受罚，供认卡门曾经同我讲过巴斯克话；老实说，一个这么弱小的姑娘给我一拳，就打倒了像我这样有力气的壮汉，也似乎太不合乎情理。这件事显得非常可疑，或者宁可说是太明显了。下班以后我就被撤了职，坐了一个月监狱。自从我参军以后这是我第一次受罚。我以为已经到手的排长肩章，现在只有同它永别了！

[①] 巴斯克人乡土观念极强；他们的家乡地处山区，所以说："我们山里的圣母……"

[②] 西班牙的骑兵都带长枪。——原注

我关在监狱的头几天，日子过得非常难过。我当兵的时候，我以为至少我会当上军官。因为我的同乡人隆加①，米纳②，都当上了将军；查帕兰加拉③这个人同米纳一样是个"黑人"④，也同米纳一样逃到贵国避难，居然当上了上校；他的弟弟像我一样也是个穷光蛋，我和他还在一起打过二十次网球呢。那时我对自己说："你服役而没有受过处罚的时间，现在算是白过了。现在你得了个这么坏的处分记录，以后你想在长官的心目中恢复信誉，必须比你当新兵时努力工作十倍才行！"而为什么我要受处分呢？为了一个捉弄过我的波希米亚贱人，或许这时她又在城市的某个角落里偷东西吧。可是我禁不住还在想念她。先生，你相信吗？她逃走的时候穿的那双千疮百孔的丝袜，我看得一清二楚，现在竟老在我眼前晃动。我从监狱的栅栏望到街上，的确所有过路的妇女没有一个比得上这个妖精。然后，我情不自禁地闻了闻她扔给我的那朵刺槐花，花已干枯，可是清香犹存……如果世界上真有妖精的话，这个姑娘肯定是其中一个！

---

① 隆加（1783—1831），一八〇八年拿破仑入侵西班牙时，抗击拿破仑部队的著名西班牙统帅。

② 米纳（1784—1836），西班牙将军，独立战争时代名扬天下，曾参加一八二〇年革命，是与西班牙王朝专制制度对立的自由主义反对党领袖之一。

③ 查帕兰加拉（死于1830），独立战争英雄，一八二三年曾英勇抗击入侵西班牙保护王权的法国军队。革命失败后逃往英国。一八三〇年归国，企图组织起义，被捕处决。

④ 西班牙人称一八二〇年革命参加者、反对王权的自由主义者为"黑人"。

有一天,监狱看守走了进来,递给我一块阿尔卡拉面包①。

"拿着,"他说,"这是你的表妹送给你的。"

我拿了面包,非常奇怪,因为我在塞维利亚没有表妹。我望着面包想道:可能是弄错了;不过面包香喷喷的,很开人胃口,就不去操心它是来自何人、送给哪个的,决心把它吃掉。正当我用刀切下去的时候,刀子碰到了一块硬东西。我仔细一瞧,原来面包在烘烤以前有人在面粉里放了一把英国小锉刀。另外还有一枚值两块钱的金币。毫无疑问,这礼物一定是卡门送来的。对波希米亚人说来,自由就是一切,他们为了少坐一天牢,宁肯放火烧掉一座城市。这个女人十分精明,一块面包就可以骗过监狱的看守。花一个小时,最粗的铁栏杆就可以用这把小锉刀锯断;拿着那枚值两块钱的金币,我可以在遇见的第一家旧衣店里把我的军服换成一套平民服装。你不难想象,一个曾经多次在悬崖绝壁上摸鹰巢抓小鹰的人,要从至少有三丈高的窗户跳到街上,是丝毫不感到困难的;可是我不愿意逃走。我还有军人的荣誉感,我觉得开小差是一桩大罪。可是对于这种怀旧的表示我非常感动。一个人被关在牢房里,想到牢房外边有一个朋友在关心你总是很喜欢的。那枚金币使我稍微感到不快,我真想把它还掉;可是到哪儿去找我的债主呢?我觉得不很容易。

经过革职仪式以后,我以为我不会再受什么羞辱;哪知还

---

① 阿尔卡拉,离塞维利亚八公里地的小镇,出产香甜的小面包。据说是由于阿尔卡拉的水,面包的质量才这么好,每天都有人把大批面包送到塞维利亚去卖。——原注

有一桩屈辱的事等着我去忍受：这就是等我出狱以后，上级派我去值班，像一个小兵那样去站岗。你难以想象一个勇士在这种情况下的感受。我宁愿被枪毙也不愿接受这个侮辱。枪毙时我还可以走在一队兵士前头，大家望着我，我还感到自己是一个大人物。

我被派到一个上校的门前站岗。他是一个有钱的年轻人，脾气很好，喜欢玩乐。所有年轻军官都到他家里去，还有许多市民，也有女人，据说是些女戏子。对我来说，我觉得全城的人似乎都约好了到他的门口来观看我。这时候上校的车子来了，他的贴身男仆坐在车顶上。你知道我看见谁走下车来？就是那个吉达那。这一次她打扮得花枝招展，浑身珠光宝气。她的袍子镶满了闪闪发光的金属片，蓝鞋子也镶满金属片，全身饰着花朵和金银丝带。她手里拿着一只巴斯克手鼓，有两个波希米亚女人跟着她，一个年轻，一个年老。她们通常总有一个老妇人领着她们；另外一个老头子拿着吉他，也是波希米亚人，来为她们的舞蹈伴奏。你知道，人们喜欢招请波希米亚女人到社交场所来，叫她们跳罗曼里舞，这是她们自己的舞蹈，往往还有别的娱乐。

卡门认出了我，我们互相望了一眼。不知道为什么，这时，我恨不得钻进地去。

"Agur laguna[①]，"她说，"长官，你在这儿站岗倒像个新兵！"

我没来得及想一句话来回答，她已进了屋子。

[①] 巴斯克语，意思是："你好，同伴！"——原注

客人们都在内院里,尽管人多,我仍然可以透过铁栅栏门①大概看到里面发生的一切情形。我听到响板声,手鼓声,笑声和喝彩声;她拿着手鼓跳起来的时候,我偶尔也能瞧见她的头。然后我又听见一些军官对她说了许多话,这些话使我脸都涨红了。她是怎样回答的,我并不知道。我想,就是从这天开始,我才真正爱上了她,因为有三四次我想冲进内院把这些调戏她的轻浮男子统统用军刀开肚。我受罪足足受了一小时;然后波希米亚人出来了,仍由车子把他们送回。卡门走过我身边,用那双你熟悉的眼睛望着我,低声对我说:

"老乡,想吃美味的煎鱼,就到特里亚纳郊区的利拉·帕斯蒂亚的馆子里去。"

她轻盈得像只小山羊,一钻就钻进车子,车夫鞭打驴子,这快快活活的一群人就不知往哪里去了。

你当然可想而知,一下班我就赶到特里亚纳;事先我刮了胡子,刷了衣服,像行阅兵典礼那天一样。她住在利拉·帕斯蒂亚的馆子里,帕斯蒂亚是一个供应煎鱼的老商人,也是波希米亚人,黑得像个摩尔人。许多市民都上他的馆子吃煎鱼,自从卡门来这里以后,吃的人更多。

"利拉,"她一看见我就说,"今天我什么都不干了。明天的

---

① 塞维利亚的大多数房屋都有内院,四周围着走廊。夏天人们就在这里。院子上头有布篷遮盖,白天向布篷洒水,晚上把布篷收起。向街的大门几乎永远开着,通到院子里去的过道,由一道铁栅栏门隔着,这门上的刻花非常精美。——原注

事,明天再说①!来吧,同乡,我们散步去吧。"

她用头巾遮住脸,我们到了街上,我不知道该往哪里走。

"小姐,"我对她说,"我感谢你在我坐牢的时候送我的礼物。我把面包吃了,锉刀我可以用来磨长枪,或留着作为对你的纪念。至于金钱,我还给你吧。"

"瞧!他还把钱留着,"她哈哈大笑地嚷起来,"不过也好,我正没钱花呢。可是有什么关系?跑路的狗是不会饿死的②。去吧,我们把钱都吃光吧。算是你请我的客好了。"

我们回到塞维利亚,走到蛇街的街口,她买了一打橙子,放在我的手帕里。再走远一点,她又买了一只面包,一些香肠,一瓶曼萨尼利亚酒③;然后我们走进了一家糖果店。她一到店里就把我还她的金币,和从她口袋里摸出的另一个金币以及几个银币统统扔到柜台上;最后她还要我把所有的钱都拿出来。我只有一个银币和几个铜板,都交给了她,觉得非常惭愧拿不出更多的钱。她好像想把整个商店都搬走。她把最好和最贵的东西都买了,一直把钱花光了才罢手,什么甜蛋黄,杏仁糖,蜜饯,等等,都买了。这些东西我还得装在纸袋里拿着。你也许认识灯街吧,那里

---

① "明天的事,明天再说"是句西班牙谚语。——原注
② 波希米亚谚语,意思是:跑着的狗,总会找到骨头。——原注
③ 这是安达卢西亚出产的一种清淡白酒。

有一个"拥护正义的人"唐佩德罗国王①的头像。这个头像本来可以引起我的许多感想。我们在这条街的一所老房子前面停了下来。她走进过道,敲了敲楼下的一扇门。一个波希米亚妇人,样子活像是魔鬼的门徒,走来开门。卡门用波希米亚语跟她说了几句话。老

---

① 国王唐佩德罗,我们称之为"残暴的人",而王后"天主教徒伊莎贝拉"总是称他为"拥护正义的人",他喜欢黑夜在塞维利亚的街道上溜达,惹是生非,如同伊斯兰教国王哈隆-阿里-拉希德一样。有一天晚上,他在一条僻静的街道上同一个对恋人唱夜曲的男子吵起嘴来。大家动武,国王把这个情郎杀死了。有一个老太婆听见了击剑声,把脑袋从窗口里伸出来,手里拿着一盏小灯,照亮了当时的场面。我们知道,国王佩德罗,虽然身手敏捷而强健,却有一个古怪的身体上的缺点。他走起路来,膝盖格格作响。老太婆一听这个格格的响声就能听出是他。第二天,当值班的"二十四"来对国王汇报说:"陛下,昨晚有人在某街上决斗,其中一个决斗者已经死亡。"——"你查到凶手没有?"——"查到了,陛下。"——"为什么还没有处罚凶手?"——"陛下,小臣在等待你的命令。"——"执行法律吧。"国王刚颁布过一条法令,凡是决斗的人都应斩首,首级放在决斗地点示众。那个"二十四"把案件处理得十分聪明。他把国王的一个雕像的脑袋锯下,放在出事地点那条街的一个壁龛中示众。国王和塞维利亚的所有居民都认为处理得很好。这条街就以老太婆的灯来命名,因为老太婆是这件事的唯一目证。——以上是民间传说。苏尼加叙述这件事稍有不同(参阅《塞维利亚编年史》第二卷第一三六页)。不管怎样,在塞维利亚的确有一条街,这条街上有一个半身石像据说就是唐佩德罗的像。不幸的是,这半身像是现近作品。旧的雕像在十七世纪时已经剥落,当时的市政府就换上了我们今天看到的那尊雕像。——原注

唐佩德罗(1334—1369)是卡斯蒂利亚的国王,曾经残酷镇压不愿服从国王中央权力的反叛诸侯,在西班牙流传着不少关于他的传说。梅里美对他的为人和政治活动很感兴趣,一八四八年写了历史研究著作《唐佩德罗一世》。

"天主教徒伊莎贝拉"(1451—1504),卡斯蒂利亚女王,在位期间完成了西班牙在中央集权下的政治统一大业。

哈隆-阿里-拉希德(766—809),巴格达的伊斯兰教国王,据《一千零一夜》一书记载,他曾夜巡巴格达,考察臣民的思想。

太婆起先嘀嘀咕咕，卡门为了塞住她的嘴，给了她两只橙子，一把糖果，还让她喝了几口酒。然后卡门为她披上斗篷，把她送出门外，随手用门闩把门拴好。等到只剩下我们两个人时，卡门像个疯子般又是跳舞又是笑，嘴里唱着："你是我的罗姆，我是你的罗密①。"我呀，我站在屋子中间，手里捧着一大堆买来的东西，不知往哪里放才好。她把所有东西全都扔到地上，跳起来搂着我的脖子，对我说："我还我的债，我还我的债！这是加莱②的规矩！"啊！先生，这一天！……我一想到这一天就忘记了还有第二天。

强盗说到这里沉默了一会儿，然后重新点燃了他的雪茄又说下去：

这一整天我们在一起度过，又吃又喝，还做其他事情。她像一个六岁的小孩那样吃够糖果以后，大把大把地把剩下的糖果塞进老太婆的水壶。"这是给她制点果子露。"她说。她把甜蛋黄压碎以后扔到墙上。"这是叫苍蝇不要来打搅我们。"她说……一切恶作剧和无聊的蠢事她都做得出来。我对她说我想看她跳舞。可是到哪里去找响板呢？她马上拿起老太婆唯一的一只盆子，把它打成碎片，用这些碎片敲起来，跳起罗曼里舞，碎片在她手里简直像黑檀木和象牙制的响板一样灵巧。我向你担保，跟这样一个姑娘在一起是不会感到厌倦的。黑夜来临了，我听见了归营的鼓声。

---

① 波希米亚语，罗姆意思是丈夫，罗密意思是妻子。——原注
② 这是波希米亚人称呼他们自己的词。男的为加罗，女的为加里，男女多数为加莱，意思是"黑"。——原注

"我得回军营听候点名了。"我对她说。

"回到军营？"她用轻蔑的神气说，"你原来是一个黑奴，让人拿棍子赶着走吗？你真是一只金丝雀，你的衣服同性格都同金丝雀没有两样①。你走吧，你的胆子比母鸡还小。"

我留了下来，准备接受禁闭的处罚。第二天早上，是她先提我们分手的话。

"听我说，亲爱的何塞，"她说，"我还了你的债没有？根据我们的规矩，我本来不欠你什么了，因为你是一个外族人。可是你长得俊，你讨我欢喜，所以我才这样做。现在咱们是真正两清了。再见吧。"

我问她我什么时候可以再见到她。

"等到你不那么傻的时候。"她笑着回答。

然后又一本正经的接着说：

"你知道吗，我的孩子，我有点儿爱上你了？不过这不会长久的。因为狼同狗同居是不会长久太平的。也许，如果你接受了埃及的规矩②，我才愿意当你的罗密。可是这是傻话，因为根本不可能。算了吧！小伙子，请相信我，我同你清算债务时已经让你占了很大便宜。你是在跟魔鬼打交道，是的，是魔鬼；可是魔鬼不是经常那么丑的，他并没有扭断你的脖子。我穿着羊毛衣服，可是我不是一头羊③。快点支蜡烛放在你的圣处女④前面吧，她保佑了

---

① 西班牙龙骑兵的制服是黄色的。——原注
② 据传波希米亚人来自埃及，所以接受埃及规矩等于同化为波希米亚人。
③ 波希米亚谚语。——原注
④ 圣处女，即圣母。——原注

你,理应得到这支蜡烛。来吧,再说一次再见吧。再也不要想念你亲爱的卡门了,要不她就会叫你配上一个木腿的寡妇啦①。"

她一边说,一边卸下门闩;她一到街上立刻裹上头巾,转身走了。

她说的是真话。我如果聪明点,还是不要去想她好;可是,自从在灯街度过那天以后,我就不能想别的东西了。我整天东游西逛,希望能遇上她。我向老太婆和卖煎鱼的老头子打听她的消息,他们两个都说她到拉罗洛②去了,他们就是用这个名字称呼葡萄牙的。他们大概是得到卡门的训令才这么说的,不过不用多久我就知道他们在撒谎。我在灯街那天以后过了几个星期,在一个城门口站岗。离城门不远的地方,城墙上有一个缺口,白天有人在那里修补,晚上有个哨兵站岗,防止走私贩子溜进来。那天白天,我看见利拉·帕斯蒂亚在岗亭四周走来走去,和我的几个同事交谈;他们都认识他,尤其熟悉他的煎果饼和煎鱼。他走到我身边,问我有没有卡门的消息。

"没有。"我对他说。

"那么,你不久就会有了,老乡。"

他没有说错。晚上我在城墙缺口处站岗。班长刚刚离开,我就看见一个女人向我走过来。我心里想那一定是卡门,可是嘴里仍然叫喊:

"走开!这儿不能通过!"

---

① 指处决囚犯的绞架,它是刚被绞死的人的寡妇。——原注
② 意思是:红土。——原注

"不要吓唬人。"她一边对我说一边让我认出是她。

"怎么,是你吗,卡门!"

"是的,同乡。咱们闲话少说,开门见山吧。你想赚一个杜罗①吗?有几个人带着一些包裹要到这儿来,你让他们通行一下。"

"不行,"我回答,"我不准他们通过,这是命令。"

"命令!命令!你在灯街那天却没有想到什么命令。"

"啊!"我回答,只要提起那一天就叫我心里翻滚。"那天忘记命令也值得,可是今天我不愿意收走私贩子的钱。"

"很好;既然你不愿意要钱,那么你愿不愿意同我一起到老太婆多罗特那儿去吃饭呢?"

"不要!"我拼了命才说出这两个字来,差点儿使我窒息。"我不能这样做。"

"好极了。你既然这样刁难,我就另请高明。我邀请你的长官到多罗特那儿吃饭。他看来脾气很好,会另派一个睁一只眼闭一只眼的小伙子来站岗的。再见吧,金丝雀。有一天如果命令下来要把你吊死,我才高兴呢!"

我心软了,把她叫了回来,答应她我可以让所有波希米亚人通过,只要我能够得到我想要的唯一报酬。她马上向我发誓她明天就履行诺言,然后跑过去通知她那些等在近旁的朋友们,人数一共五个,其中有帕斯蒂亚,大家都沉重地背着英国商品。卡门替他们望风,一看见夜巡队就敲响板通知他们,不过这次她并不需要这样做。走私贩子转瞬间就全部通过了。

---

① 杜罗是西班牙古银币,价值相当于五个西班牙本位币。

第二天，我到了灯街。卡门叫我等了好久，来的时候，心情很不高兴。

"我不喜欢那些要人央求的人，"她说，"你第一次帮了我很大的忙，那时你根本不知道你会得到什么报酬。昨天，你却跟我讨价还价。我真不知道我为什么还要来，因为我已经不再爱你了。拿着，这一块杜罗是你的报酬，你滚吧。"

我差点儿把那块钱币扔到她的头上，费了很大的劲才压制住自己，没动手打她。足足吵了一个钟头，我才怒气冲冲地走了出去。我在城里漫无目的地乱走了一阵，像个疯子似的东奔西窜；最后我走进一所教堂，找到一个阴暗的角落坐下来，在那里痛哭起来。突然间我听见一个声音：

"龙的眼泪①！我要拿它来制春药哩。"我抬起眼睛，卡门站在我的面前。

"好吧，同乡，你还生我的气吗？"她对我说，"我还是爱上你了，虽然我不愿这样，因为自从你离开我以后，我总是觉得不知少了点什么。你瞧，现在是我来问你愿不愿意到灯街去了。"

我们于是言归于好，可是卡门的脾气就像我们故乡的天气一样。好端端的大太阳天气，会突然来一场暴风雨。她答应我同我在多罗特家再见一次面，然而她并没有来。多罗特还添油加醋地对我说，她为了埃及的生意到葡萄牙去了。

我已得出经验知道应该怎样对待她的这句话，我就到处去找卡门，凡是我认为她可能去的地方我都去了，我一天要去灯街

---

① "龙骑兵"同"龙"是同一个字，所以卡门这样说。

二十次。一天晚上,我在多罗特家,这个女人因为我经常请她喝两杯茴香酒,已经把她收服了。突然卡门走了进来,后面跟着一个年轻人,是我们连队里的副官。

"你赶快走开。"她用巴斯克语对我说。

我满腔怒火,愣在那里。

"你在这儿干什么?"副官对我说,"滚,滚出去!"

我一步也动不了,全身好像已经瘫痪。副官见我不走,连警卫帽子也不脱,火气就上来了。他抓住我的领口,狠狠地把我摇了几下。我不知道我对他说了些什么。他拔出刀来,我也拔出刀来。老太婆捉住我的臂膀,副官就在我的前额上砍了一刀,直到现在还留着伤痕。我往后一退,一摔胳膊,就把多罗特摔个朝天倒,这时副官追上我,我就把刀尖朝他身上一插,便插进了他的身体。卡门连忙把灯灭了,用波希米亚语叫多罗特赶快逃走。我自己也逃到街上,拼命奔跑,也不知道要往哪儿跑。我总觉得后面有人追我。等到我神志清醒以后,我才发觉原来是卡门一直没有离开过我。

"你这金丝雀大傻瓜!"她对我说,"你只会闯祸。所以我早就告诉过你我会给你带来厄运。算了,现在你有了一个罗马的佛兰德女人①当情妇,一切也就好办了。你先把这条手帕包在头上,然后扔掉你的皮带。在这小巷里等我,我过两分钟就回来。"

---

① 罗马的佛兰德女人,指波希米亚女人。"罗马"不是指那座不朽的城市罗马,而是指波希米亚人本身。西班牙第一次见到的波希米亚人大概是来自荷兰的,所以又称为佛兰德人。——原注

她一溜烟似的消失了，过了一会儿就给我带回来一件条纹斗篷，不知她是从哪儿弄来的。她叫我脱下制服，把斗篷披在我的衬衫上面。这样打扮以后，加上在头上包扎伤口的那条手帕，我看起来活像一个巴伦西亚的农民，这种农民经常到塞维利亚来卖旭法①糖水。然后她把我带到另一条小巷尽头的一所房子里，这所房子同多罗特的房子很相像。她和另一个波希米亚女人给我洗了伤口，包扎得比军医官还高明，然后给我喝了点不知什么东西，把我安顿在一个垫子上，我就睡着了。

大概这两个妇女在我的饮料里掺了一点安眠药，因为她们都有制安眠药的秘方，第二天我很晚才醒过来。我头痛得厉害，而且有点发烧。过了很长一段时间，我才回忆起头天晚上的那场惨剧。卡门同她的朋友给我包扎好伤口以后，就在我的垫子旁边蹲下来，用波希米亚话交谈了几句，大概是商量关于医疗方面的问题。然后她们俩向我保证我很快就会痊愈，不过得马上离开塞维利亚，越早越好，因为假如被逮住，我一定会被当场枪毙。

"小伙子，"卡门对我说，"你得干点事才行。现在王上既不供给你米饭，又不供给你鳕鱼②，你必须想法自己谋生。你太笨，不能当小偷③；可是你身手敏捷，又有力气，只要有种，你可以到海边走私。我不是答应过你，要送你上绞架吗？这比枪毙好得多了。只要你懂得怎样干这行业，在宪兵④和海防缉私队没有抓到你以

---

① 旭法是一种球根类植物，根茎可制相当可口的饮料。——原注
② 米饭和鳕鱼是西班牙兵士的日常食物。——原注
③ 是指巧妙地偷，不用暴力盗窃。——原注
④ 一种志愿兵。——原注（地方当局招募豢养的宪兵。——译者）

前，你会过得像个王子一样。"

这个鬼婆娘就用了这种富有诱惑力的话给我安排了新的生涯，老实说，这也是我唯一的出路，因为我已经犯了死罪。先生，还用得着对你说吗？她不费什么气力就把我说服了。我觉得这种冒险和叛逆的生涯把我和她更密切地联系在一起。从此以后，我相信她对我的爱情也会专一起来。我经常听说有些来往于安达卢西亚一带的走私贩子，他们骑着骏马，手握短铳枪，后面坐着情妇。在我的想象中，我早已在马背后带着我可爱的波希米亚女人翻山越岭，往来驰骋了。当我把我的幻想告诉她的时候，她把肚子都笑痛了。她告诉我说，最美的事情是夜间露宿，那时候每个罗姆都带着他的罗密钻进一个由三个箍轮上面加一块被单支起来的小帐篷。

"如果我有朝一日能把你带进深山里去的话，"我对她说，"我就对你放心了！在那里，再也没有副官来同我争风了。"

"啊！你吃醋，"她回答，"你算了吧。你怎么这么愚蠢，居然吃起醋来呢？你没有看出我爱你吗？我从来没有问你要过钱！"

听她这样一说，我真想勒死她。

简单地说，先生，就是卡门给了我一套平民服装，我穿着出了塞维利亚，没有被人认出来。我带了一封帕斯蒂亚的介绍信到了赫雷斯找一个卖茴香酒的商人，走私贩子都在他的店里聚会。我和这些人见面了，他们的头领绰号"赌棍"①，叫我入了他们一

---

① 意思是："拿别人的钱赌博的人"。

伙。我们动身到高辛①去，在那里我又见到了卡门，这是她约好同我在那里见面的。我们每次出发远征，她就为我们充当眼线，而且她干得比谁都漂亮。她从直布罗陀回来，已经同一个船老板商定，装运一批英国货物，由我们到海岸卸货。我们到埃斯特波那附近去等，货到之后我们把一部分藏在山里，余下的带到龙达②。卡门已经比我们先到了那里。又是她告诉了我们进城的时间。这第一笔买卖同以后的几笔都十分走运。走私贩子的生活比起兵士的生活，更讨我欢喜；我买了些礼物给卡门。我既有了钱，又有一个情妇。我没有什么可悔恨的，因为，波希米亚人说得好："在寻欢作乐的时候癣疥也不会觉得痒。"我们到处都受到很好的接待；我的伙伴待我很好，甚至还很尊敬我。理由是我杀过一个人，而在这些人中间不是每人都有这样的心事的。可是新生活最使我兴奋的，是我经常能见到卡门。她待我从来也没有这么好过，然而在伙伴面前，她从不承认她是我的情妇，甚至还叫我发誓赌咒，对他们不要谈论她的事。我在这个女人面前竟那么没有主意，她怎么任性我全都听从。而且，这是她第一次对我摆出一副正经女人的谨慎神气，我的头脑太简单，居然相信她真的把过去的习气都改过了。

我们一帮人约八至十人，只在要紧关头才碰头，平时我们两个或三个一组分散在城里或乡村里。我们每个人都假装有一个职业：这一个是补锅匠，那一个是马贩子，我呢，是一个卖针线

---

① 高辛，西班牙马拉加省的城市。
② 龙达，西班牙马拉加省的城市。

的货郎,可是由于我在塞维利亚的那件倒霉事,我在大地方从不露面。有一天,不如说有一晚,我们约好在维赫尔①见面。赌棍和我比别的人先到那里。他看起来很高兴。

"我们快要多一个伙伴了,"他对我说,"卡门刚才使了一个绝招,帮她的罗姆逃出塔利发监狱②。"

我已经懂得了一些波希米亚话,因为同伴都说这种话。罗姆这个词儿使我吃了一惊。

"怎么?她的丈夫?她已经结过婚了?"我问首领。

"对呀,"他回答,"她嫁给独眼龙加西亚,是一个像她一样老手的波希米亚人。这个可怜的小子被判服苦役。卡门迷住了监狱的医生,终于让她的罗姆获得了自由。啊!这个女人真了不起。两年以来,她一直在设法使他越狱,都没有成功,一直到换了狱医以后才得手。看来她很快就找到了对付新狱医的方法。"

你不难想象我听到这个消息以后的心情。没有多久我就见到了独眼龙加西亚;他是波希米亚人中最丑的一个怪物,皮肤黑,心更黑,是我有生以来所遇见的一个道地的恶棍。卡门同他一起来,她当着我的面叫他罗姆;而当加西亚回过头去的时候,她却跟我使眼色,做鬼脸。我很气愤,整个晚上没有跟她说话。第二天早上我们运货上路的时候,发现有十几个骑兵跟踪。那些平时喜欢吹牛要杀尽所有人的安达卢西亚人,马上哭丧着脸纷纷逃命。只

---

① 维赫尔,安达卢西亚的一个城市,离海岸不远。
② 塔利发是直布罗陀海峡岸边的城市,城堡过去是囚禁在苦工船上服役的罪犯的地方。

有赌棍,加西亚,一个绰号"满身斑"①的从埃西哈来的美男子,卡门,保持镇静,其余的都丢下驴子,逃进骑着马进不去的洼地。我们的牲口不能保住,只能抢着把最值钱的货物卸下,用肩扛着,越过最陡的山坡逃走。我们把货包先扔下去,跟着我们再蹲着滑下去。这时候,敌人躲在一边向我们开枪了;我第一次听见子弹嗖嗖地从我身边飞过,倒也不觉得什么。一个人有一个女人在眼前,不怕死也没有什么了不起。我们都逃脱了,只有可怜的满身斑腰部中了一枪。我扔下货包,想把他抱起来。

"蠢材!"加西亚对我喝了一声,"我们要一个烂尸干吗?结果了他吧,纱袜子可别丢了。"

"把他扔下!"卡门对我喝道。

我筋疲力尽不得不把满身斑放到一块岩石后面憩息一会儿。加西亚走上前来,拿起短铳枪对着他的头上开了几枪。

"现在看看谁还有那么大的本事能把他认出来。"他边说边望着死者被一打子弹打成肉酱的脸。

先生,这就是我过的美好生活。晚上,我们来到一个丛林,疲乏不堪,没有吃的,又丢了驴子,当然是什么都没了。你猜这个恶魔加西亚干什么?他从口袋里摸出一副纸牌,靠着他们生的一堆火同赌棍赌了起来。这时候,我躺在地上,望着天上的星星,想念着满身斑,心想倒不如像他那样死了更好。卡门蹲在我身边,不时敲一通响板,低声唱唱歌。然后凑到我的耳边仿佛要同我低声说话,几乎是由不得我,她吻了我两三回。

---

① 意思是:满身斑点的。

"你真是魔鬼。"我对她说。

"一点不错。"她回答我。

休息了几个钟头，她就到高辛去了。第二天早上，一个牧羊小孩给我们送面包来。我们在那里待了一整天，晚上我们走近高辛，等待卡门的消息，可是音讯全无。天亮时，一个驴夫赶着驴子，上面坐着一个穿得齐齐整整、打着一把小阳伞的妇人，带着一个小姑娘，看来是她的使女。加西亚对我们说：

"圣尼古拉斯给我们送两匹驴子和两个女的来了；我倒宁愿要四匹驴子；不过也没有关系，我去把他们弄来！"

他拿了短铳枪，躲在树后向那条小径走去。我和赌棍跟在他后面，离他不远。等到我们走近了，就一齐跳出来，喝令那个驴夫停下来。那个女人看见我们，非但不害怕——我们的打扮够吓死人的——反而哈哈大笑起来。

"啊！你们这些白痴竟然把我当作体面太太！"这个女人原来是卡门，她打扮伪装得那么像，如果她说的是另一种语言，我就认不得她了。她跳下驴子，低声同赌棍和加西亚商量了一阵，然后对我说：

"金丝雀，在你被吊死以前我们还能够见面的。我现在为着埃及的生意要到直布罗陀去。你不久就可以听到我的消息。"

她给我们指点一处地方可以躲藏几天以后，就和我们分手了。这个女人真是我们这帮人的福星。我们不久就收到她寄给我们的一点钱，更有价值的是，她给了我们一个线索，就是某一天将有两个英国有钱人从直布罗陀经过某一条路到格林纳达去。聪明人一听就明白。他们有的是货真价实的英国金币。加西亚想杀掉他们，赌棍和我加以反对。结果我们只拿了他们的钱和挂表，还有我们非常需要的衬衫。

先生，一个人变坏是不知不觉的。一个漂亮的姑娘迷了你的心窍，为了她你和人打斗，闯了大祸，不得不逃到山里，不由你思考就由一个走私贩子变成了强盗。自从犯下了两个英国有钱人的案子以后，直布罗陀附近已经不是一个妥当的地方，我们就深入到龙达的大山里面去。你跟我谈起过何塞-玛丽亚，对的，就是在那里我跟他认识的。他出外抢劫总带着他的情妇。他的情妇是一个漂亮的姑娘，贤惠、朴素，而且彬彬有礼，从来不说一句粗话，对他忠心耿耿！……恰恰相反，他倒反而虐待她。他经常去追求别的姑娘，待她不好，有时又假装吃醋。有一次，他给了她一刀子。你猜怎么着？她反而更加爱他。女人生来就是这样，尤其是安达卢西亚的女人。这个安达卢西亚女人为她臂膀上挨了一刀非常骄傲，好像是世界上最美丽的东西似的经常把刀疤显露给人看。此外，何塞-玛丽亚还是一个不讲义气的家伙！……我们有一次在一起做买卖，他安排得非常巧妙，把好处由他一人独吞，而把倒霉事和许多麻烦统统留给了我们。不过我还是言归正传吧：我们再也听不到关于卡门的消息。赌棍说：

"我们中间得有一个人到直布罗陀去打听消息，她也许已经安排了一笔交易。我本来可以去，可是直布罗陀熟识我的人太多了。"

独眼龙说：

"我也这样，那儿人人认识我，我跟龙虾们[1]捣蛋捣过不知多

---

[1] 这是西班牙人给英国兵起的绰号，因为英国兵制服是红色的。——原注

少次,而且我只有一只眼,要化装很难。"

"那就非我出马不可了?"轮到我说,只要想到我能再见卡门心里就很高兴,"你们说吧,应该怎样办?"

他们对我说:

"你乘船也好,从圣罗克去也好,随你的便吧。到了直布罗陀,你在港口打听一个叫作胖娃娃的卖巧克力的女人,你找到了她,从她的口中就可知道那边的一切。"

我们商定三个人一起到高辛山岭,在那儿把他们两人留下,我自己扮作水果商到直布罗陀去。在龙达,一个同伙给我弄了一张护照;在高辛,有人给我弄来一头驴子,我在驴背上装满了甜橙和西瓜,就动身了。到了直布罗陀,我发现人们都很熟识胖娃娃,可是她不是死掉了,就是进了监狱;照我猜想,她的失踪就是我们同卡门的通信中断的原因。我把驴子寄放在一个牲口棚里,带了甜橙进城,装着卖水果,实际是想看看能不能够遇到一个熟人。这里是世界各地坏蛋的汇合之地,这地方简直是巴比伦塔①,因为你在街上走不到十步,就能听到十种言语。我看出许多人是埃及人,可我不敢相信他们;我捉摸他们,他们也在捉摸我。我们彼此明白都是一丘之貉,可是并不知道是否属于同一个帮口。我白白地奔走了两天,既得不到胖娃娃的消息,也得不到卡门的消息,我就想买一点东西之后,回到我的伙伴们那里去。这时,太阳正要落山,我在街上走着,突然听见一个女人的声音从一个窗口叫我:

---

① 巴比伦塔,出自《圣经》:巴比伦的居民想造一个通到天上的塔,上帝为了惩罚他们的大胆,使造塔的人各说一种语言,互不了解,塔造不成。

"卖橙子的!……"

我抬起头,看见卡门两手靠着阳台的栏杆,旁边是一个穿红色制服的军官,金色肩章,卷曲头发,完全是一个富豪的模样。她呢,她也穿得很有气派:肩上披着披肩,头上插着一把金梳子,满身绸缎;而且这个活宝总是那副模样,嘻嘻哈哈,笑个不停。那个英国人用洋泾浜西班牙语叫我上去,说太太想吃橙子。卡门用巴斯克话对我说:

"上来吧,别大惊小怪。"

对于她,的确没有什么好叫我大惊小怪的。我找到了她,心里不知道是快活,还是伤心。门口站着一个高大的英国仆人,头上扑着粉,把我带到一间富丽堂皇的大厅里。卡门马上用巴斯克语对我说:

"你装作听不懂西班牙话,也装作不认识我。"

然后,她转过来对英国人说:

"我不是早说了吗,我一眼就能认出一个巴斯克人来;你马上可以听到他们的方言多古怪。他的样子真笨,对吗?简直像在食柜里被抓住的一头猫。"

"而你呢,"我也用巴斯克语说,"你的样子,却像一个不要脸的泼妇,我恨不得当着你的情郎的面,在你的脸上划两刀。"

"我的情郎?"她说,"咦,亏你想得出!跟这样的白痴,你还吃醋吗?你比我们在灯街度过那些夜晚以前更傻。你这笨蛋,你难道没看出我这时候正在做埃及买卖,而且做得很出色吗?这所房子已经归我所有,龙虾的金币也会归我所有;我牵着他的鼻子走,我要把他牵到他永远回不来的地方去。"

"至于我,"我对她说,"如果你继续用这种方式来做埃及买卖,我就得叫你永远不敢再这样干。"

"啧,啧!你是我的罗姆吗,胆敢命令我?只要独眼龙认为好,关你屁事!你现在是唯一可以称作是我的情郎的人,你还不满足吗?"

"他说什么?"英国人问。

"他说他嘴巴干,想喝点东西。"卡门回答。

她仰身倒在一张沙发上,为了自己的翻译而哈哈大笑。

先生,这个姑娘大笑起来,你就没法跟她谈理智。大家都跟着她一起笑起来。那个高个子英国人也笑,就像个白痴似的,还叫人拿点东西给我喝。

我喝着的时候:

"你看见他手上的戒指吗?"她说,"如果你想要,我可以把它送给你。"

我回答说:

"我宁愿丢掉一个指头,也要把你的英国富豪抓到山里,每人用马基拉来比一比。"

"马基拉?这是什么意思?"英国人问。

"马基拉,"卡门边笑边说,"就是甜橙。把甜橙叫这个名字不是挺古怪吗?他说他想请你吃马基拉。"

"是吗?"英国人说,"好吧!明天再送点马基拉来。"

我们正说着的时候,仆人进来说晚饭已经准备好了。于是英国人站起来,给了我一块钱,挽着卡门的臂膀,仿佛她不会单独走路似的。卡门始终笑着,对我说:

"小伙子，我不能够请你吃晚饭；明天你一听到阅兵的鼓声，就带着橙子到这儿来。你会找到一间陈设得比灯街那间更好的房间，你再看看我是不是仍然是你的亲爱的卡门。然后我们再谈一谈埃及买卖吧。"

我没有回答，走到街上的时候，英国人向我叫喊：

"明天送点马基拉来！"我又听见卡门的哈哈大笑声。

我出来后不知道自己应该干什么。我睡不着觉，第二天早上我对这个荡妇很生气，决定立刻离开直布罗陀，不再见她。可是，鼓声一响，我的全部勇气都消失了：我拿起那篓橙子，直奔卡门那里。她的百叶窗半开着，我看见她的黑色大眼睛在窥伺着我。头上扑粉的仆人马上领我进去，卡门把他支开办事去了。等到只剩下我们两个人时，她搂着我的脖子发出一阵鳄鱼般的哈哈大笑声。我从来没有见过她这样美。她打扮得像个圣母，喷满了香水……家具上都盖着丝绸，刺绣的帘子……而我这个强盗，穿得还像个强盗。

"我的心肝！"卡门说，"我真想把这儿统统砸光了，放火烧掉房子后逃到山里去。"

接着是百般温存！又是一阵笑声！……她跳起舞，撕破她的衣饰，即使猴子也及不上她那样欢跃，做鬼脸，淘气。等到她恢复正经以后，她对我说：

"听着，这是有关埃及买卖的事。我想叫他把我带到龙达，那里我有一个当修女的姐姐（说到这里她又哈哈大笑起来）。我们要经过一处地方，地名我以后叫人告诉你。到时你们扑到他身上，来个紧急抢劫！最好是结果他的性命，可是，"说到这里她脸上露出狞笑,这种狞笑是她在某种场合才出现的,谁也不愿意去学它,"你知道应该怎样干吗?你要让独眼龙打头阵。你稍稍往后站;因为这只龙虾又勇敢又机灵,而且他有很好的手枪……你明白吗?"

她停下来,重新哈哈大笑,我听了不由得战栗起来。

"不,"我对她说,"我恨加西亚,可是他是我的伙伴。终有一天我会为你干掉这家伙,可是我要按照我家乡的规矩来同他清算这笔账。我充当埃及人,事出偶然;对某些事,我永远是一个道地的纳瓦罗人,就像俗语所说的那样。"

她又说:

"你是一个笨蛋,一个傻瓜,一个真正的外族人,你像那个矮子一样,把唾沫吐得很远,就以为自己个子很高[①]。你不爱我,你走吧。"

她对我说,"你走吧",我可不能走开。我答应动身,回到伙伴那里去等待英国人;她这方面,也答应我一直装病,装到离开直布罗陀去龙达时为止。我在直布罗陀又住了两天。她竟大着胆子化了装到旅店里来看我。我动身了,心里也有了打算。我回到我们约定的地点,已经知道英国人和卡门将要经过的地点和时间。我找到了赌棍和加西亚,他们等着我。我们在一个林子里过夜,用松子生了一堆火,烧得非常旺。我向加西亚建议打纸牌。他接受了。打到第二局时我对他说他偷牌,他用哈哈大笑来回答我。我把牌扔到他的脸上。他想取他的短铳枪,我把枪用脚踏住,对

[①] 波希米亚谚语,意思是:矮子的勇敢,表现在他能把唾沫吐得很远。——原注

他说:"听说你耍刀子同马拉加的打架能手①耍得一样好,你愿意同我比比吗?"赌棍想把我们拉开。我打了加西亚两三拳。愤怒使他勇敢起来,他拔出刀子,我也拔出我的。我们俩一齐对赌棍说,让出地方,让我们一决雌雄。他看已经没法把我们拉开,只好站到一边。加西亚弯下身子,像一只准备扑向老鼠的猫。他左手拿着帽子当盾牌,把刀子扬在前面。这是安达卢西亚的防守姿势。我摆出纳瓦罗的架势,笔直地站在他面前,左臂高举,左腿向前,刀子靠着右面的大腿。我觉得我比巨人还坚强。他像箭似的向我冲来,我把左脚一转,让他扑了个空;我的刀子却刺进了他的喉咙,刺得那么深,我的手居然已经碰到了他的下巴。我使劲把刀子一转,不料把刀子折断了。事情就这么结束了。一股像臂膀那么粗的血流从伤口往外直喷,把刀锋也带了出来。他扑倒在地,直挺挺的像根木头。

"你看你干了什么?"赌棍对我说。

"听着,"我对他说,"我们不能在一起生活。我爱卡门,我要单独一个人占有她。而且,加西亚是个坏货,我至今还记得他是怎样对待满身斑的。我们只剩下两个人,可是我们都是好汉。你说吧,你愿意同我结个生死之交吗?"

赌棍伸出手来。他是一个五十来岁的人。

"让这些男女之事见鬼去吧!"他叫起来,"如果你向他要卡门,你给他一块钱,他就会把她卖给你的。现在我们只有两个人,明天怎么办呢?"

---

① 指好吵架的人,爱闹事的人,莽汉。

"你让我单独干吧，"我回答他，"现在什么都不在我眼里了。"

我们埋葬了加西亚，搬到二百步以外住宿。第二天，卡门同她的英国人带着两个驴夫和一个仆人来了。我对赌棍说：

"我来对付英国人。你吓唬吓唬其余的人，他们都没有武器。"

英国人很勇敢。如果不是卡门把他的胳膊推了一下，他就会把我打死。总而言之，这一天我又得到了卡门，我的第一句话就是告诉她，她已经成为寡妇了。她知道事情经过以后，对我说：

"你永远是个白痴！加西亚应该把你杀死。你的纳瓦罗防守姿势抵个屁事，他曾经把许多比你能干的人送到西天。只不过他的死期已到。你的也不远了。"

"你的死期也快到了，"我回答说，"如果你不老老实实做我的罗密的话。"

"那好极了，"她说，"我曾经不止一次从咖啡渣子里看出我们要同归于尽。不管它！听天由命吧！"

她敲起响板，每逢她想忘掉一些不愉快的思想时，她就这样做。

一个人谈起自己的时候，便会忘记时间。这些琐碎事情一定使你感觉厌倦，可是我快讲完了。我们的生活持续了相当长的一段时间。赌棍和我又招了几个比第一批更可靠的人入伙，我们多数做走私，有时，不瞒你说，也拦路打劫，但也是在万不得已，没有别的路好走的时候。此外，我们只取财物，不伤旅客。有几个月的时间，我对卡门很满意；她仍然对我们的活动很卖力气，经常为我们通风报信做一笔好买卖。她有时在马拉加，有时在科尔多瓦，有时在格林纳达；可是，只要我一句话，她马上扔掉一切，来到一个僻静的客店找我，有时我们甚至在野外露宿。只有一次，在马拉加，她叫我感到有点不放心。我知道她看中了一个非常有钱的商人，她想在他身上又耍直布罗陀的那套把戏。虽然赌棍一个劲儿地劝阻，我还是在大白天里进入马拉加城。我找到了卡门，马上领她回来。我们大吵了一场。

"你知道不知道，"她对我说，"自从你做了我的丈夫以后，我就不如你做我情夫的那时爱你了。我不愿意给人家纠缠，尤其不要人家指挥我。我要的是自由，爱干什么就干什么。你得注意不要逼人太甚。如果我对你感到讨厌，我会找另一条好汉来对付你，就像你当初对付独眼龙一样。"

赌棍让我们言归于好；可是彼此说过的一些话留在心里，再也不像从前那样了。过了不久，我们遇上了一件倒霉事。军队对我们进行突然袭击，赌棍被打死，另外两个伙伴也伤亡了，还有两个被俘。我受了重伤，如果不是因为我有一匹好马，我早已落到军队手中。我疲乏到了极点，身上带着一颗子弹，只能同剩下的唯一的一个伙伴躲到树林里藏身。下马的时候我昏了过去，我以为我会像中了弹的兔子一样，死在灌木丛里。我伙伴把我背到我们熟悉的一个山洞里，然后去找卡门。她在格林纳达，马上就来了。半个月里，她没有离开过我一分钟。她不闭两眼，灵巧地、专心地照料我，从来没有一个女人对心爱的男人能看护得这样体贴。我一旦能够站起，她立刻神不知鬼不觉地把我带到格林纳达去。波希米亚女人到处都能找到安全的藏身处所，我就在和法官家相隔两扇门的房子里住了一个半月，而法官那时还正在到处搜寻我呢。我不止一次从百叶窗后面看着他走过。最后，我完全复原了；躺在病床上受罪时我已经反复思考过，打算改变我的生活。我对卡门说要离开西班牙，到新世界去过正直的生活。卡门听了讥笑我。

"我们生来不是只会种白菜的材料，"她说，"我们的命运是要打外族人的主意来维持自己的生活。听我说，我同直布罗陀的纳坦-本-约瑟夫已经谈妥了一桩买卖。他有些棉布只等你去设法弄过来。他知道你还活着。他指望着你。如果你失信，那我们在直布罗陀的联络人会怎么说呢？"

我又被她说服了，重新操起肮脏的旧业。

我躲在格林纳达的时候，那里举行了几场斗牛，卡门去看了。回来的时候，她滔滔不绝地谈起一个机灵的斗牛士，名叫卢卡斯。她知道他的马叫什么名字，而且还知道他那件绣花上衣值多少钱。我对她这些话没有在意。过了几天，我剩下的那个伙伴小胡安对我说，他看见卡门同卢卡斯在萨加旦的一家店里。我这才开始警惕。我问卡门她怎样和为什么要跟这个斗牛士认识。

"他是一个可以帮助我们做一笔买卖的小伙子，"她对我说，"发出声音的河流，不是有水就是有石头①。他在斗牛场上赚了一千二百个里尔②。或者我们抢了这笔钱，或者，他是一个好骑手，又是一个勇敢的小伙子，我们就拉他入伙，二者必居其一。我们这个人死了，那个人也死了，你总得找人补缺。拉他入伙吧。"

"我既不要他的钱，"我回答，"也不要他的人，而且我禁止你

---

① 这是波希米亚谚语。——原注
② 里尔是西班牙银辅币，每个值二十三个生丁。

同他说话。"

"当心点,"她对我说,"如果有人禁止我做一件事,我偏要马上去做。"

幸亏那个斗牛士到马拉加去了,我就着手把那个犹太人的棉布走私进来。为了这件事,我日夜忙忙碌碌,卡门也一样忙,于是我就忘记了卢卡斯,也许她也把他忘了,至少是暂时忘了。就是在这段时间里,先生,我起先在蒙蒂利亚,后来又在科尔多瓦遇见了你。我不必对你再提那最后一次见面的情形了吧,你也许知道得比我更清楚。卡门偷了你的表,她还想要你的钱,尤其是你手上戴着的那只戒指,据她说,这是一只有魔力的指环,她必须占为己有。我们为此大吵了一场,我打了她。她脸色发白而且哭了。这是第一次我看见她哭,不由我大为震惊。我求她宽恕,可是她跟我赌气,一整天都不理我,我动身到蒙蒂利亚去的时候,她还不愿意吻我。我十分难过。不料三天以后,她又忽然像只莺儿似的满脸喜色,笑吟吟地来找我。一切旧事都忘记了,我们像一对新婚的恋人。我们临分手时,她对我说:

"科尔多瓦有一个赛会,我去看看,哪些人身上带着钱,我会通知你。"

我让她去了。剩下我一个人时,我就想起了这个赛会和卡门心情的转变。我心想:她主动先来找我,一定是她已经报复了。一个农民对我说科尔多瓦有斗牛,顿时我的血就沸腾起来,我立刻像个疯子,动身来到了斗牛场。人们指给我看谁是卢卡斯,我同时也看见了坐在栏杆对面的卡门。我只要看她一分钟,就足以肯定我怀疑的是事实。卢卡斯,果然不出所料,只等第一头牛出现，就开始献殷勤。他从牛身上把花结①夺下来，献给卡门，卡门马上把它插到头上。那条牛为我报了仇：卢卡斯连人带马被它当胸一撞，摔了下来，又被它从身上踩过。我看卡门，她已不在她的位子上。我的坐位又不能让我走出来，我不得不一直等到散场。然后我走到你认识的那所房子里，我一声不响地在那里一直等到半夜。凌晨两点钟光景卡门回来了，看见了我有点吃惊。

"跟我走。"我对她说。

"好吧！"她说，"走吧！"

我去牵了马，叫她坐在背后，我们一直走到天亮也没有吭过一声。天亮时我们停在一家孤零零的客店门前，这客店离一个小修道院不远。我到了那里对卡门说：

"听着，我把一切都忘记，我也不对你说些什么。可是你得向我发誓：你愿意跟我到美洲去，在那里安分守己地过日子。"

"不，"她赌气地说，"我不想到美洲去。我觉得这儿很好。"

"那是因为你在卢卡斯身边的缘故；可是请你好好想一想吧，即使他治好了，也不会活得很久。何况，我又何必恨他呢？我杀你的情人已经杀腻了；现在我要杀的，是你。"

她用她那野性十足的眼光直盯着我，对我说：

"我经常想到你会杀死我。我第一次见到你，就在我家门口遇见一个教士。昨天晚上，离开科尔多瓦的时候，你没看见什么

---

① 花结是用绸带打成的结，结的颜色说明牛来自哪个牧场。这结用钩子挂在牛身上，如果能在活牛身上取下来，献给一个女人，这就是绝顶风流的行为。——原注

吗?一只兔子越过道路,从你的马脚之间穿过①。这是注定的了。"

"亲爱的卡门,"我问她,"难道你不再爱我了吗?"

她不吱声,交叉着腿坐在一张席子上,用手指在地上画线条。

"改变生活吧,卡门,"我对她苦恼地哀求说,"到一个我们可以永远不分离的地方去居住吧。你知道我们离这儿不远在一棵橡树底下埋着一百二十两金子……此外,我们在犹太人本-约瑟夫那里还存着钱。"

她微笑起来,对我说:

"我先死,你后死。我知道事情准会这样发生。"

"想想看,"我又说,"我的耐心和勇气都已到顶;你快拿定主意,否则我就要拿我的主意了。"

我把她单独留在那里考虑,自己到小修道院那边溜达。我发现那位隐修士正在祷告。我要等到他祷告完毕;我自己也很想祈祷,可是我不会。等到他站起来时,我走了过去。

"神父,"我对他说,"你愿意为一个遭到极大危难的人祈祷吗?"

"我为所有受苦的人祈祷。"他说。

"你能为一个也许快要去见造物主的灵魂主持一台弥撒吗?"

"可以。"他目不转睛地注视着我。

看见我的神色有点离奇,他就想逗我开口多说些话。

"我仿佛以前在哪里看见过你。"他说。

我把一块钱放在他的板凳上。

---

① 看见教士和看见兔子都是民间迷信,认为是灾祸降临的先兆。

"你什么时候主持弥撒?"我问他。

"半小时以后。那家客店主人的儿子会来当辅祭的。年轻人,告诉我,你良心上有些事情使你苦恼吗?你愿不愿意听一个基督徒的忠告?"

我觉得我快要哭了。我对他说我会再来后,就走了。我跑去躺在草地上,一直到我听见钟声,才走近修道院,可是没有进去。弥撒结束以后,我回到客店,希望卡门已经逃走;她可能会骑了我的马远走高飞……可是我又见到了她。她不愿意人家说她被我吓跑。我不在的时候,她拆开了外衣的贴边,把里面装着的铅条取了出来。那时她正坐在一张桌子前面,注视着满满一碗水里面的铅,这铅是她熔化后投进去的。她全神贯注做她的魔术,连我回来都没有发觉。她一忽儿拿起一块铅,用悲哀的神气把它翻来翻去,一忽儿又唱些有魔法的歌曲,请求玛丽亚·帕迪利亚显灵。这位玛丽亚·帕迪利亚是唐佩德罗的情妇,据说她是波希米亚人的伟大的皇后[①]。

"卡门,"我对她说,"你愿意跟我来吗?"

她站起来,扔掉她的碗,裹上头巾,准备动身。人们牵过我的马儿,她坐在我的后边,我们骑着走了。

"那么,我的卡门,"走了一段路以后我对她说,"你还是愿意跟着我走的,是吗?"

---

① 人们诉说玛丽亚·帕迪利亚用魔术迷住了唐佩德罗。传统的民间传说叙述她曾经送给波旁王室的白王后一条金腰带,这条腰带在被迷住的国王的眼中就是一条活蛇。因此他对王后总是怀着厌恶的心情。——原注

"跟着你走向死亡,我愿意,但是不愿意跟你一起生活。"

我们到了一个冷僻的峡谷,我勒住了马。

"是在这儿吗?"她问。

她一跳就跳到地上。她除下头巾,扔到脚下,一只拳头插在腰里,站在那里动也不动,目不转睛地盯着我。

"你想杀我,我很清楚,"她说,"这是命中注定,可是你不能叫我让步。"

"我求你,"我对她说,"请你讲点道理。听我说!过去的事一切都算了。可是,你也知道,是你把我的一生毁掉的;是为着你我才变成强盗和杀人犯的。卡门!我的卡门!让我来救你,把我自己和你一起救出来吧。"

"何塞,"她回答,"你向我要求的是不可能的事情。我再也不爱你了;而你却还在爱我,所以你才要杀我。我也可以再向你说些谎话,可是我现在不愿意这样做。我们俩之间一切都完了。作为我的罗姆,你有权利杀死你的罗密。但是卡门永远是自由的;她生为加里人,死为加里鬼。"

"那么你爱卢卡斯吗?"我问她。

"爱的,我爱过他,就像爱你一样,只爱一阵子,也许爱你的时间更长一点。现在,我什么都不爱了,而且我恨我曾经爱过你。"

我跪到她的脚下,抓住她的手,在上面洒满了热泪。我让她回想我们一起度过的那些幸福的时刻。为了讨她欢心,我对她建议我继续做强盗。一切,先生,一切;我一切都答应献给她,只要她继续爱我!

她对我说:

"继续爱你,这不可能。和你一起生活,我不愿意。"

我不由得怒气冲天。我拔出刀子,希望她害怕而向我求饶,可是这个女人简直是个恶魔。

"最后一次,"我大声说,"你愿意跟我在一起吗?"

"不!不!不!"她跺着脚说。

她把我送给她的一只戒指从手指上脱下来,把它扔到树丛里去。

我砍了她两刀,用的是独眼龙的刀子,我的那把已经折断了。第二刀下去时她一声不响地倒了下来。我直到现在还好像看见她那对黑色大眼睛直瞪着我,然后她眼神逐渐浑浊,闭上了眼皮。我对着尸首失神地坐着,坐了足足一个小时。然后我想起卡门常常对我说她喜欢葬在树林里。我用刀挖了一个坑,把她放了进去。我又花了好长一段时间去找她的戒指,最后终于找到了。我把它放进坑里,靠近她的身边,还放了一个小小的十字架。我放十字架也许放错了[①]。然后我骑上马,一直跑到科尔多瓦,走进我遇见的第一个警卫所里自首。我告诉他们我杀死了卡门,可是我不愿意说出她的尸首在什么地方。那个隐修士是一个有道行的人。他为她祈祷过,为她的灵魂奉献过一台弥撒……可怜的姑娘!罪过是在那些加莱人,他们把她教养成为这样的人。

---

① 波希米亚人不信天主教,所以不应放十字架。

4

西班牙这个国家至今还有很大部分流浪民族，这种民族散布在欧洲各处，被叫作波希米亚人，吉达诺人，吉卜赛人，齐热内尔人，等等。他们大部分居住——不如说是流浪——在南方和东方各省，在安达卢西亚，在埃斯特拉马杜尔，在穆尔西亚王国，还有许多住在加泰罗尼亚。住在加泰罗尼亚的波希米亚人经常越境到法国去。我们在法国南部各省的所有市集里都能见到他们。他们的职业通常是男人当马贩子、兽医和剪骡毛的，有些还能当补锅匠和补铜匠，至于当走私贩和操其他不正当行业的就不必说了。女人们则算命、求乞和贩卖各种正当或不正当的药品。

波希米亚人体格的特点，描写出来不容易，实际上区别起来很容易，只要看见一个，就能够从一千个人中把他的一个同种认出来。尤其是他们的外貌和表情明显地与和他们同住一地的其他民族不一样。他们的肤色黝黑，总比当地居民的肤色深一些。从而产生了"黑人"这个称呼，他们往往自称为"黑人"①。他们的眼睛斜视得很明显，很大，很黑，上面盖着一层又长又浓的睫毛。他们的眼光只有猛兽的眼光可与之相比，既大胆又畏缩；从这个角度来看，他们的眼睛充分显示了他们的民族性格：狡猾，大胆，

---

① 我觉得德国的波希米亚人虽然完全知道有加莱（黑人）这个称呼，却不喜欢被人称为"黑人"。他们相互间自称为罗马乃·恰维。——原注

可是像巴汝奇①那样"天然地害怕挨打"。他们男人大部分都身材苗条，身手敏捷；我从来没有见过一个肥胖的人。在德国，波希米亚女人一般都长得非常漂亮；而在西班牙却很难在她们中间找到美人。年轻的时候，她们还可以算作过得去的丑女；一旦做了母亲，就令人望而却步。男女两性都肮脏得叫人难以相信，有谁如果没有见过波希米亚妇女的头发，很难想象她们的头发会比最粗硬、最油腻、最肮脏的马尾毛更为不堪。在安达卢西亚的几个大城市里，略有姿色的姑娘对个人的清洁比较注意。这些年轻的姑娘用跳舞来卖钱，她们的舞蹈很像我们在狂欢节公共舞会上禁演的那种。英国传教士博罗先生②写过两本十分有趣的关于西班牙的波希米亚人的书，他曾经用圣经协会③提供的经费来劝导西班牙的波希米亚人改宗基督教。他断定没有一个吉达那会委身于一个外族人，而且绝无例外。我觉得他对她们的贞操观念的赞美太过分了。首先，她们大部分很丑，属于奥维德所说的："没有人愿意要的处女"④。至于漂亮些的，就像西班牙女人一样，选择情人过于挑剔。既要情人中她们的意，又要情人配得上她们。博罗先生举了一个例子

---

① 巴汝奇是拉伯雷《巨人传》里的仆人，狡猾而胆小。
② 博罗（1803—1881），英国旅行家，作家，曾长期生活在波希米亚人中间。他所著《波希米亚人》和《西班牙的圣经》等书为梅里美所熟知，梅里美在《卡门》中采用了这些书中的材料以描写波希米亚人的生活、习俗及语言。
③ 指伦敦大不列颠圣经协会，成立于一六四九年，以将《圣经》译成近代各种语言并在世界各民族中传播为宗旨。
④ 奥维德（公元前43—17）所著《爱情之歌》中第一卷《悲歌》第八首第四十三行有这样一句话。这句话的原文是拉丁文。

来证明她们的贞操，其实这只证明博罗先生自己是个规矩人，尤其可以证明他为人十分天真。据他说，他认识一个不道德的男人，送了好几两金子给一个漂亮的吉达那，可是一点用处也没有。我把这件事告诉一个安达卢西亚人，他说这个不道德的男人与其送几两金子给一个波希米亚女人，还不如给她看看两三块钱，更容易取得她的欢心；给她几两金子，正如答应一个客店的姑娘要给她一两百万一样，是一种最坏的追求方法。——不管怎样，吉达那对她们的丈夫的确是异乎寻常地忠心耿耿。在必要时她们肯冒任何危险和忍受任何苦难去帮助丈夫。波希米亚人称呼自己的名字之一是罗梅，意即配偶，我觉得这就能够充分证明这种种族对结婚的行为十分尊敬。一般而论，可以说他们的主要道德是民族主义，如果我们可以把下述表现称为民族主义的话：对同族人十分忠诚，乐于互相帮助，在作奸犯科的时候严格保守秘密。不过，在一切不法的秘密社团中，会员也都是这样做的。

几个月以前，我访问了定居在孚日山区的一群波希米亚人。族里有一个老前辈，是一个老太婆，她的茅屋里住着一个同她家没有亲属关系的波希米亚人，他得了一种不治之症。这个人离开了他原来受着很好护理的医院，到他的同胞当中死亡。他在老太婆家卧床住了十三个星期，受到的待遇比同居在一屋中的儿子和女婿都好。他睡的床是一张铺着干草的好床，床单相当洁白，而家中其余的十一个人，人人都是一张三尺长的木板。这就是他们好客的品质。这个老太婆对待她的客人虽然那么好，可是经常当着病人的面对我说："快了，快了，他快死了。"这是因为这些人的生活太悲惨，以致当面宣告死亡也没有什么可怕。

波希米亚人的一个显著特点，就是他们在宗教问题上采取无所谓的态度。这倒不是因为他们不迷信或者他们是怀疑论者；他们从来不信奉无神论；恰恰相反，他们居住国土的宗教就是他们的宗教，他们换了一个国度居住，就换了一种宗教。在野蛮民族中迷信代替了宗教，这种迷信对波希米亚人说来也是不存在的。他们总是以别人的信仰作为信仰，迷信又怎能存在呢？不过，我注意到在西班牙的波希米亚人中间，很怕同死尸接触，他们中很少人愿意为了赚几个钱而答应把尸首搬到坟场里去。

我说过，大部分波希米亚女人以算命为职业。她们很善于操作这个行业。不过能使她们赚大钱的，却是弄妖作法和出售春药。她们不仅拿着癞蛤蟆的四只脚来使一个男子的多变的心安定下来，或者拿磁石的粉末来使冷酷的心爱上自己；必要时她们还使用法力极大的咒语来强迫魔鬼帮助她们。去年，有一个西班牙女人给我讲了下面一件事：一个蹲在人行道上的波希米亚女人对她喊道："高贵的夫人，你的丈夫骗了你了。"这是事实。"你愿意我叫他回心转意吗？"我们知道，既然她一眼就能看穿闺房的秘密，当然使人十分相信这个女人，而且欣然接受她的建议。由于在马德里的热闹街道中不能弄妖作法，她们就约好一个地点第二天会面。"要把不忠实的丈夫带回到你的脚下，那是再容易不过的事了，"吉达那说，"你有他送给你的一条手帕，一条披肩，一条头巾吗？"西班牙女人交给她一条丝披肩。"现在，你用深红色的丝线把一块一元钱币缝进披肩的角落里。——在另一个角落，缝一块半元钱的钱币，这里缝一块角币，那里缝两个分币。然后在中间，缝上一块金币。最好是一块双金币①。"西班牙女人一一照办了。"现在，把披肩给我，半夜钟一敲，我就把它带到圣田②里去。如果你愿意看魔鬼显灵，就跟我去。我向你保证，明天你就会见到你所爱的人。"波希米亚女人结果单独到墓地里去了，西班牙女人特别害怕魔鬼，不敢跟着她。我请你想一想，那个可怜的被遗弃的妇人，能不能再见到她的不忠实的丈夫和她的那条披肩。

虽然波希米亚人生活贫困而且有点讨人厌，可是他们在无知识的人们中间享有一定威信，他们为此十分自鸣得意。他们觉得自己是一个聪明的优秀种族，因此对接待他们居住的民族公开地表示轻视。

"你们这些异教徒③实在太愚蠢，"一个孚日山区的波希米亚女人对我说，"欺骗他们不能算有什么本事。前几天，一个乡下女人在街上喊住我，我便走进她家里。她的炉子在冒烟，她叫我念咒使烟散开去。我先叫她给了我一大块猪油。然后，我用罗马尼语喃喃地念了几句：'你实在太愚蠢，你生来是白痴，死了也像个白痴……'。等到我走到门边，我才用道地的德国话对她说：'要叫炉子不冒烟，百试百灵的方法，就是不要用炉子来生火。'说完我拔腿就跑。"

波希米亚人的历史还是一个疑问。我们知道实际上他们中的第一批人于十五世纪初期在欧洲东部出现，人数极少；可是谁也不

---

① 双金币是西班牙古金币，每个值二十五法郎九十五生丁。
② 原文是意大利文，意思是墓地。
③ 古代犹太人和埃及人管基督徒叫异教徒。

知道他们从哪儿来，为什么要到欧洲来。最奇怪的是，他们分散在相隔甚远的地区，为什么能在短短的期间，繁殖得这么快。波希米亚人没有保留任何他们祖传的习俗，如果他们中大多数人说埃及是他们的祖国，那也不过是他们相信了古时就传播开来的关于他们的传说罢了。

大多数研究东方的学者在钻研了波希米亚人的语言以后，认为他们的祖先是在印度。事实上，罗马尼语的很大部分字根，和许多语法形式，都是从梵文的惯用语化出来的。我们也可以想到，在长期流浪中，波希米亚人也采纳了许多外来语。在罗马尼的各种方言中，都可以找到大量希腊字。例如骨头，马蹄铁，钉子，等等。到了今天，波希米亚人差不多有多少隔离的部落就有多少方言。不管在什么地方，他们说当地的语言总比说他们自己的方言更觉流利；他们只是在外族人面前想自由交谈时，才说他们自己的方言。德国的波希米亚人同西班牙的波希米亚人互不来往已经有好几个世纪，但是如果拿他们的方言来比较一下，我们会发现不少共同的词语。不过最原始的土语在各处地方都有不同程度的改变，因为这些流浪民族不得不使用比较开化的语言，这些语言就改变了他们原始的语言。一方面是德语，另一方面是西班牙语，都从根本上改变了罗马尼语，以致一个住在德国黑森林的波希米亚人根本不可能同一个住在安达卢西亚的同族人谈话，虽然他们只要交谈几句话以后，就能识别他们俩讲的都是同一种语言产生出来的方言。有些常用词，我相信，在各种方言里都有；例如，在所有的波希米亚方言里，pani 指水，manro 是面包，mâs 是肉，lon 是盐。

数字的名称到处都差不多一样。我觉得德国的方言比西班牙方言纯正得多；因为德国的方言保存了不少原始的语法形式，而西班牙方言采用了加泰罗尼亚语的语法形式。可是也有些词语例外，足以证明它们古代来自同一种语言。——德国方言的过去式由命令式加上 ium 构成，命令式通常总是动词的语根。西班牙方言中的动词，总是仿照加泰罗尼亚动词的第一变化形式来变位。不定式 jamar，吃，正规的变化应该是 jamé，我吃过；不定式 lillar，取，应该是 lillé，我取过了。可是也有些波希米亚人不这样说，他们说：jayon，lillon。我不知道再有别的动词还保存着这种古老的形式。

我现在显示我对罗马尼语的浅薄的知识时，我应该指出我们的小偷也从波希米亚语中借来一些词汇，使它们变成了法兰西俚语。《巴黎的秘密》[①]告诉上流社会 chourin 就是"刀"的意思，这是纯正的罗马尼语；而 tchouri 是所有罗马尼方言共有的词。维多克[②]先生管马儿叫 grès，这又是一个波希米亚语，gras，gré，graste，gris。我们还可以加上一个词儿：巴黎俚语中称波希米亚人为 romanichel，这是从 rommané tchave 变化而来，意思是："波希米亚小伙子"。我最感到骄傲的有来源的一个词儿，是 frimousse，意思是"脸色，颜面"，这个词小学生过去在用，现在也在用。首先请注意乌丹[③]先生在他于一六四〇年编著的怪异词典中，把这个词儿写成 firlimouse。

[①] 法国作家欧仁·苏（1804—1857）所著长篇小说。

[②] 维多克（1775—1857），因伪币罪被判苦工监禁八年，于第三次越狱时脱逃。一八〇九年参加警局工作。所著《回忆录》发表于一八二八年，记述当时犯罪案件及俚语切口甚详。巴尔扎克从他的著作里得到启示，创造出伏脱冷这个人物。

[③] 乌丹（死于1653），熟悉波希米亚各种方言，编著过多种字典，如《法语怪异辞典》等（梅里美说是出版于1640年，其实是出版于1649年）。

在罗马尼语中，firla，fila，意思都是"颜面"；mui也有同样意义，同拉丁文os相同。firlamui这个复合词马上就能被一个波希米亚的语言学家所理解，我相信这是符合这种语言的特色的。

对于《卡门》的读者，我说了上面这一番话已经足够使他们赞赏我对罗马尼语的研究了。我还是趁这时机，用一句波希米亚成语来结束吧：闭着的嘴巴，苍蝇进不来。

罗 基 斯
又 名
维滕巴赫教授的手稿

1

"泰奥多尔,"维滕巴赫教授说,"请你把那本用羊皮纸装订的本子给我,就在书桌上头的第二格格子上;不,不是这本,是那个十六开本的小本子。我在那上面记录了一八六六年我的日记里的全部笔记,至少有关谢米奥特伯爵的都在那里了。"

教授戴上眼镜,在深沉的寂静中读了下面的文字:

罗 基 斯

有一句立陶宛的谚语在扉页上作为题词:

　　米歇尔同罗基斯,
　　两个同一样。

在伦敦出版第一个立陶宛文《圣经》译本的时候，我在柯尼斯堡①的《科学与文学报》上发表了一篇文章，在文章里我除了充分赞美圣经协会的虔诚意愿和博学的译者所做的努力以外，我认为应该指出几处小错误，我还提醒说这个版本仅仅对于立陶宛的部分居民有用。事实上是译文所用的方言对于讲约马伊特克语（俗称伊莫德语）地区的居民来说，是十分难懂的；我指的是萨莫吉蒂②选侯领地的居民，他们的语言也许更接近梵语，而不接近上立陶宛语。这个意见虽然引起多尔帕大学③某著名教授对我的愤怒批评，但却启发了圣经协会管理委员会的可敬的委员们，委员会毫不犹豫地向我提出很有诱惑力的建议，就是让我主持和监督《马太福音》萨莫吉蒂语译本的编辑工作。我当时研究外乌拉尔语的工作太忙了，不能把研究范围扩大到包括《四福音书》。于是我推迟了我同热尔特律德·韦贝尔小姐的结婚日期，动身到考纳斯④去，目的是搜集我所能到手的全部伊莫德语印刷的或手抄的语言文献，当然也不忽略那些被称为daïnos的民间诗歌，那些被称为pasakos的民间故事和传说，它们可以为我提供约马伊特克词汇的参考资料，在动手翻译以前这件工作是必需的。

人家给了我一封介绍信给年轻的谢米奥特伯爵，据说，这位伯爵的父亲曾经有过一本拉维基神父的著名的《萨莫吉蒂天主教

---

① 柯尼斯堡，原属东普鲁士，即今俄罗斯的加里宁格勒。
② 萨莫吉蒂，以前欧洲北部的地区，处于普鲁士、波罗的海及立陶宛之间。
③ 多尔帕，即今爱沙尼亚的塔尔图，该大学极为出名。
④ 考纳斯，以前立陶宛的首都。

教理问答》；这本书十分罕见，以致它的存在与否也引起过争论，尤其是被我在上面提起过的那位多尔帕大学的教授所否定。据我所得到的情报，在他的书房里有一套古老的民歌集，还有用古老的普鲁士语言写的诗歌。我写了一封信给谢米奥特伯爵说明我拜访的目的，他回信表示最热烈的欢迎，并邀我住在他的梅丁蒂塔斯古堡，我的研究工作要多长时间，就在那里住多长时间。他在信末结束时还用最亲切的态度告诉我，他引为自豪的是他能说伊莫德语，说得几乎同他的农民一样好，因此他很高兴帮助我完成这件他称之为伟大和有趣的事业。他同立陶宛最富有的地主一样，信奉的是福音主义新教，我却光荣地是这个教的传教师。人家警告我说伯爵的脾气有点古怪，可是非常好客，是科学和文学的朋友，对研究科学和文学的人尤其有好感。因此我就动身到梅丁蒂塔斯去。

伯爵的管家在古堡的石阶上欢迎我，把我带到给我留下的房间。

他对我说："伯爵先生很遗憾今天不能够陪教授先生吃晚饭。他头痛得很厉害，他不幸老是犯这个毛病。如果教授先生不想在房间里吃饭，可以同费来贝尔大夫一起吃，他是伯爵夫人的医生。再过一个钟头就开饭，吃饭时不必穿礼服。教授先生如果有什么话要吩咐，请拉这个铃。"

他对我深深地一鞠躬以后就退了出去。

房间很宽敞，家具齐全，都配上了玻璃和镀了金。房间一面向着花园，或者不如说向着古堡的庭园，另一面向着古堡的大院子。尽管人家通知过我，"吃饭时不必穿礼服"，我认为还是应该从衣箱里拿出我的黑礼服来。我正挽起衬衫袖子,打开小行李包的时候,一阵马车的声音把我吸引到面朝大院子的窗口。一辆漂亮的无盖四轮马车刚刚驶进院子。车上坐着一个身穿黑服的夫人,一个男人和另一个穿着像个立陶宛农妇的女人。这个女人高大,强壮,起初我真以为她是一个男人假扮的。这个女人头一个下了车,另外两个外表上跟她同样壮健的妇女已经站在门口石阶上。那个男子俯向那个穿黑服的夫人,解开一条把她缚在座位上的宽皮带,这使我大为惊异。这位女太太的一头白发又长又乱,眼睛虽然睁得很大,却似乎毫无生气,她的脸简直像是蜡制的。把她解开以后,那个男子脱下帽子毕恭毕敬地对她说话,她好像什么也没听见。于是那位先生转过来向那几个女仆微微地点了点头,三个妇女马上走上前去抓住那个穿黑衣服的夫人,任凭她如何挣扎执意要留在马车里,她们还是把她像根羽毛似的抓起来,一直送进古堡。这件事发生时古堡有好几个仆人在旁边观看,他们似乎觉得这不过是极平常的一件事。那个指挥这件事的男子摸出挂表,问旁边人是不是很快就吃晚饭。

"再过一刻钟就开饭了,大夫先生。"旁边人回答他。

我一看就猜出他就是费来贝尔医生,那个黑衣夫人就是伯爵夫人。从她的年龄看来,我断定她是谢米奥特伯爵的母亲,对她采取的预防措施,说明她的理智已经丧失。

过了几分钟,医生亲自到我的房间里来了。

"伯爵先生有病,"他对我说,"我不得不向教授先生做自我介绍了。我是费来贝尔医生,向你致敬。我很高兴同一位学者认识,这位学者的才能,只要是读过柯尼斯堡的《科学与文学报》的人,都是有口皆碑的。你愿意现在就开饭吗？"

我尽量回答他的恭维，并且对他说，如果现在是开饭的时候，我已做好准备跟他走。

我们一走进饭厅，立刻有一个厨司长按照北方的习惯献给我们一个银盆，上面装满了甜酒和几种下酒菜，这些菜味道很咸，又加足了香料，有利于刺激胃口。

医生对我说："教授先生，请允许我以医生的资格，介绍你喝一杯这种斯塔尔卡酒，这是一种上等的白兰地名酒，在酒桶里已经放了四十年了，可以称为酒的祖宗。吃点特龙黑姆的小咸鱼，这是使我们最重要的器官——消化器官打开和做好准备的最好方法……现在请就座吧。我们为什么不讲德国话呢？你是柯尼斯堡人，我是梅梅尔[①]人，可是在耶拿[②]读书。这样，我们可以谈得更自由些，仆人们只会波兰话和俄罗斯话，他们听不懂我们的谈话。"

我们开头一声不响地吃着，我喝了第一杯马得拉葡萄酒[③]后，问医生伯爵是不是经常不舒服，经常犯那种使他今天不能同我们在一起吃饭的病。

"是也不是，"医生回答，"这要看他走过什么路途才能决定。"

"怎么会这样呢？"

"例如他走的是罗西尼亚的那条路，他回来时就头痛而且发

---

① 梅梅尔，即今立陶宛的克莱佩达。
② 耶拿，德国城市。
③ 马得拉是葡萄牙在大西洋中的属岛，所产白葡萄酒甚为有名。

脾气。"

"我也走过罗西尼亚这条路，却没有发生这样的情况。"

"教授先生，"医生笑着回答，"这是因为你没在恋爱的缘故。"

我想起了热尔特律德·韦贝尔小姐，不禁叹了一口气。

"那么伯爵先生的未婚妻是住在罗西尼亚的了？"我问。

"是的，在那里附近。至于说到未婚妻……我不知道是不是。她真是一个风流女郎！她使他失魂落魄，就跟他的母亲一样。"

"这话不错，那么伯爵夫人是……病了吧？"

"她疯了，亲爱的先生，她疯了！而世界上最大的傻瓜就是我，因为我答应到这儿来！"

"但愿你的小心料理能使她恢复健康。"

医生摇了摇头，凝神注视着他拿在手里的那杯波尔多酒的颜色。

"你瞧，教授先生，我原来是卡卢加①连队里的一个少校军医。在塞瓦斯托波尔②，我们从早到晚切除臂膀和大腿；至于炮弹，整天向我们落下就跟苍蝇扑向一匹剥掉了皮的马一样；那时候，住不好，吃不饱，可是我并没有觉得像在这儿那样烦闷；而在这儿，我吃的喝的都是第一流的东西，我住得像个亲王一样，报酬像宫廷医生一样多……可是自由，我亲爱的先生！……你只要想象一下，同这个女鬼在一起，简直没有一刻钟的自由！"

"她请你医治已经有好久了吗？"

---

① 卡卢加，俄罗斯城市，位于莫斯科西南。

② 塞瓦斯托波尔，克里米亚半岛的一个海港。

"不到两年；可是她疯了至少有二十七年，伯爵出世以前她就疯了。在罗西尼亚或者在考纳斯没有人跟你提起这件事吗？你听我跟你讲吧，因为这是一个病例，终有一天我要写一篇关于这个病例的文章，登在《圣彼得堡医学杂志》上。她是害怕才发疯的……"

"害怕？这怎么可能呢？"

"是从她过去的惊吓而来的。她是凯兹图家族的后代……这个家族从来不同身份不相称的人联姻。我们的家族是杰迪明……因此，教授先生，她的婚礼就在我们现在吃饭的古堡里举行（为你的健康干杯！）……婚后三天……或者两天，伯爵，就是现任伯爵的父亲，出去狩猎。我们立陶宛的妇女，你知道，都是些女中丈夫。伯爵夫人也跟着去打猎……不知道她落在赶猎犬人的后面还是超过了他们……总之，突然间伯爵看见伯爵夫人的哥萨克小厮策马飞奔而来，那个小厮年纪是十二岁或者十四岁。

'主人，'他喊道，'一只熊把女主人拖走了！'

'在哪儿？'伯爵问。

'在那边。'哥萨克小厮回答。

狩猎人全都按照他指示的方向奔去，根本看不见伯爵夫人！只见一边是她的被咬断喉咙的马，另一边是她的被撕成碎片的皮外套。大家到处寻找，向树林的四周搜索。最后一个赶猎犬人大声喊道：'熊在这里了！'果然那只熊拖着伯爵夫人正在越过一块林中空地，一定是想拖到密林里舒舒服服地饱餐一顿；这一类野兽是非常贪吃的。它们像教士们一样，喜欢安安静静地进餐。伯爵结婚刚两天，为人十分豪侠，他手拿猎刀，想向熊扑过去；可是亲爱的先生,一只立陶宛的熊不像一只鹿一样可以让人一刀刺个窟窿。幸亏伯爵的扛枪官,一个相当坏的家伙,那天喝醉了酒,醉得分不清一只野兔子同一只鹿,在百来步的地方开了一枪,也不考虑子弹会落到野兽头上还是伯爵夫人头上……"

"他杀死熊了吗?"

"当场打死。这种枪法只有醉汉才有。教授先生,有些子弹是命中注定的。我们这儿就有巫师用公平的价格出售这种子弹……伯爵夫人浑身擦伤,昏迷不醒,这是意料中的,还折断了一条腿。把她抬回来以后,她醒来时理智已完全丧失。于是又将她送到圣彼得堡,进行大会诊,集中了四个得到各种奖章的医生。他们说:'伯爵夫人怀孕了,大概她的分娩可以给她带来好转。应该让她多接触新鲜空气,到乡下去,喝奶浆,用镇静剂……'结果给了每个医生一百卢布。九个月以后,伯爵夫人分娩了,生下一个体格健全的男孩;所谓好转呢?倒是有的!……她变得加倍地疯狂。伯爵让她看看她的儿子。这种情形事实上在小说里……总是有的。她却大声叫喊:'杀死它!杀死这野兽!'她差一点儿扭断了他的脖子。自那以后,她不是痴呆就是疯狂,有强烈的自杀倾向。人们不得不缚住她让她呼吸些新鲜空气。要有三个壮健的女仆才抓得住她。可是,教授先生,请你注意这样一个事实:我在她身上用尽了我的拉丁文知识还不能够使她服从我的时候,我却有一个方法使她安静下来。我只要威吓着要剪掉她的头发……从前,我想,她的头发是很美的。这完全是女人的爱美观念!这就是遗留在她身上的最后一种人类感情。这不是很奇怪的吗?如果我能够随意摆布她,也许我就能治好她。"

"怎么会呢?"

"我揍她。我曾在一个村子里用这种方法治好了二十个农妇,这个村子宣称发生了俄国最激烈的疯狂症:狂喊症①。起初是一个女人狂喊,接着是她的邻居妇女狂喊,三天以后,整个村子都狂喊起来。我狠狠地揍她们,就达到了目的。抓住一只松鸡,其余的松鸡就驯服了。可是伯爵始终不同意我尝试这种方法。"

"怎么!你居然希望他同意你那种恶劣到极点的治疗方法吗?"

"啊!他对他的母亲太不了解,而且这也是为他的利益着想。教授先生,请你告诉我,你过去是否相信惊吓能使人丧失理智?"

"伯爵夫人当时的处境非常可怕……在这么一头凶猛野兽的爪子下面!"

"可是她的儿子同她完全不同。距今不到一年他也遇到完全相同的处境,由于他冷静,结果就巧妙地脱离了险境。"

"从一只熊的爪子下逃脱吗?"

"从一只母熊的爪子下,这只母熊是许久以来我们所看见过的最大的一只。伯爵拿着一根猎野猪矛想向它进攻。呸!它一掌就把矛挡开,抓住伯爵先生向地上一扔,轻松得就像我推翻这个酒瓶一样。伯爵很机灵,他躺下装死……母熊把他嗅了又嗅,嗅了几遍,没有把他撕成碎片,只舐了他一下。他很能随机应变,一动也不动,母熊就走了。"

"母熊以为他死了。的确,我听说过这种野兽是不吃死人肉的。"

---

① 俄国人称被鬼迷的女人为"狂喊者"。——原注

"应该相信这种说法,可是也得避免亲自去尝试。关于惊骇,我倒可以告诉你一件塞瓦斯托波尔的故事。那时我们五六个人围着一瓮啤酒,这瓮啤酒是人家放在著名的第五号棱堡的伤病员救护车后面刚给我们捎来的。骑兵哨叫喊:'炮弹!'我们马上俯卧在地,不是全体,有一个叫作……不过说出他的姓名来也没有什么用……他是一个刚到我们部队里来的年轻军官,在炮弹爆炸的时候他还站着,手里拿着满满一杯啤酒。炮弹炸掉了我可怜的同事安德烈·斯佩朗斯基的头颅——他真是一个老实人——和那瓮啤酒,幸亏瓮里差不多空了。爆炸过后我们重新站起来,看见在硝烟中我们这位朋友正在喝他最后一口啤酒,像个没事人儿似的。我们都以为他是一个英雄。第二天,我遇见赫杰奥诺夫队长,他刚从医院出来。他对我说:'今天,为了庆祝我的归来,我同你们一起吃晚饭,香槟酒由我来付钱。'我们围着饭桌坐下。那个喝啤酒的年轻军官也在内。他并没有想到香槟酒。他身边的一个人开一瓶香槟酒时……噗的一声那个瓶塞弹到他的太阳穴上。他叫了一声,昏倒过去。其实我这位英雄在第一次事件中非常害怕,他没有逃走反而喝光他的啤酒,这是因为他早已失去理智,他只做了一个机械的动作,他自己却没有意识到。实际上,教授先生,人这部机器……"

"大夫先生,"一个仆人走进饭厅说,"吉德娜娃说伯爵夫人不肯吃饭。"

"真见鬼!"医生嘀咕着说,"我马上来。我让我的鬼病人吃饭以后,教授先生,如果你乐意,我们来玩一场'选择'或者'杜拉茨基'小牌好吗?"

我向他表示抱歉：我不会玩牌。等到他去看他的病人的时候，我回到房间里写信给热尔特律德小姐。

2

晚上很热，我把面向花园的那扇窗开着。写完信以后，我还没有丝毫睡意，我就开始复习那些立陶宛语的不规则动词，同时在梵文里找一找它们各种不规则的原因。当我正全神贯注在这项工作中的时候，只听见窗口附近的一棵树突然猛烈地摇动。我听见枯枝的折断声，好像有一个躯体十分沉重的野兽正在往树上爬。医生跟我叙述的关于熊的故事还在我的脑际回旋，我就站了起来，心里不免也有点紧张。我看见离我窗口几尺远的树丛中有一个人的脑袋，恰好被我房间的灯光照得十分清楚。这张人脸的出现只有一刹那间，可是他的眼光遇到我的眼光时，他的眼睛里有一种古怪的光芒，使我感到说不出的震动。我不由自主地向后退了一步，然后奔到窗口，用严厉的声调质问这个入侵者到底想要什么。这时候他匆匆忙忙地下去，两手抓住一根粗树枝，身子悬空吊在那里，然后跌落到地下，马上消失得无影无踪。我拉了拉叫人铃，一个仆人走了进来。我对他讲了刚才所发生的事。

"教授先生一定是弄错了。"

"我确实知道我在说什么，"我继续说，"我怀疑花园里有一个贼。"

"不可能的，先生。"

"那么那个人就是屋子里的人了?"

仆人睁大眼睛没有回答我的问题。最后,他问我有什么吩咐没有。我叫他把窗户关上,我就上床了。

我睡得很好,没有梦见熊,也没有梦见贼。第二天早上,我梳洗完毕,有人敲我的门。我开了门,只见站在我面前的是一个身材十分高大的俊俏后生,穿着一件布哈拉睡衣,手里拿着一支很长的土耳其烟斗。

"我来向你道歉,教授先生,"他说,"我这模样接待你这样的贵客实在不恭。我就是谢米奥特伯爵。"

我连忙回答说恰恰相反,我要恭敬地答谢他的盛情款待,我又问他的头痛好了没有?

"差不多好了,"他回答,"可是等不到完全好转就会再度发作,"他带着哀愁又补充一句,"你在这里还可以吗?请你不要忘记你是处在野蛮人中间。在萨莫吉蒂不能要求过高。"

我忙说我住得非常舒适。我一方面同他说着话,另一方面禁不住带着我自己也认为是不礼貌的好奇心仔细打量他。他的眼睛里有一种奇异的光芒,使我不禁想起昨天夜里我看见过的那个爬树的人。

可是我又想:"有什么可能谢米奥特伯爵先生在夜里爬树呢?"

他的额角很高,很发达,可是有点狭窄。他的五官生得十分端正,只是双眼距离太近了一点,我觉得从他的一条泪腺到另一条泪腺之间,当中还没有一只眼的距离,而按照希腊雕刻家的标准,是应该有一只眼睛的距离的。他的目光灼灼逼人。我们的视线不由自主地接触了好几次,我们各自都颇为尴尬地挪开了。突然，伯爵哈哈大笑起来，他嚷道：

"你认出我来了！"

"认出？"

"是的，你昨天出其不意地看见我在干真正的顽童的把戏。"

"啊！伯爵先生！……"

"我昨天一整天关在书房里，十分难受。黄昏时分我觉得好了一点，我就到花园里散步。我看见你的房间里有灯光，我就做了一个满足我的好奇心的举动……我本该说出我的名字而且做自我介绍的，可是当时的处境非常可笑……我感到很不好意思，就逃走了……我在你工作的时间打扰了你，你会原谅吧？"

他说这番话的时候，口气很想显得轻松；可是他脸红了，而且非常明显地觉得不安。我尽力说服他：我对这第一次会面并没有留下任何不良印象；为了结束这个话题，我问他是不是真的藏有拉维基神父的萨莫吉蒂文《教理问答》。

"很可能；可是，老实对你说，我对我父亲的藏书不大熟识。他爱收藏旧书和珍版书；我呢，我只看现代的著作。不过我们一定去找，教授先生。你希望我们能读伊莫德文的福音书吗？"

"伯爵先生，你难道认为译成当地文字的福音书不是十分需要的吗？"

"当然需要；可是如果你愿意让我提一点小意见的话，我应该告诉你，在只懂得伊莫德语的人中，没有一个人是识字的。"

"也许是这样，可是我要请阁下[①]准许我提醒你注意：读书识

[①] 原文的意思是"你的灿烂的光辉"，这是对伯爵的尊称。——原注

字的最大的困难在于缺少书本。萨莫吉蒂农民如果得到一本印好的课本,他们就想读它,他们就会认字。这种事在别的许多野蛮人中发生过……我的意思并不是想用'野蛮人'这个词儿来指本地区的居民……而且,"我又补充一句,"一种语言全部消失而不留下一点痕迹,不是很可惜的一件事吗?三十年以来,普鲁士语已经成为一种死去的语言。最后一个懂得科尔努埃①语的人已经在前几天死去……"

"真可悲!"伯爵打断我的话说,"亚历山大·德·韩堡②告诉我的父亲说,他在美洲知道有一只鹦鹉,只有它能懂得一个部落的语言中的几个字,而这整个部落在今天已经全部被天花消灭了。你准许我叫人把茶送到这儿来吗?"

我们边喝着茶,边谈着伊莫德语。伯爵谴责德国人印刷立陶宛文的方法,他说得对。

"你们的字母,"他说,"并不适用于我们的语言。你们没有我们的g,也没有我们的l,也没有我们的y,也没有我们的e。我有一本去年在柯尼斯堡出版的民歌集,我花了很大的气力去猜测那些字,因为它们都印得奇形怪状。"

"阁下说的大概是勒斯诺的民歌集吧?"

"是的。里面的诗歌太平淡无味了,对吗?"

"他也许可以找到一些更好的。我同意,像现在这样,这本集子只有语言学上的价值;可是我相信只要努力搜寻,一定可以在

---

① 科尔努埃,法国从前的布列塔尼地区。
② 韩堡(1769—1859),博物学家,曾至美洲及亚洲旅行。

你们的民歌中采摘芬香的花朵。"

"可惜！我非常怀疑这种可能，虽然我是爱国的。"

"几个星期以前，有人在维尔纽斯①给了我一首民歌，这首歌真美，真有历史价值……诗句十分出色……允许我为你读一读吗？我正带在文件包里。"

"非常愿意。"

他在请求我同意他吸烟以后，就舒舒坦坦地往安乐椅里一坐。

"我只有在吸烟的时候才能欣赏诗歌。"他说。

"这首歌的题名是：《布德里斯的三个儿子》。"

"《布德里斯的三个儿子》吗？"伯爵做了一个惊异的姿态喊道。

"是的，布德里斯，阁下比我知道得更清楚，布德里斯是一个历史上的人物。"

伯爵用他奇异的眼光凝神盯着我。他的眼光里有一种难以捉摸的神情，既带点羞涩，又带点野性，别人如果不习惯的时候，会产生一种几乎是难堪的感觉。我赶快念起那首歌来逃避这种感觉。

布德里斯的三个儿子

在他的古堡的宫廷里，年老的布德里斯召唤他的三个儿子，这三个儿子都像他一样是真正的立陶宛人。他对他们说：

"孩子们，喂饱你们的战马，准备好你们的鞍鞯，磨快你

---

① 维尔纽斯，今立陶宛的首都。

们的军刀和投枪。

"人家说在维尔纽斯已经向世界的三个角落宣战。奥尔盖向俄罗斯进军,斯基格洛攻打我们的邻居波兰人,凯兹图扑向条顿人①。

"你们年轻、壮健、大胆,你们去打仗吧。愿立陶宛的神灵保佑你们!今年我不参战了,可是我想给你们一个忠告。你们是三个人,你们的面前有三条路。

"你们其中一个要跟随奥尔盖到俄罗斯去,直到伊尔门湖畔,走到诺夫哥罗德的城墙下。那里的貂皮和织锦多如牛毛。商人口袋里的卢布同河里的冰块一样多。

"你们中的第二个要追随凯兹图的骑兵队伍。他要把那些捧十字架的贱民们砍成碎片!琥珀在他们那里是海边的沙砾;他们的毛织物的光泽和色彩,是无可比拟的。他们的教士的衣服里有红宝石。

"你们中的第三个要同斯基格洛一起渡过涅曼河。他会在那边找到一些耕种用的简陋工具。另外,他还能选择漂亮的投枪,坚固的盾牌,并从那里给我带回来一个媳妇。

"孩子们,波兰的姑娘是我们的俘虏中最美丽的美人。她们顽皮得像猫一样,白得像奶油一样。她们的眼睛在她们的黑睫毛下,像两颗星星那么闪耀。

"我还年轻的时候,那是半个世纪以前的事了,我从波兰带回来一个美丽的俘虏,她做了我的妻子。她死了已经好久

---

① 指条顿骑士团分子。——原注

了，可是我每看到火炉这一边角落时，总不能不想到她！"

他向三个年轻人祝了福，三个儿子拿着武器骑上了马。他们出发了；秋天来了，接着是冬天……他们并没有回来。布德里斯老头以为他们死了。

刮着暴风雪；一个骑士走近房子，他的黑呢大衣①遮盖着一个贵重的驮子。

布德里斯说："这是一个口袋，里面一定装满了诺夫哥罗德的卢布，对吗？……"

儿子回答："不，父亲。我给你带回来一个波兰媳妇。"

在刮着暴风雪中，一个骑士走近来，他的黑呢大衣隆起，下面覆盖着一个贵重的驮子。

"这是什么，孩子？是德国的黄琥珀吗？"

"不，父亲。我给你带回来一个波兰媳妇。"

狂风带着雪花；一个骑士走上前来，他的黑呢大衣下隐藏着一个宝贵的驮子……可是，不等他说出他的战利品是什么，布德里斯已经邀请他的朋友们来参加第三个婚礼了。

"好极了！教授先生，"伯爵喊起来，"你的伊莫德语发音非常准，可是到底是谁给你这首美丽的民歌呢？"

"我在维尔纽斯的时候，在卡塔齐娜·帕奇公主家里认识的一位小姐。"

"她的姓名是？"

---

① 即呢大衣。——原注

"她姓伊文丝卡。"

"是伊乌尔卡小姐[①]！"伯爵喊道，"这个小鬼头！我应该猜到是她的！亲爱的教授，你懂得伊莫德语和其他高深的语言，你读过很多古书，可是你上了一个小姑娘的当了，而这个小姑娘只读过一些小说。其实她是把密茨凯维奇[②]的一首美丽的民歌，用伊莫德语把它好歹翻了出来，这首民歌你没有读过，因为它的年龄并不比我更老。如果你愿意，我可以把波兰文原著给你看，或者，如果你希望看到一个俄文的好译本，我也可以给你普希金的译本。"

我得承认我完全给窘住了。如果我把《布德里斯的三个儿子》作为原本出版，多尔帕的那位教授会感到多么快活啊！

伯爵并没有拿我的窘境来开玩笑，他非常有礼貌，赶紧转换了话题。

"那么，"他说，"你是认识伊乌尔卡小姐的了？"

"我很荣幸认识了她。"

"你对她的看法如何？请你坦白点说。"

"她是一位十分可爱的小姐。"

"你当然乐得这样说。"

"她长得非常漂亮。"

"哼！"

"怎么！她不是有世界上最美的眼睛吗？"

[①] 伊乌尔卡相当于我们的朱莉安娜。——原注
[②] 密茨凯维奇（1798—1855），波兰大诗人。

"是的……"

"她的皮肤白得出奇……我记得有一首波斯恋歌，里面说一个情郎赞美他情人的皮肤细腻，他说：'她喝红酒的时候，我看得见酒在她的脖子里面流下来。'伊文丝卡小姐使我想起了这首波斯诗歌。"

"也许在伊乌尔卡小姐身上能够产生这种现象，可是我还不大知道她的血管里是否有血液流着……她简直没有心肝！……她像雪那么白，也像雪那么冷！……"

他站起来，在房间里来回踱步，好一阵子没有说话，我发现他是在掩饰激动；然后，他突然停了下来。

"对不起，"他说，"我想我们刚才谈的是民歌吧……"

"不错，是民歌，伯爵先生。"

"不管怎么说，我们得承认她译密茨凯维奇译得很好……什么'顽皮得像猫一样……白得像奶油一样……她们的眼睛像两颗星星在闪耀……'这就是她自己的画像。你认为是不是？"

"完全是，伯爵先生。"

"至于她用这首叙事诗来戏弄你……当然是十分失礼的了……这个可怜的女孩在年老的姑母家里很烦闷……她过的是修道院式的生活。"

"在维尔纽斯，她经常到社交界去。我看见她在一个舞会里，这舞会是……连队里的军官们组织的……"

"啊！……是的，同年轻军官们在一起，这对她最合适了……同这个嘻嘻哈哈，同那个说人坏话，对谁她都撒娇献媚……教授先生，你愿意看看我父亲的藏书吗？"

我跟他走到一个高大的长廊里，那里有许多装订得很好的毛边书，可是很少裁开，从书边上堆积的灰尘就可以知道。我拉开一个书柜，在头几本书中我就发现了那本萨莫吉蒂文《教理问答》，我的快乐可想而知！我禁不住发出一声快活的喊声。这大概是一种神秘的魅力在暗中施行它的影响……伯爵拿了那本书，随意翻了一翻，就在扉页上写上："送给维滕巴赫教授，米歇尔·谢米奥特敬赠。"我简直无法在这里表达我的感激，我偷偷下决心要在我死后把这本宝贵的书送给我在那里取得学位的大学的图书馆。

"请把这个藏书室当作你的工作室，"伯爵对我说，"你在这里将永远不会受到打扰。"

3

第二天早饭以后，伯爵建议我去散步。目的是去访问一个荒冢，这个荒冢在当地极为有名，因为从前在某些庄严的节日里，总有诗人同巫师在那里聚会，诗人和巫师其实是同一类人。

伯爵对我说："我有一匹很温驯的马给你骑；我很抱歉不能请你坐马车；不过，说真的，我们要走的那条路根本不能行车。"

其实我是宁愿留在藏书室里摘录笔记的，只是我觉得不应该表示同我的慷慨的主人相反的愿望，因此我接受了。马匹在石阶下面等待我们，院子里有一个仆役用皮带牵着一条狗。伯爵停顿了一会儿，转过身来对我说：

"教授先生，你对狗的性格熟悉吗？"

"不大熟悉，阁下。"

"我在佐拉尼有一块地，那里的村长送给我这条西班牙猎狗，据他说这条狗非常好。你让我看看它好吗？"

他叫唤仆役把狗带过来。这是一条十分漂亮的狗。它同仆人已经混熟，愉快地跳跃着，充满了热情；可是，到了离伯爵几步远的地方，它突然夹紧尾巴，向后退缩，似乎遭到突如其来的惊吓。伯爵抚摸它，它反而难听地吠叫起来；伯爵用内行的眼光端详了它一会儿以后，说：

"我相信它会成为一条好狗。好好照料它。"

接着他便上了马。

"教授先生，"我们一踏上古堡前面的林荫道，伯爵就对我说，"你刚才看见那条狗害怕的样子了。我就要让你亲眼见到这一点……以你学者的资格，你应该能解释这个谜……为什么这些畜生都怕我呢？"

"说老实话，伯爵先生，你把我捧作奥狄浦斯①了。其实我只是一个可怜的比较语言学教授。很可能是……"

"请你注意，我从来不打马和狗。我不愿意鞭打一只可怜的畜生，它自己并不知道自己犯了错误。可是你简直难以想象我多么容易惹起马和狗对我的嫌恶。要叫它们同我混熟，至少要花比别人多两倍的功夫和两倍的时间。你瞧，就是你骑的那匹马，我花了很长时间才使它听话，而现在，它像一头羊那样驯服了。"

"我认为，伯爵先生，动物都会相面，它们一看就能知道它们

---

① 奥狄浦斯，希腊神话中的人物，善猜谜，曾猜中怪物斯芬克斯的谜。

第一次看到的人是否喜欢它们。我猜你对动物只是在它们能够为你服务时才爱它们；而相反，有些人对某些兽物有一种天生的偏爱，这些动物马上就看出来。就拿我来说吧，我从孩童时起就对猫有一种本能的偏爱。我走过去抚弄它们，它们很少逃走；而且从来没有一只猫抓过我。"

"这是非常可能的，"伯爵说，"的确我缺少所谓对动物的爱好……它们不见得比人好……教授先生，我带你到一个森林去，眼前这时刻，这森林里正存在着一个繁荣的野兽王国，也就是伟大的子宫，伟大的生物制造所。是的，按照我们国家的传说，从来没有人探索过这个森林的深处，也没有人到过这树林和这些沼泽地的中心，当然，诗人和巫师先生们不算在内，因为他们到处都能深入。在那里，野兽们聚居着，是按照共和国的形式……或者按照立宪政府的形式聚居，我也说不清楚。狮子，熊，麋，野牛，它们一起组成一个很和睦的家庭。在那里还生存着古代长毛象，它受到很大的尊敬。我想它是议会的议长。它们有非常严厉的治安机构，发现有不守规矩的野兽时，它们就审判它，驱逐它。那么这只野兽的处境就越来越糟，只能冒险到人居住的地方去。很少能够再逃出来[①]。"

"这真是非常奇妙的传说，"我喊道，"可是，伯爵先生，你谈到野牛，这是恺撒在他的《回忆录》里描写过的一种高贵动物，

[①] 参阅密茨凯维奇的《塔杜施先生》，以及夏尔·埃德蒙先生的《被俘的波兰》。——原注

曾经被梅罗文加王朝①的国王们在贡比涅森林狩猎过的动物，它是否真有其说，在立陶宛还有？"

"当然有。我父亲就亲手打死过一头野牛，当然是得到政府的准许的。你在大厅里可以看见它的头颅。我可从来没有见过野牛，它们大概是非常稀少的。恰恰相反，我们这儿却有大量的狼和熊。就是为着防止同这些先生碰上，我才带了这家伙的（他指着用皮带斜挂在胸前的一个毛棉混纺的乞高尔②给我看），我的侍童在马鞍上还放着一支双响的马枪呢。"

我们开始进入森林。不久我们走着的那条非常狭窄的小径就消失了。一些大树的矮树枝挡住我们的去路。我们不得不常常环绕着大树兜圈子。有些老死了的树翻倒在地，好像上面加了一层铁丝网的壁垒，呈现在我们眼前，使我们无法逾越。我们在别处又遇见一些很深的水塘，上面铺满水浮莲和青浮草。更远一点，我们看见一些林中空地，那里的草像碧玉似的闪闪发亮；可是谁如果冒险在上头一走谁就要倒霉，因为这种茂盛而外貌骗人的植物下面往往隐藏着泥泞的深渊，骑马的人会连人带马一起永远消失在里面……道路的艰难使我们中止了谈话。我全神贯注紧跟着伯爵，我钦佩他的冷静和机敏，不用指南针就可以前进，并且始终能够找到直达荒冢的最理想的方向。很明显他在这荒野的森林里打猎已经有很长时间了。

我们终于在一个宽大的林中空地上看见了那座荒冢。这座荒

---

① 梅罗文加王朝，四八一至七五一年的法兰克王朝。
② 一种用毛棉混纺织物制成的枪套。——原注

冢很高，周围依稀还可以看出有一道壕沟环绕着，虽然壕沟里已经长满了灌木，并且填满了塌下的土。看来早已有人发掘过这荒冢。在荒冢顶上我认出有石头建筑物的残余，有些碎片是经过火烧的。一大堆灰混和着炭，到处还有粗糙的陶器碎片，证明有人曾经在很长一段时间内在荒冢的顶上生过火。如果相信通俗的传说，就是从前在荒冢上曾经用人来祭神；可是凡是绝灭了的宗教，总是被传说有这种可憎的仪式的，我怀疑有人能用历史的证物来证明古代的立陶宛人确有这种风俗。

我们走下荒冢，去寻找我同伯爵留在沟壕另一边的马匹时，看见一个拄着木棍、手里拿着一只篮子的老太婆迎面向我们走来。

"好心的老爷，"她走到我们跟前对我们说，"请你们为了仁慈的上帝的爱做做好事吧。给我点钱买杯酒来暖和暖和我这可怜的身体。"

伯爵扔给她一个银币，问她到这个远离人居的树林里来干什么。她没有回答，只是举起她的篮子给伯爵看，篮子里面装满了蘑菇。尽管我对植物学的知识非常有限，我觉得这些蘑菇里面有几种是有毒的。

"老大娘，"我对她说，"你没打算吃这些蘑菇吧？"

"好心的老爷，"老太婆带着苦笑回答说，"仁慈的上帝给穷人什么，穷人就吃什么。"

"你不知道立陶宛人有怎样的胃，"伯爵说，"他们的胃是多镶了一层铁叶的。我们的农民把他们找到的蘑菇都吃下去，他们的健康反而更好。"

"至少要阻止她吃那种叫 agaricus necator 的蘑菇，我看见在她的篮子里就有。"我喊起来。

说时我伸手要去拿那种最毒的蘑菇,可是老太婆猛地把篮子缩了回去。

"当心,"她用恐怖的声调说,"它们是有看守的……Pirkuns！Pirkuns！"

顺便说一句,所谓Pirkuns就是萨莫吉蒂人的菩萨,俄罗斯人称为Péroune,其实就是斯拉夫人的朱必特。如果我听见老太婆喊出异教的菩萨觉得惊奇,那么见到那些蘑菇竖起来就更加惊奇了。从蘑菇丛里钻出一个黑色的蛇头,一直伸到篮子外边,起码有三公寸多高。我向后一跳,伯爵朝肩膀后面吐唾沫,这是斯拉夫人的迷信习惯,认为这样就可以破除诅咒,这种习惯是从古罗马人那里传过来的。老太婆把篮子放在地上,蹲在它旁边,然后把一只手伸向那条蛇,嘴里喃喃地说着一些听不清楚的话,样子仿佛在行使魔法。那条蛇静止了一会儿,然后绕在老太婆消瘦的臂膀上,缩进老太婆的羊皮外套的袖子里面消失了；那件羊皮外套和一件粗布衬衫,我想就是这个立陶宛女巫的全部衣服。老太婆带着胜利的微笑望着我们,好像一个魔术师刚变了一个难变的戏法一样。她的脸上有一种狡猾和愚蠢的混合表情,这在所谓巫师的脸上是并不罕见的,因为他们大部分既是受骗人,也是骗子。

伯爵用德语对我说："这就是所谓地方色彩的一个好标本；一个女巫在一座荒冢脚下,当着一位有学问的教授和一个无知的立陶宛贵族的面,驯服一条蛇。对你的同胞克瑙斯来说,也是一幅风俗画的好题材……你想算一算命吗？现在是一个好机会。"

我回答他说我不愿意鼓励诸如此类的习俗。

"我宁愿问问她,"我补充一句说,"关于你刚才告诉我的那种奇特的传说,她知不知道详细情况。"

"老大娘,"我对老太婆说,"你听说过在这座林子里有一块地方,那里的野兽群居在一起,不受人的管束吗?"

老太婆点了点头,带着她那半愚昧、半狡猾的微笑说:

"我刚从那里来。野兽们没有了国王。它们的贵族——狮子,刚死了;野兽们要另选一位国王。你到那里去吧,也许你会当上国王的。"

"你胡说什么,老太婆?"伯爵喊起来,同时哈哈大笑,"你知道你在跟谁说话吗?你难道不知道这位先生是……(见鬼!伊莫德语'教授'怎么说?)这位先生是一个大学者,一个聪明人,一个waïdelote①。"

老太婆全神贯注地望着他。

"我弄错了,"她说,"应该到那里去的是你。你可以当他们的国王,而不是他;你又高大,又强壮,你又有爪子又有利齿……"

"你觉得她对我们的嘲骂怎么样?"伯爵对我说……"你认识路吗,小老太婆?"他又问她。

她用手指给他看森林的一部分。

"是这儿吗?"伯爵又说,"还有那片沼泽地呢,你怎么越过去的?"

"教授先生,你得知道她指的方向是一片不可逾越的沼泽

---

① 这是对"教授"一词的恶劣译文。waïdelote是立陶宛的行吟诗人。——原注

地,也是一个上面覆盖着青草的烂泥塘。去年我打伤的一只鹿就是投到这片鬼沼泽地里去的。我亲眼看着它慢慢地沉下去,沉下去……两分钟以后,我只看到鹿角;再过一会儿便全部消失了,那只鹿同我的两条狗都不见了。"

"可是我的身体并不重。"老太婆吃吃地笑着说。

"我相信你骑着一把扫帚①可以轻而易举地越过沼泽呢。"

老太婆的眼睛闪耀着一道愤怒的光芒。

"好心的老爷,"她恢复用乞丐常用的鼻音和拖长的声调说话,"你能给一个可怜的妇人一撮烟草吗?"接着她压低了声音说,"你最好还是寻找越过沼泽的道路,比去唐基埃里好。"

"唐基埃里!"伯爵满脸通红地喊起来,"你这是什么意思?"

这个名字在他身上所产生的奇异反应不能不引起我的注意。他明显地显得狼狈不堪;他低下头,为着掩饰他的不安,费了很大的劲去打开他那只挂在他猎刀刀柄上的烟草袋。

"不,不要到唐基埃里去,"老太婆又说,"那只小白鸽对你并不合适。对不对,天神菩萨?"

这时候,蛇头从那件旧羊皮外套的领口上伸出来,一直伸到它女主人的耳朵边。那畜生仿佛专门受过这种训练似的,把颚骨一开一合,好像在那里说话。

"它说我说得对。"老太婆又添上一句。

伯爵把一撮烟草放到她的手里。

"你认识我吗?"伯爵问她。

---

① 西欧传说:女巫总是骑在扫帚柄上飞去参加魔鬼的集会。

"不,好心的老爷。"

"我就是梅丁蒂塔斯古堡的主人。过几天你可以来看我。我要给你烟草和烧酒。"

老太婆吻了他的手,跨着大步走远了。不到一忽儿,就无影无踪。伯爵埋头沉思,他把烟草袋的绳子打上结又解开,根本不知道自己在干什么。

"教授先生,"经过长时间的沉默以后他对我说,"你要笑话我了。这个怪老太婆比她肯承认的更熟悉我,她刚指给我的那条道路……不过总的说来没有什么可大惊小怪的。这地方上人人认识我。这个老无赖一定不止一次看见过我走向通到唐基埃里古堡的道路……那里有一个待嫁的闺中小姐,老太婆就因此而认为我爱上了她……然后有个别坏蛋给了她一点好处,叫她对我说我会遇上厄运……这是非常明显的事;可是……尽管这样,她的话还是打动了我。我几乎害怕起她的话来……你笑我吧,你笑得对……我的确曾经想到唐基埃里去要人家请我吃晚饭,现在我可没了主意了……我真是一个大傻瓜!这样吧,教授先生,你来决定。我们去还是不去?"

"我不愿意发表意见,"我笑着对他说,"有关婚姻问题,我从来不发表意见。"

我们走到我们的马儿那里。伯爵轻快地跳上马鞍,把缰绳一放,嚷着说:

"让马儿替我们决定吧。"

那匹马毫不犹豫;它马上走进一条小径,经过几个转弯以后,就到了一条地基坚实的路上,而这条路是通到唐基埃里的。半个钟头以后，我们就到达了古堡的石阶前面。

听见我们马儿的响声，一个漂亮的金黄头发的脑袋在一扇窗户的两块窗帘中间出现了。我认出她就是那个不老实的密茨凯维奇的翻译者。

"欢迎，欢迎，"她说，"你来得正好，谢米奥特伯爵。我有一件刚从巴黎运来的连衫裙。我穿了多漂亮，你都认不得我了。"

窗帘又闭上了。我们走上石阶的时候，伯爵喃喃地说：

"毫无疑问，她第一次穿这件袍子不是为了我……"

他介绍我认识唐基埃洛夫人，她是伊文丝卡小姐的姑母；唐基埃洛夫人很亲切地接待我，同我谈起我最近在柯尼斯堡《科学与文学报》上发表的文章。

"教授先生，"伯爵说，"要来向你控诉朱莉安娜小姐，因为她给教授先生开了一个很恶劣的玩笑。"

"她是一个孩子，教授先生。你得原谅她。她的胡闹行为经常使我感到束手无策。我在十六岁的时候，可比她在二十岁的时候乖得多；可是从本质来说她是一个好姑娘，她具有很实在的优良品质。她是一个妙手的音乐家，她画花画得十分神妙，她讲法语、德语和讲意大利语同样的好……她刺绣……"

"而且她还会写伊莫德语诗！"伯爵笑着又说了一句。

"她不会写！"唐基埃洛夫人大声说，我们必须把她侄女的恶作剧解释给她听。

唐基埃洛夫人很有学问，熟悉她本国的古代文化。她的谈话特别使我感兴趣。她看过很多我们的德文杂志，对语言学有很正确的知识。我承认我并没有觉得伊文丝卡小姐花了多少时间来穿衣服；可是谢米奥特伯爵却觉得时间很长，他站起来，再坐下去，在窗口眺望，用手指在窗玻璃上敲打，像一个失去耐心的人一样。

三刻钟以后，朱莉安娜小姐终于出现了，后面跟着她的法国女家庭教师；她仪态万方神情豪迈地穿着一件袍子，要描写这件袍子得有比我更高深的知识才行。

"我美不美？"她问伯爵，同时慢慢地旋转身体使他能够从各个角度去欣赏她。

她既不瞧我，也不瞧伯爵，只瞧着她的袍子。

"怎么，伊乌尔卡，"唐基埃洛夫人说，"你不向教授先生问好？教授在埋怨你呢。"

"啊！教授先生！"她喊道，同时娇媚地噘了噘嘴唇，"瞧我干了些什么？你是不是要惩罚我？"

我回答她说："如果我们见不到你，小姐，我们才是遭到惩罚哩。我根本没有抱怨；相反，我应该庆祝幸亏有你，我才知道立陶宛的诗之女神复活了，而且比过去任何时代更光华四溢。"

她低下头，双手掩着脸，同时注意不弄乱自己的头发：

"请原谅我，我下次不再干这种事了！"她说，口吻好像一个刚偷吃过蜜饯的孩子。

"我不原谅你，亲爱的小姐，"我对她说，"除非你履行你在维尔纽斯的卡塔齐娜·帕奇公主家里答应过我的诺言。"

"什么诺言？"她问，同时抬起头来笑着。

"你已经忘记了吗？你答应过我，如果我们在萨莫吉蒂相逢，你要跳当地的一种土风舞给我看，据你说这种舞蹈美妙非常。"

"啊！鲁萨尔卡舞！我跳起这种舞时非常动人，而且这里正好有人做我的舞伴。"

她奔到一张堆满乐谱的桌子旁,急匆匆地翻阅一本乐谱,然后把乐谱放上钢琴的乐谱架,对她的女家庭教师说:

"弹这个,亲爱的朋友,速度是快速。"

她没有坐下就奏起那段过门儿来指点应用什么速度。

"走过来,米歇尔伯爵,你是道地的立陶宛人,不会跳不好鲁萨尔卡舞……可是你要像一个农民那样跳法,明白吗?"

唐基埃洛夫人想劝他们不要跳,可是毫无用处。伯爵和我两人都坚持要跳。伯爵是有他的理由的,因为在这个舞蹈里他要扮演十分愉快的角色,我们待会儿就可以看到。女家庭教师试弹了几下,就说这支圆舞曲虽然十分古怪,她相信她仍然能够弹奏。伊文丝卡小姐将可能妨碍她的几张椅子和一张桌子挪开以后,抓住她舞伴的领口,把他带到客厅中间。

"教授先生,你要把我当作一个鲁萨尔卡,她在这里向你致敬。"

她深深地行了一个屈膝礼。

"一个鲁萨尔卡就是一个水仙。在我们的森林里,有着很多盛满黑水的池塘,使森林变得更加美丽,每个池塘里都有一个水仙。不要走近那些池塘!鲁萨尔卡会走出来,样子长得比我更美,如果可能的话;她会把你带到池塘深处,而且根据一切迹象看来,她会在那里把你啃掉……"

"真是一个妖女!"我喊道。

"他,"伊文丝卡小姐指着谢米奥特伯爵继续说,"算是一个年轻渔民,呆头笨脑的,暴露在我的魔爪下,而我,为了延长乐趣,我要在他周围跳起舞来诱惑他……啊!可是要扮演得真像我还需要一件莎拉凡纳①。可惜没有!……你就将就点看我身上这件袍子吧,这件袍子毫无特色,也缺乏地方色彩……哦!我还穿着鞋子,要跳鲁萨尔卡舞可不能穿鞋子跳!……还是高跟鞋哩!"

她掀起袍子,用十分优雅的姿态踢动她美丽的小脚,差点儿露出她的大腿,接着就把她的一只鞋子踢到客厅的一个角落里。另一只也跟着头一只飞跑了,剩下她穿着丝袜踏在地板上。

"准备好了。"她对女家庭教师说。

于是舞蹈开始了。

那个鲁萨尔卡围着她的舞伴不停地旋转。他伸出臂膀去抓她,她从他下面一溜,逃脱了。舞姿十分优美,音乐波澜起伏别具一格。舞蹈结束时男舞伴以为可以抓住鲁萨尔卡给她一个亲吻,谁知她一跳,拍了一下他的肩膀,他立即倒在她的脚下像死了一般……可是伯爵临时变了花样,竟紧紧用臂膀拥抱着那个调皮姑娘,结结实实地吻了她一下。伊文丝卡小姐低声喊了一声,满脸涨得通红,过去倒在一张长躺椅上,她满脸不高兴,埋怨说他像只熊,把她搂得那么紧。我看出这个比方使伯爵感到不快,因为比方本身唤醒了他对家庭不幸事件的回忆,他的额角出现了愁云。我却不同,我向伊文丝卡小姐连连道谢,赞美她的舞蹈,我觉得这种舞蹈具有古典舞的特点,使人回忆起希腊人的敬神舞蹈。我的话被仆人打断了,仆人进来报告说将军和维里亚美诺夫公主到。伊文丝卡小姐马上从长躺椅上跳起来,去找鞋子,匆匆忙忙地把

---

① 这是农妇穿的没有胸襟的袍子。——原注

她的小脚套进鞋子，就跑去欢迎公主，她对公主深深地一连行了两个屈膝礼。我见她每行一个礼就动作巧妙地把鞋跟穿上去。将军带来了两个副官，同我们一样，都是临时来吃饭的。在别的国家，我认为一个家庭主妇如果同时接待六个不速之客，而且都是胃口极好的，那就有点招架不住了；可是立陶宛家庭样样具备而且十分好客，晚餐不久就准备好了，我想，并没有迟过半个钟头。只是菜肴里热的和凉的肉饼太多了些。

4

晚饭吃得很愉快。将军把高加索所说的各种语言告诉我们，内容十分详细而且十分有趣，有些说雅利安语，另一些说图拉尼安语①，而在各个不同部落之间却有显著相同的风俗习惯。我自己也不得不谈起我的旅行，因为谢米奥特伯爵恭维我骑马骑得好，说他从来没有遇见过部长或者教授能够这么轻快地跑完这么一段行程，像我们刚才跑过的那样。我不得不向他解释，我受圣经协会的委托，有一件关于夏吕阿语的工作要做，我在乌拉圭共和国度过了三年半，几乎经常骑在马上，而且生活在大草原里，跟印第安人在一起。这样就谈起了曾经有一次我在无边无际的大草原里迷了路，一连三天既没有粮食也没有水，结果我不得不学陪伴我的牧童的样子，就是说给我的马放血，我去喝马血。

---

① 曾是高加索和中亚地区众多游牧民族所说的语言。

所有的太太们都发出一声惊叫。将军说喀尔木克人在遇到同样困境时，也采用这样的方法。伯爵问我马血的味道怎样。

"从道德上说，"我回答，"我很讨厌这样做；可是从物质上说，我觉得马血非常好，多亏有了它，我今天才能坐在这里吃晚餐。很多欧洲人——我的意思是指白种人——同印第安人在一起住久了，就习惯于喝马血，甚至爱喝起来。我的好朋友弗鲁克托索·里维罗，共和国的总统，很少错过喝马血的机会。我还记得有一天，他穿着大礼服到议会去，途中经过一个牧场，看见人家在那里取一匹小驹的血。他停下来，下了马，要求人家让他喝一口，就是要求一个chupon，喝完以后他到议会里发表了他的最精彩的一场演说。"

"你的总统是一个恶魔！"伊文丝卡小姐喊起来。

"对不起，亲爱的小姐，"我对她说，"他是一位十分杰出的人，有卓越的聪明才智。他能说好几种很难学会的印第安语，尤其是夏吕阿语，因为这种语言的动词，按照它直接宾语或间接宾语的规则，甚至按照谈话的人所处的社会关系不同，而采取多种多样的形式。"

我刚想详细一点说明夏吕阿语动词的相当奇怪的变化，伯爵就打断我的话头，问我如果要喝马血，应该在马身上的哪一部分放血才恰当。

"为了上帝的爱，亲爱的教授，"伊文丝卡小姐带着一种滑稽的害怕神气嚷道，"别告诉他。他这个人会把他马厩里的马全都宰光的，然后等到再也没有马的时候就连我们也吃了。"

说完这句俏皮话以后，太太们都嘻嘻哈哈笑着离开了饭桌，跑去准备茶和咖啡,而我们却在抽烟。过了一刻钟,太太们从客厅里派人来找将军。我们全都想跟着他进去,可是人家告诉我们说太太们每次只要一个人进去。过了不久我们就听见客厅里有哈哈大笑声和拍手声。

"伊乌尔卡又在玩弄她惯常的恶作剧了。"伯爵说。

人家来请伯爵进去;又是一阵大笑声,新的鼓掌声。跟在他后面就轮到我了。我走进客厅以后,发觉所有人的表情都很严肃,这可不是什么好兆头。我等着他们来一个恶作剧。

"教授先生,"将军一本正经地对我说,"这些太太们认为我们多喝了她们的香槟酒,她们要给我们一个考验才准许我们接近她们。这个考验就是缚住双眼,从客厅中心走到那面墙壁,一定要用手指触摸墙壁。事情比较简单,关键在于要走得笔直。你能够照着直线走吗?"

"我想我能够,将军先生。"

伊文丝卡小姐马上把一条手帕扔到我的眼上,从后面使劲把它缚住。

"你现在已经在客厅中间,"她说,"伸出手来……很好!我敢打赌你不会摸到墙壁。"

"向前,走!"将军说。

到墙壁只要走五六步就可以。我十分缓慢地前进,因为我确信他们一定会把一根绳子或者什么矮凳之类阴险地放在我的道路上来把我绊倒。我听见他们掩住嘴在笑,这使我更觉狼狈。最后,我相信我已经离墙很近,我把手指向前一伸,不料伸进一堆又凉又黏的东西里面。我皱起眉头向后一跳,旁边的人见了都哈哈大笑起来。我拉下手帕,看见伊文丝卡小姐在我身边拿着一罐蜜糖,我以为是墙壁,把手指插了进去。我得到的安慰就是看见两个副官也遭受同样的考验,他们的狼狈相也不亚于我。

当晚的剩余时间,伊文丝卡小姐一刻不停地发挥她的顽皮天性。她总是抱着嘲弄的态度,总是十分调皮,一会儿拿这个,一会儿拿那个,作为她开玩笑的对象。可是我看她找伯爵的次数最多,而且我不得不说,伯爵非但不动气,而且甚至对她的挑逗感到乐趣。相反,如果她去逗其中一个副官,他就皱起眉头,眼睛里闪耀着不快的火焰,说老实话,这真有点怕人。"顽皮像只小猫,白得像奶油。"我觉得密茨凯维奇在写这句诗的时候,其实是在为伊文丝卡小姐画像。

5

我们很晚才散场。在很多立陶宛的豪门富家的大宅子里,我们见到了豪华的银餐具,漂亮的家具,贵重的波斯地毯,却不像在我们亲爱的德国一样,有舒适的鸭绒床来供给疲劳的客人睡觉。斯拉夫人不论有钱或者贫穷,是贵族或者农民,总能够在一块床板上熟睡。唐基埃里古堡也不例外。人家把我们带到一间房间里,给我和伯爵睡觉的,只是两张盖了羊皮的长沙发。这并不能使我害怕,因为我在旅行中往往就睡在泥地上,我还嘲笑伯爵,他对他的同胞的不文明习惯大惊小怪。一个仆人进来替我们脱去靴子,给了我们睡衣和拖鞋。伯爵脱了衣服以后,默默无言地来回踱了一会儿步，然后突然间在我已经躺下的长沙发面前停了下来，对我说：

"你认为伊乌尔卡怎样？"

"我觉得她很可爱。"

"对的，可是太卖弄风情了！……你认为她真的对那个金黄头发的矮个子大尉有好感吗？"

"那个副官吗？……我怎么能够知道呢？"

"他自以为是个美男子……因此他是讨女人欢心的。"

"我不同意这个结论，伯爵先生。你愿意我对你说真话吗？伊文丝卡小姐很想得到谢米奥特伯爵的好感，却不会去讨好部队里的副官。"

他脸红了，没有回答我；可是我觉得我的话使他感到明显的愉快。他又继续来回踱了一会儿没有说话，然后，看了看表，对我说：

"哎哟！我们最好还是睡觉吧，时间不早了。"

人家把他的长枪和猎刀放在我们的房间里，他拿来都锁在一个柜子里，并抽去了钥匙。

"你愿意保管这把钥匙吗？"他对我说，同时把钥匙交给我，使我极为惊讶。"我可能会忘记的。你的记忆力肯定比我的好。"

"不致忘记你武器的最好方法，"我对他说，"就是把武器放在你沙发附近的这张桌子上。"

"不……老实说，我在睡觉的时候不喜欢把武器放在身边……理由如下：我在格罗德诺骑兵队里的时候，有一天我同一个同僚一起睡在一个房间里，我的手枪就放在我旁边的一张椅子上。当晚我被一下枪声惊醒,发觉我手里拿着一支手枪,我开了火,子弹在离我同僚的脑袋两寸远的地方飞了过去……事后我再也想不起我做了怎样的一个梦。"

这件小事使我感到有点不安。现在我可以放心不会有子弹穿过我的脑袋;可是,当我仔细打量了我这位同伴的高大身材,大力士般宽阔的肩膀,两条肌肉发达的臂膀上布满了黑毛,我不得不承认如果他做一个恶梦,他完全可能用他的双手把我掐死。不过我丝毫不对他流露半点不安的迹象,我只是把灯放在我沙发旁边的一张椅子上,开始念我随身带来的拉维基神父的《教理问答》。伯爵向我道了晚安,躺到他的沙发上,翻来覆去翻了五六次身,最后,他仿佛慢慢地入睡了,虽然他蜷缩着身子,姿势像贺拉斯的情人一样,被关在箱子里,脑袋碰到屈起的膝盖:

   ……蜷缩在箱子里,
    膝盖碰着脑袋……①

他不时深深地叹气,或者发出一种神经质的喘息声,我认为这种喘息声是由于他采取这样古怪的姿势睡觉的缘故。大约一个钟头就这样过去了。我自己也有了睡意。我合上书,尽可能让自己在床上躺得舒适一点,这时候我的邻人发出一声奇异的冷笑声使我毛骨悚然。我瞧了瞧伯爵。他闭着眼睛,全身在战栗,从他那半张开的嘴唇里吐出几句含含糊糊的话来。

---

 ① 这句诗原文是拉丁文。

"很鲜嫩!……很白皙!……教授根本不知道自己在说什么……马不算什么……这才是美味的肉!……"

接着他便猛力咬他枕着的垫子,同时发出一声很响的吼声,居然连他自己也醒了过来。

我动也不动地躺在沙发上,装出睡着的样子,继续观察他。他坐起来,揉了揉眼睛,悲伤地叹了一口气,便动也不动地待在那里,过了一个钟头也没有改变姿势,似乎是沉溺在默想中。我觉得浑身不舒服,暗中决定从此以后永远不睡在伯爵旁边。到了后来,疲劳终于战胜了不安,等到第二天早上人家走进我们寝室的时候,我们两个都呼呼地睡着了。

6

早餐以后,我们回到梅丁蒂塔斯。我在那里单独遇见了费来贝尔医生,我对他说我认为伯爵病了,他做恶梦,也许他还是一个梦游病患者,在这种情况之下他可能成为危险人物。

"这一切我都看到了,"医生对我说,"他有一副体育家的身材,可是却像一位美丽的女人那么神经质。也许这是他从母亲那里遗传得来的……她今天早上十分凶恶……我不大相信怀孕的妇女受惊了和欲望得不到满足的说法;可是有一点是确实的,那就是伯爵夫人是神经错乱的,而神经错乱是可以从血液里遗传的……"

"可是,"我说,"伯爵的理智是十分健全的;他的想法很正确,也很有学识;我必须向你承认,他比我想象得更有学识;他爱读书……"

"我同意,我同意,亲爱的教授,可是他经常显得很古怪。有时他一连几天关在屋子里;他经常在夜间出去溜达;他读的是些叫人难以想象的书……德国的形而上学……生理学,还有些什么我也说不清!还在昨天,从莱比锡给他寄来一包裹。要不要说明白点呢?一个赫克里斯①需要一个青春女神②。这儿有不少漂亮的农村姑娘……每到星期六晚上,沐浴以后,简直可以把她们当作公主……她们中没有一个不以能够吸引伯爵老爷为荣。在他那种年龄,我,我简直不知怎样说才好!……不,他没有情妇,他也不结婚,他做得不对。他需要一帖诱导剂。"

医生的粗俗的唯物主义论点使我愤慨到了极点,我对他说我愿谢米奥特伯爵找到一个配得上他的妻子后,就突然中断了我们之间的谈话。我得承认,我从医生那里得知伯爵爱好研究哲学,使我感到不胜惊异。这位骑兵军官,热爱打猎的人,居然读德国的形而上学和研究生理学,这把我的想法完全推翻了。可是医生说的倒是真话,当天我就得到了证明。

"教授先生,"我们晚餐将近结束的时候伯爵突然对我说,"你怎么解释我们性格的二重性或者二元性呢?……"

然后,他发觉我还没有十分明白他的话,又接下去说:

"你有过这样的经验吗?你处身在一个高塔顶上,或者在一个

---

① 赫克里斯,希腊神话中最伟大的英雄。
② 青春女神在希腊神话中名叫赫柏,后来嫁给赫克里斯。

悬崖边上,一方面你跃跃欲试,想纵身从空中跳下去,另一方面你却非常害怕,心情绝对相反……"

"这很容易拿体力上的理由来解释,"医生说,"第一,经过登高以后所感觉的疲劳能使脑部充血,脑部……"

"别谈你的血,大夫,"伯爵很不耐烦地叫起来,"我们来举另一个例子。你手里拿着一把装好子弹的枪。你最好的朋友就在你面前。你很想把一颗子弹送进他的脑袋。你对谋杀行为是极端嫌恶的,可是你有这样的想法。先生们,我相信在一个钟头以内我们脑子里的所有思想……,教授先生,我认为你是一个君子,可是我相信如果把你的思想都记录下来的话,也许可以写成一本对开本的书,根据这本书的记录,任何一个律师都能够成功地要求对你实行禁治产,任何一个法官都能判你坐班房,或者关进疯人院。"

"伯爵先生,这位法官肯定不会判我的罪,因为我今天早上花了一个小时来研究一条神奇的法则,根据这条法则斯拉夫动词同介词结合起来就具有将来时态的意义;可是,如果我偶然有别的思想的话,又怎能提出证据来判决我呢?我不能控制外部许多偶然发生的事使我产生的各种思想。只从我心里出现的一个思想出发,并不能够得出结论说我已经开始行动,甚至说我已经做出了决定。我从来没有想过要杀害别人;可是,如果我有了杀人的思想,难道我的理智不会加以排斥吗?"

"你可以随随便便地谈论理智,可是理智是不是像你所说的那样,经常在指导着我们吗?要使理智发号施令而且使人听从,必须要有考虑,换句话说就是要有时间和冷静。我们经常能够有这两样东西吗?在战斗中我看见一个炮弹朝我飞过来,然后反弹到旁边，我回过头来一看，发现旁边是我的朋友，如果我有时间考虑，我是会为这个朋友牺牲性命的……"

我试着对他谈起我们作为人类和作为基督徒的责任，我们学习《圣经》里的战士经常准备好战斗的必要性；最后我还向他指出：只要我们不断地同我们的情欲进行斗争，我们就能获得新的力量来削弱和控制这些情欲。我认为我只能使他沉默不语，显然没有说服他。

我在古堡里又住了十来天。其间我又一次到过唐基埃里，可是我们没有在那里睡觉。伊文丝卡小姐像第一次一样，显得非常顽皮，像一个宠坏了的孩子。她对伯爵施展魅力，我毫不怀疑他非常爱她。可是，他熟悉她的缺点，对此丝毫没有任何幻想。他知道她喜欢卖弄风情，性情轻佻，除了对她有娱乐价值的东西以外对什么也不闻不问。我经常发现他为了她这样胡闹，内心感到很痛苦；可是只要她稍为哄他一下，他就忘记了一切，脸色开朗，浑身充满着喜悦的光辉。我动身的前夕，他想把我最后一次带到唐基埃里去，也许是因为我留下来同姑母谈话的时候，他可以同侄女到花园里散步；可是我还有许多工作要做，不管他怎样恳求，我还是谢绝了。他虽然对我们说过不要等他，他还是回家吃晚饭。他坐到饭桌边，却吃不下饭。在整个吃饭过程中，他阴沉沉的，脾气很不好。他不时蹙紧眉头，眼神有一种凶恶的表情。等到医生走出去料理伯爵夫人的时候，伯爵跟到我的房间里，把他心里的一切都告诉了我。他大声说：

"我真后悔离开你去看这个小疯子，她嘲弄我，只看得中那些新面孔；可是幸好现在我们之间一切都完了，我对她深恶痛绝，我永远也不再见她了……"

他按照习惯来回踱了一会儿,然后又说:

"你也许以为我爱她吧?这就是那位蠢材医生的想法。不,我从来没有爱过她。只不过我觉得她的一副笑脸很好玩。我喜欢看她的白皮肤……这就是在她身上所有的最好的东西……尤其是皮肤。脑子吗,她一点也没有。我从来只把她当作一个漂亮的玩偶,当你愁闷的时候或者没有新书的时候可以看着她解解闷而已……当然,人家可以说她是一个美人……她的皮肤十分美妙!……教授先生,在这层皮肤下面的血,应该比马血的味道更美,对吗?……你是怎样想法?"

他哈哈大笑起来,可是笑声使人听了难受。

第二天我辞别了他,继续在法尔茨[①]北部地区进行我的考察工作。

7

考察工作延续了两个月左右,可以说,几乎任何一个萨莫吉蒂的村子我都停留过,而且在那里搜集到一些文件。请准许我趁此机会在这里多谢这个省的居民,尤其是那些教士先生,他们十分热情地帮助我进行研究工作,而且对我的字典做了很多宝贵的贡献,丰富了字典的内容。

---

① 德国地名,今莱茵兰-普法尔茨州,位处莱茵河左岸,在法国大东部大区之北。

在索伊莱住了一个星期以后，我打算乘船到克莱佩达港（我们称这个港为梅梅尔），以便回到我的家乡，这时候我收到谢米奥特伯爵的一封信，是由他的一个猎手送过来的：

教授先生：

　　请允许我用德文给你写信。如果我用伊莫德文，我会犯更多语法上的错误，你将丧失对我的任何敬意。我不知道你是否很敬重我，我告诉你的消息也许不会使你增加对我的尊敬。闲话少说，我要结婚了，你可以猜到对方是谁。朱必特从来不相信恋人的誓言，我们萨莫吉蒂的朱必特——皮尔孔斯，也同样是这样。因此我要娶的是朱莉安娜·伊文丝卡小姐，日期是下月八日。如果你能来参加婚礼，你将是最受欢迎的人。所有梅丁蒂塔斯的农民和周围地方的农民都到我家来吃几条牛和大量肥猪，等到他们喝醉了，他们就在草地上跳舞，就是你熟悉的在那条林荫道右边的那块草地。你可以看到许多值得你一看的服装和习俗。你将使我感到极度高兴，朱莉安娜也如此。我还要补充一句：你如果不来将使我们感到十分不安。你是知道的，我属于福音会，我的未婚妻也属于这个团体；我们的牧师住在一百二十公里以外，而且因痛风而半身不遂，我冒昧希望你能代他执行牧师的职务。亲爱的教授，我是你十分忠心的

米歇尔·谢米奥特

　　在信末，用"又及"的形式，一手相当纤丽的女人笔迹用伊

莫德语加上了几句：

> 我，立陶宛的诗之女神，我用伊莫德文来写。米歇尔怀疑你不赞成他娶我，真是无礼之至。实际上只有我这样的傻丫头才愿意嫁给他这样的男子。教授先生，下月八日你将看到一个相当体面的新娘。体面不是伊莫德文，是法文。在行婚礼的时候，你至少不要漫不经心才好！

这封信和这个"又及"都不讨我欢喜。我发觉这对未婚夫妇对待这么庄严的一件事却采取了不可饶恕的轻率态度。可是，我有什么办法拒绝这个邀请呢？我还得承认信里描写的景象对我颇有吸引力。看来非常可能在那一大堆聚集在梅丁蒂塔斯的贵族中间，我会找到一些有学问的人，他们能给我提供一些有用的资料。我的伊莫德辞典内容很丰富，可是还有一堆从粗野的农民嘴里学到的词儿，它们的意义我还是相当模糊。种种考虑加在一起，就有力地促使我接受了伯爵的邀请，我回信给他说，八日早上我一定到达梅丁蒂塔斯。我多么有理由后悔这样做啊！

8

走进通向古堡的林荫道，我就看见一大群贵夫人和老爷穿着早晨的礼服，聚集在石阶上，或者在花园的小径里游荡。院子里挤满了穿着节日服装的农民。古堡里笼罩着一种节日气氛；到处都是鲜花,花环,旗帜和彩饰。管家把我引到底层为我准备的房间,向我道歉说没有能够给我一个更好的房间,因为古堡里来了许多客人,我第一次来时所住的那套房间已经留给了贵族长①的夫人,不能再给我了。我的新房间倒也十分合适,望出去就是花园,就在伯爵住的房间下面。我赶紧换上衣服去参加婚礼,穿上了牧师的袍子;可是伯爵同他的未婚妻都没有露面。伯爵到唐基埃里去接她了。他们早就应该到来,可是一个新娘的化妆不是一件小事,医生于是通知来宾说,午饭只能在举行宗教仪式以后才开始,胃口太好的人最好采取些预防措施,到一张食桌那里去,那里摆满了糕点和各种饮料。我看出在这种时候叫人等待多么容易引起人们咒骂;客人中有两位漂亮小姐的母亲就不住嘴地对新娘进行冷嘲热讽。

过了中午才听见一阵炮声和枪声宣布新娘到来了,不久就有一辆由四匹雄伟的马拉着的礼车进入了林荫道。看那马胸上汗水淋淋,显而易见迟到并不是它们的错。礼车里面只有新娘、唐基埃洛夫人和伯爵。他下了车,伸手去扶唐基埃洛夫人。伊文丝卡小姐做了一个十分优美而充满稚气的撒娇动作,装出想用披肩遮住颜面,以逃避来自四面八方的好奇眼光的样子。然而她终于站了起来,正想扶住伯爵的手,这时候靠近车辕的那两匹马,也许是由于农民们纷纷向新娘投掷鲜花使它们受了惊吓,也许是谢米奥特伯爵具有使别的动物害怕的特殊能力使它们惶恐,突然举起前蹄而且喷着鼻子;一个车轮撞到石阶下的界石上,在一刹那间人人都害怕要出事。伊文丝卡小姐不由自主地发出一声惊叫……

---

① 俄国沙皇治下在贵族群中设贵族长,选举后由王室任命,任期三年。

人们不久就安下心来。伯爵用双臂一把抱住了她,把她轻而易举地一直带到石阶顶层,仿佛抓一只白鸽似的。我们大家都为他的身手敏捷和骑士风度而大鼓其掌。农民们大声喝彩,新娘子满脸通红,又是笑,又是哆嗦。伯爵并不忙于放下手中那个可爱的负担,反而将她显示给周围的人看,似乎在表示自己的胜利……

突然,一个身材高大的妇人,面色苍白,消瘦,衣服凌乱,披头散发,满脸惊惶,出现在石阶的上头,没有人知道她是从哪里走出来的。

"赶熊啊!"她尖声喊道,"赶熊啊!拿枪来!……熊带走一个女人!杀死它!开枪!开枪!"

她就是老伯爵夫人。新娘的到来把所有的人都吸引到了石阶上,到了院子里,或者到了古堡的窗户前面。那些看守女疯子的妇女们也忘记了自己的职责;女疯子逃了出来,在没有人注意下一直走到我们中间。这是一幕十分难堪的景象。人们只好不理会她的叫喊和挣扎而把她带走。许多客人根本不知道她生病。不得不向他们解释。人们低声议论了许久,人人脸上都显得忧心忡忡。

"不好的预兆!"迷信的人说,这些人的数目在立陶宛可有不少。

这时候伊文丝卡小姐要求给她五分钟来整理一下服装,同时戴上新娘的面纱,这两件事整整花了一个钟头。要让那些不知道老伯爵夫人生病的人知道一下生病的原因和详细情况,那时间是绰绰有余。

最后新娘终于出来了,装饰得十分艳丽,浑身珠光宝气。她的姑母把她介绍给所有的来宾,等到快要到教堂去的时候,使我不胜惊异的是：唐基埃洛夫人当着所有来宾的面打了她侄女一下耳光，而且打得相当响亮，使得那些心不在焉的人们也回过头来。这下耳光被侄女服服帖帖地接受了，没有人表示出惊异；只有一个穿黑衣服的人在他带来的一张纸上写了几行字，他的助手们带着若无其事的神气在那张纸上签了名。直到婚礼结束，我才知道这个谜的谜底。如果我早猜到，我一定要以牧师圣职的身份尽力反对这个丑恶的习俗，原来这样做的目的是为将来离婚制造借口，假装说这个婚姻是由于缔约一方受到暴力压迫才缔结的。

宗教仪式举行以后，我认为我有责任对年轻夫妇说几句话，我把刚刚使他们结合在一起的仪式的严肃性和神圣性摆在他们眼前；由于我心里还念念不忘伊文丝卡小姐的不合时宜的"又及"，我就提醒她，她已经进入新的生活，这种生活不能只顾娱乐和幼稚的玩笑，而必须使它具有严肃的责任和严重的考验。我觉得我的这席话语对新娘产生了很大的影响，就像给了懂得德语的人以很深的印象一样。

新娘一行从教堂出来的时候，炮火齐鸣，欢声震天。然后大家进入饭厅。菜肴非常精美，胃口又受够了刺激，以至开头的时候，除了刀叉的声音以外听不到别的声音；可是不久以后，由于香槟酒和匈牙利酒的作用，大家开始谈话，嬉笑和叫嚷，热烈地为新娘的健康干杯。大家刚坐下来，一个白胡子的老地主站起来，用洪亮的声音说：

"我眼看着我们古老的传统不再保全，感到非常痛苦。我们的父亲从来没有拿着水晶杯子干杯。我们从前是用新娘的鞋子干杯，有时甚至用她的靴子，因为在我那个时代太太们是穿着红羊皮的靴子的。朋友们，显示我们是真正的立陶宛人吧。而你，新娘子，请把你的鞋子给我。"

新娘红着脸抑制住自己的笑声回答他说：

"先生，请你自己来拿吧……可是我不会在你的靴子里喝酒来陪你干杯。"

地主不等她重复就很有风度地跪下，脱掉新娘的一只白缎红跟鞋子，装满了香槟酒，很迅速和很灵巧地喝了下去，只有半鞋不到的酒流到他的衣服上。大家把鞋子轮流传下去，所有的男人都在鞋里喝了酒，不过喝得相当困难。老贵族宣布这只鞋子应作为宝贵的圣物来保存，唐基埃洛夫人把一个贴身娘姨叫来为她的侄女重新整了整装。

接着又有多次干杯，不一会儿客人们闹声震天，我在他们中间觉得很不习惯。我偷偷地退出筵席，没有人注意我，我走出古堡去呼吸一下新鲜空气。可是在那里我见到的也是一些不堪入目的景象。仆役们和农民们随意喝着啤酒和烧酒，大部分已经喝醉，还发生了争吵和打破头颅的事。在草地上这里那里都有人事不知的醉汉在打滚，整个喜事的场面很像一个战场。我本来有点好奇，想就近看看那些波兰舞蹈；可是大部分都是些大胆无耻的波希米亚女人在跳，我认为我加入这种骚闹是不合适的，因此回到自己的房间，看了一会儿书，然后脱衣上床，不久就睡着了。

我醒过来时，古堡的大钟敲响三点。夜色明朗，虽然月光被一层轻轻的薄雾遮住。我试着再度入睡，但是我没有做到。按照我在这种情况下的习惯，我想拿一本书来看看，可是手边又找不到火柴。我起来在房间里摸索着走动，突然一个结实的躯体，十分粗大，从我的窗前经过，跌落在花园里，很沉重地响了一下。我的第一个反应认为这是一个人，我怀疑是一个醉汉从窗口跌了下来。我打开窗户四下张望，什么也瞧不见。我终于点起了一根蜡烛，再躺到床上，重新查阅我的辞典，直到人家给我送茶来为止。

将近十一点钟，我来到客厅，发现有不少人眼圈发黑，面容疲乏；我知道他们很晚才散席。伯爵和年轻的伯爵夫人都还没有露面。十一点半，人们在开过许多恶意的玩笑以后，开始嘀咕起来，起初是低声私语，不久就相当大声地谈论。费来贝尔医生负起责任，叫伯爵的一个贴身随从去敲他主人的门。过了一刻钟，随从走下楼来，带点激动地向费来贝尔医生汇报说他敲了十几次门，可是房里毫无声息。唐基埃洛夫人，医生和我三个人互相商量。随从的担心传染给了我。我们三个人跟着他一起上楼。在房门口，年轻伯爵夫人的贴身娘姨神色惊惶，说肯定发生了不幸，因为夫人的窗户敞开着。我十分恐怖地想起了那个沉重的躯体在我的窗前跌下来。我们用力敲门，毫无回音。最后那个贴身随从拿来了一根铁条，我们破门而入……不！我没有勇气描写呈现在我们眼前的景象。年轻的伯爵夫人直挺挺地躺在床上死了，面孔被骇人地撕裂，喉咙被割开，浸满了血。伯爵不见了，从此以后没有得到过关于他的消息。

医生检查年轻伯爵夫人的可怕的伤口。

"这个伤口不是用刀片割开的，"他喊起来，"这是用嘴咬的！……"

教授把他的本子合起来，带着沉思的神气注视着炉子里的火。

"这故事完了吗?"阿黛拉伊德问。

"完了!"教授用阴沉的声音回答。

"那么,"她说,"为什么你要给它题名为《罗基斯》呢?里面没有一个人物是叫这个名字的。"

"这并不是一个男人的名字,"教授说……"你来说,泰奥多尔,你明白罗基斯是什么意思吗?"

"一点也不明白。"

"如果你很懂得梵文变为立陶宛文的变化规律,你就能够认出来'罗基斯'相当于梵文的arkcha或rickscha。立陶宛人称为罗基斯的动物,就是希腊人叫作ἄρχτος的,拉丁人叫作ursus的,德国人称为bär的①。

"你现在就懂得我的题词了:

米歇尔同罗基斯,
两个同一样。

"你们知道,在狐狸的故事里面,熊的名字叫damp Brun。斯拉夫人给它取的名字叫米歇尔,立陶宛文写作Miszka,这个诨名几乎经常取代了它的种属的名称:罗基斯。这如同法国人忘记了他们的新拉丁字goupil(狐),或gorpil(狐),而用'狐狸'来代替它一样。我还可以给你们引用别的许多例子……"

可是阿黛拉伊德说夜已深了,我们就分手了。

---

① 以上几种文字的意义都是:熊。

汉译文学名著

第一辑书目（30种）

伊索寓言	〔古希腊〕伊索著	王焕生译
一千零一夜		李唯中译
托尔梅斯河的拉撒路	〔西〕佚名著	盛力译
培根随笔全集	〔英〕弗朗西斯·培根著	李家真译注
伯爵家书	〔英〕切斯特菲尔德著	杨士虎译
弃儿汤姆·琼斯史	〔英〕亨利·菲尔丁著	张谷若译
少年维特的烦恼	〔德〕歌德著	杨武能译
傲慢与偏见	〔英〕简·奥斯丁著	张玲、张扬译
红与黑	〔法〕斯当达著	罗新璋译
欧也妮·葛朗台 高老头	〔法〕巴尔扎克著	傅雷译
普希金诗选	〔俄〕普希金著	刘文飞译
巴黎圣母院	〔法〕雨果著	潘丽珍译
大卫·考坡菲	〔英〕查尔斯·狄更斯著	张谷若译
双城记	〔英〕查尔斯·狄更斯著	张玲、张扬译
呼啸山庄	〔英〕爱米丽·勃朗特著	张玲、张扬译
猎人笔记	〔俄〕屠格涅夫著	力冈译
恶之花	〔法〕夏尔·波德莱尔著	郭宏安译
茶花女	〔法〕小仲马著	郑克鲁译
战争与和平	〔俄〕列夫·托尔斯泰著	张捷译
德伯家的苔丝	〔英〕托马斯·哈代著	张谷若译
伤心之家	〔爱尔兰〕萧伯纳著	张谷若译
尼尔斯骑鹅旅行记	〔瑞典〕塞尔玛·拉格洛夫著	石琴娥译
泰戈尔诗集：新月集·飞鸟集	〔印〕泰戈尔著	郑振铎译
生命与希望之歌	〔尼加拉瓜〕鲁文·达里奥著	赵振江译
孤寂深渊	〔英〕拉德克利夫·霍尔著	张玲、张扬译
泪与笑	〔黎巴嫩〕纪伯伦著	李唯中译
血的婚礼——加西亚·洛尔迦戏剧选	〔西〕费德里科·加西亚·洛尔迦著	赵振江译
小王子	〔法〕圣埃克苏佩里著	郑克鲁译
鼠疫	〔法〕阿尔贝·加缪著	李玉民译
局外人	〔法〕阿尔贝·加缪著	李玉民译

第二辑书目（30种）

枕草子	〔日〕清少纳言著	周作人译
尼伯龙人之歌	佚名著	安书祉译
萨迦选集		石琴娥等译
亚瑟王之死	〔英〕托马斯·马洛礼著	黄素封译
呆厮国志	〔英〕亚历山大·蒲柏著	李家真译注
波斯人信札	〔法〕孟德斯鸠著	梁守锵译
东方来信——蒙太古夫人书信集	〔英〕蒙太古夫人著	冯环译
忏悔录	〔法〕卢梭著	李平沤译
阴谋与爱情	〔德〕席勒著	杨武能译
雪莱抒情诗选	〔英〕雪莱著	杨熙龄译
幻灭	〔法〕巴尔扎克著	傅雷译
雨果诗选	〔法〕雨果著	程曾厚译
爱伦·坡短篇小说全集	〔美〕爱伦·坡著	曹明伦译
名利场	〔英〕萨克雷著	杨必译
游美札记	〔英〕查尔斯·狄更斯著	张谷若译
巴黎的忧郁	〔法〕夏尔·波德莱尔著	郭宏安译
卡拉马佐夫兄弟	〔俄〕陀思妥耶夫斯基著	徐振亚·冯增义译
安娜·卡列尼娜	〔俄〕列夫·托尔斯泰著	力冈译
还乡	〔英〕托马斯·哈代著	张谷若译
无名的裘德	〔英〕托马斯·哈代著	张谷若译
快乐王子——王尔德童话全集	〔英〕奥斯卡·王尔德著	李家真译
理想丈夫	〔英〕奥斯卡·王尔德著	许渊冲译
莎乐美 文德美夫人的扇子	〔英〕奥斯卡·王尔德著	许渊冲译
原来如此的故事	〔英〕吉卜林著	曹明伦译
缎子鞋	〔法〕保尔·克洛岱尔著	余中先译
昨日世界：一个欧洲人的回忆	〔奥〕斯蒂芬·茨威格著	史行果译
先知 沙与沫	〔黎巴嫩〕纪伯伦著	李唯中译
诉讼	〔奥〕弗兰茨·卡夫卡著	章国锋译
老人与海	〔美〕欧内斯特·海明威著	吴钧燮译
烦恼的冬天	〔美〕约翰·斯坦贝克著	吴钧燮译

第三辑书目（40种）

埃达	〔冰岛〕佚名著	石琴娥、斯文译
徒然草	〔日〕吉田兼好著	王以铸译
乌托邦	〔英〕托马斯·莫尔著	戴镏龄译
罗密欧与朱丽叶	〔英〕莎士比亚著	朱生豪译
李尔王	〔英〕莎士比亚著	朱生豪译
大洋国	〔英〕哈林顿著	何新译
论批评 云鬈劫	〔英〕亚历山大·蒲柏著	李家真译注
论人	〔英〕亚历山大·蒲柏著	李家真译注
亲和力	〔德〕歌德著	高中甫译
大尉的女儿	〔俄〕普希金著	刘文飞译
悲惨世界	〔法〕雨果著	潘丽珍译
安徒生童话与故事全集	〔丹麦〕安徒生著	石琴娥译
死魂灵	〔俄〕果戈理著	郑海凌译
瓦尔登湖	〔美〕亨利·大卫·梭罗著	李家真译注
罪与罚	〔俄〕陀思妥耶夫斯基著	力冈、袁亚楠译
生活之路	〔俄〕列夫·托尔斯泰著	王志耕译
小妇人	〔美〕路易莎·梅·奥尔科特著	贾辉丰译
生命之用	〔英〕约翰·卢伯克著	曹明伦译
哈代中短篇小说选	〔英〕托马斯·哈代著	张玲、张扬译
卡斯特桥市长	〔英〕托马斯·哈代著	张玲、张扬译
一生	〔法〕莫泊桑著	盛澄华译
莫泊桑短篇小说选	〔法〕莫泊桑著	柳鸣九译
多利安·格雷的画像	〔英〕奥斯卡·王尔德著	李家真译注
苹果车——政治狂想曲	〔英〕萧伯纳著	老舍译
伊坦·弗洛美	〔美〕伊迪斯·华尔顿著	吕叔湘译
施尼茨勒中短篇小说选	〔奥〕阿图尔·施尼茨勒著	高中甫译
约翰·克利斯朵夫	〔法〕罗曼·罗兰著	傅雷译
童年	〔苏联〕高尔基著	郭家申译
在人间	〔苏联〕高尔基著	郭家申译
我的大学	〔苏联〕高尔基著	郭家申译

地粮	〔法〕安德烈·纪德著	盛澄华译
在底层的人们	〔墨〕马里亚诺·阿苏埃拉著	吴广孝译
啊，拓荒者	〔美〕薇拉·凯瑟著	曹明伦译
云雀之歌	〔美〕薇拉·凯瑟著	曹明伦译
我的安东妮亚	〔美〕薇拉·凯瑟著	曹明伦译
绿山墙的安妮	〔加〕露西·莫德·蒙哥马利著	马爱农译
远方的花园——希梅内斯诗选	〔西〕胡安·拉蒙·希梅内斯著	赵振江译
城堡	〔奥〕弗兰茨·卡夫卡著	赵蓉恒译
飘	〔美〕玛格丽特·米切尔著	傅东华译
愤怒的葡萄	〔美〕约翰·斯坦贝克著	胡仲持译

第四辑书目（30种）

伊戈尔出征记		李锡胤译
莎士比亚诗歌全集——十四行诗及其他	〔英〕莎士比亚著	曹明伦译
伏尔泰小说选	〔法〕伏尔泰著	傅雷译
海上劳工	〔法〕雨果著	许钧译
海华沙之歌	〔美〕朗费罗著	王科一译
远大前程	〔英〕查尔斯·狄更斯著	王科一译
当代英雄	〔俄〕莱蒙托夫著	吕绍宗译
夏洛蒂·勃朗特书信	〔英〕夏洛蒂·勃朗特著	杨静远译
缅因森林	〔美〕梭罗著	李家真译注
鳕鱼海岬	〔美〕梭罗著	李家真译注
黑骏马	〔英〕安娜·休厄尔著	马爱农译
地下室手记	〔俄〕陀思妥耶夫斯基著	刘文飞译
复活	〔俄〕列夫·托尔斯泰著	力冈译
乌有乡消息	〔英〕威廉·莫里斯著	黄嘉德译
生命之乐	〔英〕约翰·卢伯克著	曹明伦译
都德短篇小说选	〔法〕都德著	柳鸣九译
无足轻重的女人	〔英〕奥斯卡·王尔德著	许渊冲译
巴杜亚公爵夫人	〔英〕奥斯卡·王尔德著	许渊冲译
美之陨落：王尔德书信集	〔英〕奥斯卡·王尔德著	孙宜学译
名人传	〔法〕罗曼·罗兰著	傅雷译
伪币制造者	〔法〕安德烈·纪德著	盛澄华译
弗罗斯特诗全集	〔美〕弗罗斯特著	曹明伦译

弗罗斯特文集	〔美〕弗罗斯特著	曹明伦译
卡斯蒂利亚的田野：马查多诗选	〔西〕安东尼奥·马查多著	赵振江译
人类群星闪耀时：十四幅历史人物画像	〔奥〕斯蒂芬·茨威格著	高中甫、潘子立译
被折断的翅膀：纪伯伦中短篇小说选	〔黎巴嫩〕纪伯伦著	李唯中译
蓝色的火焰：纪伯伦爱情书简	〔黎巴嫩〕纪伯伦著	薛庆国译
失踪者	〔奥〕弗兰茨·卡夫卡著	徐纪贵译
获而一无所获	〔美〕欧内斯特·海明威著	曹明伦译
第一人	〔法〕阿尔贝·加缪著	闫素伟译

第五辑书目（30种）

坎特伯雷故事	〔英〕乔叟著	李家真译注
暴风雨	〔英〕莎士比亚著	朱生豪译
仲夏夜之梦	〔英〕莎士比亚著	朱生豪译
山上的耶伯：霍尔堡喜剧五种	〔丹麦〕霍尔堡著	京不特译
华兹华斯叙事诗选	〔英〕威廉·华兹华斯著	秦立彦译
富兰克林自传	〔美〕富兰克林著	叶英译
别尔金小说集	〔俄〕普希金著	刘文飞译
三个火枪手	〔法〕大仲马著	江城子译
谁之罪？	〔俄〕赫尔岑著	郭家申译
两河一周	〔美〕梭罗著	李家真译注
伊万·伊里奇之死	〔俄〕列夫·托尔斯泰著	张猛译
蓝眼盗	〔墨〕阿尔塔米拉诺著	段若川、赵振江译
你往何处去	〔波兰〕亨利克·显克维奇著	林洪亮译
俊友	〔法〕莫泊桑著	李青崖译
认真最重要	〔英〕奥斯卡·王尔德著	许渊冲译
五重塔	〔日〕幸田露伴著	罗嘉译
窄门	〔法〕安德烈·纪德著	桂裕芳译
我们中的一员	〔美〕薇拉·凯瑟著	曹明伦译
薇拉·凯瑟短篇小说集	〔美〕薇拉·凯瑟著	曹明伦译
太阳宝库 船木松林	〔俄〕普里什文著	任子峰译
堂吉诃德之路	〔西〕阿索林著	王军译
给一个青年诗人的十封信	〔奥〕里尔克著	冯至译

与魔的搏斗：荷尔德林、克莱斯特、尼采
〔奥〕斯蒂芬·茨威格著　潘璐、任国强、郭颖杰译
幽禁的玫瑰：阿赫玛托娃诗选　〔俄〕安娜·阿赫玛托娃著　晴朗李寒译
日瓦戈医生　〔俄〕帕斯捷尔纳克著　力冈、冀刚译
总统先生　〔危地马拉〕M.A.阿斯图里亚斯著　董燕生译
雪国　〔日〕川端康成著　尚永清译
永别了，武器　〔美〕欧内斯特·海明威著　曹明伦译
聂鲁达诗选　〔智利〕巴勃罗·聂鲁达著　赵振江译
西西弗神话　〔法〕阿尔贝·加缪著　杜小真译

图书在版编目(CIP)数据

卡门：梅里美中短篇小说选/(法)梅里美著；郑永慧译. -- 北京：商务印书馆，2024. -- (汉译世界文学名著丛书). -- ISBN 978-7-100-24084-0

I. I565.44

中国国家版本馆 CIP 数据核字第 2024C0C279 号

权利保留，侵权必究。

汉译世界文学名著丛书

卡门：梅里美中短篇小说选

〔法〕梅里美 著
郑永慧 译

商 务 印 书 馆 出 版
(北京王府井大街36号 邮政编码100710)
商 务 印 书 馆 发 行
北京中科印刷有限公司印刷
ISBN 978-7-100-24084-0

2024年8月第1版 开本 850×1168 1/32
2024年8月北京第1次印刷 印张 15⅝
定价：88.00元